光文社文庫

潮首岬に郭公の鳴く

(しおくびみさき / かつこう)

平石貴樹

光 文 社

目次

登場人物

岩倉松雄《いわくらまつお》（78）　岩倉商事会長。

岩倉千代子《ちよこ》（51）　松雄の娘。岩倉病院理事長。

岩倉（室谷《むろたに》）祐平《ゆうへい》　千代子の夫。故人。

岩倉彩芽《あやめ》（21）　千代子の長女。

岩倉柑菜《かんな》（19）　千代子の次女。

岩倉咲良《さくら》（16）　千代子の三女。

岩倉しのぶ（46）　松雄の後妻。

岩倉健二《けんじ》（16）　しのぶの次男で連れ子。

浜野幸司《はまのこうじ》　しのぶの前夫。故人。

浜野壮一《そういち》（28）　しのぶの長男。

釜下安行《かましたやすゆき》（55）　岩倉商事専務。

石黒正臣《いしぐろまさおみ》（48）　岩倉病院医師。

吉岡　潔《よしおかきよし》（52）　五稜郭《ごりょうかく》公立病院医師。

小窪澄夫《こくぼすみお》（83）　元工務店社長。

小窪金作《きんさく》（50）　澄夫の息子。

小窪茉莉花（まりか）（19）金作の娘。

鶴橋風子（つるはしふうこ）（52）澄夫の娘。

斉藤玄静（さいとうげんじょう）（81）濤永寺（とうえいじ）住職。

杉原（すぎはら）みどり（58）松雄の元愛人。

浦嶺竹代（うらみねたけよ）　松雄の元愛人。故人。

西辺聖也（にしべせいや）（16）健二の友人。

ジャン・ピエール・プラット（17）健二の友人。

舟見俊介（ふなみしゅんすけ）（41）湯ノ川（ゆのかわ）署警部補。

山形一郎（やまがたいちろう）（50）湯ノ川署警部。

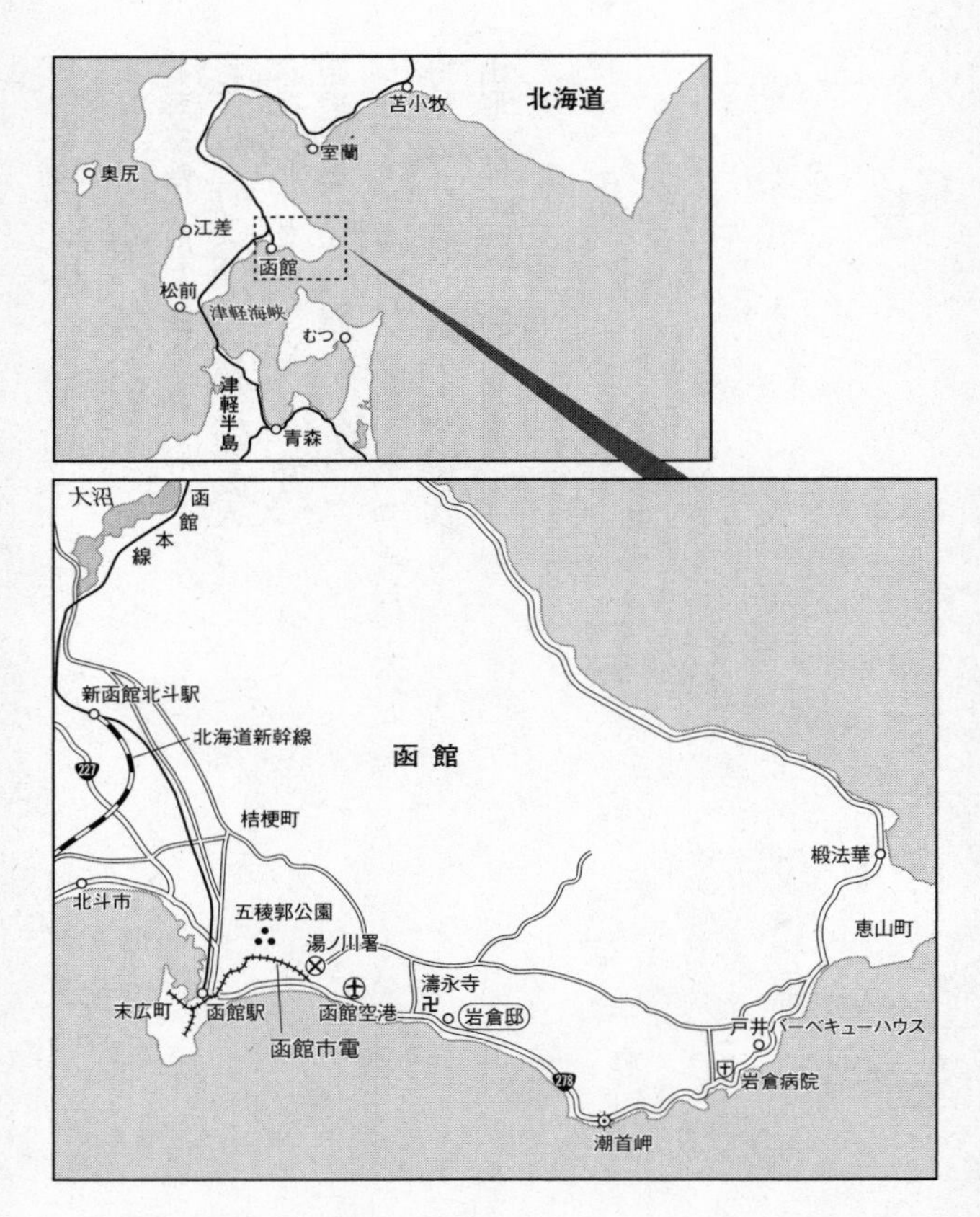

この物語に登場する人名・地名などはすべてフィクションです。函館市近郊の地名などはほぼ実際を利用していますが、物語の必要（不必要）に応じて簡略化や変更をほどこしています。

第一章　鷹ひとつ

1

潮首岬は今では函館市の一部だが、市街地から車で四十分ほど、恵山へ向かう東の海岸線を走ったところにある。北海道と本州の距離が最短となるのは、じつは新幹線の海底トンネルが通る渡島半島西側と津軽半島のあいだではなく、こちら東側と下北半島とのあいだであり、潮首岬はその最短地点として知られている。下北の大間町までの直線距離は二十キロたらずだから、よほど悪天候でなければ、青森の山並みは潮首岬から、海のむこうにいつも青々と見えている。

俊介は潮首から青森の山並みを眺めるのが好きだった。内地の人々が太古の昔から、アイヌの人であれヤマト人であれ、ここを船で渡って北海道の南岸にたどり着いたことが、ありありと想像できるからかもしれない。

　実際、北海道内陸の開拓が札幌から、明治政府によって押し進められたのに対して、函館の人々は、はるか前から、この南岸や近くの浜辺にたどり着き、へばりついて暮らしてきた。魚介類に頼った生活がもたらしたものと言って、貧乏以外なにもなかったかもしれないが、それでもこの地に暮らす人々の、なにか耐えぬいたようなたくましさは、今でも市民の誰かれの横顔に、垣間見えることがあると俊介は思っている。

　岩倉家の人々も、そうした性質を秘めているのだろう。今では函館有数の資産家であるだけでなく、美しい三人の孫娘たちが評判をとって、テレビに出たり市の行事に借り出されたり、安逸ぶりを誇っていても、岩倉松雄老人が発揮したたくましさの遺伝子のごときものを、家族たちは分け与えられた顔つきをしていると俊介は思う。

――いま、その顔の一つが消えたという。十六歳の三女咲良が行方不明なのだという。そして遺留品が、潮首岬で拾われた。

「お母さん！」と長女の彩芽が叫ぶ。

　見ると、岩倉千代子がよろよろと砂利浜を海にむかって駆け出していく。ようやくそばにいた鑑識係の一人が、追いついて抱き止めるが、そのときには二人とも、膝まで波につかっている。

「あそこに見えるでしょ！　ピンクのジャケット」と千代子はどこか沖を指差し、そちらへしきりに身体をかたむける。

「落ち着いてください、奥さん。見間違いですよ」

「親が子を、間違えるはずないしょう！　見えないの。彩芽、彩芽！」千代子は鑑識係を振り切ろうとして、その場にあっさり倒れるようにくずれ、全身を波に洗われる。十一月の凍る冷たさの波である。ようやく飛沫を跳ねて追いついた彩芽が、ひざまずき、難儀して母親を助け起こす。

鑑識係のうち三人は、胴つき長靴をはいて波の中にばらばらに立ち、千代子をチラ、と振り向いてからまた捜索の仕事に戻る。

「お母さん、しっかりして」

母と娘の顔立ちは似ていないが、どちらも意志の強そうな岩倉の顔だと俊介は思う。

「近いところはもう見たからね。あとで船出して、沖のほう捜索しますから、落ち着いてください」と近くの鑑識係がいらだった口調で言う。

「ああ、ああ」抱きあった母と娘は、ともに泣き、ずぶ濡れで、足を波に洗われつづけている。

この光景を記憶せよ、と命じるかのように、朝日が海岸線のむこうから照らしつける。

湯ノ川（ゆのかわ）署に呼び出された俊介たちは、行方不明の届け出のあった岩倉咲良の、遺留品とおぼしい布バッグと靴が、血まみれで発見されたとの一報を受けて、潮首岬の海岸に来ていた。

バッグには教科書やノートのほか、咲良の写真入り生徒証とバスの通学定期が入っていた。

湯ノ川から海岸沿いの国道を車で来ると、潮首までの道のりを三分の一過ぎたあたりに岩倉邸がある。そこへ寄って、とりあえず母親の千代子と長女の彩芽を乗せ、俊介のパトカーは潮首岬にやってきた。手はずを相談する短いあいだ、主の岩倉松雄は杖の頭に両手をそろえて一言も発しなかったが、灰色の眉の下から、今にも血の吹き出しそうな眼差しでこちらを睨みつけていた。誘拐事件など許されないが、捜査の遅滞はもっと許されないと、言わんばかりの眼力だった。

潮首岬付近は、国道と海とを隔てるコンクリートの防波堤を越えると、波打ち際まで数メートルの砂利浜が残っている。その浜に布バッグ、血痕、黒いエナメル靴の片方がばらばらに落ちていた。母親は邸を出るときから半狂乱だった。

血痕が咲良さんのものであるかどうか、直ちに確認します、早まった結論は禁物です、と俊介は彩芽に伝えた。

鑑識係員たちは、波の中、砂利のあいだ、海に向かって積み上げたテトラポッド群の隙間に、遺留品を探して動いている。俊介たちも、千代子も彩芽も、そのテトラポッドをそろそろと、石段のように伝って砂利浜に降りたのだった。

そのとき国道側にいた鑑識係の一人が、

「舟見さん！」俊介を呼んだ。「な」にアクセントを置く函館の呼び方にはもうすっかり慣れている。行ってみると、テトラポッドの入り組んだ隙間に、ブロンズ像のようなものが逆さまになって落ちている。

「あれか。関係あるのかな」陰に沈んで色つやがよくわからないが、形は鳥に似ている。もとから捨ててあったものかと俊介は一瞬思った。

「だけど、これ、血痕でないですかね」と鑑識係はテトラポッドの一番手前の傾斜面を指差して言った。

「そうか。ここにいったん置いたか落ちたかしたものが、転がったら、あそこへ落ちるね。引っ張り出せるかい？」

「柄の長いヤットコ、車に積んでるんで」

「頼むわ」

岩倉千代子は、咲良を見つけたという錯覚からどうやら醒めたらしい。今はおとなしく水際に立ちつくして、長女にタオルで拭かれるままになっている。

遅れてやってきた岩倉商事の社員たちが、防波堤に手をついてこちらを見守っている。専務の釜下という巨漢は、俊介たちが到着する前から岩倉邸に部下を連れて詰めかけていた。冬でも汗ばむのか、ハンカチをときおり額にあてながら、奥様、奥様、と釜下は呼ぶが、千代子は聞こえないかのように振り向かない。

鑑識係が二メートルの柄のヤットコを肩に担いで、年配の同僚と一緒に戻ってきた。

「ゴムボート、まだ来ませんか」と俊介が尋ねると、

「今出たとこだと」と年配の鑑識係はうなずいて、

「海上保安本部にも連絡して、こっちさ船回してもらうとかって。ヘリコプターついてる船だと」とつけ加える。

「へえ。それなら見つかるかな」

「浮いてればね」と年配の鑑識係はこともなげに言う。犯人が咲良の遺体に重りをつけて沈めていれば、捜索は難航するだろう。それを担当する自分たちの覚悟を弛(ゆる)めないためにも、ヘリコプターが浮いた遺体を発見してくれるなどと、虫のいい期待は抱きたくないと、そう言いたいのかもしれない。

「あ、あれか。血痕付着してるな。貸してみれ」年配の鑑識係はヤットコを受け取ると、器用に操作して、ゆっくりブロンズ像を引き上げた。若い鑑識係がビニールを広げてそれを受け取る。写真係が近づいてきて何回もシャッターを押した。

羽根を休めて横を向いた鷹の像だ。五十センチほどある。嘴(くちばし)にべっとり、血糊らしい赤黒い汚れがついている。長い髪の毛もへばりついている。

「これが凶器かな。重い？」

「二キロぐらいだね。振り回すのにちょうどいいべ」と年配の鑑識係が答え、防波堤をまたぐとヤットコを担いで去っていった。

俊介はビニールごと像を受け取ると、千代子と彩芽を呼んだ。

「これ、見覚えありますか」

千代子は像の血痕を見ると何も言わずに目を閉じ、口を両手で押さえ、またよろけて彩芽に支えられる。

「やだ、うちの玄関にあったやつじゃない？」と彩芽は言うが、母親が何も答えないので、

「たぶん、うちのだと思います」

「いつからなくなってたんです？」

「さあ。お母さん、わかる？」

千代子はかろうじて首を横に振った。彩芽は眉をひそめて、

「それで、咲良を……？」

「わかりませんけど、可能性ありますね」

「ど、どうして？」

俊介は黙って首をかしげるだけにした。

「もうお帰りになっていいですよ」と岩倉親子に声をかけながら、山形警部がテトラポッドを伝い降りてきた。わざとではないのだろうが、足を踏み外して滑稽な仕種で俊介の肩に摑まり、

「あとでまた、最新情報持って、お宅に伺いますのでね」

「お母さん、行きましょう」と彩芽は千代子の肘を取るが、

「だって咲良が……」

「咲良さんはこちらで、全力で捜索しますので、はい」と山形。

「奥様、こちらへどうぞ」と防波堤の向こうから釜下専務がまた声をかけ、

「今奥様が倒れたら大変ですから、さ、さ」

「私のことなんか、いいんですよ！」と千代子は吐き捨てるように言ったが、自分のその声に元気を得たかのように、ようやく歩き出してテトラポッドに手をかけ、途中から専務たちに引っ張り上げられ、

「痛い痛い……」と騒ぎながら、彩芽に下から押されてなんとか防波堤を越えていった。

「なに、それが凶器？」と山形は小声で言って、ブロンズ像に顔を近づける。

「毛髪が付着してますから、たぶん」

「変なもの使ったなあ」

たしかに、嘴が尖っているとはいえ、この像が凶器としてうってつけとも思えない。

「しかも、岩倉宅から盗まれたものだとかって」

「盗まれた？　いつ」

「いや、まだ」

「ややこしいな、そいつは」というと、山形は朝日に目を細めながら海を見やって、

「そうすると、ここでざぶんと投げたのが、たまたま潮に引かれて流されてったか」

「このあたり、潮の流れは速そうですもね」

津軽海峡はだいたい西から東に潮が流れている。その流れに乗せる目的からすれば、海峡に多少とも突き出した潮首岬は、格好の遺体の投げ捨て場だろう。だがそれにしても、波打ち際に投げた遺体が、そのまま沖へ引かれて海流に乗るには幸運が必要だ。犯人としては、波打ち際でそのまま遺体が発見されてもかまわないつもりだったのだろう。

「太平洋に出ちまったかもわかんないな。だからヘリコプターが登場するわけか」

俊介も輝く海を見る。朝の凪だ。こういう日には古代人は、下北半島から船を出し、こちらへ渡ってきただろう。自分が今ここに立っていることも、そのはるかな結果の一つだという気がする。俊介は東京生まれの東京育ちだが、札幌の大学へ行った。だから余計に、こんな場所に立つと、不思議な縁を感じてしまうのかもしれない。

山形はさっきヤットコを使った年配の鑑識係に声をかけた。鑑識係が近づくと、

「あちこち血痕が残ってるけど、これ、全部合わせると致死量ですかね」

「うーん。打ち所によるね」

「頭だけ、あの鷹でやられたなら、これだけの血、出ませんよね」

「そうだ。したから包丁も探せって、言ってやったのさ」

「包丁と鷹と、犯人は二人以上ですか。拉致監禁もあったんだろうしね」

「だけど、足跡がなんも、出ないんだなあ」

「岩場だからね。ちょっとあそこらで、一服しましょうや。長くなりそうだ」と山形は指でタバコをはさむ仕種をして、テトラポッドの山の陰へよたよたと歩いた。

山形の機敏な観察力に、俊介はいつも感心させられている。俊介は昔から中の上ぐらいの成績で、言われたことを一生懸命するのがせめてもの取り柄だった。

岩倉千代子と彩芽を乗せた車は、切り返しをして自宅へ引き返していった。釜下専務が巨体を運転席に無理やり押し込めているのが見えた。


山形が湯ノ川署長と電話で話した結果、潮首から東、恵山岬を回って渡島半島の東海岸を北へ椴法華(とどほっけ)地域まで、昨夜このあたりを通った車両に事件の目撃者がいないかどうか、個別訪問でチェックする作業を開始することになった。同時に函館市街地側は、空港に近い銭亀沢(ぜにかめざわ)あたりに検問所を設け、すべての通行車両に目撃の有無を尋ねることにした。

それから俊介は、山形と一緒に岩倉邸に戻り、前夜の事情を千代子から詳しく聞いた。

咲良は昨夜八時十分、十分後に函館駅前を出る市バスに乗って帰ると母親の千代子にメールをよこした。最寄りの「濤永寺(とうえいじ)」のバス停から自宅まで、バスの進行方向へ同じ国道を徒歩五分の距離だが、暗いし人影がまずないので、千代子はたまに車で咲良のバスを迎えに出る。昨夜もそれをしたが、定刻の九時五分に通過したバスから咲良が降りてこなかったので、そのまま千代子は三十分後の次のバスまで、国道脇の空き地に車を停めて待っていた。途中で咲良に、「バスに乗らなかったの?」とメールをしたが、返事はなく、次のバスも咲良を降ろさないまま通過していった。それが終バスだった。

千代子が不安というより、予定をドタキャンされた不満を抱いて――というのも、この程度のドタキャンは咲良にも前歴がないわけではなかったからだという――帰宅した九時四十分ごろ、家にいたのは松雄と、松雄の妻――若い後妻で、先妻の一人娘である千代子より五歳年下の――しのぶだった。同居家族としてはほかに長女の彩芽と、十六歳になるしのぶの連れ子の健二がいたが、彩芽はまだ帰宅せず、健二は友人と札幌に出かけていた。

十時半を過ぎると、不満より不安のほうが強くなって、千代子は咲良の高校の名簿を引っ張り出し、名前に記憶のある友人二名に電話をかけた。そのうちの一人が、確かに八時二十分発のバスに咲良が乗るのを見送った、自分は五分後に出る別方向のバスに乗って帰宅した、と答えた。つまり咲良はメールで言ったとおりのバスに乗ったらしい。ではなぜ、いつものバス停で降りなかったのか。メールに返事もよこさないのはどうしてなのか。今では携帯の電源が切られているようで、通話も不可能だった。

松雄と相談した結果、千代子は石崎の駐在所に出向いて相談することにした。千代子自身は、気まぐれな咲良のことだから、もう少し待ってみたらタクシーを拾ってひょっこり帰ってくるのではないか、という思いにも引きずられていた。だが誘拐の恐れもあるのだから、ただちに手を打つべきだ、と松雄は主張した。たしかに、函館のような田舎では誘拐事件など起こるわけがない、とはもう言えないご時世だ。

千代子が駐在所に現れたのが十一時二十分、もう国道には人影どころか車の往来もほとんどなかった。

駐在所の巡査は千代子、咲良をふくめて岩倉家の家族と顔見知りだった。千代子の希望通り「行方不明者届」を受理して、所轄の湯ノ川署に電話連絡を入れた。湯ノ川署でも、岩倉の名前は地域の名家として知られていたが、かといってただちに手が打てるわけでもなく、市内の各駐在所に情報をオンラインで回覧しただけだった。

十二時に千代子が帰宅すると、あらためて居合わせた者たち——松雄、しのぶ、千代子、帰宅した長女彩芽、それに松雄が呼びつけた岩倉商事の釜下安行(やすゆき)専務とで相談会が始まったが、妙案が出されたわけではなかった。東京にいる次女の柑菜(かんな)とは電話連絡がつき、明日の朝まで咲良が帰らなければ自分も函館に帰るから、と言っていた。

咲良に親しい男友達がいたのかどうか、姉たちは何も把握していないと言った。長女の彩芽が見たところ、咲良が親しくしているのは、同年の同居人である健二ぐらいのものではないかということだった。それでも釜下専務は、何か役に立たねばという義侠心から、咲良の中学校と高校の担任の教師に電話をかけて、事情を話して咲良の交友関係を尋ねたが、収穫がないどころか、むしろ咲良は学校を終えてから、派手に遊び回っていると噂が立っていると教えられて、そのことを一同に披露するのに、釜下が巨体をよじって汗だくになる場面もあった。……

今、応接間はごったがえしている。誘拐の可能性がまだ残っているので、卓上電話と千代子の携帯電話に、鑑識係が録音や逆探知の装置を取りつけて待機している。釜下が呼びつけたらしい、部下の男女も三人集まってきた。

やがて松雄が現れた。絣の着物にマフラーを巻いて、右手を懐に収め、左手で杖をつき、まるで身体が不自由だからではなく、威厳を示すためであるかのように、悠然とすり足で一同に近づき、専務以下岩倉商事の面々が深々と一礼する中、座卓の前の肘掛け椅子にどっかりと腰をおろした。黒子のように後ろについてきたのは慣れた顔つきのしのぶだった。

松雄はすぐ、早朝顔を合わせたばかりの俊介を人混みの中から探し出し、灰色の眉をひそめた顔を前のめりに近づけて、

「咲良の持ち物に、間違いなかったか？」と尋ねた。深く明晰な声だ。

「はい」と俊介は答え、現在まで判明している事実と、捜索の状況について手短に説明した。

「それは咲良が、すでに殺されてる、ちゅう意味なのか？」家族の誰もが口にしないまま、胸の内だけでもてあそんできた可能性を、松雄はずばりと口にした。脳出血を患ったという話だったが、言葉にはあまり影響がなかったらしい。

「まだどちらとも、断定できないです」と俊介は答えてから、口調を変えて、

「ただ、気になるのは、被害者を襲うのに使ったらしい道具が、もともとこちらのお宅にあった、鷹の置き物だちゅうことなのですが」

「鷹？」

「ほら、あの玄関にあったやつ」と彩芽が言った。

「あれが？　なくなってるのか」北海道人らしく、頭の「な」にアクセントを置いて言う。

「さっき確認しましたけども、玄関にはありません」と俊介は言った。その置き物は、松雄の友人からの海外みやげで、十年ほど前から下足棚の上に並べておいたものだ、と俊介はとりあえずしのぶから説明を受けていた。二週間ほど前から見えなくなったのに気づいていたが、誰かが片づけたのだろうとしのぶは考えて、特に不審には思わなかったという。なるほど、壁に造りつけた引き戸四枚の下足棚の上には、大小さまざまな木彫りやブロンズの置き物がにぎやかに並べられていた——その多くはワニやクマなどの猛獣類だった——から、鷹の像が一つなくなっても、すぐ気に留めるものでもなさそうだった。

「あんなもの、誰が持ち出したというのだ」と松雄は今度は家族の者たちを見わたして言う。

誰もなにも返答しない。

「あれは、玄関の置き物ですから……」と、沈黙を救うように釜下専務が部屋の隅から発言して、

「誰かこの家を訪ねた人が、持ってっちまったのか……」

「奥様の記憶だと、二週間ほど前から、見えなくなっているということですが、皆さんそれ以外に何か、お気づきのことはありませんか」と俊介。

　また誰もなにも言わなかった。「奥様でなく、しのぶさんですね」と釜下が俊介に顔を寄せて小声で囁（ささや）いた。しのぶは「奥様」と呼ばれていないらしい。

「……鷹か！」と、そのとき呻（うめ）くような声を出したのは松雄だった。

　鷹だなんて、まったく意味がわからん、とでも言いたいのだろうかと俊介が解釈していると、松雄は後ろに立つしのぶを振り向いて、

「和ダンスの上に、書類入れる小箱があるな。その一番下の引き出し、丸ごと抜いて持ってきなさい」と命じた。

「はい、あの桜の木の小箱ですね？」と言ってしのぶは部屋を出ていく。しのぶは大柄で豊満な身体つきだが、それを恥じるかのように伏し目がちにしている女だ。

「それから千代子」と松雄は次に座卓をはさんで向かい合った千代子に声をかけ、

「うちにある芭蕉（ばしょう）の短冊額、全部で四本だったと思うが、あれ全部、集めてここに持ってきなさい」

　千代子は専用らしい肘掛け椅子に、厚手のクッションを敷いてすわっていた。顔をあげたが、指示の意味がわからないようにぼんやりしていると、隣りの彩芽が立って、

「お母さんは疲れてるから、あたし行ってきます」

に手をついてゆるゆると立ち上がった。

「千代子に言いつけたのだ」と松雄。すると彩芽はあきらめて腰をおろし、千代子が肘掛けに手をついてゆるゆると立ち上がった。

「咲良をさらった不届き者の正体が、これで摑めるかもわからないんだぞ。千代子。おまえが動かなくてどうする」と松雄は重ねて言った。

俊介はもちろん、周囲の誰一人、松雄の言わんとする意味を理解している者はなさそうだった。

「奥様は腰がお悪いので、立ったりすわったりがお気の毒で」と、俊介の耳元でまた釜下専務が囁いた。さっき潮首岬の浜で、ずいぶん簡単に転んだように見えたのはそのせいだったのか、と思い当たる。

漆塗り（うるしぬ）りの小引き出しを胸の高さにささげて、まもなくしのぶが戻ってきた。松雄はそれを自分の膝の上に置きなおすと、中を調べて一通の手紙らしきものを取り出す。片手なので時間がかかる。封筒を振って手紙を抜き出すと、俊介に差し出した。

手紙はワープロ書きでただの一行、

「芭蕉の名を汚す強欲の者ども、皆滅びよ。」

とあるだけだ。差し出し人の名前は記されていない。封筒の表書きもワープロ文字だ。松雄の自宅に届いたこの手紙の函館局消印は九月、二月ほど前である。

「これが……」と俊介は顔をあげて、松雄に説明を求めた。

「はじめはただ、嫌がらせだと思って、気にも留めんかったのだ。わしの名前を芭蕉に結びつけて、あれこれ言われるのは、昔から慣れておるからな。わしが芭蕉の名を辱(はずかし)める、風流のわからない金の亡者だと、そんな決まり文句、どうせ投げてよこしたんだろうと、そう思っとったのだ。ところが」と言って言葉を切ったところへ、千代子が短冊額を抱えて戻ってきた。額というよりステンレスの細長い薄箱――幅十センチ、厚さは二センチほどだが、長さは一メートルほどありそうだ――に見えるが、表だけは短冊を覆うガラスの周囲に竹を貼って、瀟洒(しょうしゃ)に仕上がっている。千代子の腕の中に三本あったが、

「あと一本は、そちらに」と千代子が俊介のほうを指差すので後ろを振り返ると、ピアノの上の壁にも短冊額が一つかかって、ガラス越しに毛筆書が一行見えている。それを釜下が外して千代子に渡し、合わせて四本が座卓の上に並べられた。

「刑事さんがたに見せなさい」と松雄が言い、千代子は黙って短冊の位置と向きを変える。

そう言われても、毛筆の達筆なので、俊介たちはすぐには読めない。すると釜下が巨体を折ってひざまずき、端に置いた短冊から順に手を触れながら読み下してくれた。

『一つ家に　遊女も寝たり　萩と月』

『旅に病んで　夢は枯野を　駆け廻る』

『鷹ひとつ　見つけてうれし　伊良湖崎(いらござき)』

『米買ひに　雪の袋や　投頭巾(なげずきん)』

「これが芭蕉の……」と俊介。俊介は俳句の素養は——俳句に限らないが——さっぱりだった。

「はい。最初のは『奥の細道』ですな」と釜下はにこやかに言うと、ハンカチで額を拭きながら立って下がった。

「そうか！」と山形警部が声を出した。

「わざわざ鷹を使って、今度の事件をこの鷹の俳句に見立てたわけですか？　潮首岬を伊良湖崎になぞらえて」

「うむ、そうに違いないぞ」松雄は一度大きくうなずいた。

一同から喚声ともつかないため息が漏れた。

「でも、なんのために……」と千代子。

「わしを滅ぼすためだ」と松雄はこともなげに言った。

「本当はわしを狙いたかったんだろうが、こんな身体だ。潮首岬までも、自由に行かれないからな」

「だからって咲良を？　そんな、そんな！」と千代子は顔をおおって絶句する。

「それだと説明つきやすくなりますが、そうすると犯人は、この脅迫状を出した者、ちゅうことになりますか？　そしてそいつは、お宅にこういう短冊があることを知ってる、と」と山形。

「ここにこれらがあることは、かなり知られておる。もう二十年になるからな。だが、わざわざ芭蕉にかこつけて、わしに恨み晴らそうとする人間は、一人しかいないはずだ」

「誰ですか？」

「これらを恩着せがましくくれてよこした、小窪工務店のぼんくら社長だ！」

俊介はあわてて端末機にメモを取った。松雄は勢いあまって、

「ええい、いまいましい！　こったらもの、もっと早く焼いてしまえばよかったんだ！」と唇をふるわせて怒鳴るので、しのぶが松雄の肩に手を置いた。

「待ってください、会長」と千代子が両手を出して父親を制し、

「小窪工務店は今、病院店舗の新設工事を請け負わせて、来週中に完成する予定ですよ。お忘れですか。昔に多少の恨みがあったとしたって、今の工務店の二代目社長は、そんなことはまさか――」

「恩を仇で返すやつらだ。だからわしは、小窪を使うことに、いい顔しなかったんだぞ。爆弾でも仕掛けられないように、ようく注意して引き渡し受けろと、そう言っただろう」

「それはうかがいましたけど――」

「ええい、そんな建物ぐらい、どうなってもかまわん」と言うと、松雄老人は手にしていた杖を座卓に並んだ短冊に投げつけたが、杖は短冊に当たらずにそのまま千代子のほうへ転げた。

「千代子、今すぐそれを捨ててしまえ！　いいか、万が一咲良が無事だとしても、こんなくだらん風流のまね事など、踏みにじってでも突き進む、性根のすわった親のもとへしか、咲良は帰ってこんぞ！　なんとしても咲良を取り戻すんだ！　たとえ遺体になりはてても、わしの身代わりになった憐れな孫娘を、この手に抱いて詫びないうちは、わしは死んでも死に切れんぞ！」

松雄は息を切らした。しのぶが肘掛け椅子の陰に置いてあったペットボトルのキャップを開けて渡すと、左手でゴクゴクと、マフラーにこぼしながら飲んだ。

2

潮首岬に遺留品とともに残された血痕は、咲良のものであることが判明した。出血は発見された限りで約百ｃｃ、そのほか鷹の置き物から毛髪が二本採取されていた。道警函館方面本部は湯ノ川署に捜査本部を設置し、担当者を増員した。

岩倉病院をはじめ、市内の救急病院に一斉に問い合わせがおこなわれたが、置き物に付着した血痕や毛髪から判断して、咲良が病院へ運ばれた可能性はまずないと捜査本部では見ていた。

多くの刑事たちが、鷹にまつわる俳句の存在に関心を寄せたが、その来歴はきのうきょうの話ではなかった。専務の釜下安行から受けた説明によると、二十年以上前の一九九〇年前後に、恵山国道沿いの何人かが、芭蕉の松尾に岩倉松雄の名をひっかけた親睦会「松尾会」をこしらえた。メンバーは松雄のほか、小窪澄夫、濤永寺の斉藤玄静住職、湯ノ川病院の吉岡薫副院長、それにしのぶの最初の夫、浜野幸司などだった。釜下も、松雄に誘われて何度か会合に出たことがある。短冊が松雄に贈呈されたのは、主として小窪澄夫の音頭取りによるこの会の席上でのことだった。「鷹ひとつ」の短冊は、鷹の置き物が玄関に置かれる十年も前から、岩倉家に所蔵されていたことになる。

釜下によれば、俳句の研鑽が「松尾会」の表むきの趣旨だったが、肝心の俳句や芭蕉に対する松雄の関心はいっこうに深まらなかった。当時この会で、松雄がとりわけ世話になったのは湯ノ川病院の吉岡副院長である。一人娘の千代子の夫、室谷祐平が最初に勤めていたのも湯ノ川病院で、吉岡副院長が岩倉に紹介した縁で結婚することになった。その後、祐平を主役として戸井に岩倉病院をオープンするとき、松雄は医師の手配などについても副院長の世話になった。

千代子が結婚した一九九三年ごろから、松雄は商売相手としても友人としても小窪澄夫から離れ、「松尾会」は事実上の解散となり、小窪はいわば、短冊に込めた商売上の期待を裏切られて、松雄に恨みを抱く結果になったらしい。「思い出せばいろんなエピソードありますけど、ひと昔、ふた昔、それより前のことだからねえ」と釜下は笑っていた。

昔の話でも、小窪澄夫からとりあえず事情を聞かないわけにはいかない。俊介は山形と組んで、恵山町の小窪工務店を訪ね、短冊贈与のいきさつを質しがてら、澄夫と息子の金作のアリバイを尋ね、指紋を採取してくるように、との指示を受けた。

「指紋か。弱ったな」と山形は俊介に小声で言った。事件の少ない函館の所轄署では、捜査はだいたい住民密着型である。アリバイはやむをえないとしても、頭ごなしに指紋を出せと、疑ってかかるような尋問のやりかたに、函館育ちの山形は慣れてもいないし望んでもいない。

「またアレですか、『千秋庵』ですか」と俊介。「千秋庵総本家」には、化粧紙で丁寧にくるんだカステラがあって、これを食べると紙に指紋が残りやすいため、山形は指紋採取を自然におこなうために何度かこのカステラを利用したことがあった。

「そうだなあ。そうすっか」と山形は白髪混じりの無精ヒゲの顎をさすった。


小窪工務店は潮首岬からさらに車で四十分ほど、恵山岬の突端によったまばらな家並みの中に店舗兼住宅を構えていた。

小窪澄夫は八十三歳、現在は工務店の仕事を息子の金作に譲り、隠居生活を送っている。会ってみると動作が緩慢なだけで、口ぶりはしっかりしていた。

「岩倉のところで、なにかあったってか？」取り次いだ息子から聞いたらしく、小窪は興味と嫌悪の入り混じった顔つきで、工務店の応接セットの椅子に腰をおろした。

「それがさ。ま、これ、『千秋庵』のカステラなんだけども」

「え?」と老人は耳に手をやる。

「『千秋庵』のカステラさ」と山形は声を張って、

「ちょっとついであったから、爺さん、歯悪くても、食べるにいいから」と手袋をした手でカステラを差し出す。

「おいや、すまないねえ」と澄夫が受け取って包装を解くと、山形はその化粧紙をただちに受け取りながら、

「あっこの末子の娘さん、咲良って子なんだども、ゆんべから行方不明だっちゅうんだけども さ」山形は函館の老人たちに通じやすい函館弁、いわゆる「浜言葉」を駆使して人なつこく質問を繰り出す。声は大きいままだ。作り話をまじえて、ゆうべ恵山町近辺で咲良を目撃したとの情報があり、ついては岩倉家と昔懇意だった小窪の爺さんにも、訊いてみたいと思ったのだと、山形は質問を進めた。

息子の金作が茶を出してくれたので、金作にもカステラをすすめ、同じように包装紙を回収すると、山形は安心して手袋をはずし、茶に口をつけた。

小窪老人の返答は低調だった。咲良どころか、岩倉の者は誰一人、ここ何年も見かけていない。ゆうべは七時から息子の嫁が出している土産物屋の店番をして、八時に戸締まりをし、ぶらぶら国道を歩いて帰宅したが、近所の婆さんとすれ違ってしばらく立ち話をしただけで、

若い女が歩いているところなど見かけた覚えはない、という話だった。

「爺さん、昔、芭蕉の俳句かい、あれの短冊を、岩倉さんにくれてやった、ちゅう話だども、それは覚えてますか」と山形は話を短冊のほうへ向ける。

「え?」

「俳句の短冊さ。昔、岩倉さんにくれてやったっしょう」と山形が声を張って言い直すと、

「あ、ああ、覚えてるもなんも、ないべさ」と言って、小窪澄夫は皺の寄った口元をゆがめ、

「人にものくれでやって、一番悔やんでるのは、あれだもの」

「おいや、気の毒に」

「したってあの男なら、俳句のハの字もわがんない、書道のショの字もわがんないんだからさ」と言うと、老人は目の前のティッシュペーパーに手を出しかけて止め、尻のポケットから黄ばんだ手ぬぐいを出して、しょぼついた目をしきりにぬぐった。

「爺さんがそれ、岩倉さんにくれたっちゅう話は、昔の仲間なら誰でも知ってることかい」

「ああ、そんだ。昔の『松尾会』の人がたね。みんな見てたもの。亡くなった浜野の社長ね、あの人も五万ぐらい出してけだのさ」

「昔のメンバーで、小窪さんと親しかったのは、浜野さんかい」

老人はようやく手ぬぐいを下ろしてたたみ直しながら、

「昔ならみんな仲いがったけども、俳句やってたのは、まず、浜野さんだね。それからお医

者の吉岡先生かい。……おれが岩倉にどれだけ頭下げたか、みんな見てたものなあ……ちくしょう、ちくしょうめ」と、小窪老人はまた感情の波にひたされて、手ぬぐいをむやみに絞る。

「なんたかんた、返してもらえばいかったんでないの」と山形は老人の腕に手を置いて言った。

澄夫老人は首をゆるゆると振るばかりだ。息子の金作が衝立ての陰から顔を出して、

「一度くれたものを返せとは、男として言われないのさ、うちのオヤジは。な？　そうだべ？　何回聞かされたか、この話」と苦笑する。

すると老人は遠くを睨みつける目つきになって、

「あの野郎……あの看護婦に、刺されちまえばいかったんだ……」

俊介は思わず老人を見やってから山形と顔を見合わせた。釜下専務が言っていた「いろんなエピソード」とは、この看護婦の一件を指すのだろうか。

「あのときの看護婦って、誰です？」と尋ねたが、老人はみずからの激情に流されたのか返事ができない。

「いやあ、大昔の話ですよ」と金作。

「看護婦って、岩倉病院のかい？」

「なんも、あすこできる前の話だから。昔『松尾会』で、なんかあったらしいんだけどもね。

だけど、うちのオヤジはもうだめさ。岩倉の社長が刺されそうになったとかって、一時はそればっかり、自分の手柄みたいにしてしゃべってたけども、このごろになって『なにがあったんだ』って訊いても、もう覚えてない、ちゅうんだもの。な？　もうすっかり忘れたべ？」と言って、息子が老人の肩に手を置くと、老人はますますうなだれて目元をぬぐうばかりだ。

「いいのさ、忘れるのはなんも、恥ずかしいことでねえよ」と金作は父親にやさしい言葉をかけてから、

「濤永寺の和尚だったら、まだしっかりしてるから、覚えてるかもわかんないね。うちのオヤジは、岩倉の話すれば、ただ興奮してどうもなんないのさ。したから今も」と金作は声をひそめて、

「ちょうど岩倉病院の仕事もらってるとこだども、オヤジになら話もできない塩梅さ」と山形に目くばせする。

「そうだったのかい。すまないことしたねえ。だけども、あそこの娘さんが見えなくなったちゅうもんだから」と山形警部は金作を手招きで応接セットにすわらせながら言った。

「行方不明だってかい」

「んだ。咲良って、十六になる末子の娘なんだけどもね」

「きのうかい。何時ころだの」

「九時半過ぎに、ここらあたりでバス降りて、それからわかんなくなったちゅうんだけどね」

捜査員がバス会社に聞き込みに行って、咲良が函館駅前から八時二十分発のバスに乗ったことは、ほぼ間違いないことが確かめられていた。運転手は咲良の顔を記憶していたが、どこで下車したか、正確な停留所までは思い出すことができなかった。たぶん「濤永寺」かその前後ではなかったかと思う、と述べていた。そのバスは恵山町行き、到着予定九時五十分だった。

「おれはゆうべ、十時前に現場から戻ってきたけど、見なかったねえ」と金作が言った。

「海岸沿い走ってきたんですか。バス、見かけたかな」と俊介は尋ねてみた。

「いや、上の道さ。岩倉病院の敷地に、店舗建ててるのさ。『セイコーマート』が入るんだよね」

「あ、そうかい。あっこあたり、便利になるね」と山形。

「だけど、突貫工事もいいとこさ。ほれ、雪来る前に、上げねばなんないから」

「ありゃ。もう二、三日で降るんでないかい。札幌ならもう、たいして吹雪いてるって」

「だっから急いでるのさ。若いの帰して、おれだけ残って、裸電球で仕事さ。あとはだいたい内装だけだから、なんとかなるけどね」

「そしたら、戸井からバイパスに上がって、また下りてきたわけですね」と俊介は確認した。

「そうだね。こっち着いたら、ちょうどバスも終点に着いたとこだったけど、降りたのは地元の人がたばっかりだったんでないかな」

「そうでしたか」

「岩倉の娘さんなら、わざわざこっちまで来ないんでないべか。なんも用ないっしょ、こっちに」

「バチ当たったんだべ」と澄夫が低い声で言った。

「え？」

「バチ当たったんだ。そら、当たるべさ」

「父さん。はんかくさいこと言うんでない」金作は笑って、

「だけど、孫が行方不明になったたっちゅうて、祖父さんの昔の集まりの話しても、しょうないんでないの」ともっともな質問をする。

「それが、例の俳句の短冊ね、一緒に見えなくなったたっちゅう話だもんだから」と山形は咄嗟の作り話をする。

すると金作はおかしそうに、

「そうかい。あの末子コが、どっかに売っぱらったんだべか」

「そんなことする娘さんだってかい」

「する、する。あすこの末子コなら、身体売ってでも金欲しいほうだって」と言って金作は

舌を出す。

「ありゃ、そうかい、たまげたなあ。末子コだけかい、そんなふうだのは」

「そこまでわかんないけどさ。服もなんも、函館で売ってないものばっかりでしょ、あの娘たちなら。たまにテレビに出るから、話のタネになるわけさ」

たしかに、行方不明の咲良は輸入品のピンクのダウンジャケットを着ていた、という話だった。

「ウチのがほれ、ママさんバレーの練習あるって、いないもんだから」といいながら、金作は自分の茶碗も出して急須の茶を注ぎ足した。

「まだ十六だのに、一人前に遊んでんだべかな」と山形はさりげなく追加情報を求める。

「そうでないかい。とりあえず三番めはどうしようもねえ、ってみんな言ってたさ、こないだの祭りのときでもね。まあ、どのみち、おれたちば相手にするわけでねえからさ。おおかたは医者だのなんだの、捕まえるんでないの」

「岩倉病院の医者だべか」

「ハハハ、あそこの病院、たいした評判いいから、いい先生引っ張ってくるのに、娘たち、一肌脱いでるのかもわかんないね、ハハハ」

俊介は浜言葉でうまく会話に加わることができないので、こんなときは山形と金作を等分に見ながら、つい聞き役に回っている。

「堕落の家だべ。あすこの家なら。バチ当たったんだ」と、身動きもせずぼんやりしていた澄夫老人が言った。息子の話が部分的に聞こえたのだろうか。

「爺さん、このごろ俳句のほうはどうだの」

「もう無理しょう。字読むのが、おっくうだちゅうんだもの。だけど、無理だって認めれば最後、俳句雑誌捨てられるかと思って、まだやるって聞かないのさ。押し入れに五十年からの雑誌積んで、片づかなくてワイヤなのさ」

　山形は何度もうなずきながら澄夫老人を見つめていた。

そのとき階段で足音がして、ハーフコートにミニスカートの娘が現れた。

「あ、茉莉花（まりか）」と金作が声をかけて、

「なんだか岩倉の娘さんがいなくなったって話なんだども、おめ、ゆうべどっかで見かけなかったかい」

「え？　岩倉？」と父親を振り向いた茉莉花は、整形したように平たく開いた目にこってりアイシャドウを塗っている。

「三女の咲良さんなんだけどもね」と山形。

「知らなーい。家出でもしたんでないの」と笑って、茉莉花は手に持っていた赤い靴を床におろして足を入れる。

「え、悪い仲間とつきあってたのかい」と山形はすかさず質問を畳みかけたが、

「だから、知らないって」と茉莉花は笑い、そのまま走って店を出ていってしまった。

「ウチの娘はほれ、あっこの二番目の柑菜ちゃんと昔、同級生だったから」と金作。

そうだとすると十八か十九だ。

「やっぱり、すぐ家出って思いつくような、そんな遊び方、ふだんからしてたんだべね」

「さあ、ねえ」と金作は苦笑して腕を組み、

「家出てえ、家出てえって、本人がしょっちゅう騒いでるから、つい口がすべったんでないかい、はははは」

澄夫に挨拶して工務店を出ると、山形は手招きで金作を外へ呼んだ。

「爺さんなら、ゆうべはずっと家にいたんでしょ」と山形は何食わぬ顔で尋ねる。

金作は一瞬きょとんとして、それから父親のアリバイを尋ねられたと気づいて眉をひそめたが、

「いたさ。濤永寺の和尚が、このあたりに法事あって、帰りに寄ってってたさ」

「そうかい、何時ころだの、和尚さん」

「おれが帰ったら、お茶一杯飲んだとこだったから、九時半ころ来たんでないべか。だけど、刑事さん」と金作は黄色い歯を見せた笑顔を山形に近づけ、

「うちのオヤジなら、あの身体で、なんもできるわけないっしょ。二十年前なら、それこそ疑ってもいかったかもわからないけどさ」

「そうださね」

「しかも、今はおれが岩倉病院の仕事、もらってるとこだもの。これで一息ついて、年越せるちゅうことになったら、オヤジもおれも、背に腹は代えられねえべさ、なんぼ昔の恨みあるったって」

「あ、そうだ。そうなるさねえ、ははは」と山形も笑ってヒゲ面を掻いた。

金作と別れて車に戻ると、俊介は山形に、

「小窪工務店の親子はシロでしょうねえ」

「そうさな」と山形。断言はしないが、「そうさな」と山形が言うときはかなり確信をもった肯定の意味だ。

「あの茉莉花って娘の言いぐさは、ちょっと気になったけどなあ」

「何か知ってるんですかね。若い者同士で」

「そうだなあ。ま、頭の隅においとくべ」

ともかく、松雄が主張した「小窪工務店の怨恨による犯行」の線は、小窪親子に関する限り根拠がなさそうだった。芭蕉の短冊の件は、別の方面へ飛び火することになるのかもしれない。

俊介は捜査本部に連絡を取った。新情報として、西辺聖也（にしべせいや）という高校生の名前があがっていた。八時二十分のバスに乗り合わせて、手前の湯ノ川で降りた乗客――たまたま湯ノ川署管内の巡査の息子だった――が、後ろの座席で男女の高校生が親しげに会話していたのを思い出した。女生徒はたぶん岩倉の下の娘で、男子生徒のほうは前から知っている聖也だったという。聖也は身長百九十センチ、中学時代のバスケットボール函館代表の一人だった。聖也の家は潮首町、岬の近くだ。

時計を見ると一時過ぎ、俊介たちは「恵山観光センター」の食堂でワカメうどんをかき込んでから、帰り道、聖也の家に寄ってみることにした。電話をかけて在宅を確認し、一時間後に訪ねる約束をする。日曜日だからのんびり家にいるのだろう。

――そう思うとふいに、今朝五時半に電話で起こされ、娘の清弥子（さやこ）に「ごめんね」を言うひまもないまま、幼稚園の演奏会の約束をすっぽかしたことを俊介は思い出した。年に一度あるかないかの緊急招集だった。今ごろになってため息をつく。演奏会はもう終わったころだ。うどんを食べてから、清弥子に電話をかけておこう。

若い刑事が観光センターまで、小窪親子の指紋のついた「千秋庵」の包装紙を受け取りに来てすぐ引き返していった。

目の細いニキビ顔の高校生、西辺聖也は、咲良の行方不明のニュースをすでに聞きつけていた。近所に警察車両が続々と繰り出してきたのだから当然だ。ゆうべは帰宅のバスで咲良と乗り合わせたので少し話した、岩倉健二と中学で同級生だったので、そのころから咲良とも知り合って、会えば挨拶をする仲だという。聖也が昨夜九時二十分に帰宅して、いつもと変わらない様子だったこと、つまり「潮首町」のバス停で降りて二分後に帰宅したらしいことは、本人が現れる前に母親から聞き出していた。したがって、聖也本人が犯行に及んだ可能性はほぼないものと思われた。

山形が上がり框に腰かけた。俊介は後ろに立っていた。聖也はその前にジャージ姿であぐらをかき、乱れた頭を掻きむしった。痩せているが、たしかに二メートル近い巨体だ。聖也の母親が居間の灯油ストーブを近づけてくれながら、

「あんた、なんか余計なことしたんでないべね」と息子を牽制した。

「ふん」

「また警察の世話になるのは、まっぴら御免だからね」聖也には補導歴でもあるのだろうか。

「うっせえ、クソばばあ」と聖也はふてた。

「いや、聖也君にはゆうべのバスのことで、ちょっと訊きたいだけなんで」と山形はとりなして、

「聖也君はゆうべ咲良さんと、同じバスに乗る約束でもしてあったのかい」

「なんも。たまたまさ」と言うと、聖也は声をひそめて、

「咲良、殺されたのかい」

「え？　なしてそう思うの？」

「なんだか血みたいの、ついてたって」と聖也は浜の方向を顎で指した。

「だから調べてるのさ。で、ゆうべのバス、どこまで一緒に乗ってたの」

「え……あいつが降りたのが……」

「『濤永寺』？」

「そうそう」と聖也は言って、よそ見をしながら頭を掻く。嘘をついている気配がある。

「本当は話がおもしゃくて、ここらあたりまで一緒に乗ってきたんだべさ」と山形は笑顔でカマをかける。

「いや、降りたよ。『濤永寺』か……その次で」

「その次か」と言った山形の目は、満足した様子ではなかったが、ますます親しげな口調で、

「そうすると、次の停留所は『石崎漁協前』だな。そこで降りたのかい、咲良は」

「うん……」

「『石崎漁協前』で、間違いない？」

「うん。ちょっと、話混んでたからさ」と聖也は頭を掻く。「石崎漁協前」で降りたとすれば、母親の千代子とは出会わない道理だ。十分ほど徒歩で戻る計算になる。

「『濤永寺』に、お母さん迎えにきてるって言わなかったの、咲良」

「あ、言ってたさ。だから、次で絶対降りるって」

「本当は、聖也君も一緒に降りたんでないの」

「いや……おれも降りる気になったけど、ダメだって」と言って、聖也は照れたように笑う。口説こうとして失敗したのだろうか。

「なんぼかねっぱったんでないの」と山形。

「ほかに誰か知り合いは乗ってなかった？」と俊介が尋ねる。

「いや」

「咲良さんの話しぶりは、どうだった？　いつもと変わらなかった？」

「……変わらねえよ」俊介の質問のしかたが悪いのか、聖也はおもしろくなさそうな顔になってテレビのほうへ目をやった。やはり山形に任せたほうがよさそうだ。

「そしたら聖也君、咲良とデートの約束でもできたのかい」と山形。

「いや」と言うと、聖也はニヤリと笑って、

「あいつ、おれたちなんか相手にしねえさ」

「へえ、誰なら相手にするんだって？」

「そら、金持ちだべさ、小遣いくれる」

居間のソファで聞いていた聖也の母親が笑って、

「なんたって、あそこの娘さんがたなら、化粧のしかたから違うものねえ」と茶を出しながら言った。そういう問題ではないと思うが、母親は勝手に納得しているようだ。

俊介は小窪澄夫が言った「堕落の家」という言葉を思い出した。

「このごろの若い人がたなら、たまげることばっかりさ」と山形は母親に相づちを打ってから、あらためて聖也に、

「たとえばどんな人とつきあってたのか、噂らしいことでも聞いてないかい」

「岩倉病院の医者がどうとかって、誰だかしゃべってたけども」と聖也はまたよそを向いて、

「なんつったっけな。イシ……なんとかってやつでねがったかな」

「『石井(いしい)』かな。『石田(いしだ)』かな。とにかく『石』がつくんだ」

「いやあ、わがんね」

「したらあとは、こっちで調べるけどもさ。咲良だってたまには、聖也君ぐらいの同年配と、つきあうこともあったんでないのかい？」

「それは中学校で終わりって」と聖也は笑うが、山形は食い下がって、

「中学校時代は、誰とつきあってたんだい？」

「そら、あの顔だから、ずいぶんモテてたさ。本間(ほんま)って、三級上の番長とデートしたこともあったんでないべか」

「へえ、番長かい」

「だけど、なんもさせねがったらしいよ。金だけ使わして」

「へえ、その本間君、今は何してるの？」

「死んださ。バイクぶっ飛ばして、すっ転んでさ」

「いつだい」

「去年だね。咲良が相手にしねえから、ムシャクシャして飛ばしてたんだって、みんな言ってたさ」

そんな事件が新聞に出ていたような気がかすかにしたが、はっきり思い出せないので、

「本間君の下の名前、わかる?」と俊介は尋ねざるをえなかった。

「本間大輔(だいすけ)」と聖也はふてくされて答える。

「そうかあ、咲良はずいぶんモテてたんだべなあ」と山形はとりなして、

「だけど聖也君だって、男前だしさ。よっぽど脈あったんでなかったら、咲良も次の停留所まで乗り越さないべさ。なんか約束したんでないかい?」

「ダメ、ダメ。五万持ってこいって」

「五万か」

「負けとくって。ははは」

「そんなとこに使う金あったら、こっちに返しなさいや。オートバイの修繕(しゅうぜん)代」と母親が口をはさむ。

「わかってるって」と言って聖也は、両手を頭の後ろで組んでごろんと寝そべる。

「もう一つ訊きたいことあるんだよ」と山形警部は聖也のジャージの膝をぽんぽんと叩いて、

「岩倉の家には、行ったことあるよね。あすこの玄関に、鷹の置き物あったの、覚えてるかい」

「鷹。ああ、健二がちょしてたやつかい」と聖也は組んだ両手で下から頭を持ちあげて言った。

「健二が？　鷹が好きなんだべか」

「あいつ、鳥が動物捕るとことか、好きなんだよね、昔から。カモメが魚捕るの、いつまでも見てるさ」

「ああいうの、カッコいいからなあ。そうか、聖也君は健二とだいぶ親しかったの」

「なんも、あっちは雲の上の人だけど、中学校時代ほれ、バスケットで一緒だったから」

「あ、そうか。卒業してからも、たまに会うのかい」

「うん。バイク乗りたいから、教えてけれって、夏休みに何回か出かけたさ」

「健二は健二で、遊び回ってるのかい？」

「まさか。バイク、学校行くのに乗るからって」

「そうか。で、きのうバスの中で、なんかの拍子に、その鷹の置き物の話、出なかったかい」

「出ないよ」と聖也は笑って、

「ふつう出ないしょ」

「このあたりで見かけてもない?」

「ないけど、あれ、どうかしたの?」

「どうも見えないいちゅうんで、咲良が売っぱらったんでないかって」と、山形は小窪金作の想像をそのまま流用して言った。

「へえ。あれ、なんぼになるべ」

「ちょうど五万くらいでないの、ははは」と山形は聖也を笑わせる。

「聖也君、バスケットはもうやってないの」と俊介は好意のつもりで質問を追加したが、そ
れがなんと最悪の質問なのだった。聖也は恨みのこもった目で一瞬だけ俊介を睨むと、返事
もしないで後ろをむいた。

「この子、膝に怪我してねえ、付属にスカウトされてたのに――」

「うるせえ、余計なことしゃべるな、クソばばあ!」と言うと聖也は立って奥へ引っ込んで
しまった。

車に戻ると、俊介は山形と西辺聖也の供述を整理した。
咲良は聖也と話し込むうちに、最寄りの「濤永寺」でバスを降りそびれ、次の「石崎漁協
前」で下車した。そこから徒歩十分ほど、国道を引き返すことになる。その時刻ごろ、徒歩
の通行人があのあたりにいたとは思えないから、おそらく車で通りかかった誰か知り合いに、

咲良は呼び止められ、車に乗ったのだろう。

一方、咲良の交遊関係は、中学校時代からいろいろあったようだが、現在では金銭目的かどうかはともかく、複数の大人の男たちと関係を持っていたようで、その中には岩倉病院の医師である「石――」某が含まれているらしい。この点についての聖也の証言は、小窪金作が耳にした噂ともほぼ一致している。

以上から、潮首岬の先にある岩倉病院の医師が、咲良との交際でトラブルを抱え、なおかつその者がたまたま病院からの帰路、海岸沿いの国道を通っていたとすれば、夜道を一人で歩いている咲良を見かけ、千載一遇のチャンスだとばかり行動を起こしたことも想像される。

その線で決まってくれればありがたいと、俊介は捜査本部に電話で報告しながらぼんやり考えていた。

「それにしても、バスケットのこと訊いたとたんにむくれるなんて、夢にも思わなかったな」と俊介は反省して言った。

「はっはっは、最後だからちょうどいかったけどね。だけど日曜にうちにいたら、まずクラブ活動はやってない、ちゅうことでないかい」

「そうか。すっかり忘れてました」

「あれだけ怒るっちゅうことは、逆に未練あるんだべ、バスケットに」

「そうでしょうねえ」

俊介は車を出した。「石崎漁協前」バス停を通りかかると徐行して、浜の一部を埋め立てた小さな波止場が左手に広がるあたりや、右手の倉庫や小工場のあたりをきょろきょろと見わたし、そこから「濤永寺」までの一キロ足らずの距離をゆっくり、両側に注意を払いながら運転していった。右手山側は飛び飛びに民家や倉庫が建っているが、駐車場や空き地も多く、海側は波止場を過ぎるとまたコンクリートの長い防波堤がつづく。目につくものは何もない。夜九時にここを通りかかった車が、誰にも見られず一時停車して、咲良を——甘言によったか暴力によったかは別として——乗り込ませることはむずかしくなさそうだ。

俊介は岩倉邸をいったん通り過ぎ、石崎の駐在所の駐車場に車を入れて、そこの巡査に、西辺聖也の補導歴について尋ねた。巡査は記録と記憶の両方を動員して、聖也は地元のオートバイ少年団に加わり、このグループは暴走族と呼ぶほど凶悪でも大規模でもないが、今年六月に赤川(あかがわ)町で別グループの少年たちと喧嘩騒ぎを起こし、函館北署で補導して母親と高校の担任を呼んだ、その中の一人だということだった。それなら多少活発な、普通の高校生の範疇(はんちゅう)に入るだろう。

咲良と交際があった本間大輔という少年についても、巡査の記憶は鮮明で、高校の校長からじかに聞いた情報も持っていた。大輔はかつて聖也が属するオートバイ少年団のリーダー格だったが、去年岩倉咲良を見初めて交際を申し入れ、更生を約束してオートバイ少年団から足を洗い、ガソリンスタンドで働きながら咲良とのデートを実現させたが、二人の関係は進展せず、気持ちを問いただす大輔に、「更生を条件にして一回か二回デートしてくれればそれでいいから、と校長先生と大輔の母親に頼まれて金を渡されただけだ」と、咲良は真相を暴露したので大輔は絶望し、翌日咲良の放課後、封印していたオートバイにまたがり、「これはおれの形見だ」と言い残してヘルメットを無理くり咲良に手渡すと、猛スピードで去っていくのを何人かの生徒が目撃していた。大輔が死亡事故を起こしたのはその三十分後のことだった。咲良はヘルメットを大輔の母親に返しがてら、「あたし、お金の分はがんばりましたから」と言ったという。

ついでに岩倉健二のオートバイについても尋ねてみると、巡査はこの秋から毎日のように、通学のスクータに乗った健二が国道を行き来するのを見てきたという。健二は特にグループには属さず、遠乗りに出かける趣味もないらしい。

帰ろうとすると、一つ気になることがある、と巡査が言う。昨夜咲良の「行方不明者届」を受け付けたあと、母親の千代子の車は岩倉邸へ引き返すと思っていたら、右手の坂道を上がっていった。その道は国道のバイパスに行き着くまで、民家は空き家も含めて数軒しかない。千代子に何か心当たりがあるなら、言ってくれれば一緒に捜すのに、と思ったがそのままになってしまった、と巡査は言った。

岩倉邸に戻る。犯行に関連する電話はあいかわらずかかってきていない。

千代子は二階の自室で休んでいるという話だったが、しのぶに様子を見てきてもらうと、やがて千代子自身がセーター姿になって階段を降りてきた。離れが空いているというので、釜下専務以下、岩倉商事の社員たちの話を聞きに二階にあがる山形と別れて、俊介は千代子に導かれ、母屋と向かいあった別棟に行った。

この別棟は、やはり二階建てだが母屋より小ぶりで、千代子が室谷祐平と結婚した機会に建てたもの、祐平の死後千代子は母屋へ移り、今では娘たち三人が使っているらしい。

ストーブをつけたキッチンのテーブルを挟んで、俊介は千代子とさしむかいにすわった。千代子はやはり腰をかばい、クッションを重ねた上にこわごわ浅く腰掛けただけだった。

「腰がお悪いとうかがいました」

「はい。ふだんはなんでもないんですけど、深く曲げられなくて」

俊介はうなずき、それから本題に入った。

咲良が旧知の西辺聖也とたまたまバスに乗り合わせたために、「濤永寺」の一つ先の「石崎漁協前」停留所で下車したようだ、と俊介が伝えると、千代子は半分納得がいったように、あとの半分はますます残念そうに顔をしかめた。「濤永寺」を発車したバスを見送ったが、バスの中は見えなかったという。

泣きはらした目を隠すためか、千代子は色のついたメガネをかけていた。

しのぶがお茶のポットと茶碗、それに千代子を気遣ってクッションと毛布を持ってきて、ストーブの火を調節して帰っていった。千代子としのぶは、八年前に松雄が再婚してから、家に居ついた一人娘とそれよりも若い後妻の関係だが、姉妹のように遠慮なく、自然にふるまっているように見えた。ただし千代子は小柄で目も唇も細く、しのぶは大柄でふくよかだ。

しのぶが去るのを待ってから、俊介は千代子に、昨晩「行方不明者届」を出してから、駐在所の脇の坂を登っていった件についてまず尋ねた。

「なにか心当たりでもありましたか？」

「いや、そうでないんですけど……」と千代子は口ごもったが、やがて決心して語りはじめたところによれば、千代子はバイパス道路をやや西へ、空港の方向へ車を走らせ、岩倉家が一画を所有している家庭菜園の前の三叉路に出て、そこに二十分ほど車を停めていた。どの方向も少年少女のオートバイがよく通る道で、現にこの夏の夕方、菜園の作業を終えた千代子が車を出そうとしていると、北の桔梗(ききょう)町方向から大型オートバイがやってきて、千代子の目の前を通り過ぎていった。そのオートバイの後ろに咲良が、ヘルメットをかぶってシートにまたがり、黒のライダー服とフルフェイスのヘルメットに身を包んだ男に後ろからしがみついていた――千代子にはそう見えたが、一瞬のことで確証もなく、あとで尋ねても、咲良はそれが自分だったとはついに認めなかった。千代子がそれ以上咲良を問い詰められなかった理由の一つは、菜園前の三叉路を北へ行くと、ラブホテルが数軒建ち並んだ街道があって、咲良のオートバイはそちらから来たからだった。

咲良の素行は表面上おとなしかったが、今は電話もメールも自由な時代だから、目の届か

ないところで何をしているかわからない。行方を案じる不安の中に、そんな思いがよみがえ

って、居ても立ってもいられず、つい菜園前へ行って、咲良がホテルのある街道から来なけ

ればいい、いや、それでも来てくれたほうがいいと、苦しい期待をしばらく嚙みしめていた

のだという。

そんな告白を聞いて、今しがた仕入れてきた咲良の男女交際をめぐる情報について、千代子に問いただす作業がしやすくなったと俊介は内心で喜んだ。

ところが、千代子は咲良の男友達について、具体的にはなにも知らないと言う。咲良は話そうとしないし、姉たちに訊いてもはぐらかされるばかり、咲良をオートバイに乗せた男の話をしても、二人とも「それぐらい、いいんでないの」などと言って取りあおうとしなかった。俊介はオートバイで死んだ本間大輔の名前も出してみたが、千代子はさっぱり心当たりがないという返事だ。

「お姉さんたちには、あとで訊いてみましょう」と俊介は言って、質問の角度を変えることにした。

「長男の健二君との関係は、どうなんですか?」

「まあ、健ちゃんはそれこそ子供のころから、かだって遊んでましたから……」

しのぶは、岩倉商事が先代――松雄の父、樫雄――から取引してきた浜野水産の社長浜野

幸司の後妻だった人だ。一九九〇年代に松雄は浜野水産に相当の援助を提供したが、残念ながら倒産し、精神的におかしくなった幸司は二〇〇〇年に自死を選んだ。その直後に次男健二が生まれ、途方に暮れたしのぶを手助けするために、最初は通いの家事手伝いとして岩倉の家に呼んでいたが、松雄が気に入って、二〇〇八年に結婚と、健二の養子縁組を手続きした。千代子の夫婦——当時千代子の夫祐平も、岩倉病院の院長として存命だった——も、父親の世話係が決まって大喜びだった、というのが千代子の説明だった。

してみるとしのぶは、二度後妻になった人だ。「後妻業」という最近のはやり言葉が俊介の頭に浮かんだ。しのぶの小さな顔とふくよかな身体つきは、なんとなくそれに似合っているかもしれない。

健二と咲良は、戸籍上は叔父と姪にあたるが同年で、同居がはじまった二〇〇八年には二人とも八歳だった。浜野家には幸司と先妻のあいだに壮一（そういち）という長男がいたが、健二より一回り上の壮一は、もともと継母のしのぶになつかず、岩倉家の世話になることを拒んで自活していた。今では二十八歳になる。健二はおとなしく優秀な少年として育ち、彩芽以下の三姉妹にも好かれ、函館一の私立高校に合格して四月から通学している。健二と咲良は今年十六歳、柑菜は三歳上、彩芽は五歳上ということになる。

「三人姉妹の中で、健二君と特に仲がよかったのは誰ですか？　やっぱり同い年の咲良さんかな？」

「さあ、健ちゃんが中学校のころは、彩芽が威張って、あちこち連れて歩いてましたね。札幌の短大に行ってからも、しょっちゅう健ちゃんにお土産持って帰ってきましたから、健ちゃんが好きなのかなと思ってましたけど、ちょっと訊いたらそんなことない、って言うし、それどころか、札幌で好きな人見つけた、なんて言い出しましてね。けっきょくその人と婚約しましたの、この夏に」

婚約者の名前は滝田恒夫(たきたつねお)というらしい。

「柑菜さんはどうだったですか、健二君と」

「柑菜も彩芽がいなくなってからは、健二と出かけることはありましたけどね。もう、そのころからは健ちゃん、勉強が大変でしたから……」

昨日から健二は、たまには息抜きということで、札幌ドームでおこなわれるアイドルグループのコンサートに出かけて、高校の級友と札幌で一泊したところだったという。

「ところで咲良さんは、服や手回り品にずいぶんお金かけていたようですが、それは全部、おうちからの小遣いだったですか？」

「はい、小遣いと言っても、私が渡すもののほかに、お祖父ちゃんがときどきあげてましたし、たまには彩芽が、モデルみたいな仕事を、柑菜や咲良に頼んでるような話を、してたこともありますけど」

長女の彩芽は札幌の女子短大を卒業して、函館で小さなデザイン会社をはじめた。幸い三姉妹は美人揃いだという評判で——特に咲良に注文が多かったようだ——モデル業も適当に挿みながらここまできたのだという。朝方に咲良の写真を求めると、ポートレイトが何枚もあり、中には雑誌掲載のものもあって驚いたことを俊介は思い出した。たしかに目のぱっちりした愛くるしい顔だちだった。

「私でなくて、亡くなったお父さんに、三人とも似たんですけどね」と言って、千代子がようやくかすかに笑うのを、俊介は初めての笑顔だと思いながら見た。

「岩倉病院のほうでは、咲良さんはアルバイトのようなことはなかったですか」と尋ねてみると、

「あ、ありませんでしたが……」と千代子は答えたが、ややうろたえた顔になったので、

「じつは病院の先生の中に、咲良さんと親しい人がいると小耳にはさんだのですが」と俊介は踏み込んだ。

「はあ……」と千代子はまた迷ってから、産婦人科医の石黒正臣（いしぐろまさおみ）という男の名前をあげた。

俊介は指をパチンと鳴らしそうになった。西辺聖也が言っていた「石——」某とは、この石黒正臣に違いない。

石黒は千代子の亡夫、岩倉祐平の医大の後輩で四十八歳、祐平が倒れてからは産婦人科部長を務めている。この石黒が、函館駅近くの大手ホテルから咲良と並んで出てくるところを、病院の看護師がたまたま目撃し、師長などを介して千代子理事長の耳にも入った。この夏休

み中のことだ。石黒は既婚者だった。しかもあとで聞いたところでは、石黒はアメリカ製の高級オートバイも所有しているらしい。日ごろの服装とはまったく違うので見わけられなかったが、咲良を乗せたオートバイ男も石黒だったのかもしれない。

ただし、石黒を詰問して辞められては病院が困る事情もあったので、千代子はとりあえず咲良にだけ、「石黒先生に何か用事でもあったのか」と尋ねた。咲良は笑って友人の名前をあげ、「ちょっと産婦人科の先生に相談したいことがあるって言うから、紹介しただけ」と答えた。産婦人科の先生に相談とは、ひょっとしてその子が妊娠でもしたのだろうか、まさか咲良自身が、と千代子は余計に心配になったし、相談なら病院へ来ればいいのではないかとも思ったが、それ以上追及するのは恐ろしく、また材料もなかったので、気を揉みながら引き下がったのだという。その後気をつけて見ていても、咲良には妊娠の兆候がなかったので最低限の安心はしていた。石黒は父親祐平の跡を継いだ医者なので、興味があってその後もたまに会って話を聞いているのだ、とあるとき咲良は言っていた。石黒に紹介されて、祐平の旧い友人である吉岡という医者にも会って、父親の思い出話などを聞いている、とも言っていた。

腰が疲れるのか、千代子はときおり背もたれにぐったり寄りかかった。

「じつは、咲良さんがその石黒先生と、いわゆる援助交際のようなことをしていた可能性も、あるのではないかと思えるんですがね。もちろん、この事件と無関係であることがわかれば、そこをむやみに突つくつもりはないんですが」と俊介はできるだけ慎重な口調で言った。

するとと千代子は、絶句するか憤慨するかと思いきや、大きくため息をついて、

「そうですか」と言った。母親の直感で、咲良が親に言えないことをしていると感じ、ゆうべ行方不明になってからは、石黒に同乗したらしいオートバイの一件が妙に気にかかっていたという。

ただし、昨夜石黒は、夜勤のため午後八時に病院に入って、午前六時まで勤務しているはずだということが千代子にはわかっていた。だから咲良の行方不明に、直接関与している可能性はないはずだ。それでも電話やメールなど、急に咲良の行動を変えさせる連絡が、石黒からあったかもしれない。眠れぬ一夜を過ごすうち、最後の心当たりとして、石黒のことがどうしても気になった、と千代子は語った。夜明けを待って、千代子は海岸沿いの国道筋を車で捜してみたいと言い、それなら手伝おうと釜下専務が運転を買って出たが、実際には千代子は、ひそかに岩倉病院の駐車場を点検したり、石黒の動静を確かめたりしたいと思っていたので、釜下には西の湯ノ川から函館駅あたりまでを探索させ、自分は国道を東へ向かい、戸井の海辺の病院へ行ってみた。

「そのコースだと、潮首岬の前を通ったと思いますが、何か見かけませんでしたか」

「さあ……」防波堤の外側のテトラポッドの上にでも、人が立っていればヘッドライトに浮かんだはずだが、なにも見当たらなかったという。それが朝五時半のことで、咲良の遺留品

が発見されるおよそ一時間前だった。千代子はそのまま岩倉病院へ行って駐車場に車を停め、懐中電灯を片手に、まばらに停めてある車をすべて点検してから、通用口に面した守衛所に行って、守衛に声をかけた。異常はないとのことだったので、それ以上守衛を不審がらせないように引き返してきた。六時半に帰宅すると、ちょうど釜下も市街地の見回りから戻ってきたところで、双方成果のなかったことを確認しあった。しのぶも起きてきたので、一緒に朝食の支度をしているところへ、遺留品発見の電話を警察から受けたのだった。

3

母屋へ戻ると、次女の柑菜が帰宅したところで、白いコートをひるがえし、ロングブーツの踵(かかと)で音を立ててさっそく母親に詰め寄った。

「お母さん、なに、なんでこんなことになっちゃったの」

千代子はその袖を摑んであらためて泣いた。

柑菜は色白で、咲良に似たきれいな瞳に細いワイン色のフレームのメガネをかけている。三姉妹とも千代子が言ったように、母親のような浅い顔だちではないので、死んだ父親に似たのだろう。

健二も帰宅していて、玄関の上がり框に腰かけてぼんやりしていた。指紋採取はもう終えたらしい。健二は一見して母親しのぶに似た、端正な顔の美少年だったが、やや窪んだ目には利発そうな輝きが宿っている。

俊介と山形はとりあえず健二から事情を聞くことにして、敷地内の青空駐車場に停めた警察のマイクロバスに三人で乗った。

「健二君は、あすこの玄関に置いてあった、鷹の置き物のことを覚えてますか」という質問から俊介ははじめた。健二の表情の変化を、できるだけ注意ぶかく観察する。

「あ、はい」と健二は緊張した声で答え、

「……そう言えば、あれ、このごろ見当たりませんね」

「ないことに、気ついてました？　いつからなくなったんですか」

「さあ、二週間ぐらい前じゃないかと思います。玄関の置き物は、よく奥様が片づけたりなさるので」健二はきちんと丁寧語を使える少年だ。

「奥様というのは、千代子さんのこと？」

「あ、はい。うちの母は、しのぶさんと呼ばれています。奥様より年下ですし」

「なるほど。で、あの鷹は、きみがよく持ち出してたちゅうか――」

「はい、ああいうのが好きなので、ちょっと自分の部屋に置いてみたりとか、したことがありますけど」

「もらっちゃうわけにはいかなかったの？」

するとと健二はにこやかに笑って、

「だってぼく、ここの子供じゃないですから」

「はは、でも戸籍上は、とっくにここの長男でしょう」

「そうなんですけど、なんとなくぼく……オマケみたいなもので」

「でも、皆さんと仲良くしてきたんでしょ？　奥様にしろ、三人の娘さんにしろ」

「はい、それは」

「三人娘では、誰と一番親しかったの。同い年の咲良さん？」

「いや、あの子はマイペースなので……。彩芽さんには、いろんなものを買ってもらいました。柑菜さんには、よく勉強を教えてもらいました。そんな感じで……」と健二はなにも秘密のなさそうな笑顔を見せる。

「つまり、誰とも恋愛関係ではない、ということ？」

「はい、ざっくり言うとそういうことです」と健二は生意気な答えかたをした。

「そうすると、岩倉の美女三姉妹は、それぞれボーイフレンドがいた、ということかな？　咲良さんのボーイフレンドは、誰か知らない？　会ったことあるとか、名前だけでも」

「ええと、咲良はしょっちゅう、渋谷とかでナンパされてたんですけど」

「渋谷って、東京の渋谷？」

「そうですけど、そういうのも数えるんですか。あ、でも名前まではわからないな」

俊介はいささかゲンナリしながら、

「名前わかるのは誰？」

「ええと、札幌のやつで、梅木とか言ってたな。北大の学生で」

俊介は梅木某について、健二が覚えている限りの情報を聞き出してメモした。

「ほかには？　函館には誰もいないの」

「ぼくの同級生で、しょっちゅう咲良に会わせろって言ってるやつはいますよ。そいつも一緒に札幌に行ってたんですけど」

それは竹田伸彦という弁護士の息子なのだという。ただ昨夜は健二と一緒に札幌にいたので、事件には無関係のようだ。

「とにかく、女の子とつきあいたい年頃ですからね」と健二は、まるで自分がその年頃に属していないかのような口調で言う。

「きみたち札幌で、梅木って北大生に会ったのかい？」

「え、まさか」

「よし、ほかには？」と俊介は尋ねて、健二が考え込むのを待ってから、

「昔番長だったちゅう、本間大輔って男の子とかは」

「あ、もう知ってるんですか。でもあの人、事故で死にましたから」

「咲良さんに当てこするみたいに、ヘルメットを預けて、オートバイで出かけたんだっ

て？」

「そう。咲良もすごいショック受けてました。それ以来恋愛には近づかないし、同年代の男の子は相手にしないようになったみたいですね」

「じゃあ、本間君の周辺で、咲良さんのことをいまだに恨んでる人とか、いないのかな」

「さあ……」

「本間君の昔の恋人とか、親友とか、どう？」

「……本間君は柑菜さんと同学年だったから、柑菜さんに訊いてみてくれますか」

「そうか、そうしよう。で、咲良さんは同年代の男は相手にしないようになった。そう言ったね。そうなると、大人の男との交際は、ないわけでもなかったということだね。しかもふつうの恋愛ではない形で」

「そう……なりますかね」と健二は余裕のある苦笑のようなものを浮かべる。そこで俊介は単刀直入に、

「たとえばだけど、岩倉病院の医者なんかには、咲良さんとつきあってたやつはいないの？」

「え？」と健二は驚いた様子で、

「ひょっとして、石黒先生のことですか？」

「どうだったの、ここだけの話。援助交際してたの、咲良さんは」

「まあ、はい。いや、さすがに情報が早いですねえ」と健二はむしろ満足そうにうなずく。

こいつは大人をからかってるのか、と俊介は怒りかけたが、我慢して、

「先生とのあいだで、トラブルなかったのかい」

「トラブルは聞いてないですね。石黒先生、お金たくさんくれるっていうし」

「きっかけはなんだったの。咲良さんが妊娠したの」

「いや、彼女の友達が、そういうことになって……みたいな」

俊介はその友人の名前を訊いてメモした。

「石黒先生のほかには、病院関係者はいない？」

「岩倉病院は、たしかあの人だけですね」

「ってことは、ほかの病院の先生か」

「石黒先生の紹介ってことで」

石黒の先輩の、五稜郭(ごりょうかく)公立病院の吉岡という産婦人科医だという。千代子からも出されていた名前だ。その吉岡医師は、亡くなった咲良の父親の旧い友達で、咲良は会うのを楽しみにしていたから、やはりトラブルは考えられないのではないか、と健二はつけくわえた。

「そうか。いろいろ派手にやってるんだなあ」と、俊介は精一杯好意的にコメントした。

「そうですね。咲良は貯金が趣味だって言ってたし」

「なるほど」

「どこまで本気かわかりませんが、石黒先生か吉岡先生か、どちらかとなら結婚してもいいようなこと、言ったこともありますね」

「え、まだ十六じゃないの」

「ええ。それに相手は二人とも、奥さんいるんですよね。だけど、そこはあたしの魅力で、って自信たっぷりに言ってました」

「若い医者じゃだめなのかい」

「若い子は恋愛に夢中になるから、嫌なんですよね。それとやっぱり、お父さんのことを直接知ってるっていうのが、大きいみたいで」

「そういうものか。上のお姉さんたちも、大人つかまえて、適当に遊んでたのかい？」

「いや、柑菜さんは医学部だからけっこう勉強大変ですしね。彩芽姉さんは、札幌の短大時代に好きな人ができて、今その人と一緒にデザイン会社やってますし」

「あ、滝田恒夫君か」

「はい」

滝田は二十八歳で、札幌の専門学校を出た男だという。

「だけど、こんなハンサム坊やと一緒に住んでたら」と山形は健二を人差し指で指して、

「誰か一人ぐらい、坊やに熱あげることもあったんでないの？」

「いやあ……一応、彩芽姉さんの仕切りで、三人とそれぞれ、映画見に行ったりはしたんで

すけど」

「お姉さんが仕切ったのかい。それで？」

「いや、それだけです。咲良なんか、オジサンたちとつきあうのをごまかすために、カモフラージュでぼくを連れ歩いただけで」

「へえ、そいつは健二君としても、おもしろくないわなあ」

「いやあ、ぼくはべつに、おもしろくなくていいですけど」

「どうしてさ。オマケだから？」

「はい。それに、勉強もあるんで」

「やっぱりここの家は、暮らしにくいのかな、きみには」と俊介。

「いや、そういうことはまったくないんですけどね。でも、なんとなく、ありますでしょ」

「なにが？」

「血の繋がりというか……生まれたときから岩倉だったわけじゃないんで」

「そうか」

「お母さんも、苦労してきたんだべか」と山形。

「そうですね。うちではいいんですけど、外の人には、いろいろ言われるみたいで」

「財産狙い」とか、それこそ「後妻業」とか、言われているということだろうか。

「それ見てたら、息子だけ調子に乗るわけにも、いかないか」と山形は納得する。

「おっしゃるとおりかも」と、また大人びたことを言って健二は笑う。

切り上げようかと思っていると、別の捜査員が俊介たちを手招きでバスの外に呼び出した。

「例の鷹の像に、健二の指紋が残ってるんだ。それから、靴にも」

「靴にも？　そりゃ大変だ」と山形がおもしろそうに言う。

「もうわかったの？」

「簡単な画像解析ソフトもってきたのさ。ちなみに、小窪工務店の親子はどれにもヒットしなかった」

「了解」

俊介と山形はバスへ戻って、

「咲良さんの遺留品として、靴と布バッグが出たこと、聞いてるかい」

「あ、はい」

「その靴に、きみの指紋がついてるんだけど、これはどうして？」

「え、まさかぼくが、咲良をどうかしたって言うんじゃないでしょうね」健二は抗議するより、洒脱な会話を楽しむような口調だった。

「だから、説明してよ」

「しますよ。きのうあの子の靴を、磨いてあげたんです。だからそのとき、ついたんだと思います」

「靴を磨いてあげた」

「はい。それくらいいつもしてきました。彩芽さんのも、柑菜さんのも」

「それ、きみの仕事なの？」

「そういうわけじゃありませんけど、なんとなく流れで。それにぼく、きれい好きだし」たしかに健二は、目鼻だちだけでなく、服装から髪や爪まで小ぎれいに整っている。

「でね、靴とバッグと一緒に、例の鷹の置き物が見つかったんだ」

「え？　あれですか、どうして？」

「見当つかないかい？」

「つきません」

「それにも、きみの指紋がついてるんだけどね」

「あ、よく触ってましたからね。でもだいぶ前に、玄関に戻しておいたんだけどな。あ、玄関でも触ってたか。まずかったですか」と言って、健二は鉛筆の芯が折れた程度のまずさを想定した顔をする。

「なくなっているのに気がついたのは、二週間前？」

「そうですね、それくらいです」

「それについて、誰かに話した？　お母さんとか」

「いや、べつに気に留めませんでした」

「そうか。指紋の件はわかったけど、念のために、ゆうべのきみのアリバイ、詳しく聞いておきたいんだけどね」俊介はわざと「アリバイ」という言葉を使った。

「はい、札幌ドームのコンサートが終わったのが八時、あ、これ」と尻のポケットから紙片を出して、

「これ、チケットの半券です。で、そのあと竹田がナンパするのにぶらぶらつきあって、女の子が見つかったらぼくは帰る、ってことで」

「へえ、せっかく見つかったのに？」

「はい。いつもそうなんです。ぼくはナンパのエサに使われるだけで」つまりハンサムな健二が一緒のほうが、女の子が捕まりやすいということか。

「へえ、それで？」

「先にホテルに帰りました。九時ごろかな」

九時に札幌にいたのなら、犯行には無関係と思われるが、念のために、

「そのナンパした女の子の住所氏名は？」

「いや、それは知らないな。竹田に訊いてください」

とりあえず、宿泊した札幌駅近くのホテルの名前を訊く。

「よし、わかった。いま話したこと、全部間違いないね？」と俊介が端末機をオフにすると、

「はい、間違いありません」健二は宣誓のように片手をあげて笑う。表情にあまりにも屈託

がないので、咲良の身の上が心配ではないのか、訊いてやろうかと俊介は思ったが、どうせ「もちろん心配です」などと答えるに決まっているので、それ以上なにも言わなかった。

「咲良はすこし反省したらいいのよ、いつも好き勝手ばっかりやってきたんだから」次女の柑菜は、母親にも言ったにちがいない台詞を、俊介たちにむかっていきなり繰り返した。

柑菜が選んだのは離れの二階、三つのベッドが並んだ広い部屋で、仕切りは薄紫の萩を配した四枚襖だが、中はフローリングされて洋風で――ベッドはシーツと布団カバーでブルー、ピンク、ホワイトにきれいに色分けされていた――灯油ストーブさえなければ部屋はまるで東京か、さもなければ外国のようだ。柑菜も寒空をあっさり無視したミニスカートに素足のままだ。おそらく東京の服装でそのまま来たのだろう。メガネをかけた小顔から香水が漂ってくる。

「その反省の材料って、具体的にはなに？」と俊介。

「ええと、まず遊びすぎ。お金使いすぎ。だからいつも足りなくなって、スポンサー探し」時間をかけずに、柑菜は石黒正臣医師の名前を出した。「お母さんには内緒よ」とつけ加えながら。

「すぐ石黒先生が浮かんだ、ちゅうことは、何か心当たりでもあるの、咲良さんと石黒先生のトラブルとか」

「逆に仲よすぎたんじゃない？　いなくなったのがそこの国道だっていうから、病院へ行く石黒の車に拾われて、どこかへくっついてったんじゃないかと思ったの。だけど、さっきお母さんになんとなく訊いたら、石黒はゆうべ夜勤だったって」

「しつこい客」だと咲良がぼやいていたのは、五稜郭のホテルのオーナーだったという。

「咲良さん、同世代の子とは、つきあってなかったの？」

「無理ね。恋愛感情とか、あの子にないから」という柑菜の答えは、健二のものと大差なかったが、

「へえ。どうしてそんなことになったの」と念のために訊く。

「一つにはね、あの子、お父さん子だったから、お父さんのイメージを追いかけて、オヤジばっかり好きになるの。そうするとお小遣いももらえるから、一石二鳥だって言うの。ばかでしょ」

柑菜は東京の医科大学へ行って半年あまりのはずだが、流ちょうな東京弁を、ピンクの唇からぽんぽんと弾き出してくる。言葉に抵抗があるのか、山形警部は頭を掻いて黙っている。

「そう言えば、本間大輔って子が、咲良さんとちょっとつきあってたって、誰か言ってたけど……」

「ああ、あれはただ、校長先生に頼まれたから。本間君が更生するチャンスだとかって」

「で、その子が自殺みたいにして死んじゃったのが、ショックだったたって？」

「うん、口ではそう言ってたけど、どうだろう。やっぱり恋愛はめんどくさいって思っただけなんじゃないかな。小学校のときから、無理やりコクられたり、いろいろあったから」

「コクられる」とは、恋情を告白される意味だろう。

「本間君の周囲では、咲良さん恨まれたりしてなかった？」

「恨み？　だってあれは、あの人が勝手に思い詰めたことだし……恨んだとすれば、前の彼女だった小窪茉莉花かな」

けさたまたま会ったばかりの小窪茉莉花の名前が出てきたので、俊介は思わず山形を見やったが、山形は何も気づかない顔をしていた。そのほうがいいのだろう。

「小窪茉莉花って工務店の娘さんだね？　あの人が本間大輔君の恋人だったわけ」

「みんなそう言ってたけどね。いつも二人でオートバイ乗ってたし、髪も同じ色に染めてたし」

「柑菜さんはその二人と、つきあいはなかったの」

「同じ学年だったから、少しはしゃべったけど。茉莉花、なんだかあたしに意地悪するから、あんまり近づかなかった」

「意地悪。なにかあったの？」

「ないよ。工務店がつぶれそうになって恵山に引っ込んだのが、うちのお祖父ちゃんのせいだって、誰かに吹き込まれたんじゃないの。彩芽姉ちゃんはそう言ってた。……だけど、本間君に咲良を紹介したのはあたしだったかな。たしか去年の港まつりのときに、たまたま行きあったんだったっけ」

「行きあう」というのは偶然出会う意味の北海道弁だ。まだ東京へ行く前の出来事を語るのに、柑菜の口からふと北海道弁が出たのはおもしろかった。

「そのときが本間君と咲良さんの初対面だったわけか」

「らしいね。あいつ、咲良のことをじーっと見てた。あはは」

「咲良さんはどう思ったの」

「えー。またかよ、って顔して、迷惑がってたんじゃない？　そういう男は次から次に現れてたから」

「その中にストーカーっぽい男もいたんでない？」

「咲良にとっては、若い男はみんなストーカーに見えてたと思うよ。本間君だって、最後はそうだったらしいし」

「それで、オトナと援助交際か」

「うん、それプラス、お父さんの思い出話ね。よくあたしたちにも話してたよ。吉岡先生なんかに聞いた話」

「みんな、お父さん子だったんだ」

「ていうか……げっそりして、黄疸で真っ黒になって死んで、かわいそうだったからね。お父さん」

「柑菜さんも、医者を目指すところなんか、お父さんの遺志を受け継ぐ気持ちなんじゃないの？」

「え、それはそうかもしれないけど、咲良と一緒にしないでよ」

「あ、そうか」

「あたしはまともだもの。あたしはA型なの。咲良はなんだと思う。ABよ。やばくない？」

「血液型の話だね？」

「そう。うちはお父さんがAOでお母さんがBOだから、どんな血液型でも生まれる可能性があるの。でも彩芽姉ちゃんもAだから、咲良だけやっぱり特別ね」

「それじゃ彩芽さんと柑菜さんは、似た性格で気が合うのかい？」

「だいたいそうなんだけど、彩芽姉ちゃんは咲良に甘すぎるの。『咲良はかわいいから気をつけて』なんて言うもんだから、マジで調子に乗っちゃって」

「じゃあ柑菜さんは、どういう考え方なの、恋愛に対して」

「ていうか、恋愛もいいけど、もっと世の中に出て、大きいことしたいよ、あたし。そっちのほうがスリルあるもん。だいたい人間が大きくなれるでしょ」

「そうだよね」

「でしょう？　男だったらふつう、そう考えるよね。どうして女は男のことばかり、身の回りのことばかり、考えなくちゃいけないの？　咲良だって目標がないから、男にみつがせて貯金がふえることばっかり楽しみにしてるんだもん」

「そうか」なるほど、岩倉松雄、千代子の血を引いた志の高い娘が一人はいるらしい。いや、彩芽も小さな会社を作ったというから、やはり彩芽と柑菜は多少とも似たところがあるのかもしれない。

「だからあたし、来年から留学さしてもらうことになってるの。聞いて、刑事さん」と柑菜は遠慮なく俊介の膝に触って、

「あたし留学したいって、中学生のときからずっと言ってるんだよ？　それなのにお祖父ちゃんが、ダメ、ダメ、って言ってて、ようやく去年ぐらいから、それなら行ってきなさい、その代わりアメリカの一流大学にしなさい、って」

「許可が下りたんだ」

「お祖父ちゃんがあんたがたのことも、何でも決めるってかい？」と山形。

「お母さんがなんでも相談するの。そうすると、答えは決まってるの。女は婿を取って岩倉の家を繁栄させなきゃいけないから、なるべく余計なことはしないほうがいい。家でおとなしくしてるのが、結婚相手にはいちばんいいんだって」

「ちょっと古い考え方かもわかんないね、なんぼ函館でも」と俊介。

「でしょう? だから、大学卒業したら、家に戻って花嫁修業。そんなのとんでもないから、彩芽姉ちゃんはせめて市内で仕事するから、って言ってがんばったの。っていうか、お祖父ちゃんにお金出してもらって、小さなデザイン会社を作ったの。で、あたしはもう北海道はいやだから、マジでお祖父ちゃん説得して、東京の医大に行ったの。ね?」

「柑菜さん、北海道は嫌いか」

「好きだよ。嫌いなのは雪だよ、雪! わかるでしょう?」

「わかる」と俊介は苦笑いする。

「ね? ところが咲良だけ、なにもする気がないわけよ。東京にはしょっちゅう遊びに来るけど」

柑菜はセーターの腕をたくし上げた。たしかに、この部屋は柑菜の素足に合わせたせいか、暖房が強い。

「咲良ちゃん、東京でもずいぶんナンパされるらしいね」

柑菜は顔をしかめてうなずいて、

「あの子、三人の中で自分がいちばんかわいいと思ってて、モテること以外に、なんにも興味ないの。自分からは誰も好きになったりしないくせに」

「東京でも、誰かに狙われるようなことはなかった?」

「来たときはあたしんとこに泊まるから、周りを男がうろうろするぐらいのことはあったけどね。チャイム押して訪ねてきたことはないな。それにあの子、東京じゃ函館の出身だってぜったい言わないの。ばかでしょ」

「いや、なんとなくわかるけど」

「ばかよ、自分の生まれ故郷をリスペクトできない人は」

山形が笑顔でポンポンポン、と拍手する。

「あたしそう思うもの。だいたいあの子は末っ子だから、甘えんぼうなの。お母さんも、あの子ばっかり可愛がるし。このごろはちょっと遅くなると、バス停まで迎えに行くらしいけど、歩いて五分よ？　あたしたちのときには、そんなことめったになかったのにさ。でもお姉ちゃんだって、ずばずば言いたいこと言うから、お母さんも遠慮するし、あたしがいちばん損してるのよ、留学だって、もっと早くしたかったのに許してくれなかったし」

けっきょく柑菜から咲良と交際した男としてあげられた名前は、健二が言っていた石黒正臣医師、五稜郭公立病院の吉岡潔医師のほか、五稜郭のホテルのオーナーの計三人だった。

「で、この件の連絡がきみに行ったのは、今朝になってから？」

「ううん、ゆうべ遅くなって気がついたら、お母さんから留守電が二件も入ってて、びっくり」

「ゆうべは東京の自宅にいたの？」

「ええと、友達とちょっと。アメリカ人のパーティがあって」

俊介は念のために、柑菜の東京の住所と、昨夜一緒にパーティに行ったという友人の住所氏名を訊いた。一緒に行った友人というのは女だった。

「そう言えば、母屋の玄関に、鷹の置き物があったの覚えてる？」

「鷹？　あ、なんか昔からあった。ちょっと気持ち悪いやつでしょう」

「だけど、健二君は――」

「そう、健はああいうのが好きなんだよね。あの子もなかなか普通じゃないからね」

「そうなの？」

「そうじゃない？　あたしたちが代わる代わる遊び相手をさせたのが、やっぱりストレスだったんじゃない？　いくら三人とも美人だからって、あたしだったら嫌だもん」と柑菜は冷静に感想を述べると、立って冷蔵庫に飲み物を取りに行く。

「健二君が岩倉の養子に入ったのは、ええと、二〇〇八年だっちゅうから八年前だけど、そのことば、あんたがた三姉妹で、話に出たことなかったかい？　なんでそこまでするんだ、とかって」と山形が尋ねる。

「ないよ。だって小さいころのことだし、健とはずっと仲良しだったもん。トロピカルオレンジ、飲みます？」

「いや、ありがとう」と俊介は言ったが、山形は質問をつづけて、

「だけど、このごろになればさ、お姉ちゃんだって仕事してるし、お祖父ちゃんはああいう

状態だから、遺産相続ちゅうことも、話に出るんでないかい？」

「ぷ、彩芽姉ちゃん、今遺産が欲しいって言ってた」と柑菜は笑って、

「あたしは気にしてないよ。だって誰かが健と結婚するかもしれないし。養子でも、血が繋がってなければ結婚できるんだよね」

「よく知ってるね」と俊介。柑菜はそんなことを調べてみたのだろうか。

柑菜はグラスのジュースを一口飲んでから、

「咲良は、三十になったら死ぬっていつも言ってるから、遺産なんていらないでしょ」

「え、どうして？」

「知らない。ばかでしょ。だから、あの子もお金が欲しいのは今なの、将来じゃなくて」と言って柑菜は勢いよくベッドにすわった。

十六歳の少女咲良にとって、四、五十代で妻帯者であるオヤジと結婚する願望と、三十になったら死ぬ覚悟と、どちらもリアリティがない点で共通している。そのリアリティのない世界を、彼女は日ごろ滑るように生きていたということだろうか。

4

俊介と山形は、警察のマイクロバスに戻ると、まず最初に小窪工務店の娘、小窪茉莉花の

アリバイおよび最近の行動を捜査するように同僚たちに依頼した。死んだ本間大輔の家族などについても調べが必要だった。山形としても、午前中につかの間見かけた茉莉花になにか疑いを抱いたわけではなかった――勘のにぶい俊介も、その点はもちろん同様だった――が、俳句短冊と凶器の関連が想像される以上、小窪工務店に多少とも関係する捜査をおこたるわけにはいかなかった。

咲良の援助交際の相手については、湯ノ川署に残っていた捜査員がさっそく聞き込みに出かけ、自宅にいた五稜郭のホテルのオーナーについては、ただちに回答の報告が寄せられた。オーナーは家族に聞こえないように、サンダルをつっかけると警察車両に乗り込んで質問に答え、駅近くのホテルで二回ほど咲良の客になったこと、一月ほど前に三回目を申し込んだところ、断られてそれきりになっていることを打ち明けた。昨夜は息子一家が自宅を訪れたので、七時過ぎから自宅にいたという。

吉岡潔医師は、三日前から東京へ出張中であることがわかった。肝心の石黒正臣医師は、夜勤明けの習慣とかで、昼食後ウィスキーと睡眠薬を飲んで就寝した、電話は取りつがないように言われているし、明朝六時に起きることになっている、との妻の応対を受けて、明朝出勤前に話を聞くことになった。念のため、今のうちに鑑識係が出かけていって、石黒の車を点検する指示が出された。

岩倉家の内部では、健二の大人びた態度が、当面俊介には目ざわりに思えた。山形も同感

だろうと忖度して、

「健二はどうも、いけすかないやつですね」と先回りして言うと、

「まあ、あんなもんだべ。遠慮しいしい暮らしてれば」と山形は笑って、

「さすがに頭は切れそうだもな」

「そうでしたね」

それで話は途切れた。山形にとっても、健二はクロではないにしてもややグレー、といったところなのだろうか。

主の松雄が捜査の状況を報告しろと言うので、山形が松雄の居室に行って、俳句の短冊を松雄に贈った小窪澄夫が、咲良の失踪に関与している形跡は今のところ見あたらない、と報告した。松雄は、あの老人はたいして動けまいから、息子の金作を注意して調べるようにと、山形警部に本部長のように命令したという。実際松雄は、前の代の道警函館方面本部長とは旧知の間柄なので、自分から事情を話してみようかとまで言い出したので、宥めるのに一苦労だったとのことだった。

誘拐の電話はかかってこなかったが、もう一晩、逆探知その他の機器を取り付けたままにしておくことになって、担当者は応接間で待機をつづけていた。だが誘拐でないとすれば、あくまでも咲良本人に動機を抱く者の犯行なのだろうか。やはり松雄を中心とする岩倉家の全体に、なんらかの遺恨を抱く者が――小窪工務店かどうかはともかく――たまたま咲良を

見かけて襲った、という可能性も大きいのではないか。そうなると、岩倉商事の過去のトラブルを調べる必要があるし、小窪澄夫以外に、かつての「松尾会」のメンバーなどにも当たってみる必要もある。そんな捜査領域拡大の方針を、とりわけ強く主張するのは、方面本部から来た刑事たちだ。かれらはともすると、腕だめしとばかり、事件の複雑化を希望しているように見えた。

俊介は、とくに事件の序盤では深く考えず、予測も立てないようにしている。ただ調べるべきことを調べるのが刑事の仕事だと思っている。そのあたりの地道さが、一見肌合いの違う山形警部に気に入られているようだ。四年前に東京で関取が殺された事件を手伝ったときも、警視庁の警部たちにずいぶん褒めてもらってうれしかった。

山形警部に誘われて、俊介は岩倉邸の敷地内を見て回った。海岸沿いの細い平地が、それでもこのあたりは二、三十メートルの幅があって、国道に面して門を構えた岩倉家は——北海道では除雪の手間を省くために、塀と門構えをはぶくのが普通で、岩倉邸は例外だった——門の内側がすぐ駐車場のスペースになり、北へ延びる正面通路の左側は屋根もついて床面も舗装され、五台分ほどのスペースにベンツ、トヨタのクラウンと黄色いプリウスが駐車している。塀に平行した板壁には冬用タイヤがずらりと並び、奥には自転車が三台寄せられ、釘にはぐるぐると輪にした青ホースのほか、各種縄跳びの縄やエキスパンダーなどが掛けられている。雪の季節はここでちょっとした運動もできるわけだ。ポールに巻きつけた日章旗らしいものや、植木用の高枝バサミなども隅に立てかけられている。門に近い手前にホンダのスクータが置かれているのは、健二がふだん乗っているものだろう。

通路の右側は、二本の桜の木の周辺が来客用の駐車スペースになって、警察車両はこちらに停まっている。桜はいい枝ぶりだが、これからの厳しい寒さにじっと耐える風情だ。

通路から七段の階段をあがると、住居用の平地がひらけ、どっしりとした瓦屋根——これも北海道では少ない——の母屋が右側、通路を挟んで左側に離れが、ほぼ平行して建っている。どちらも二階建てで、離れは3LDKほどだが、母屋は部屋がいくつあるのか、見た目にはわからない。母屋の北端に木製のゆるやかな傾斜板が取りつけられているのは、杖をついた松雄が自室の前の廊下から、独力で外へ出るための工夫らしい。母屋と離れの二つの家屋のあいだ——両側から屋根がさしかかるが、それでも四メートルの幅がある——をそのまま北へ突き抜けると、狭い空き地に物干し場や花壇があって行き止まり、山側のバイパスがはるか上を通りぬける丘陵へと急勾配がせり上がっている。花壇には寒さに強いマリーゴールドが一列に並んで咲いていた。

俊介はいったん花壇まで行って、夕暮れの薄闇に目を凝らして見えるものを点検してから、階段へ戻った。階段の手前まで来ると門や駐車場が全部見おろせるが、それ以上に、前方の視界の大部分は海と空だから気持ちがいい。階段を降りると、駐車スペースに挟まれた中央通路の中間あたりに、二メートルほどの高さの屋根をつけた井戸が掘ってある。水道の蛇口もついて、井戸の中へ短いホースが垂れている。

　山形は井戸に近づくと、腿の高さまでを石まじりのセメントで固めた円形の縁に手をそえ、朽ちて黒ずんだ蓋の大きな隙間から中を覗き込んだ。井戸の周囲に四本のセラミックらしい丸柱を立てて屋根を支えているのだが、屋根の樹脂板もほとんどはずれて、田の字に組んだ丸材がほとんどむき出しになり、丸材同士を角々で留める針金の力だけでかろうじて崩壊を食い止めているようだ。

「そこは涸れ井戸なんですよ」と後ろから来た釜下専務が説明した。

「だいぶ前の地震のときから、すっかり涸れてしまってね。水道は出るから、車洗ったりするのに使うんだけども、井戸はだめ」

「おいや、いたわしいねえ。昔は重宝したもんだろうけど」

「そうだよ」と釜下。「だ」にアクセントを置くのが函館弁だ。

「このあたりでナンバーワンの井戸だったらしいけど、今はバガになっててね。水道出していっぱいに溜めておいても、七、八時間もすれば、かならずすっからかんに涸れちまうんだと。おれとおんなじさ、はっはっは」

　山形警部は懐中電灯を出して井戸の底を照らした。

「何か見えますか」と俊介も反対側から覗いてみる。深さは四、五メートルありそうだ。

「いや。蛇でもいるかと思ったけど、石ころみたいなのだけだね」

「ひょっとして、咲良ちゃんがここさ、落ちたと思ったんですか」と釜下は声をひそめた。

「なんも、念のためさ」

四本の丸柱には、娘たちや健二が子供時代につけたのだろう、いろいろな傷や文字が残っている。

そのとき、岩倉邸の門の外から、こちらを覗くように首を出している若い男に俊介は気がついた。岩倉商事の社員かとも思ったが、ジーンズ姿で髪も茶に染めている。

「あれは誰ですか」と視線で門の方向を示して釜下に尋ねると、

「あ、あいつはたしか、しのぶさんの長男ですよ。浜野壮一っちゅう」と専務が説明するうちに、壮一は顔を引っ込めたが、聞こえよがしにワッハッハと、わざとらしい笑い声をあげた。

「あの野郎、どっかで嗅ぎつけやがったな」と釜下が言った。

俊介は追いかけていって、用件だけでも訊いておこうと思った。ちらっと山形警部を見やると、困り顔で首をかしげたが、俊介は門外へ駆けだした。

「ちょっと、きみ」と追いついて、

「湯ノ川署の者だけど、浜野壮一君かい？」

「……だったら、なんなんだ？」と振り向いた壮一は俊介より大きく、スポーツ選手のような弛みのない日焼け顔と、茶髪の陰の鋭い目をしていた。

「岩倉の家に、なにか用かい。お母さんに会いにきたのかな？」

「ふん」と壮一はせせら笑い、またずんずん歩き始めたので俊介は背中にむかって、

「岩倉咲良さんが行方不明なのは知ってるよね」

「らしいね、たいした騒ぎだもの」と壮一は振り返らず、立ち止まりもせずに愉快そうに言った。

「なにか知ってることないかい。きみはゆうべ、咲良さんを見かけなかった？」

「はっはっ、知らねえよ」と言って壮一は去っていった。むかった先に車が停まっている。ライトブルーのヴィッツだ。

壮一はその車に乗り込むと、こちらにむかって大笑いを見せてから、市街地方面へ去っていった。

そのとき捜査員たちが慌ただしくなり、走って集まったりパトカーでサイレンを鳴らして出発したりした。俊介も走って岩倉邸内の警察バスに戻った。恵山岬近くの海上で、咲良と思われる女の遺体が発見された、という一報が入っていた。発見した巡視艇は、遺体を乗せて潮首岬より東の戸井港へ接岸することになった。

咲良のピンクのダウンジャケットが、海面に広がるように浮かんでいたので、暮れかけた

海面を凝視するヘリコプターから、なんとか目視することができた、という話だった。意外だったのは、咲良が発見された場所が、恵山の沖合八キロ、潮首岬の南東十五キロの津軽海峡の出口付近だったことだった。潮の寄せ返しや海流の影響で、潮首から二十時間程度でそこまで流れるとは思えなかった。沖まで船で運んでから遺体を投棄したのではないかと、巡視艇の乗員たちは推測を述べた。犯人はそのまま、下北半島その他へ逃走したとも考えられるし、恵山を回ってこちらの海岸を長万部あたりまで、あるいは室蘭あたりまで北上したのかもしれない。

もう一つ意外だったのは、咲良の首に細いロープのような索状痕と、ロープをはずそうとする咲良自身の爪の傷が残って、首を絞められたことによる窒息死であることが明瞭である点だった。頭頂部と頸動脈付近に、尖った凶器——さしずめ例の置き物の鷹の嘴だと推定された——による損傷が残されていたが、それらが致命傷になったとは思えなかった。むしろ生前に与えられた傷であれば残るはずの生活反応が認められないために、海水に冷やされて見分けにくくなったにしても、おそらくそれらは死後に加えられた損傷ではないか、という見通しが、やがて監察医によってもたらされた。遺体はまったく海水を肺に入れてなかった。

つまり犯人は咲良をロープで絞殺したのち、海上で遺棄する前に鷹の置き物で頭や首筋に傷を与えたらしい。なぜそんなことをしたのだろうか。しかも攻撃の現場は、血痕や靴が発見された潮首岬の浜辺であると特定されている。一方、背中や脇腹、肘などにこれも死後の打撲痕が認められたので、遺体は乱暴なやりかたで運ばれた——あるいは、船に乗せられた——ことを想像させる。そうだとすると、どこか別の場所で絞殺した咲良の遺体を、船に乗せるために潮首岬へ運んできたときに、何かが起こってさらなる攻撃が加えられたということだろうか。

こうした疑問は、「鷹ひとつ」の句の存在によって、あらかた解消されるようにも思われた。すなわち、鷹の置き物による危害は、潮首岬を芭蕉の句の伊良湖崎になぞらえるための意匠だったから、犯人はわざわざ、すでに死んでいる咲良を潮首岬まで運んで傷を与え、意匠を完成し、そこからボートで運び去ることに決めたのではないか。なんのためにそんな意匠に拘泥したのか、その理由はさっぱりわからないままだったが。

ただ、芭蕉の句の意匠を重大視すればするほど、事件の背景には岩倉家に対する強烈な遺恨がひそんでいて、犠牲者は咲良一人に留まらないかもしれない、という暗い予感が捜査員たちをさいなんでいた。本部長が代表して、今後身辺に十分注意するように、念のために岩倉松雄に伝えに行くことになった。

潮首岬付近の砂利浜に、船舶が接岸した痕跡はないが、軽量ボートやゴムボートなら痕跡は残らないかもしれない。そうした可能性を念頭において、市内周辺の多様な小型船舶・ボートの動静を、捜査陣はすでに捜査しはじめていた。血痕が付着している可能性が大きいから、見つかれば話が早い。

担架に横たわって青いシートをかけられた咲良の遺体は、投光器に照らされて巡視艇からゆっくり下船してきた。母親の千代子、次姉の柑菜、それに千代子の介添え役として釜下専務が担架を取り囲んだが、誰も何も言わなかった。

シートがめくられると、咲良の顔色は蠟色だったが、目立った損傷もなく、頭部の傷も海に洗われてもはや目立たず、少年たちに絶えず言い寄られていた美少女の面影を十分にとどめたままだった。ピンクのダウンジャケットは上手に水をはじいて、まるで今でも暖かそうな色つやだ。

手を触れることは禁じられていたので、千代子は立ったままで泣き、柑菜は屈み込んで泣いた。釜下専務も目をしばたたかせていた。

戸井漁港は朝がた、マグロの水揚げで賑わっているはずだが、今はすべてが夕凪に包まれて穏やかだ。ブーツを履いた若者が、ときおり船と港のあいだを急がずに歩いていく。

港のむこうに、岩倉病院の五階建ての建物がそびえている。多くの窓に白衣の女たちや男たちが立って、こちらをじっと眺めている。

夜十一時、帰るとまず清弥子の寝顔を見て、きょう一日の清弥子の活動ぶりを智子から聞きながら遅い夕食を取る。

「怒ってなかったかい、演奏会に行かれなくて」

「なんもさ」と智子は即答するが、それは自分に心配をさせない配慮かもしれないと俊介は思う。

「そのうち、埋め合わせするから」

「今度ひなちゃんたち呼んで、パパの前で吹いてあげるって言ってたよ」

「へえ、そいつはありがたいな」だが、いつのことになるのか。

食べ終わるともう眠くなっている。

それでも横になると、きょう一日のことをざっと思い出して、捜査の展開を自分なりに再確認した。凶器――少なくとも複数の凶器のうちの一つ――が鷹の置き物であることは、松雄が主張するように、芭蕉の俳句に関係しているのだろうか。そうだとしても、あれを岩倉松雄に贈った小窪工務店の親子、澄夫と金作は、事件に関与しているように思えない。金作の娘の茉莉花は、かつて咲良に横恋慕して死んだ本間大輔の恋人だったらしいから、咲良を恨んでいる可能性がありそうだが、さてどんなものだろう。

咲良の交遊関係では、あした会うことになっている岩倉病院の医師石黒正臣が、とりあえず焦点になる。ただし石黒は夜勤だったのだから、明確なアリバイがありそうだ。まだこちらの視野に入らない咲良の男づきあいの中に、火ダネがくすぶっているのだろうか。

そのほか気になるのは、健二の実の兄、浜野壮一だ。健二にはアリバイがある上、どうやら動機もなさそうだが、前もっておこなわれた兄弟の謀議が、なにか妙な形を取ったのだろうか。鷹の置き物は健二の愛好品だった……。

5

翌朝、俊介と山形は七時半に湯ノ川署を出て、美原（みはら）町の石黒正臣医師宅に向かった。石黒のアウディから、めぼしい痕跡は発見されなかった、という報告はすでに届いていた。咲良の指紋も検出されなかった。

石黒正臣は四十八歳、小さな目を大きなメガネで補うような顔だちで、玄関前でじっと待機していた。そのままパトカーに乗り込み、黒鞄を膝に抱え込む。

「さっそくですが、咲良さんの事件について、何か心当たりはありませんか」と俊介は言った。

岩倉咲良が遺体で発見されたニュースは、道内ではゆうべ深夜から流されはじめ、今朝は全国中継のワイドショーが、競って担当者を派遣しつつあった。

「いいえ」と石黒は即答した。

「石黒さん、おとといの夜は夜勤だったそうですね。午後九時ごろから深夜にかけて、病院からちょっとでも外へ出ましたか」

「いいえ」と石黒は強く首を振りつづけたので、俊介は一瞬、清弥子の首の振りかたを思い出してしまった。

「それではおととい咲良さんを、どこかで見かけた、なんちゅうことは、ありませんでした？」

「いいえ」

まるで「ウソ発見器」の質問みたいだと、俊介は気がついて一人で苦笑した。それから、当直のあいだに石黒が接触した看護師や患者の名前を、できるだけ詳しく思い出してもらった。パトカーの中なので、家人に聞かれないので安心しているのだろうか、石黒は手短だが徐々になめらかに話すようになった。

咲良との「援助交際」については、覚悟していたらしく、石黒はあっさり認めて「申し訳ありません」と頭を下げた。八月にオートバイに咲良を乗せてラブホテルに行ったことも素直に認めた。その姿を千代子理事長に見られたらしいことも、咲良から聞いて知っていたが、千代子の前では知らん顔をしているほかなかったという。

「そう言えば、ガレージにバイクが停まってませんでしたが、どうしました？」

「あ、ちょっと友達に貸してるので……」

「何に乗ってるんですか」

「ハーレーのスポーツスターです」それは中古でも百万ぐらいする高級品ではなかっただろ

うか。

次に俊介は、石黒が咲良を紹介した男の名前を挙げさせた。石黒は三人の名前をあげた。五稜郭公立病院の吉岡潔医師と、五稜郭のホテルオーナーと、もう一人、海岸町の内科医だった。岩倉病院内部には、咲良を引き合わせた相手はいないとのことだった。

「やっぱ、ヤバいっしょ。理事長の娘さんなら」と石黒は風貌に似合わない若者言葉を使った。

咲良の客になった三人は、概して満足していたと石黒は言う。咲良の顔と身体は一流だが、性格は三流、というのがかれらの評価だった——雑誌に出たりテレビに出たりでスター気取りの上、金の話ばかりで情緒に乏しかった——が、もともとかれらの目当ては咲良の性格ではないから、トラブルになどなりようがない。最近も三人にそれぞれ会う機会があった。小娘に夢中になってわれを忘れるような人たちではない、と石黒は強調した。

三人のうち、五稜郭公立病院の医師、産婦人科医の吉岡潔は、湯ノ川病院の元の副院長吉岡薫——「松尾会」で岩倉松雄とつきあいがあり、千代子の夫になった室谷祐平を最初に紹介した人物——の息子だということだった。千代子や健二から吉岡の名前を聞いたとき、なんとなく聞き覚えがあった理由がこれでわかって俊介は安心した。潔は室谷祐平と医大の同級生で、二人とも石黒の先輩にあたるという。

咲良と石黒が知り合ったのは、この七月、咲良の中学校時代の友人が妊娠し、親に知られずに中絶手術を受けさせたいという用件がきっかけだった。時間外に会って親切にしてやり、看護師一人を言いくるめて中絶手術も半額で請け負ってやった。その子を寝かせておいて別室で、咲良ちゃんも妊娠には気をつけなくちゃね、などと冗談を言ったところ、相手が先生なら、まんいちのとき安心だね、と言い返して、話しているうちに、それじゃ身体で払っちゃおうか、という段取りになったのだという。

「そういうことなら、石黒さん」と俊介は、前もって予定していた台詞を言った。「こちらは咲良さん殺害の犯人を捜すことが急務なので、皆さんの淫行条例違反の件は、当面放っておきましょう。その代わり、情報提供に協力していただけますね？」

石黒ははっきり笑顔になって、

「はい！」と、メガネがずり落ちるのにもかまわず大きくうなずいた。

咲良には一月ほど会ってないが、先週電話でしばらく話をした。咲良が気に入っている客は五稜郭公立病院の吉岡潔で、海岸町の内科医は「やらしくて困る」とこぼし、東京に買い物に行こうと誘われている、どうしようか、と言っていた。

母親の千代子や、祖父の松雄に対する不満も、石黒としては聞いたことがない。松雄氏の昔の愛人が、去年突然訪ねてきたときには、千代子はだいぶあわてたらしい――この話は長姉彩芽からの伝聞だった――が、その愛人は金をせびりに来ただけで、二度ほど来て、ぱったり来なくなった。そのうち松雄は脳出血をやって愛人どころではなくなった。あたしもきっと、お祖父ちゃんの淫乱の血を引いてるんだわ、と咲良は笑って言っていた。

そこまでで出勤の時間になったので、俊介は車を山形にゆだねて、自分は石黒の車に同乗し、岩倉病院まで同行することになった。石黒はいったん自宅内に戻り、あらためて玄関に出た妻に手を振って、車庫から出した白のアウディを出発させた。

俊介は松雄の昔の愛人の話に興味を抱いたが、石黒はそれ以上なにも咲良から聞いていないので、話は石黒が直接知る先輩、室谷祐平の件に移った。室谷祐平が岩倉家の一人娘千代子と結婚して岩倉姓を名乗ったのが一九九三年、岩倉病院が開業したのは、その翌年の九四年だったから、今年で二十二年になる。石黒は二〇〇六年に岩倉病院に着任した。当時副院長兼産婦人科部長から院長に昇格していた岩倉祐平が体調を崩し、それが石黒を招聘した理由の一つだった。祐平の病はやがて胃がんだと判明し、二度の手術と長い入院期間ののち死亡に至ったのが四年前、二〇一二年である。祐平は医師として有能で、不妊治療を積極的に進めて成果をあげ、妻の千代子も体外受精の結果、三人の子供に恵まれたのが格好の宣伝になったらしく、産婦人科は岩倉病院の看板の一つになった。祐平の死の直前から産婦人科部長を務めている自分も、及ばずながら努力してきた、と石黒は言う。

咲良が珍しく心を和ませるのが、死んだ父親祐平の話題だったので、石黒は自分が知る祐平について、しばしば思い出を語った。咲良が物心ついたころから入退院を繰り返していた父親は、咲良にとって「いつも病院で会うやさしいおじさん」だったという。

「だけどお父さん、お母さんのこと愛してなかったよ」と、あるとき咲良は言った。「え、本当？」と石黒はおもしろがって突っ込んだが、咲良は「あたし、知ってるもん」と言って、それ以上はなにも言おうとしなかったので、どの程度根拠があるのかわからない。「お父さんのほうからも、淫乱の血を受け継いでるんだな、あたし」と咲良は一人で納得していた。

咲良は父親祐平の夫婦関係について、なにか幼時の記憶が残っているのだろうか。あるいは祐平と医学生時代からつきあい、石黒以上に祐平を知っている吉岡潔医師から、昔のエピソードでも聞いたのかもしれない。咲良が吉岡に嫌がらずに会う理由は、吉岡が父親の話をしてくれるからではないかと、石黒としては推測していた。

元気な時分の祐平について、一番詳しいのはその吉岡潔先生ですか、と俊介が訊くと、石黒はそうだろうと答えた。潔の父親で、祐平と千代子の挙式で媒酌人も務めた吉岡薫氏は、すでに故人である。そのほか、病院開設当初から祐平に協力してきた筆頭は、現在の病院長の島村峰夫(しまむらみねお)氏ではないだろうか。島村医師は五十歳を過ぎたがまだ独身で、一時は彩芽との結婚話が持ち上がったらしい。ただし咲良から聞いた話では、彩芽は「島村だの、釜下だの、キモいオヤジばっかり回してきて」と言って怒っていた。彩芽は札幌で知り合った貧乏デザイナーと恋仲になり、さっそく同棲していたらしいが、この春からはデザイナーのほうが函館に来て、彩芽はその男のために、資金を祖父から借りて広告デザイン会社を興した、ということだった。

それからはまた、最近の若い女の子たちの大胆な性行動について、話題は移っていった。

「このごろの人たちは、自分を大事にしないように見えるんですがね」と俊介が話のまとめとして感想を言うと、

「それはぼくも言いましたけど、咲良に言わせると、大事にしてるからこそ、出会い系サイトとか、危ない場所には近づかないんだそうですよ」

「そういうものですか」

「実際、産婦人科してると、中学生、高校生の妊娠中絶なんか日常茶飯事ですからね。大都市より地方都市のほうが、未成年の中絶数は多いっちゅう報告もありますし、それ考えたら、咲良の言い分も……まあ、自分を弁護するように聞こえるかな」と石黒は苦笑する。石黒は、医者らしい落ち着きとやんちゃな子供っぽさが同居する人物のように見受けられた。近ごろの四十代はこんなものかもしれない。ということは、同年代である自分も、傍から見れば同類なのだろう。

岩倉病院については、さいわい医療ミスその他で患者とのあいだにトラブルを引き起こすことはほとんどなかった、と石黒は語った。千代子理事長も、医師たちから評判は悪くない。もともと自尊心の強い人で、民間病院として「道内一」を目指す目標を立て、父親譲りと評判の精力で運営にあたっている。岩倉商事との関係もあって、最新の医療機器の導入にも熱心である。岩倉商事に、千代子はしばしば無理を言って病院の利益を図っているらしい。だ

から病院を恨んでいるとすれば、いつも赤字覚悟で機器を調達させられる岩倉商事がその筆頭であるのかもしれない。

俊介を乗せた石黒の車は、山側のバイパスを通って岩倉邸の上の丘を走り、潮首岬の断崖の上を過ぎてさらに五分ほどすると、海岸の国道へ坂を下り、岩倉病院の駐車場に入った。

岩倉病院は戸井の海岸沿いの水産工場の跡地を再開発して建てられているので、病院の裏側はすぐ海だった。昨日咲良が遺体となって引き揚げられた港からは徒歩五分ぐらいだろう。

広い駐車場の一角に、小窪工務店が工事を請け負っているらしいコンビニエンス・ストアのほぼ完成した建物が見えた。「十一月十日オープン！」と窓ガラスに書いてある。

石黒を病院内へ送り出すと、俊介は、吉岡潔医師に話を聞くこと、それに松雄老人の昔の愛人の件を調べてみること——端末機のメモのうちで、この二項目をマルで囲んで、ここまで追尾してくれていた山形の車に移った。

山形も、去年突然訪ねてきたという松雄の昔の愛人に興味を示した。

「この調子なら、そのうち松雄に、そんなことまで訊いてみねばなんないべなあ」と山形は言った。「この調子なら」というのは、「捜査が難航すれば」という意味だということは俊介にもわかった。

岩倉邸周辺は、早朝から集まったテレビなど報道関係車両がごった返していた。函館有数の美人女子高生の殺人事件だから、人目を引くのは当然だった。交通整理の要員が、何人も湯ノ川署から駆り出されている。俊介はホイッスルをくわえて路傍に立つ同僚たちに手で挨拶しながら、渋滞の列に従ってのろのろ岩倉邸に到着した。

岩倉邸では行方不明のボートに関する有力情報が待っていた。岩倉邸から五百メートルあまり、一昨日の夜咲良がバスを下車した「石崎漁協前」の、入り江に逆L字型の桟橋をしつらえ、漁船二隻とボート数隻を繋留した小さな波止場に、破損したプラスチックボートがここ一月ほど放置されていたという。エンジンやスターターを舷側の手すりより五十センチほど高く設置した、このサイズではありふれた型のボートだ。持ち主は濤永寺の斉藤玄静和尚で、檀家の友人がいらなくなったというので釣り舟用にもらいうけていたが、先月近くの岩場で底を擦ってしまい、舟底中央部にコブシ大の穴があいた。修理は可能だが、運搬もふくめてそれなりに費用がかかるというので、どうしたものか、とりあえず防水布を貼りつけてもらって浸水が止まったので、子供がいたずらしないように「穴あき危険」と書いた札を中央にくくりつけ、放っておいたものが、今朝確認してみると見当たらなくなっているという。

「犯人がかっぱらって、水の上ば逃げてったんだべか」と捜査員が尋ねると、

「だけど、でっかい穴あいてるんだよ。まさか、犯人はボートごと沈んだんでないべなあ」

と斉藤和尚は僧侶らしく、犯人の身の安全を思いやった。

このボートがいつ盗まれたかは、まだよくわからない。和尚が思い出せる範囲で、この一週間ぐらいのあいだではないか。ただし昼のあいだなら、「石崎漁協前」バス停から波止場を振り向けば遠くにボートが見えていたというから、今後バス利用客の中から目撃証言が得られるかもしれない。

一昨日咲良がバスを「石崎漁協前」で降りたのは、バスに乗り合わせた聖也と話し込んでいた偶然の結果だと、聖也は説明していたが、そのときたまたま犯人は、バス停から波止場やボートのあたりをうろうろしてでもいたのだろうか。

ボートの動力は小さなスクリューを回す船外機だったが、そのキーは寺の寺務所に保管してあった――それは盗まれていなかったが、日ごろ開放的な寺の態勢ゆえ、一時的に何者かに持ち出され、合い鍵を作られた可能性はないわけではないという。プラスチックのオールが二本、舟底に並べておいてあったから、咲良殺害の犯人あるいは共犯者がキーを持たず、オールを漕いでこのボートを移動させたとも考えられる。手漕ぎのオールだけであれば、潮首岬にいったん乗りつけることは可能でも、津軽海峡を横断することまでは無理だろうから、途中で遺体を投棄した上で、恵山周辺に再上陸した公算が強い。あるいは犯人は船外機を自分で用意して、ボート後尾に取りつけてさっそうと出発したのかもしれない。

ただちに渡島半島の全域にボート捜索のための指令が出され、念のために下北の大間署にも協力依頼が行われた。

咲良の遺体解剖の結果は、絞殺による窒息死、死後と思われる外傷が頭部に一カ所、左首筋に一カ所、そのほかいくつか打撲痕があるが、これらも死後のもので、遺体が乱暴に扱われたことを示すと思われ、骨折には至っていない。死亡推定時刻は五日の夜半で、九時過ぎに咲良がバスを降りてから三、四時間のあいだの犯行だと推定された。

ボート関係の捜索は同僚たちに任せて、俊介と山形は午前中、離れの二階の咲良の机や本棚の周辺で私物を点検した。注意を引くものは出てこなかった。預金通帳の残高は約百万円で、ほかにすこしずつ増やした定期預金が四百万円あった。収入はモデルなどの報酬振り込みが三割、本人のATM入金が七割を占めていた。咲良の通夜は明日の夜に設定されたという。

午後は陽射しもなく、気温は二度まで落ちていた。今夜は初雪になる、しかも挨拶程度の粉雪ではなく、数時間まとまって降るらしいという予報だ。

二時前に、函館駅で張り込んでいた警官から妙な情報が入った。白いコートを着た岩倉柑菜が、昨日午後、駅前からタクシーに乗るのを見かけたというのだ。この警官は、地元の若い女性を紹介するケーブルテレビの番組で、岩倉家の三姉妹を見たことがあって覚えていたが、それが注意に値する目撃情報だとは気づかないまま一日過ごしたという。柑菜は東京にいたはずだから、飛行機を使って函館空港に降り立ったはずではないか。だとすれば、空港から岩倉の自宅へはタクシーで東の方向へ十分ほど、函館駅へは西の方向へ三十分なので、駅付近に柑菜が現れることはありえない。いくら開通したばかりで珍しいからといって、東京から北海道新幹線に乗ってきたとも思えないし、この季節なら空の便が満杯ということもない。いずれにしても事情を確認する必要がある。

函館駅であなたを見かけた人がいるんだけど、と俊介が言うと、柑菜は急に不機嫌な顔をした。

「え？　なんでそんなことまで調べなくちゃいけないの？　事件とあたしと、どういう関係があるのよ」と手にしていたテレビのリモコンを思い切りソファに投げつけた。リモコンはソファに跳ねて床のカーペットに転がった。

「いや、ここの三姉妹は、テレビにも出る有名人だから」と俊介はにこやかに対応して、

「あっちゃこっちゃに目撃者いるのさ、函館なら」

「知らないよ、そんなこと。……嫌な予感がしたから、飛行機で千歳まで行って、特急で帰ってきただけよ」

「嫌な予感って、どういう？」

「嫌な予感は嫌な予感。咲良のこと聞いて、なんだか怖くなっただけよ。それがいけないっていうの！」と柑菜はいらだった。

きょうはオレンジのセーターに黒のミニスカートだ。

「あたしたち家族もみんな疑われてるの？　だからあたしのことまで調べてんの？」

「いや、そういうわけでないけど」と俊介は宥めるが、柑菜は俊介に顔を近づけて、

「だけど、疑うなら、彩芽姉ちゃんのほうよ」と小声で言う。

「え、どうして？」

「だって、咲良にお金借りてるもの」

「いくら借りてるの？」

「百万」

俊介はほほえましげに笑ってみせて、

「それで、妹をどうかする？　本気で言ってるの？」

「だってもう、なにがなんだかわかんないんだもの」と言うと、柑菜はすわっている椅子に踵を上げて膝を抱いた。

「彩芽姉ちゃんが咲良を、あんな目に遭わせるはずないよね」と言うと、波止場に引き揚げられた遺体を思い出したのか、柑菜は懸命に、涙より嘔吐をこらえるような表情で顔をしかめた。

「ないよ」と俊介は柑菜をいったん慰めてから、

「でも、彩芽さん、お金に困ってるのか。そう言えば、デザイン会社開いたとこなんだっ

け」

「そう。うまくいかなくて。あたりまえだよね。函館になんか、仕事あるわけないもの」

「会長は、お祖父さんは援助してくれないの」

「最初はしてくれたらしいよ。でも、それでダメだったら、会社たたんで家にいなさいって言われてるから、二度目の借金はできないんだって。……あ、そうか」と柑菜はようやく思いついたぼんやり顔で、

「どうせなら、咲良じゃなくてお祖父ちゃんを殺すよね。そうすれば遺産が入るからね」

「まだそんなこと言ってるの？」

「ちょっとごめんね」と言うと、柑菜は自分の机の引き出しを開けてタバコと灰皿のセットを取り出した。

「咲良のことで、あたしもおかしくなってるんだ」とため息をついてから、タバコを一本くわえて火をつけ、柑菜はようやく踵を椅子から下ろす。

「ふう。落ち着かなくちゃ」

柑菜の灰皿は白いウサギの顔で、長い耳に吸いさしを置けるようになっている。

そこへ階段の足音が聞こえて、姉の彩芽が入ってきた。

「いやあ、表はすごい人だかり」と言いながら部屋に入って、柑菜のタバコを見ると、

「あんたなによ、未成年のくせして、お巡りさんの前で」

「いいの、この人は補導担当なんかじゃないから」

「じゃあなに、取り調べ？」

「そう。今度はお姉ちゃんの番だよ」

「え、なんであたしが調べられるの」

「お姉ちゃんが咲良から借金してること、ばらしたもん」

「え、ばかね」と彩芽は顔をしかめて、

「そんなこと関係ないでしょ。またこんなところに落として」と彩芽はリモコンを拾ってテレビの脇に置き、ソファにどっかりすわった。彩芽は墨色のセーターにジーンズだ。

「あんたこそ、おとといの夜本当に東京にいたの」

するとと柑菜は、ちょっとドギマギしてから、

「いたよ。あたし関係ないよ」

「それならいいけど」

彩芽はソファの上に散らばった雑誌を重ねはじめた。怒ったときにはものを片づける習性があるのだろうか。

「……釜下のやつまで、『彩芽さん、会社だいじょうぶですかあ』なんて、こっちが困ってるのを喜んでるみたいな言いかたしやがって」

柑菜は一服ゆっくり吸い込んでから、

「それはお姉ちゃんが、函館のビジネスについて、あの人の意見を聞かなかったからでしょう」

「なんであたしがあんな田舎オヤジの言うこと聞かなくちゃいけないの、冗談じゃない」

「だって函館、ってことになればさ――」

「あたしはスーパーのチラシ作るために会社やってるんじゃないの」

「とにかく、うちの三人でいちばん強情なのは、お姉ちゃんだものねー」

「そう？　でも、うちの三人でいちばん情緒不安定なのは、柑菜だものねー」と彩芽は逆襲した。

「ええっ、そんなことないよ」柑菜は椅子を回して彩芽に向き直る。

「いつも話して、結論出てたじゃない。健ちゃんが証人だよ」

「ち、違うもん。健ちゃんあたしのこと、悪く言わないもん」柑菜は白い素足をバタバタさせる。

「そりゃあ言わないだろうけどさ。あんまり思い詰めると、あっちだって迷惑なんだからね」

「え、そんなことないもん。お姉ちゃん、いいって言ったじゃない」と言うと、柑菜ははらはら泣き出してテーブルの箱からティッシュをつづけて十枚ぐらい摑みとった。

「ほら、論より証拠」と彩芽。

ウサギの耳に細いタバコがくゆっている。

帰りがけに母屋を覗くと、玄関の上がり框で山形がしのぶと話し込んでいた。

「……そうですか。それじゃ奥さんや娘さんがたにも、親切にしてもらって、ちゅうことですか」

「はい……おかげさまで健二も、いい学校行かしてもらいましたし」としのぶはうつむき加減に答えている。

「楽しみですよねえ、健二君は。やっぱり東大目指すんでしょ？　いやいや、こっちはほれ、潮首岬の灯台のほう専門だから」と相手を笑わせながら山形は立ち上がり、いとまを告げて、俊介と一緒に母屋を出た。

階段の上まで行くと、門から二人の若者が、立ち番巡査の許可を得て入ってくるのが見えた。健二と、もう一人は見覚えのある金髪の少年――そう、宇賀浦町の事件を手伝ってくれたジャン・ピエールだ。俊介は思わず立ち止まって、二人が井戸を回って階段を上ってくるのを待った。

「あれ、きみたち知り合いかい」

「あ、刑事さん、こいつのこと知ってるんですか」

「うん、夏ころ、知り合ったんだよね」

「はい、こんにちは」とジャン・ピエールはにっこり笑った。

「こいつ、年は一コ違いなんだけど、うちの学校のフランス語の先生なんですよ。前からなんとなく友達だったんで、ニュースで咲良のこと聞いて、ぼくに話しかけてきたんです」

「日本語でね」とピエール。

「だってぼく、フランス語取ってないもん」と健二は笑って、

「それで話してるうちに、一度見に来ないか、ってなって」

「それはいいけど、いなくなったのはバスを降りてからあとだよ。家の中に手がかりがあるのかな」

「ええ、まずうちで状況をすこし話してから、潮首岬までバイクで行ってみるつもりなんです」

「そうかい。また活躍してくれるのかな」と俊介がジャン・ピエールにむかって笑顔で言うと、

「わかりません」とジャン・ピエールは両手をひろげ、気さくにメガネの奥で笑った。

「ところできみ」と山形は健二にむかって、

「いちばん最近、兄さんの壮一さんに会ったのはいつだい」

「お兄ちゃん？」と健二は驚いた顔をして、

「お兄ちゃんがどうかしたんです——あ、いや、まず質問に答えると、夏に一回、お母さん

と三人で、『函太郎』で寿司たべましたね。お盆のころだから、七月の中ごろかな」

函館のお盆は七月だから、それで合っている。

「あとは、例の濤永寺の和尚さんのボートが沈みそうになって困ってたとき、たまたま通りかかったんで、お兄ちゃんに電話をしました」

「あ、あのボート、壮一君が応急措置をしたのか」と俊介。

「はい、お兄ちゃんはそういう方面の技術があるので、とりあえず電話したんです。濤永寺の和尚さんならお兄ちゃんも昔から知ってるし。そしたら、電話したときはすぐ行かれないってことで、様子を話したら、二時間か三時間したら行くから、とりあえずぼろ切れでも突っ込んで穴を塞いでおけって」

「なるほどね」警戒すべき壮一が、なんだか善人みたいに思われて俊介はやや面食らった。

「『函太郎』で会ったときは、お兄ちゃん、どうだった？　あいかわらず岩倉家ば恨んで、ふてくされてたかい？」と山形。

「いやあ、普通でしたよ。お母さんがお金を渡すと、受け取ってましたから……でもお母さんが、漁船に乗るのは心配だから、また会長に頼んで、なにか陸の仕事を世話してもらったらどう、って言ったら、『冗談でねえで』って」

「そうか」

「きみの受け答えは、さすがに要領がいいね」と俊介は言った。健二はすっきり整った顔にふさわしい知能をそなえている。だが顔だちなら、ジャン・ピエールも負けていない。細い鼻にレンズの大きなメガネをかけて、フランス人らしい品と愛嬌がある。

「はあ、どうも」と健二は言って、ジャン・ピエールが手で冷やかすのをしきりに払った。

少年たちとはそこで別れ、俊介たちは階段を降りて駐車場の警察バスにむかった。

山形はやや疑問符のついた顔をしている。

「あの金髪の子、誰だべ」

「あれはね、カトリック教会の神父さんの甥っ子で、こっちにかれこれ二年ぐらいいるんですよ。夏に宇賀浦町で殺シ、あったしょう、港まつりのちょっと前に。あのときあの子が言ったことがヒントになって、われわれ、犯人のアリバイ崩したんですよ。優秀な子なんです。日本語も上手だし」

「へえ」

俊介は先にバスに乗り込み、山形がドアを閉めるのを待ってから、

「しのぶの話はどうでした」

「そうねえ」と、山形は床の段ボール箱から缶コーヒーを取り出して話しだす。

浜野壮一は一九八八年生まれで現在二十八歳、三歳のときに母親に死なれると、幼児を残されて困りはてた父親幸司が、翌年遠縁を頼ってしのぶを後妻として迎えた。だが壮一は新しい母親になじもうとせず、反抗的で問題行動が多かった。しのぶは苦労が絶えなかったが、

加えて一九九六年には浜野水産が倒産、幸司は心労から鬱状態におちいり、岩倉病院に入退院するうち、二〇〇〇年、しのぶが身ごもっているあいだに自殺してしまう。このとき壮一は十二歳の小学生で、父親は病院に殺されたと思い込んだらしく、病院に抗議に行って、院長室のガラスを何枚か壊した、というエピソードが残っている。そのときは岩倉祐平がまだ元気で、副院長として対応にあたった。

岩倉松雄は、浜野幸司とは長いつきあいで、浜野水産の経営悪化に際して寛大な資金援助をつづけていたが、幸司の死後も——壮一の反発にもかかわらず——しのぶ親子に対する支援を惜しまなかった。健二が生まれてしばらくは、しのぶも身動きがとれなかったが、二〇〇二年、少しでも岩倉の家事の手伝いをさせてもらいたいと申し出ると、ちょうど千代子が病院の運営に手を出しはじめたところだったので、願ったり叶ったりで会長の世話係に迎えられた。そのまま徐々に岩倉で過ごす時間も長くなり、千代子のほうは夫の祐平の病気入院という事情も重なって忙しくなるばかり、けっきょく二〇〇八年には松雄がしのぶと再婚し、健二と養子縁組して、二人は岩倉家で暮らすことになった。

壮一のほうは、二〇〇四年に中学を卒業したとき、高校へ行かないと言うので松雄の知り合いの寿司屋で下働きをさせてもらったが、長続きしなかった。アルバイトを転々としたのち、二〇〇七年には戸井港のマグロ漁船に乗り込み、港近くに友人たちと寝泊まりして、しのぶたちの前には数ヶ月に一度姿をあらわす程度になった。しのぶが再婚して健二が岩倉家に養子に入る話も、壮一にはおもしろくなかったらしく、しのぶに「最初から岩倉の後妻に入るつもりだったんだろう」とまで言いはなった。壮一があいかわらず岩倉家を恨んでいるか、と山形が健二に尋ねた背景には、そんな事情があったらしい。

一方壮一は、弟の健二をかわいがっていた。「おれたちの父さんの会社は、岩倉につぶされたんだぞ」などと、一回りも違う幼い弟に見当違いの恨み言を吹き込むこともあったが、健二はただニコニコしているだけだったという。健二は岩倉の三姉妹に気に入られて、小さいころから人形のように服を着せられたり髪型を変えられたりしてきた。

「だから、壮一が岩倉家を逆恨みして咲良を襲ったっちゅう想像は、どうかと思うけど、ちょっかい出す程度のことは、考えられなくはねえかなあ」と山形は情報をまとめた。

「つまり、咲良がたまたま一人で夜道を歩いてたから、ちょっとからかってやろうと思った、ということですか。そうか、殺したのはものの弾みってことか」

言われてみると、なんだかそんな気もしてくる。意外に強く抵抗されて、もみあっているうちについ殺してしまった。始末に困って、すぐ近くにボートが浮かんでいることを思い出した……。

「まあ、考えられなくはねえ、ってとこだべ」と山形はあくまでも慎重に留保する。

「とりあえず問題は、壮一のアリバイですか」

「そうだな。今はマグロの漁期だけど、壮一の船は修繕だとかって、この一週間は漁に出ないそうだ。したから、陸にいたことは間違いないけどな」

ものの弾みで咲良を殺した壮一から連絡を受けて、ひそかに健二が、壮一を助けるために鷹の置き物を持ち出して……などとまだ考えている自分に気づいて、俊介は両手をあげてウイーッと伸びをした。どうも壮一と健二の印象があまりよくないものだから、やつらの線を考えたくなってしまう。

山形は手帳を見返しながら、

「松雄の最初の奥さんが死んだのは一九八六年、しのぶと再婚するのが二〇〇八年だから、松雄は二十年以上独身でいたことになる」

「あ、去年訪ねてきた昔の愛人っていうのは、そのころの女だったんですかね。松雄としのぶの再婚は、スムーズにいったんですね？」

「そうだ。千代子が初めから賛成だった、と。ずいぶんよくしてもらいましたって、しのぶも言ってたな。千代子にしてみれば、自分の仕事もしないばなんない。亭主は病気だ。そもそものぶの入籍を松雄に勧めたのも、千代子だったたって話だものね。それなら健二も、養子縁組しないとかわいそうだと、なったらしいな」

噂をすれば影、千代子が角巻を巻いて階段を降りてきて、駐車場の隅へ行ってみたり、井戸の周りを回ってみたりしている。何か手がかりを探しているのだろうか。

「そうなると、壮一は別として、岩倉家の人間関係には、トラブルはなかったってことですかね」と俊介は山形に視線を戻して言った。

「子供たち同士も、まあまあ仲よくしてきたみたいだし」

「どうも、そうらしいな」

「壮一まで養子縁組するなんて気は、松雄にも千代子にもなかったんですね？」

「壮一自身が嫌がったらしい。二〇〇八年には、もう二十歳だからなあ」

俊介は柑菜と彩芽から聞いた話をざっと山形に報告した。長女と次女はおたがいを怪しんでいるようにも見えるが、どこまで本気かわからない、といった曖昧な報告だった。柑菜は健二に恋心を抱いているのかもしれない。少なくとも姉の彩芽はそう見ているようだ。そんなところが、俊介の印象に残ったポイントだったが、咲良の事件に関係するとは思えなかった。

「柑菜はなにしろ、おとといの晩は東京にいたはずだから……」

千代子が寂しそうに、階段をのぼって引き返していく。階段の上には、釜下専務の巨体が熊のように立って千代子を出迎えている。


署に戻ると、捜査員たちもあらかた戻っていて、関係者のアリバイその他の情報が集まってきた。

咲良のスマートフォンの送受信履歴が電話会社から開示されたが、注意をひく新情報は含まれていなかった。すなわち、咲良は五日午後八時十分に函館駅周辺から自宅の母親にメールして以後、電話もメールもラインも――「バスに乗らなかったの？」という母親の問い合わせメールを除いて――まったく送受信していなかった。バスの中はふつうスマートフォンの通信の時間になりそうなものだが、西辺聖也と出会って話し込んでいたためだろう。

健二と一緒に札幌に行った友人竹田伸彦は、五日の夜八時半まで健二と一緒に札幌ススキノ周辺にいたことを認めた。それから竹田は、その日知り合った女子大生と、南八条のラブホテルに行った。健二は先に駅近くの自分たちのホテルに戻ったが、そのホテル一階の喫茶室で、健二が九時前から九時半まで、コーヒーを飲んでいたのをウェイトレスが記憶していた。イケメンなので印象に残っていたのだという。そこへ女子大生風の女がやってきて、健二と二人でエレベータへむかったということだった。したがって健二の高校生としての素行はともかく、アリバイのほうは自然に成立したことになる。

浜野壮一の交遊関係やアリバイ調査については、方面本部の刑事たちが率先して担当していた。ところが壮一は協力を拒み、証言しようとしないので、刑事たちは困って、壮一を雇っている漁船会社の社長と顔なじみである湯ノ川署の老警部補を動員し、壮一を会社に呼び出してもらい、まるで通訳を介するように老警部補と社長に助けられながら、ようやく最低限の情報を聞きだすことができた。それによると壮一は、贔屓の素人バンドが出演するコンサート会場に五日の夜は出かけて、七時から十一時までほぼ会場の中やその周辺にいたということで、さっそく調べてみると、裏づけはすぐに取れた。会場は函館駅の西、旧市街地の末広町の一角だから、潮首岬まで車で一時間かかる。地元出身の「GLAY」の大ヒット以来、函館の若者のあいだでは素人バンドが急増している。壮一が応援しているのも、そんな急増バンドの流れをくむ、十代の少女だけのロックグループだということだった。

咲良の援助交際の客のうち、石黒正臣医師、海岸町の内科医、五稜郭のホテルのオーナーについては、すでにアリバイが成立して裏づけも取れている。残る一人、五稜郭公立病院の吉岡潔医師については、三日の朝から明日八日まで東京に出張とのことなので、アリバイについては問題ないが、九日にでも俊介が話を聞きに行くことになった。

石崎の波止場から消えた斉藤玄静和尚の穴あきボートは、現時点でまだ発見されてないとのことだった。

しきりに降りはじめた雪の中を俊介は帰宅した。予報通り、最初にしては元気な雪だ。念のため、ワイパーをフロントグラスから離して立て、車を離れる。

署を出るときに電話してあったので、清弥子が玄関に出迎えてくれた。大谷翔平の子供用ユニフォームを着てファイターズの帽子をかぶっている。その服装だと父親が一番上機嫌になることを知っているのだ。

「大谷の試合は、今日から？」日本シリーズまで堪能したばかりなので、もうしばらく大谷には休んでほしい気もするが、侍ジャパンの試合に打者として出場するらしい。

「十日から、メキシコ戦だって、パパに教えてあげて」

「十日から、メシコ」と抱き上げた腕の中で清弥子は言って、両親を笑わせた。

清弥子を寝かせると、俊介もすぐに眠たくなった。

咲良を恨む者、岩倉家を恨む者、どちらもはっきりした線が見えてこない。石黒正臣医師と浜野壮一に、それぞれ期待を寄せてみたが、アリバイが成立している。九日に会う予定の吉岡潔医師はどうだろう。咲良にとって吉岡は、父親祐平の思い出話をしてくれる親しい相手だったらしいから、吉岡と咲良のあいだでトラブルが生じていたとは考えにくいが、逆になにかおもしろい手がかりを、吉岡が聞き出している可能性もあるかもしれない。

そのほかは、咲良に交際を拒まれて死んだらしい本間大輔の関連と、大輔とつきあっていたらしい小窪茉莉花の線だろうか。そちらは同僚たちに聞き込みを任せているが、何か出てくるだろうか。

目を閉じると、健二が連れてきたジャン・ピエールのことをなんとなく思い出した。この夏の宇賀浦町の事件で、小さな手がかりにもとづいて、大きな提案をしてくれた。——七十二歳の主婦が、自宅近くの海岸の堤防から突き落とされ、海水を飲んで溺死した——そう見えていた事件で、容疑がかけられたのは定職もなく、母親に金をせびりつづけていた四十歳になる息子だった。息子は松風町のパチンコ屋に閉店までいたと言い張ったが証明がなされず、逮捕に踏み切るかどうか瀬戸際のところだった。もう一人の関係者は被害者の夫七十五歳だったが、九時前に近所の友人宅を訪ねていてアリバイが成立していた。シャンプーの匂いをさせて風呂上がりにやってきた、十二時近くまで差し向かいで飲みながらよもやま話をしていた、とその友人は証言した。主婦の死亡推定時刻は解剖所見では午後七時から十一時までだったが、九時までは現場付近の海岸に釣り人がいて、人を突き落としたり投げ込んだりすることはできないはずで、犯行は九時から十一時までのあいだとされていたのだ。

ところが、被害者がよく買い物に行っていた近所の「長谷川ストア」の息子が、ジャン・ピエール少年の友人で、その主婦が殺された当日も昼間買い物に来ていたと、何気なくジャン・ピエールに語ったところから、事件は急に別方向へ展開していった。

そのとき友人は店番に出ていて、主婦が豆腐やリンゴやウインターキャラメルに加えて、浴室用洗剤を購入したことを覚えていた。それを聞いたジャン・ピエールは、テレビのニュースで老女の家がちらりと見えていたのを思い出した。たまたま画面に映った浴室の窓辺に、半分以上消費された洗剤のボトルが置いてあった。その日のうちにジャン・ピエールは、被害者の家を訪れ、警察官と話をしたいと申し出た。居合わせたのが俊介だった。怪訝な顔で俊介は、ジャン・ピエールの話を聞いた。新品の浴室用洗剤を一度にボトル半分も消費するのは異常なことなので、日ごろ浴室の手入れをしない誰かが、慌てて清掃を試みた可能性がある。そうだとすれば、犯人が浴槽にあらかじめ海水を溜めておいて、被害者をそこで溺死させ、あとで水を捨てて念入りに浴槽を洗っておいたのかもしれない。一度浴室の排水溝を検査して、海水の残留物が残っていないかどうか、確認したほうがいいのではないか。ジャン・ピエールは緊張と熱心さから白い頰を赤らめながら、そんな話を俊介に突然語ってみせた。

相手の熱意に打たれるように、俊介が鑑識係を呼び出し、浴室排水溝の点検を依頼してみると、はたして、もつれた毛髪に混じって、細い海草の欠片が発見されて捜査本部は色めき立った。浴室が殺人現場だとすると、午後七時以降、いつでも犯行はおこなえたはずだから、九時から友人宅を訪れていたという夫のアリバイは意味がなくなる。のみならず、友人宅で夫が漂わせていた「シャンプーの匂い」は、じつは浴室洗剤の匂いだったのではないか、とあらためて尋ねられると、いや、そうだった気がする、匂いが似ているから間違えました、と友人はあっさり証言をひるがえした。こうして夫が逮捕され、まもなく犯行を自供した。老妻が数年前に実家から相続した数百万円の貯金通帳を、夫に渡そうとしないので、つい我慢できなくなって犯行におよんだのだという。犯行は七時半、浴槽の海水で溺死させると、遺体を車に積んで浴室を入念に清掃し、何食わぬ顔で友人宅へ行き、真夜中過ぎに帰ってから、人気のない海岸に遺体を遺棄しに出かけたのだという。

排水溝の点検を待つあいだ、俊介はジャン・ピエールに質問を繰り出した。少年は叔父にあたる神父を頼って来日し、現在カトリック教会の神父館に住んで二年になる。もともとパリで育ったのだが、十二歳のころ、世界でいちばん難しい言語を習得しようと思い立って調べてみると、広東語などと並んで日本語が最難関ランクにあげられていたので、やってみようと思い立った。二年たって、そろそろ日本に行ってみたいと思いはじめた矢先、両親が爆弾テロで急死し、函館の叔父が救いの手を差し伸べてくれたのだという。日本語が上手であることはそれで納得がいった。犯罪捜査への関心については、父親がパリ警察の刑事だったので、遺留品に焦点をあてて事件を眺める習慣が、なんとなく培われたのではないかと思う、という返事だった。署長に表彰のことを相談してみるし、テレビのニュースも注目して追いかけてくるかもわからないよ、と言うと、いや、やめてください、意見を聞いてもらえただけで十分すぎるぐらいなので、と尻込みする。とくに日本のテレビは……苦手です、と言ってジャン・ピエールは苦笑した。

ジャン・ピエールは咲良の事件にも、なにか意外なアイデアを持ち込んでくれるかもしれない。俊介にしてみれば、ジャン・ピエールは、部外者のシロウトというより、神からの贈り物にも似た超能力者に見えていたから、かれが活躍することに抵抗はなかった。そうなるかどうかはもちろんまだわからないが、なってくれればありがたい限りだ。なにしろ神からの贈り物なのだから。……いつかジャン・ピエールの姿が、ファイターズを優勝にみちびいた大谷翔平の勇姿に重なって、俊介は夢心地に誘われていった。

携帯電話に起こされたのは、午前六時十五分だった。布団の外は寒気の世界、戸外は真っ白だ。智子があわててストーブをつけに起きていく。

岩倉咲良の姉、柑菜が死体で発見された、と当直の刑事ががなりたてた。

第二章　米買ひに

1

岩倉柑菜の遺体を目にしたとき、俊介は格別な心の動揺に耐えねばならなかった。遺体に対面することは仕事柄少なくないし、咲良ももちろん可憐で気の毒だったが、前の日まで元気に会って話していた相手に、翌日遺体として再会するのはたぶん初めてだ。まるで家族みたいではないか。俊介は生唾を呑み込んで、それからようやく手を合わせた。

屋根のある駐車場のコンクリート面から、上体を雪の上にのけぞらせるように、頭を井戸の方向へ向けて、柑菜の遺体はあおむけに横たわっていた。血が引いて青白いが、きれいな眉や小さな鼻はきのうと同じだし、メガネの奥の目もうっすらと閉じているだけで、今にもぱっちり開きそうだ。髪がやや乱れているのは、発見されたとき、遺体の首には白いレジ袋がかぶせられ、顎の下で結ばれていて、それを発見者の一人である釜下専務が――不憫に思

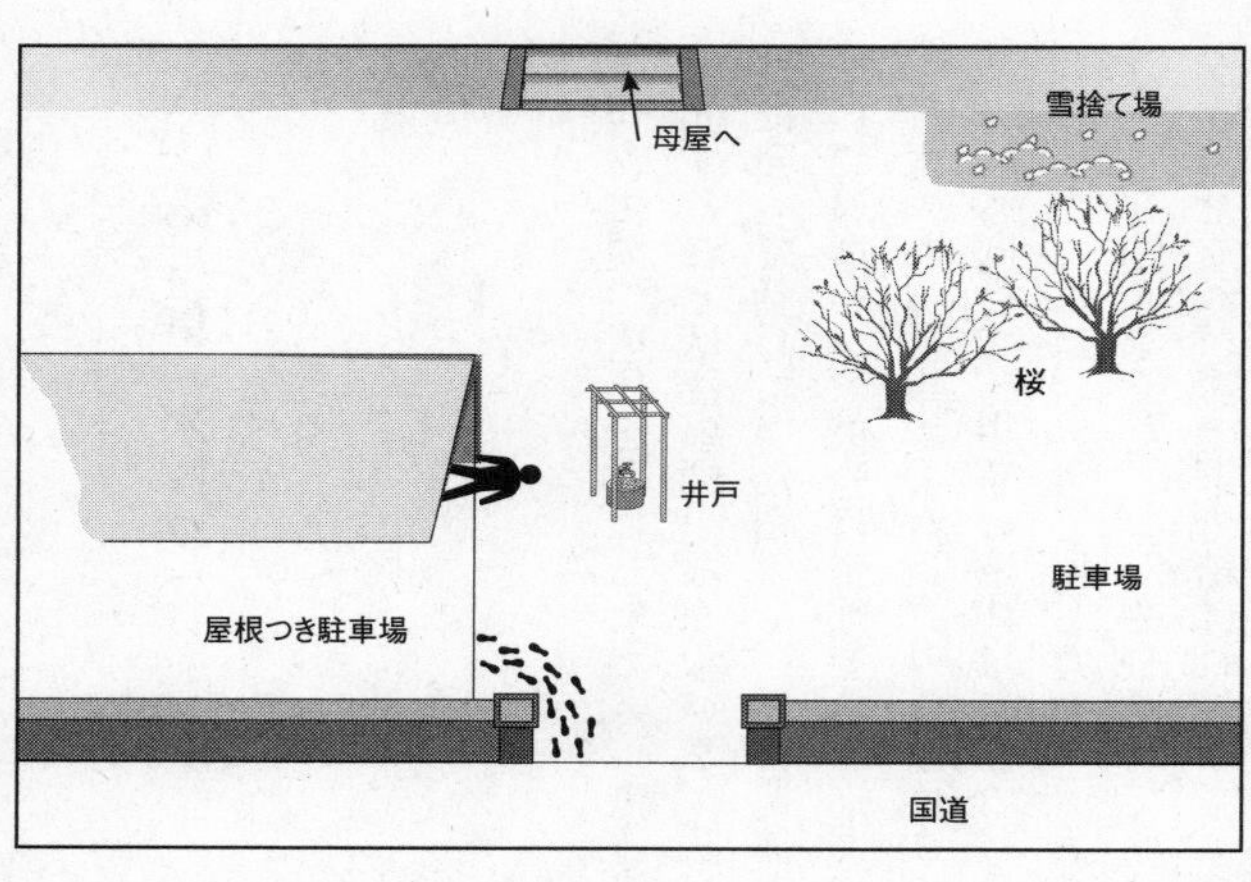

い、また遺体を確認するためにも――ほどいて取り外したからだという。

気がつくと俊介自身をふくめ、周囲の人間たちは冷気のせいで、息をするたびに柑菜に白い霧を吹きかけている。そして中心にいる柑菜だけが、白い息を発していない。

「袋をかぶせてあったって？」と俊介は鑑識係に近寄った。

「はい、これです」鑑識係が示したのは、ビニール袋に入れた「セイコーマート」のレジ袋で、店名がオレンジで印字されている。

「なんのためだ？　目隠ししたってこと？」と山形がそばに来て言った。

「さあ、目隠しして、自宅に連れてくるっちゅうのもおかしいし……」

俊介は一瞬、戦慄（せんりつ）を覚えた。

「山さん」と山形を脇へ呼んで、

「あの俳句、覚えてないかい」

「俳句？　こんなのあったか？」

俊介は端末機で確認して、

「『米買ひに　雪の袋や　投頭巾』」

「そしたらこれが、投頭巾ってことになるのかい」

「見立てれば、そうなるんでないかな。米買いに出たわけでないだろうけど」

「……投頭巾って、なんだべ」

「……わかんないけど」

　雪はまだ溶けはじめてもいない。この寒さではしばらく残るだろう。遺体の場所から階段を上って母屋のほうへ、おびただしい出入りの足跡が重なり乱れて、足跡の採取はどうやら難しそうだ。だが、一つはっきりしているのは、屋根つき駐車場の門に近い端から出て門外へ至る、男の靴の往復の足跡だった。足跡に重複はなかったし、周辺にほかの足跡もなかったので、そのまま保存されている。雪がやんでから、男が来て、帰っていったらしい。さしずめその男が犯人ということになる。

　昨夜雪がやんだのは午前一時ごろで、市内の積雪は約四センチだった。男の足跡は国道へ出て、一度足踏みのように向きを変えて、消えている。車に乗ったのだろう。夜のあいだ、時おりとはいえ車が通っていたので、国道の轍（わだち）は路面をむき出した黒い筋になって、そのあたりに停車したはずの車のタイヤ痕を特定することは難しそうだった。

俊介たちは母屋の応接間で、千代子としのぶ、それに釜下専務から話を聞いた。といっても千代子はぐったりとうなだれ、口をきくのもつらそうだったので、しのぶが話す部分がおのずから多かった。

柑菜は昨夜、しばらく母屋で母親と過ごしていたが、十一時にちょっと人と会ってくる、すぐ帰るから、と言ってパンプスを履いて家を出たという。まだ雪が降っていたが、ブーツを履かなかったのは、迎えの車があるからだろうと千代子は思った。その後千代子はしのぶの部屋を訪ね、咲良の思い出をあれこれ語り合う流れになって、一時近くまで話し込んでいた。襖で仕切った隣りの部屋には健二がいた。それから千代子は二階の自室に戻り、窓を覗いて雪がやんだのを確かめてから就寝した。しのぶはいつものように、松雄老人の様子を見てから床に就いた。健二は先に眠っていた。岩倉家に泊まり込んでいる釜下専務は、二階でテレビを見ながら一人で寝酒をやり、深夜〇時には布団に入っていた。裏の勝手口には内側から鍵がかかっていたし、あとで確かめると勝手口周辺の雪に足跡はなかった。千代子もしのぶも、柑菜は離れの自室に帰って寝たのだと思っていた。長姉の彩芽は、前夜は会社に泊まり込んで一人で仕事をしていたということだった。

翌朝六時、ほぼ同時に目を覚ました千代子としのぶが、玄関で顔を合わせると、二人で外を覗いたが、母屋と離れのあいだの通路から階段にかけて、足跡のない真っさらな雪の絨毯が見えていた。駐車場脇の異変は階段の陰に隠れてまだ見えなかった。昨夜、雪がやんでから柑菜が帰宅して、離れへ行ったとすれば、階段を上ってくる足跡が残っているはずだったが、それが見当たらない。柑菜は小一時間で、まだ雪が降っているうちに戻ってきたということだろうか。そうは思ったが不安を覚えたので、千代子はそれをしのぶに伝えて、サンダルを履いて向かいの離れへ鍵を持って行ってみた。しのぶは松雄の様子を見に行った。

　離れのガラス戸に鍵はかかっていたが、土間に柑菜が脱いだはずのパンプスが見えないので、千代子の胸騒ぎは高まった。声をかけながら二階まであがってみる。ベッドにもどこにも誰もいない。ということは、柑菜はまだ帰っていないということか――ひょっとすると、柑菜にまで何かあったのだろうか？　そう思うといても立ってもいられず、千代子は離れを出ると、サンダル履きのまま雪を蹴って階段を降りようとして、柑菜の遺体を――というか、頭に袋をかぶって倒れている若い女の姿を発見するが、服装から柑菜に違いないとすぐにわかった。駆け寄ろうとして転び、なお駆け寄って柑菜の上体を抱き起こすが、恐ろしすぎて千代子は頭の袋を外すことができず、しばらくは声も出せない。ようやくあげた叫び声に、玄関を開けて駆けつけたのはしのぶだった。千代子が「救急車、救急車！」と叫ぶのでしのぶはあわてて電話を取りに母屋へ戻り、眠っている健二にも声をかけ、一一九番に電話をした。

健二より先に、釜下専務が千代子の声に目を覚まして二階の窓をあけ、屋根つき駐車場の端あたりで、千代子が倒れた女の上体を抱いているのを見て、ただちに階下へ降りて駆けつけた。記憶によれば、そのとき階段から先には、千代子の足跡だけしか残されていなかった。近づくと千代子が「毛布、毛布!」と叫んだので、釜下は階段を戻って、「しのぶさん、毛布!」と伝言を伝え、柑菜のもとへ駆け寄った。柑菜は袋をかぶっていた。脚を開いて伸ばした下半身は駐車場の中だが、ひざまずいた千代子に抱き上げられた上体は、背中の跡を雪にくっきり残していた。千代子は号泣するというより、なにかわからないことをわめきつづけていた。

「これを外しましょう」と釜下は言い、千代子の腕に抱かれている遺体の顎の下の結び目をほどこうとすると、ちょうど結び目のあたりで、遺体の首に赤黒い索状痕が見えた。勇気を振り絞って結び目をほどき、そうっと袋を引き抜くと、顔もメガネもとくに損傷のない、柑菜の顔があらわれたのでホッとしたが、血の気がなく、唇も白く、すでに死んでから時間がたっていることは明らかだった。そのときにはしのぶも健二も駆けつけて、柑菜の周りに屈み込んでいた。しのぶが持ってきた毛布はもう必要がなかったが、千代子は毛布をかけてやった。それから父親に知らせるために、よろよろと立ち上がった。

この間、千代子以下の面々は、足跡など現場の保存に思いをいたす余裕がなく、柑菜の遺体の周囲は四人の足跡がでたらめに残されるままになったが、千代子が最初に見たとき、階段から駐車場に挟まれた通路をへて門までの正面通路は、足跡のない雪の原で、唯一の例外が、屋根つき駐車場から門の外へ出る二メートルほどの——足跡の数にして片道七歩の——靴跡だけだった。もちろん、もう一つの例外は柑菜の遺体だった。上体を駐車場からはみださせて、腰から上を雪に沈ませ、井戸から一メートルのあたりに頭をおいてあおむけに横たわっていたので、柑菜の上体の形に雪が溶けて、下の地面がうっすら見えていた。柑菜の上体は、雪をかぶった形跡がまったくなかったと、千代子も釜下も証言した。

「つまり、雪がやんでから、男が駐車場に入ってきた、と」と山形は現場を分析した。

「この男の足跡の上に、雪降った形跡ないからね」

「やんだのは、午前一時ごろだそうです」と俊介。

「午前一時すぎに、男が門から入ってきて、すぐ左さ曲がって駐車場に入った、と。柑菜がここで待ってることを知ってたんだべな。待てよ。柑菜が家出たのは十一時だよね。それから二時間、ずっと男ば待って、ここに立ってたのかい？」

「車の中で、暖房して待ってたのかな？」

「そうだね。ほかに暖房はないのか」と山形は駐車場を見わたす。山形は、咲良のときとは違って今度は最初から遺体が見つかっているので、なんとなく要領を得て張り切っている。

「とにかく絞殺だよね。後ろから紐で絞めた。ぐったりしたところへ、犯人は柑菜を駐車場の端っこさすわらせて、顔に袋かぶせて、顎の下でゆわえた。それから手放したから、柑菜はのけぞって、半分雪の上に寝かさった。そして男はまた門から出て、車で帰った。こういう流れで、間違いなさそうだな」

柑菜の死亡推定時刻は、前夜午後十一時から今朝未明午前二時までだと監察医が発表した。雪がやんでからの犯行という要素を加味すると、犯行は午前一時から二時までと推定される。

門に取りつけられた立ち入り禁止テープが外されて、車が一台入ってきた。彩芽が運転する黄色いプリウスだ。俊介は彩芽に右旋回の合図をして、屋根のない駐車場に——警察車両のあいだに——停めるように指示した。

陽が射しはじめて、日なたの雪がまぶしい。だが気温は上がらないままのようだ。

胸の形もくっきりしたブルーのセーターに墨色のジーンズの彩芽が、車を降りて近づいてくる。脚はロングブーツだ。

「柑菜は?」と声を張って訊く。

「もう運んで行きました。司法解剖です」

彩芽はうなずくと、大きなため息をついてから、階段を上っていった。ようやく息の白さが消えかけている。

すれ違いに階段を降りてきた鑑識係が、

「ご主人が責任者を呼べと言ってますよ」

「松雄爺さんかい？　やれやれ、また芭蕉の俳句の話だべ」

「だけど、気になりますよね、顔の袋の意味が。一緒に行きましょう」

　と二人で母屋へむかう。

　応接間へ行くと、肘掛け椅子に松雄が陣取り、しのぶがストーブの調節をしているところだった。

　松雄が顔を赤らめ、ときおり杖を振り上げながら話す内容は、予想通り、柑菜の頭を包んだレジ袋が、芭蕉の「米買ひに」の句を模倣したもので、それはすなわち、松雄に対して短冊の恨みを抱く小窪澄夫の犯行とその動機を、またしても物語っている、というものだった。

　今度は二人目だったから、松雄の話には迫力も説得力もだいぶ増していた。俊介たちは「それはもう十分に考慮に入れて」などと、弁解めいた説明を繰り返した。

「おといも言いましたけども、小窪澄夫を調べてはみたのですが、いかんせん、小窪にはアリバイがあるんですな」と山形。

「アリバイだと、しゃらくさい」

「咲良さんが被害に遭った夜九時半には、お客があったことがわかっておるのです。濤永寺の和尚さんですが」

「濤永寺の？　あの男はまともな坊主だ。何か騙されでもしたんだろう」と松雄はこともなげに言う。

岩倉家の墓を同じ宗派の濤永寺に移す話が、先月本決まりになって、自分も地所を見るために一度濤永寺に出かけたところだ、と松雄は説明した。

「五区画分、買ってやったんだからな」

だから濤永寺が、岩倉家に牙をむくことはありえないというわけか。

「だが、あの小窪のじじいには、息子がおるだろう」

「はい、息子の金作さんにも、アリバイがあります」と山形。

咲良が乗ったバスが恵山町のターミナルに着くと同時に、金作の軽トラックもそこを通って、運転手と挨拶を交わしたことが確かめられていた。

「ふん」と松雄はまたせせら笑って、左手の杖をいらいらと揺らし、

「そんなもの、どうせなにかの手管でごまかしておるのだ。徹底的に調べればボロが出るに決まっておる」松雄老人はひるまなかった。

千代子が入ってきて、一礼して自分用の椅子に腰をかばいながら着席した。

「いいか、まごまごしておったら、今度は誰が狙われるかわからんぞ。あいつはわしの命奪うまでは、復讐をやめないのだからな」

「しかし――」と俊介は言いはじめるが、松雄はぐいと天井をあおぎ、

「孫たちがこんな目に遭うくらいなら、老い先短いわしが、初めっから犠牲になっておけばよかったんだ」

千代子としのぶが驚いた顔をあげる。山形は困り顔で頭を掻いている。俊介は、松雄の独り合点のペースを攪乱することが必要だと感じて、

「ところで、つかぬことをうかがいますが、去年、会長の愛人だった女性ですか、その人がこちらへ来た、という話を耳にしましたが」

松雄は一瞬ぽかんとしたが、みるみる顔を赤らめ、俊介を突き刺さんばかりに杖を持ち上げて、

「それが孫たちと、なんの関係があるっちゅうんだ！」

すぐにしのぶは落ち着いた表情で、杖を持った手を元の位置に収める。千代子は固まったように動かない。

「事件がこんなふうに拡大しますと、われわれも、会長や岩倉家に恨みを抱く者を、小窪工務店以外にも、範囲広げて捜査しないとなりません。ひとつ、ご協力お願いします」と俊介はあえて大げさに頭を下げる。

「あの女は、わしに恨みなど持っておらん！　昔も十分にしてやったし、去年だってしてやったんだ！　もういい！　さがれ！　さがれ！」

「それでは、こちらで調べさせてもらいます」と俊介は言って、今度こそ杖が飛んできたら避けようと上目遣いにうかがった。幸い飛んでこなかったので、そのまま席を立って一礼し、山形と玄関まで戻った。

靴を履いて待っていると、千代子が玄関へ出てきて、

「申し訳ありません。すぐ癇癪起こすものですから」

「いいえ、これしきのことは日常茶飯事です」と俊介は笑顔を見せて、

「奥様も、ご存じですよね、去年会長の愛人が訪ねてきたという件は」

「はい。あの、浦嶺竹代という人です」

俊介は漢字を尋ねてから、

「いくつぐらいの人でした？」

「そう……五十くらいかしら……私と同じくらいだったと……」そうだとすれば松雄が独り身だった一九九〇年代には二十代ということになる。ちょうどいい。

「函館の人ですよね？　水商売の人だったんですか？」

「さあ、そういうことは……」

千代子は柱に手を添えながらゆっくりひざまずいた。

「で、あらためて慰謝料を支払った、と」

「はい。一千万、ということで……」

「一千万。それは、追加料金としては、相当な額ですね」

「はい。会長が話して、そう決めたからって……」

「昔別れたときに、なにかあったんでしょうかね。子供でもいたんですか」

「いいえ、それはないと言ってました。会長も、急に来たので、びっくりしたんだと思います。だから、そのあとまもなく、脳出血を起こして……」

「あ、浦嶺竹代さんの出現が、ショックだったんですか」

「はい……それがなにか、咲良と柑菜のことと、関係あるんでしょうか」

「わかりません。これから調べてみます」

「はい……」

「柑菜さんは、こっちではどの車を使ってましたかね」と山形が尋ねた。

「車ですか。私のクラウンに乗ってましたけど、ゆうべは車でなかったですよ」と言うと、千代子はのそのそと立ち、下足棚の置き物群の脇にある革製の皿からキーを取り出して、

「キーはこれ、いつもここに置くことになってますからね。やっぱり、迎えが来たんでないですかね」

「ふうむ」と山形は考え込む。

　そこへ、松雄を自室に落ち着かせたしのぶが出てきた。健二は部屋にいるというので、俊介は門内の警察バスまで、出てきてくれるように言づけて母屋を辞した。

　門の外は報道関係者がごった返しているらしく、がやがや人声が届いてくる。クラクションも聞こえる。美人三姉妹のうち二人までが残虐なやり方で殺されたのだから当然だ。内側

の青空駐車場に停まっている警察のマイクロバスに、俊介は山形と一緒に乗り込んだ。

俊介はまず捜査本部に連絡して、浦嶺竹代という女の身元を捜査してくれるように依頼した。それから、小窪工務店の澄夫と金作、さらには金作の娘茉莉花もふくめて親子三代の昨夜のアリバイを捜査する手配がなされていることを確かめた。浜野壮一に関しては、方面本部の刑事たちが調べることになっていた。

山形警部は缶コーヒーを取り出してどっかり着席すると、

「どうもすっきりしねえなあ」

「車の件ですか?」と俊介も缶コーヒーに手を伸ばす。

「柑菜は夜の十一時に、誰かと待ち合わせた。だけど車の中でないとすると、十一時から午前一時過ぎまで、二時間以上も寒い中で、そこで立って待ってた、ちゅうのは無理な話だべなあ。柑菜は携帯持って出たんだべ?」

「はい、駐車場に落ちてましたけど、十一時前後をふくめて、着信も発信も一件もありません。二時間も遅刻するなら、相手も電話入れるはずだと思うんですが」

「だから、相手は十一時に時間通りに来たんだべさ。すぐ車に乗せて、出て行ったと。まだ雪降ってるから、車の跡は消える、と。そこまではいい。そしてあとから戻ってきたら……車ば国道に停めて、柑菜たないで駐車場まで歩いてきたか?」

「つまり柑菜は殺されて運ばれてきたってことですか?」

「うーん。それでねがったら、柑菜はまだ生きてて、犯人に抱きついてたんだべか」

「足跡を残さないように？　そんなことする必要、あります？」

「なあ？　すっきりしねえべ？」

確かに、ほぼ一日後にはるか海上で発見された咲良の場合とは違って、遺体にすぐに対面して捜査を開始した柑菜の場合には、山形がこだわるような細かい注意点がいくつか見つかりそうだった。もちろん男の足跡の問題がその筆頭だ。

そこへ黒いセーターに黒ズボンの健二がやってきたので、俊介はバスのドアを開けた。

健二はゆうべ、途中から隣りの自室へ移って、千代子としのぶがあれこれ話をする様子を、襖越しに聞くともなく聞きながら本を読んでいた。十二時半ごろ布団に入って、まもなく眠ってしまった。それから六時に母親に起こされるまでぐっすり眠って、異常な音や声には気がつかなかったという。

「それで、今度は柑菜さんのことを訊きたいんだけどもさ」と俊介は本題に入った。

「柑菜さんは咲良さんみたく、いろんな男とつきあうようなことはなかったと、言ってたよね。それ、間違いないね？」

「ないです」

「親しくしてる特定のボーイフレンドも、いなかったのかな？」

「いたとすれば……」と言って、しばらくしてから健二は自分に人差し指を向けた。

俊介はうなずいた。

「きのう彩芽さんも言ってたけど、柑菜さん、きみに本気になってたのかい」

「そんな感じだったですかね」

健二のすっきりした横顔を見ていると、俊介は質問すべきことを思いついた。

「そのことに関して、『お姉ちゃん、いいって言ったじゃない』って柑菜さんは言ってたんだけど、あれはどういう意味？　ただ賛成っていう意味じゃなくて、彩芽さんの許可かなにか、必要だったの？」

「ええと、たぶん、三人がぼくとつきあうのは、長くても一年ずつって決まってたんだけど……」

「誰が決めたの？　彩芽さん？」

「そうです。で、今が三年目」と健二は笑って、

「だから咲良の番なんだけど、咲良はもう、デートの練習なんかする必要ないから、ぼくのことはおざなりで。でも柑菜さんは……」

「一年経っても、別れたくなかった、と」

「そうですね。友達とか紹介したんだけど、その気になれないって」

「きみと柑菜さんのあいだには、肉体関係があったの？」

「はい、たまに。……たとえば五日の日には、じつは柑菜さんはぼくと一緒に札幌にいたん

です」

「ああ、九時半にホテルに現れた女子大生風の彼女っていうのは、柑菜さんだったのか」

「もう調べたんですか。さすがですね。彼女と、ホテルの喫茶室で待ち合わせたので、ぼくは竹田と別れて先にホテルに帰ったわけです」

「それから柑菜さんとは、朝まで一緒にいたのかい？」

「はい」

健二はまるで中年の夫婦のように、柑菜と同室で夜を過ごしたことをあっさり認めた。

「で、それは咲良さんには、内緒の行動だった、と」

「そうです。……咲良はぼくがどうこうじゃなくて、ぼくに対する自分の権利を、柑菜さんに売りつけたかったんですね。柑菜さんは、そんなことでお金を取られるのが癪だから、内緒にしてたんです」

「今までそのことで、柑菜さんと咲良さんがケンカしたこともあった？　つまり、柑菜さんが一年を越えてもきみに執着してるのがばれて」

「多少はあったみたいですね。咲良が疑ってるって、柑菜さん言ってましたから」

「なるほど」と俊介はようやく言ったが、三姉妹と健二の風変わりな関係にあきれた思いは変わらなかった。

「どうしてそんな、変てこな関係になったんだろうね。きみと三姉妹と」

「いやあ、ぼくが決めたことじゃないですから」と健二は笑って、

「最初はたぶん……彩芽さんは、自分よりも妹たち二人のほうがかわいいと思ってて、コンプレックスがあったんじゃないかな。だから順番を決めて、まず自分がぼくとつきあうってことで……」

「妹たちは、それに反論はしなかったわけ？」

「だって、嫌なら自分に回ってきた一年間の権利を使わなければいいんですから」

「あ、そうか。三人とも、権利を使ったんだ。ただし、咲良さんは権利をお金に換えようとした」

「そういうことになりますね」と言ってうなずく健二は、コンピュータの使い方を説明する販売員のような口調だ。

「じゃあ、だれかほかに、柑菜さんとトラブルになったなんて話は、聞いてない？」

「ないですね。柑菜さんは会長から留学の許可が出たから、張り切ってました。ぼくも連れて行くとかって」

「きみ、行くつもりだったの」

「ぼくの分まで出してもらえるなら、一年ぐらい、いいかと思ってましたけど」

最後に思い出して、俊介は思いきってつけくわえてみた。

「きのう来てたジャン・ピエール、なにか言ってたかい？」

「いや、特になにも。また呼んでみましょうか」

「そうだね」と答えながら、俊介はちょっと心強いような、それでいて今から心強く思ってはいけないような気がしていた。

午後になっても路面の雪はあまり減らず、岩倉邸の通路や階段は足跡で汚れたまだら模様になっていた。空もなんだか灰色のまだら模様だ。

彩芽は母屋の二階の千代子の寝室で、ベッドに伏せった母親の傍らにすわっていた。千代子が目を開けているので、俊介は、

「お疲れが出ましたか。彩芽さんにすこし、話うかがいに来たんですが」と話しかけた。

「さっきお薬いただきましたので」と千代子は静かに言った。なるほど、病院経営者ならこんなときにも上手な対策があるのだろう。

壁際の衣桁に藤色や銀鼠の帯が下がって美しい、あずましい部屋だ。

俊介は彩芽にむかって、

「ここでいいですかね」

「いいよね。お母さんだって、すこし話をしたほうがいいみたいだから」と彩芽が空いた椅子を示しながら言うので、俊介はそこへ腰をおろしながら、

「奥様にはお尋ねしにくいことも、あるんですが」

「え、またお祖父ちゃんの愛人の話？」

「それもありますが……」

「いいわよ。こんなことになった以上は、もう何もかもさらけ出したほうがいいわ」と千代子は弱々しく頬笑んで言った。

まず俊介は、千代子と彩芽の昨晩の行動を簡単に確認した。千代子は柑菜が十一時に外出したので、玄関先まで見送り、離れの戸締まりを見回ってから母屋に戻り、しのぶの部屋へ行って一時まで話し込んだ。それからこの自室へ戻って休んだ。二階の客間には釜下専務が泊まり込んでいたが、夕食後部屋に引き取って、一人で過ごしていた。

彩芽のほうは、杉並町のマンションの一室を借りたデザイン会社で、締め切りの近い仕事を半分徹夜で片づけていた。もう一人残った社員は、午前一時に、夜食を出して先に帰った。札幌から来たデザイナーの方ですか、と俊介が尋ねると、あの人はゆうべはいませんでした、とだけ彩芽は答えた。彩芽は出された夜食を食べ、仕事をつづけて三時過ぎにソファに毛布をかぶって横になったという。だから厳密に言うと、彩芽には午前一時以降のアリバイを証明することができなかった。

柑菜がトラブルに悩んでいた形跡は、やはりなさそうだった。アメリカ留学が決まって、張り切って勉強しているという報告が東京からしじゅう入っていた、と千代子は言った。今回の帰省も、大学をそんなに長く休むわけにいかないので、週末には東京に帰ると言っていたという。深夜に待ち合わせるような友達が函館にいたとは思えない、せいぜい高校時代の女の友人たちと連絡を取るぐらいではなかったか、と母親と姉は推測を述べた。

それから俊介は、咲良と柑菜が連続して殺害された今回の事件では——例の俳句の短冊との関連はさて措くとしても——娘たちそれぞれへの個人的な恨みでなく、一家全体を標的とする遺恨のごときものが、動機づけとなっているかもしれないことをあらためて説明した。

そこで岩倉商事の過去における商売上のトラブルを、洗いざらい点検しなければならないが、それだけでなく、家族にまつわる人間関係、男女関係のトラブルも、これからは視野に入れねばならない。

「そんなもの、うちにあるのかしら」と千代子は落ち着いて言った。

「可能性としては、今朝がたうかがった浦嶺竹代さんの件も、その一つだったわけです」

「でも、あの人は、包んだお金持って、喜んで帰っていきましたよ」

「まだ足りないっていうのかしら」と彩芽。

「でも、それならまず、お金もらいに来るのが先でしょ」

「それはそうです。その後連絡はないのですね？」と俊介。

「ありません。今後は連絡無用と、会長から言ったはずですから」と千代子。

「あか抜けてきれいな人だったね」と彩芽。

「彩芽さん、お会いになったんですか」

「だって最初に来たとき、ここにいたんだもの。あたしとお母さんとで。『まあまあ、長女の方ですか？　じゃあ、彩芽さん？　今二十歳？』なんて、やたらこっちのこと知ってるの」

「調べてきたのよ」と千代子はこともなげに言う。

「で、一千万という金額は、先方の要求ですか」

「あとで聞いたら、むこうは二、三百万でよかったようなんですけどね」

「それが去年の、いつごろのことです？」

「最初が、桜が咲いてたころよね。五月だった？」と彩芽。

「五月の中ごろね」

「何回か来たんですか？」

「いえ、二回です。二回目が……六月の中ごろだったかしら」

「お祖父ちゃんがあんな身体になったのは、絶対あの女のせいよ」と彩芽は言った。

「しかたないでしょう。私だって、寝込んだんだもの」と千代子。

「あ、そうだったね。それにそのあとの、自動車事故」

「事故ですか？」と俊介は気にかかって尋ねた。

「そんな、余計なことまで」と千代子は苦笑したが、

「正確に言うと、事故未遂」と彩芽は笑って、

「夏休みに大沼に泊まりに行ったんだけど、帰り道にお母さんが運転してて、あやうく崖から落ちそうになったの」

「おやおや」

「助手席にいた釜下さんが、とっさにハンドルを切ってくれて助かったの。ガードレールにぶつかっただけで」

「なんだか急に、ハンドルが動かなくなったのよ」

「お母さんはそう言ってたけど、あれもきっと浦嶺竹代が突然訪ねてきた後遺症だよ、ってあたしたちは言ってたの。お母さんあのころ、なんだかぼんやりしてたもの」

「会長もその車に乗ってたんですか？」

「ううん。出かけたのは、あたしたち三人とお母さんと釜下さん。釜下さんは、あっちのホテルの社長と知り合いだったから」

「へえ。そんなことがあったんですか」

「そのとき腰をひねって、お母さん、腰の具合が悪くなったのね」

「治療なさったんですか？　それでもダメだったんですか」

「ちゃんと治すなら手術だって言うからねえ……忙しいし」

「ただ屈めないだけだから、がまんするって言うのよ。お母さん、いつもそうなの。がまん、がまん」

「でも、たった一年で、こんなことになるならねえ……いっそあのとき――」と千代子は天井のさらに高いむこうを見やる目で言った。

「やめてよ、それとこれは別でしょ、冗談じゃない」と三人娘で一人だけ残った彩芽は怒る。

「うん、ごめん。お母さんもう、なにがなんだかわからなくて」

「だから、図々しいのは浦嶺竹代、って話でしょう？　最初に別れるときにも、お金あげたはずだもの。お祖父ちゃんそう言ってたでしょう？　その上で、お祖父ちゃんもお母さんも、ひどい目に遭ってるんだもの。これ以上あの人に恨まれる筋合いは、ないはずだよね」

「わかりました。あとはこちらで調べてみます」と言ってから、俊介はまず二人の様子を見くらべてから、

「で、次なんですが……亡くなられたご主人、祐平氏の身辺はどうだったでしょうか」

「は？」と千代子。

「出た」と言って彩芽は含み笑いした。

「祐平氏にも、そういう女性がいたんでしょうか」

「私は存じません」と千代子は不快そうに言ってから、彩芽に、

「あなた、なにか知ってるの」

彩芽はちょっと迷いながら、

「……お父さん、あたしたちにはやさしかったけど、お母さんにはなんとなく冷たかった。

あたしたちのあいだでそんなこと話していたの」

「それは二人とも、仕事で忙しかったからよ」

「もっと言っていい？　お父さんが亡くなったとき、柑菜がお父さんの携帯を解約しに行ったでしょ。そのとき、お父さんの送受信の履歴をちょっと見たらしいの。お母さん、見たことある？」

「ありませんよ、そんな」

「そしたら、なんかそれらしい名前が出てきたんですって」

「え」と千代子は肺の底からのような不思議な声を出した。

「最近のものから順番だから、お父さんが入院してからのものらしいんだけど」

「誰なの」と千代子は今度は鋭く言った。

「わからないのよ。名前が変えてあって、なんかアイドルの名前になってたんだって。ええと……『アミン』て昔、いた？」

「いましたね」と俊介が言った。とくにファンではなかったが、俊介の世代なら、一九八〇年代に大ヒットした「あみん」の『待つわ』を知らない者はいない。

「『アミン』って名前で登録されてたんですか？」

「たしかそう。カタカナで」

「そんなの、バーかスナックの名前かもしれないじゃない」と千代子は言った。言われてみるとその通りだ。

「だけど、お父さんそんなにお酒飲まなかったでしょう?」

「そんなことありませんよ」と言うと、千代子は不機嫌そうに寝返りを打った。後頭部をこちらへむけてから、

「あなたがた、そんな想像してたの? お父さんが亡くなって、こっちが毎日おろおろしてたときに」

「それからだいぶたってからよ。二ヶ月か、三ヶ月か」

「とにかく、お父さんはそんな人でないですよ。病院のことで毎日てんてこ舞いだったのは、あなたたち、わかってるでしょう。おまけに病気にまでやられて、よその女にかまってるヒマなんかなかったわ」

「だから私は半信半疑だったんだけど、柑菜は絶対にあやしいって……」

「その登録名のことは、それきりになったんですか」

「そうだけど……函館に『アミン』なんて飲み屋さん、あるかしら」

「札幌や東京まで範囲に入れれば、きっとあるでしょうね」と俊介はいちおう千代子の肩を持って言った。だが、内心では調べてみるつもりでいた。歌手の「あみん」は女の子の二人組だから、そのどちらかと同姓の女を、祐平は「アミン」の名で呼ぶことにしたのではないか、という想像もおのずから働いた。いずれにしても、祐平と「アミン」なる女との連絡は

二〇一二年までのことだ。電話会社に記録は残されていないだろう。

千代子は黙って長いため息をついた。

「もう一つ、彩芽さんに訊きたいことあるんだけど、咲良さんと柑菜さんの仲は、実際のところどうだったんです？」

「まさか、警察は何を調べようっていうの！」と千代子は後ろをむいたまま厳しい声をあげた。

「第一、咲良と柑菜がお互いをどうこうできるはずないじゃありませんか！」

「それは承知してますが、友達その他の背後関係を……」

「洗いざらい、なんでも話していいんじゃなかったの？　でも、お母さんはまいってるから、下へ行きましょう」

彩芽は先に立って階段を降りて応接間に行った。俊介は千代子にもごもご挨拶してからあとを追った。

先にソファにすわって、話の内容を整理したらしく、彩芽は俊介が腰をおろすやいなや、

「これは事件に関係するような、大げさな意味じゃないんだけど、要するにあの二人は、ふだんから仲が悪かったの。昔から、咲良はわがままだし、柑菜は威張るしでね」

「ケンカが絶えなかったわけ」

「そう。咲良が柑菜のお金を盗んだ盗まないで、取っ組み合いのケンカをしたりね。だから、

なんとか仲直りさせようと思って、健を使って四人で恋愛のゲームでもすれば、お互いの気持ちを少しは考えるかと思って、やってみたんだけど、だめだったの。逆効果だった」

彩芽が「ゲーム」をはじめた理由は、健二が解釈したところとは違っているが、そういう一面もあるのだろうと俊介は思った。

「恋愛のゲームを、やってみた、と」

「といっても、デートするだけだけどね。でも健はかわいい顔してるから、三人で順番に、ペットみたくしてかわいがってあげたら、みんな仲良くなるかと思ったの」

「じゃあ、最初は彩芽さんで――」

「そう。一年交代でね。私は一年で満足したの。あちこち連れて歩いて、楽しかった。女の子たちが、うらやましそうにこっちを見るのがね。癖になりそうだったけど、我慢したの。でも、柑菜は健に本気になって、もう東京へ行くんだから別れてもいいはずなのに、健につきあう相手を選ばせるべきだ、なんて言い出して、咲良と久しぶりに殴り合いのケンカをしたのが、九月だったか。柑菜が東京へ帰る直前のこと」

「殴り合いですか」

「咲良は鼻血出すし、柑菜はメガネ壊すし、大変だったの。咲良は健を自分の権利として持っておいて、その権利をお姉ちゃんに売る、みたいなことを言って、そうじゃなくちゃ契約違反だって言ってね。だから柑菜は余計に怒ったの」

「契約、ですか」

「いちおう署名したのよ、みんなで。とにかくそのときはおたがいに、殺してやるとか言い合って、それ以後は口もきかない有り様で、そのまま柑菜は東京へ帰ったから、咲良がいなくなったって聞いたときは、つい柑菜を疑っちゃって……今度は柑菜が殺されたから、ひょっとして咲良がなにかたくらんで、誰かに手を回しておいたのかもしれない、なんて」

「咲良さんはそういう、危ない人たちともつきあいがあったってこと？」

「ううん、でも釜下って専務がいるでしょ。咲良はあの人を手なずけて、あの人の手下のヤン衆、たくさん知ってる、みたいなこと言ってたから」

「手なずけて、ってことは、咲良さんは釜下ともつきあいが……」

「ぷっ、まさか。ああいう男は、『頼りにしてるね』ぐらい言って、腕にさわってあげるぐらいで十分だって言ってた」

「なるほど。だけど、まさかね」

「うん。冷静に考えれば、釜下は自分の命より会長が大事だから、いくら咲良の頼みでも、会長の孫をどうこうするなんて、考えられないしね。しかも咲良は、もういないんだし」

「釜下さんと親しいのは、咲良さんだけだったの？　きみや柑菜さんは？」

「あたしたちは相手にしないよ。お母さんだって、相手にはしてないけど、釜下はお祖父ちゃんをいろいろ助けてくれてるから、つい頼りにしてるだけ。でも咲良は、男ならだれでも言うことを聞かせられると思ってるから、ちょっと心配だったの」

「うん」

事件の背景として、関係がある話とは思えなかった。ただ彩芽としては、これを言ってしまいたかったのだろう。それだけ不安を抱え、混乱していたのだろう。

「わかったよ。彩芽さんにも危害が及ばないように、この際だから注意してね」と俊介は精一杯やさしく言った。

離れへ行く彩芽と別れると、俊介はふたたび階段を上って千代子の部屋をノックした。

「はい」とかすれた声が返ってドアを開けると、釜下が布団の中の千代子となにか話しているところだったが、釜下は愛想よく巨体を動かして去っていった。

俊介は釜下が空けた椅子に腰をおろして、

「彩芽さんに妹さんたちのケンカのことなどを、ざっくばらんに話してもらいました」と簡単に報告した。

千代子はうなずいて、

「やっぱり体外受精だと、子供とぴったりいかないものでしょうかね。たまにそう言う人、いますものね」と言ってため息をつく。

「そんなことはないでしょう」と俊介は、石黒医師が千代子の体外受精のことを言っていたと思い出しながら、偏見を否定した。

早く男の子を産めという父親松雄の圧力もあって、結婚して二年子宝に恵まれなかった千代子は、夫が専門とする体外受精治療を受けて、三人の子を産んだのだという。ただ、娘たちはさずかったものの、松雄が望む息子にはけっきょく恵まれず、三人まででやめにした経緯があったと、千代子はゆるゆると、闇の中を歩くようなしゃべり方で話した。

「こっちがどんなに苦労して育てても、もう一つ、気持ちが通じないところがあの子たちにはありましてね……」

「それはどんな親でも思うことでないですか。ぼくも娘いますけど、一緒ですよ」と俊介は言って、娘の清弥子をチラリと思い浮かべた——ただし清弥子はまだ五歳で、気持ちの心配をする段階ではなかった。思い浮かべた清弥子はファイターズのユニフォームを着て万歳をしている。


外に出ると寒さが身に染みた。シャーベット状になった雪をジャリジャリと踏んで階段を降りる。津軽海峡が見え、海を薄めたような色の曇り空が見え、人間のあさはかなふるまいをくすくす笑うように、また雪が舞い落ちてくる——いや、逆かもしれない。たっぷり四ヶ月雪に閉じ込められて暮らすこの土地の人々の、ささやかな、必死の抵抗が、ともするとあさはかなふるまいを生み出すのかもしれない。三人姉妹と健二との恋愛ゲームも、一見ほほえましいようにも思えるが、そんなあさはかさの徴(しるし)なのだろう。

山形もバスに戻ってきた。海岸沿いの国道にふたたび検問所が設けられ、今朝午前一時から二時を中心に、岩倉邸前に駐車していた車がなかったかどうか、目撃者捜しがおこなわれている。

山形によれば、雪がやんでから邸前の国道に長時間駐車した車があれば、後方から来た車が反対車線にはみ出して追い越していくために、センターラインを大きくはみ出すタイヤ痕が付近の雪に残されているはずだが、それが見当たらないので、犯人の車の駐車時間は、せいぜい五分から十分程度ではなかろうか、ということだった。また、その間に追い越した車がなかったということは、その時間帯に函館市街方向から来て犯人の車を目撃した車両は一台もなかったことを意味する。したがって捜査の焦点は、恵山方向から来て、下り車線に停車した犯人の車とすれ違った車両があったかどうか、という点に絞られるが、上り車線のほうはこの時間帯、せいぜい一時間に数台しか通らないのが日常であり、あまり期待はできないだろうとのことだった。

そこへ鑑識係から中間報告が届いた。被害者岩倉柑菜は、ありふれた細いロープで首を背後から絞められて絞殺されている。それ以外に外傷はない。死亡推定時刻は最初の発表どおり、昨夜午後十一時から日付をまたいで今朝午前二時、被害者は駐車場のコンクリートの端に尻もちをつき、そのまま上体を雪の上へあおむけに倒したと考えられ、その後遺体の上半身に——頭の袋は発見者たちが動かしたので判定不能だが——雪が降った形跡はない。雪がやんだのが午前一時ごろなので、事件はそれ以後午前二時までのあいだに発生したと推定してよい。千代子としのぶの証言によれば、朝六時の時点で、遺体の周囲の雪には足跡その他はなにもなかった。頭の袋は、函館市内だけで三十軒を超える店舗を持つ「セイコーマート」のレジ袋であるので、出所を突き止めることは困難である。レジ袋から遺体、屋根つき駐車場一帯をふくめて、指紋は採取されていない。

往復ともくっきり残っている足跡から判断して、犯人は門側の端から駐車場に入り、犯行後同じ側から出て門外へ逃走したことが見て取れる。足跡の靴は男物の二十七センチ、雪国に多い底に模様をつけたゴム底の靴だ。雪を深く踏んでいるので、体重は七十キロ以上であろうと推測される。

これまで俊介が会った事件関係者のうち、七十キロを超えていると想定されるのは、まず百キロ近い巨漢である釜下専務だが、釜下は当夜母屋の二階から一度も降りていない。それ以外には、小窪工務店の長身の息子小窪金作、健二の友人の元バスケット選手西辺聖也、それから健二の兄の浜野壮一であり、この三人についてはアリバイを調査中である。岩倉松雄老人も背が高く、立派な体格だが、やはり自室から外に出ていないし、そもそも杖もなしに、足を引きずらないで門外まで歩くことはできないはずだった。

ほかの捜査員もバスに乗り込んできて、小さな捜査会議が開かれた。「岩倉の家そのものが狙われたんだべ」と感想を口にする者が多かった。

柑菜は十一時に家を出たので、その直後から午前一時か二時ごろまで、屋根の下とはいえ吹きさらしの駐車場に留まっていたと考えるのはやはり不自然である。すぐに車が迎えに来て、どこかへ行って殺害され、遺体となって運ばれてきたのではないか。あるいはドライブが終わって、柑菜を送ってきた車が岩倉邸前に着いたところで口論となり、カッとなった犯人が柑菜を絞殺し、タイヤ痕その他を残さずに死体を遺棄する適当な場所がほかになかったために、車を国道上に停めたまま、数歩だけ歩いて邸内の駐車場を利用した、とも考えられる——この推定は、いかにも自然らしいとして支持を集めたが、頭に袋をかぶせた理由はだれにも説明できなかった。

柑菜は現在東京暮らしで、深夜に出かけて会うような特別な友人は函館にいなかったらしい。現場に残された柑菜の携帯電話でも、メールやラインを含めてその日深夜の送受信の記録はなく、午後八時に函館の女友達に電話、午後九時から十時にかけて東京の同級生とラインのやりとりをしているだけで、いずれも事件とは無関係であると判明した。

方面本部の刑事たちの多くは、昨日のつづきで浜野壮一に関心を寄せていた。しかもかれらは、壮一の弟健二の存在そのものが、岩倉の娘たちを抹殺する動機を構成しているかもしれないと考えるに至った。すなわち、娘たちが一人でもいなくなれば、岩倉家の財産は将来、それだけ多く健二の手に渡ることになり、一回り年長の実兄として、壮一がどういう口実にせよ受け取りうる金額が、飛躍的にふえると予想されるのだ。そんな皮算用は、健二の同意や協力があってもなくても成立する。したがって、壮一の動静をますます注意ぶかく監視するとともに、実子のうちで残る彩芽が第三の犠牲者にならないように、十分注意しなければならない。俳句の短冊はあと二本あるからだ。

ただし山形は、捜査の焦点を壮一に絞り込むことには反対で、

「そしたら壮一は、なして俳句なんかにこだわったんだべなあ」と独り言のように言ったが、

「父親の浜野幸司は俳句やってたんだろう？　したら壮一は、俳句にかこつけて、父親の恨み表現してるんだべさ。援助が足りなくて会社もつぶれる、自殺はさせられる、しまいには、奥さんまで取られたわけだからね」と、壮一主犯説をとなえる方面本部の刑事は自信たっぷりに答えた。

「あの短冊には浜野幸司も、多少なりとも出資してたんだろう？　復讐の道具として、もってこいだべさ」

そう言われると俊介は、そんなものかと思えて山形の顔色をうかがったが、山形は黙り込んでいた。

夕方のワイドショーの時間が近づき、岩倉邸の門の外はニュースキャスターたちを中心に、中継の担当者や見物人でごった返していた。警察バスを降りる俊介の耳に、「彩芽さんを呼んで来て」「無理ですよ」といったやりとりが聞こえた。

2

濤永寺の斉藤玄静和尚の持ち物であるボートは、まだ見つかっていなかった。

斉藤和尚は夏のあいだ、もらい受けたボートでときおり釣りを楽しみ、千代子、彩芽に釜下まで乗せて沖に出たこともあったのだが、先月のある日、運転を誤って岩場に乗り上げ、ボートの底に直径三センチの穴をあけた。一人で乗っていても浸水して沈みかけるほどだったが、幸い浅瀬だったので、腰まで水に浸かった状態でなんとかボートを進めて石崎の波止場に帰り着いた。集まった人たちにずいぶん笑われたが、たまたま通りかかったのが、オートバイに乗っていた西辺聖也と岩倉健二で、健二は船に詳しい兄の壮一に電話をかけ、二時間後、近くの檀家で斉藤和尚がようやく着物を乾かしてもらったところへ、壮一は道具一式を持ってやってきて、船縁近くまで水に浸かったボートから上手にポンプで水を抜いた上、底に防水布を貼りつけて応急措置をしてくれた。壮一の話では、人が乗らなければしばらく浮かんでいるだろう、ということだった。クレーンを呼んで上架して、本格的に修理することは可能だが、費用がかかる。そこで和尚は、この波止場界隈で別の船にクレーンの用事ができたとき、ついでに作業してもらうことにして、当面のあいだ「穴あき危険」の張り札をつけて波止場に放置しておくことに決めた。

この穴あきボートは石崎の人たち全員に知られていたが、ボートがいつなくなったかについては、はっきりした証言は得られなかった。咲良が拉致された五日の夜まで繫留されていた、という意見もあったが、もっと前からなくなっていたという声も聞かれた。ほとんど見捨てられた小さな波止場——二メートル足らずの幅の桟橋が浜から十メートルほど突き出し、そこから直角に二十メートルほど延びているだけのコンクリート造りだった——に注意を払っていた人はだれもいなかった。桟橋に何日間か放り出してあったセメント袋が五つか六つ、ボートと一緒に消えたと言う人もいた。

ボートの船外機の鍵は、濤永寺に保管されていたが、ここ一月ほど、誰でも出入りする寺務所の箱の中に入れてあったので、犯人がその気になれば、一時的に持ち出して合い鍵を作っておくことも不可能ではなさそうだった。いずれにしても、波止場の付近には民家はないので、ボートの出入りの音が聞きつけられる心配はほとんどなかっただろう。

俊介と山形は、濤永寺をとにかく一度訪ねてみなければならなかった。行くなら一緒に行きましょうと、釜下専務に誘われていたのを思い出して、釜下を探してみると、また母屋の二階で寝込んだ千代子の小間使い役をしていた。そこで三人で出かけることになった。

「あれ、あっこに」と釜下が屋根つき駐車場の中を指差すので、見やると、工事用のブルーのシートでくるまれた物体が、自転車の奥に立てかけられている。柑菜が倒れていた今朝も、あそこにあった気がする。

「短冊、捨てるちゅうから、もったいないからね」

「あ、短冊か」

「ほとぼりさめたら、もらおうと思ってさ。娘さんたち供養するのにもちょうどいいっしょ」と釜下は笑う。

濤永寺は歩いても五分程度の距離だが、雪道なので車で行こう、ということになり、屋根のない駐車場から車を出した。

「釜下さん、千代子さんが交通事故起こしかけたのを助けたって、うかがいました」と俊介が水をむけると、

「ああ、去年の夏ね。あのときは泡くいましたよ。一瞬、死ぬかと思いました」

「何があったんです？　車の整備に問題があったんですか」

「いやあ、それまでは普通に走ってましたからね。崖側に寄ってトラックとすれ違ったら、そのまんま崖のほうさずるずる行くもんだから、一瞬奥様見たら、なんだかぼんやりしてるんで、こら危ない、と思ってハンドルに手伸ばしたんですよ。あと一秒か二秒、ってとこでした」

「奥様にはそういう、持病みたいなのあるんですか？」

「いやあ、ただ、疲れてたんでないですかねえ。あのころ、あまり眠れないって、よくおっしゃってましたから。例の会長の女の問題でね。お聞きになったしょう？」

「はい、突然訪ねてきたとかって」

「奥様は生真面目な方だから、ショック受けたみたいでねえ。おまけにあの事故寸前の騒ぎで、変に腰ひねったみたいで」

「そうでしたか。お嬢さんたちも、さぞ怖がったでしょうね」

「そりゃあ、もう。釜下が命の恩人だったちゅうて、咲良さんにはキスしてもらいました」

と釜下は目を細める。咲良との関係に、特段ふくむところはなさそうだ。

俊介が車をスタートさせると、

「そう言えば釜下さん、俳句やっておいでですか。ずいぶん詳しそうだったから」と助手席の山形が話題を変えた。

「いやあ、大昔ね。例の『松尾会』のときですよ。会長が俳句やらされることになった、ちゅうから、一夜漬けで勉強してね。あの会がなくなったとたん、すぐやめました。はっはっは」

「ちょっとあの、短冊に書いてある俳句の意味だけでも、だいたい教えてもらえませんか」

「意味って、おれの自己流でよければね」と釜下は大きな胸を自慢そうにそらせ、額をハンカチで拭う。

「そしたらまず、『鷹ひとつ』――」

「『鷹ひとつ　見つけてうれし　伊良湖崎』。これはね、伊良湖崎に弟子を訪ねてって、会えたからいかった、という気持ちを、鷹になぞらえて詠んだ、とまあ言われてますね。だけども、そういう能書きがないほうが、かえっていいかもわかんないね。岬の上に立って、見わたす限りの空と海、こう、なんもない寂しさちゅうのか、それが『あ、あそこに鷹が飛んでる』ってなれば、生き物の世界が戻ってくる気して、うれしかった、ちゅうんでないかな」

「なるほど。いいですね。そしたら『一つ家に』――」

「『一つ家に　遊女も寝たり　萩と月』。これはね、旅の旅籠（はたご）に遊女らしい女も客で泊まってる、と。なして遊女ってわかったんだべ、ちゅうたら、芭蕉が誘われたのかもわかんないし、客の袖引いてるの、見たのかもわかんない。ちゅうことは、まあ、ごたごたっとした、庶民的な旅籠でしょ。色と欲の世界しょう。だけどそういうとこにも、萩の花が活けてあって、月とくれば中秋の名月だもの。風流ちゅうのはどこにでもあるんだなあ、と。芭蕉先生、遊女のことが気にかかった自分をおもしろがって、自分をからかってるちゅうかね。たぶんそういう句でないべかなあ」

「なるほど。さすがですねえ」

「いやいや、勝手な解釈だから勘弁してね。次が『米買ひに　雪の袋や　投頭巾』。これは早い時期のユーモア作品でないべかね。米買いに『行く』ちゅうのと『雪』が懸け言葉になってダブってるところもユーモアだよね。米袋持って、米買いに出たら、雪降ってきたから、その袋ひょいっと頭から頭巾みたいにかぶりました、ちゅうそれだけのことだけども、そのおどけた中身と『雪の袋や』ちゅうユーモアが、まずぴったりくるんでないべかね」

「投頭巾というのは――」と俊介は気になっていたことを尋ねた。

「あ、投頭巾ちゅうのは、袋になってる頭巾のことですね。米の袋なら、いい塩梅に投頭巾になるしょう」

「なるほど。おしまいは、ええと――」

「『旅に病んで　夢は枯野を　駆け廻る』ね。これは有名中の有名だし、むずかしいとこはなんもないからね。解説いらないっしょ。旅っちゅうことは、まだ人生途中なんだよね。ここで死んだら死にきれないわけさ。それを『夢は枯野を駆け廻る』ちゅうんだから、すごいよね。江戸時代とは思えない、現代的な感覚だよねえ。だからいつの時代でも、この句だけは知られつづけると思うよね。会長も、俳句わかんないって言うけど、この句だけは大好きだって言ってたことありますよ。人生は旅だし、死ぬときはだれでも、旅に病んで、夢が駆け廻って死ぬんだろうなあ、と。いや、お粗末さまでした」と釜下が一礼したので山形はパチパチパチ、と拍手した。

俊介は濤永寺の駐車場に車を入れた。

「『松尾会』では、そういう解釈とか、勉強することもあったんですか」と俊介が尋ねた。

「いや、まさか。ただときどき俳句詠むだけですよ。俳句はわりあい、即興が大事だからね」

濤永寺はバス停の斜め前、国道沿いに門を構えた浄土真宗の寺だった。

寺には雪がよく馴染む。俊介は墨絵の中をぐるようにして、松や瓦屋根が雪をかぶった渋い景色を味わった。

斉藤玄静和尚は、釜下にさらに脂肪を足したようなでっぷりした巨漢で、坊主頭のてっぺんまで八十代とは思えない血色だったが、寺務所の灯油ストーブと火鉢に挟まれた定位置から動こうとしないまま、俊介たちを手招きした。

「いやいや、大変なことになりましたなあ。恵山国道最大の事件だちゅうて」

俊介は斉藤和尚に、まず小窪工務店親子の最近の様子を尋ねた。和尚が五日の夜、午後九時半に小窪澄夫を訪ねたこと、十時に息子の金作夫婦がつづけて帰宅したことはすでに確かめられていた。和尚によれば、小窪工務店は息子の働きでなんとか倒産はまぬがれ、この十年ほどは小さいながら落ち着いた商売に戻った。澄夫が口を開けば、今でも岩倉への恨み言は絶えないが、諸行無常、こちらもなるべく昔は水に流して、穏やかに暮らすことを勧めているという。

若い坊主がほうじ茶に南部煎餅を添えてくれた。盗まれたらしいボートに関する新しい情報はなかったが、浜野壮一については、浜野家が濤永寺の檀家であり、父親幸司も眠る境内の墓に、壮一もときおり墓参に来ていたので、幼いころから顔なじみなのだと和尚は説明した。「例の『松尾会』にも、まだ三つか四つだったあの子、浜野さんが連れてきたことあったんでないかなあ」と和尚が回想してくれたので、話はうまい具合に本題に入ることになった。

俊介が事件の経過を簡単に振り返り、あらためて「松尾会」についての説明を求めると、「よっしゃ」と膝を打って語りはじめた和尚の声は、朗々として淀みがなく、やや函館弁ながら、どこか読経の調子を思わせるところがあった。

「『松尾会』できたのは、まず昭和から平成に変わったころかねえ。その前からも行事だのお祭りだのあれば、石崎から潮首、戸井あたりの幹事さん集まって、相談事もここで片づけてたんだけども……南部煎餅かじるかい。いいかい。……『松尾会』のメンバーはね。まず小窪の澄夫爺さん。この人が俳句好きで、函館の俳句の結社に入って、そこで友達になった人、湯ノ川からこっちに住んでる人ば誘って、そして岩倉さん誘って集まったのさ。『松尾会』ちゅう名前は、もちろん松尾芭蕉にちなむんだども、本音は岩倉松雄さん祭り上げてさ。飛ぶ鳥落とす岩倉商事の、お裾分けにあずかる魂胆だったことは、傍で見てる坊主にでもわかったことさ。岩倉さんは『俳句の趣味もないから、おれはいいよ』なんて言いながら、会長やって、吟行ちゅうのかい、みんなにかだって、大沼あたりに出かけたものさ。奥さん亡くしてまもなくだから、さびしい面もあっただろうし、地元の振興ちゅう大義名分もあったから、そうだねえ、季節ごとに一回くらいは、集まってたんでなかったべか。それが平成五年ころまでの話だね」

釜下はしきりにうなずきながら、「そうでしたね」などと相づちを打って聞いていた。俊介は端末機の操作に忙しかった。山形は茶をすすりながら全員を見わたしていた。

「ちょくちょく顔見せてたのは、まず、浜野水産の浜野さんね。会長の今の奥さん、しのぶさんの前の旦那さんさ。浜野さんも澄夫さんと俳句仲間なのさ。おまけに浜野さんと岩倉会長は、先代同士、父親同士からの仲だもの。息子の代になってもまあ、肝胆相照(かんたんあいて)らすちゅうか、家族ぐるみのつきあいだったものね。壮一君が寺に来たのも、そのころからのことさ。ところが浜野水産がおかしくなって、反対に岩倉商事は、水産関係に見切りつけて伸びてったから、これが大繁盛。んだったべ？」と釜下に同意を求めるので、

「見切りっちゅうわけではないですけど、はい」

「ただ、そうなっても会長は、浜野さんだけは助けないばなんないって、ずいぶん肩入れしたような話だったよ。けっきょく二千万ぐらいは、注ぎ込んだんでなかったべか」

「なんだかんだで、約三千万でした」と釜下。

「そうかい。それでも、ダメなものはダメだったわけさね。浜野さん、惜しいことしたねえ。私らから見たら、商売には向かない人だったように思うね」

「はい、会長もよく、そう言ってました」と釜下。

「それから、そうだ」と斉藤和尚は手を打って、

「しょっちゅう顔見せたのは、この、釜下さんさ」

「いやいや、いやいや」と釜下は手を振って否定したが、

「なんも、最初のころは皆勤賞だべさ。会長来なくても釜下さんはかならず来るし、澄夫さんにもいろいろ教わって、ずいぶん勉強したんでないの」それから和尚はニヤリと笑って、

「あんたの狙いは、千代子さんだったのかい？」

「え、いやいや、とんでもない」と釜下は顔を赤らめてさらに手を振り、汗を拭く。

「そうかい、もしかしたら会長の目に留まるように、はっちゃきこいでるんだべって、言ってる人もいたんだけどね。ほれ、千代子さんの縁談の話出たら、急に来なくなったっしょ」

「いやあ、それは偶然ちゅうか……勘弁してくださいよ、昔の恥は」と釜下は和尚の袖にすがるが、

「いやあ、なんたかんたきょうは、昔の話しないばなんないのさ、はっはっは」

「したからその、短冊の話を、その……」と釜下が舵を切ってくれたので、

「そうだ。あの芭蕉の短冊ね。あれば小窪さんが会長に贈ったのも、平成三年ころだね。芭蕉の弟子筋にあたる、なんとかちゅう江戸末期の俳人が、芭蕉先生の句ば書いたのが何枚か、東京の骨董屋に出てるちゅう話、澄夫さん、俳句の結社のほうで聞きつけたんだね。それ買い集めて、松尾会の有志からってことで、会長に寄贈したわけさ。全部で五十万だか六十万だか、かかったちゅう話だけど、有志ったって、ほとんど全部小窪さんが出したんだろうね。あとで聞いたら、浜野さんが友達のよしみで五万出してくれたって、澄夫さん教えでけだださ。

その短冊が全部で、四枚だか五枚だか……四枚かい。もともとは澄夫さんが、自分で喉から手出るほど欲しがってたものさ。それを会長にプレゼントするっちゅうて、一生懸命講釈してたけどね。当時は会長も喜んで、うちに箔つくからって、さっそくそれ相応の額、注文して、飾ってあったんだよね。今でもあるんだべさ。ねえ。それがまず、二十年以上前の話。みんな若くて元気だったころさ、はっはっは……」

岩倉松雄が当時「松尾会」を活用していた事情は、一人娘の千代子の結婚のいきさつにも見て取れた。松雄がこの会合の席で、常連の一人だった湯ノ川病院の吉岡薫副院長に、腕のいい独身の医者はいないかと尋ねたのが事のはじまりだった。和尚によれば、当時営業課長だった釜下が「目を白黒させた」のはこのときだ。「医者でいいのか、千代子の亭主に会社を継がせなくてもいいのか」と吉岡副院長が念を押すと、「跡を継ぐのは孫でもいい、あと三十年ぐらいはおれもがんばるから」と松雄は笑って答えたという。ただし、そのためには岩倉の籍に入ってもらったほうがいいな、岩倉籍で、千代子に元気な男の子を授けてくれればなんも問題ない、と。

そこで吉岡副院長は、自分の弟子、産婦人科医の室谷祐平を、「松尾会」に連れてきて紹介した。男前で穏やかな好男子で、青森の医者の次男坊だという。松雄も、その後顔合わせをした千代子も室谷が気に入った。千代子は十人並みの器量だったから、室谷のほうがどう返事をするか一同気を揉んだが、返事はあっさりオーケイで、室谷が岩倉姓を名乗る条件で、その年のうちに結納することになった。そう順調に事が運んだのは、じつは松雄が祐平に約束をして、戸井町の海に臨む工場跡地に岩倉病院を建て、祐平を将来の院長に据える約束がなされたからだった。病院の工事はその年のうちに始まった。鉄筋五階建て、常勤医師十名の病院の将来の院長、岩倉祐平がこうして誕生する。結婚が平成五年、一九九三年のことで、病院の開業はその翌年だった。

「『松尾会』ちゅうのは、だいたいここまでさ。したから病院の事業、それから千代子さんの縁談、その目的ば一石二鳥みたく果たして、会長はさっと引き上げてったわけさね。けっきょく一番得したのは、会長だったんでないべかね。釜下さんも、そのころはもう見えなかったよね」

「はい、おれはただ、会長の狙いもわかんなくて、後ろからついてっただけですから」と釜下は頭を掻く。

「しかも目の前で千代子さん、さらわれたようなものだったから、はっはっは」

「だけど、祐平さんには誰もかなわないしょう。さすが会長はお目が高いと思いましたよ」と釜下はお手上げの苦境をむしろおもしろがっているかのように、それはよくわかったんだけど、男前で、医者で、おとなしいとくれば、おれと正反対。さすが会長はお目が高いと思いましたよ」と釜下はお手上げの苦境をむしろなつかしそうに語る。

「そう言えば、あの祐平さんも、俳句に興味あったのかね。『松尾会』に、また来てもいいようなこと、言ってたんでない」

「はい、もともと吉岡副院長の俳句の会に、何回か出た人だっちゅう話でしたね」と釜下。

「ところが、その室谷青年が登場して、さあ結婚だってなったころに、『松尾会』は空中分解だものね。べつに室谷青年の責任でもなんでもないんだけど、たまたまね」

「はい、あとで祐平さん言ってました。『松尾会は、そろそろ終わりだから、俳句やりたいなら、吉岡先生の会のほう、行ったらいいんでないか』って、会長に言われたとかって」

「そしたら、そっちで続けてたのかい」

「いや、そしたら奥様が、今度は言ったそうです。『これから病院建ててもらうのに、俳句の会ですか』って」

「はっはっは、いかにも奥様の言いそうなことだけどもね」

「はい、それで祐平さん、けっきょく俳句は諦めたそうですよ」

「おいや、そうかい。ま、そのおかげで、病院は順調だったのかもわからないけどね」

祐平と千代子が函館山麓の式場で盛大に結婚式を挙げたころ、つまり一九九三年前後から、岩倉松雄の関心は、「松尾会」や小窪工務店を離れ、道南のゴルフ場やリゾート施設、そして岩倉病院の建設と医療機器の販売に向かっていった。当時東北新幹線はまだ盛岡までしか来ていなかったが、青森を経て今度こそ北海道新幹線が着工されるという気運が盛り上がったのがこの時期だったから、松雄としては広い視野で道南の発展を構想していたようだと、釜下の注釈もここで加わった。その結果、千代子の結婚の披露宴で、機嫌よく酔った小窪澄夫社長が、岩倉病院建設の計画を一同に披露し、その施工は是非とも設備投資を拡充したわが小窪工務店に、とスピーチで釘を刺したにもかかわらず、実際には松雄は、この大工事を大手業者の札幌支社に落札させた。病院建設の特殊性、専門性というのが理由だったが、それが「松尾会」の自然消滅の目に見えるきっかけだったようにも思われた、と斉藤和尚は回顧する。松雄は自宅敷地内に、千代子夫婦が住む離れを建て、その工事を小窪工務店に請け負わせたが、小窪の落胆はそれでは解消しなかったので、松雄も不快感をあらわす結果となり、それから先、小窪工務店を相手にしなくなった。小窪はその後も迷走を繰り返し、五年後には空港脇の持ちビルを手放して、出発点の恵山町に戻って出直すことになった。

「澄夫さんは、そりゃあ泣いて悔しがってたよ。仲良しの浜野さんが肩たたいて慰めてたけどもさ。こっちから見てたら、会長と澄夫さんなら、はじめからウツワが違うっちゅうかね。結婚式のあとからは、ぱったり会長も『松尾会』に来なくなったし、釜下さんも来ない。そそうなれば皆さんの足も、自然に遠のく道理だべさ。澄夫さんや浜野さんは、ほそぼそ俳句を続けてたけども、なあに、それだけなら『松尾会』でなくたって、元の結社でやればいいことだもの。肝心の会長いなくなったら、『松尾会』なんて意味ないのさ。栄枯盛衰は世の常だけどもさ……」

浜野水産の浜野幸司は、小窪澄夫に同情していたが、自身も似たような運命に巻き込まれることになり、その展開はあきらかに、小窪の場合より悲惨だった。一時は十人以上の社員を使って忙しくしていたが、時代が平成に移ると漁業の不振は目を覆うばかり、「イカスミ」や「ガゴメ昆布」の加工品を試みては失敗を重ねているうちに不渡り手形を出すようになった。松雄は浜野水産だけは救おうと、資金を回して急場をしのがせたが、結局平成八年の一九九六年、倒産するほかはなくなった。それだけならまだしも、そのころから浜野幸司は鬱病の症状を呈して、新設の岩倉病院の心療内科で治療を受けたが、倒産の四年後の二〇〇〇年、病院の屋上から飛び降り自殺を遂げてしまった。

このとき十二歳だった、幸司の長男浜野壮一が、岩倉病院で乱暴をはたらいた一件は、斉藤和尚の記憶にもはっきり残っていた。のみならず、当時病院へ駆けつけて処理にあたった戸井駐在所の老巡査は、生涯最大の事件とばかりにみずからの活躍を吹聴したので、恵山国道沿いの住人でこの事件を知らない者はいないありさまになったらしい。さぞかし母親のしのぶは、ただでさえ身重の上に夫の自殺でいたたまれないところへ、なさぬ仲の息子の乱暴に困りはてたことだったろう、と和尚は言う。被害は大小のガラス四枚と、割れたガラスに当たった看護師一名の軽傷に留まったが、病院内はもちろん騒然とした。この種の暴力を、壮一は自宅でもときおりふるっていたらしい。

壮一が四歳のとき浜野に嫁いできた後妻のしのぶに、壮一はどうしてもなじめなかった。そんな中で頼みの綱の父親に死なれたために、なにもかも耐えがたかったのだろう。「誰がオヤジを殺したんだ」と、病院で壮一は口走ったが、戸井の老巡査によれば、浜野幸司の死は自殺で間違いなかった。看護師が付き添って屋上を散策しているあいだ、岩倉松雄が見舞いにやってくると、二言三言言葉を交わしたあと、「頼んだよ！」と言うやいなや突然浜野幸司は走り出し、屋上の柵を乗り越えてあっという間に下の駐車場へ落ちていったのだ。その様子は松雄も看護師も詳しく証言している。

二年後しのぶは、二歳になった赤ん坊を連れて岩倉家に家事手伝いとして通いはじめ、六年後には松雄と再婚することになる。こうして岩倉家の現在にいたる家族構成ができあがり、それから八年、岩倉家の三人の娘は成長し、三女咲良と同年の健二も高校生になった。

俳句を諦めて医療に専念した祐平が、胃がんで息を引き取ったのは二〇一二年、四十九歳のときだった。恵山国道で最大の葬儀が岩倉家の母屋で、当時和室だった応接間を二間ぶち抜きに使っておこなわれた。岩倉家の菩提寺はもともと濤永寺ではなく、先代が選んだ函館山の裾野の同じ浄土真宗の寺だったが、斉藤和尚も手伝いを頼まれて葬儀に加わった。可憐な三姉妹がいつまでも号泣する様子は、参列者たちの涙を誘い、これも長く語りぐさになった。祐平は千代子と足かけ二十年の結婚生活だったが、病院の経営も順調で、千代子も医療事務からはじめて病院への貢献を深めていた。夫の死後には千代子みずから、父松雄の跡を継いで理事長に就任して現在に至っている。今年になって、最寄りの濤永寺に岩倉家の墓所を移す話が出て、千代子が折衝にあたってきた。松雄もやがて自分が永眠する場所をたしかめておきたい希望から、先月一度濤永寺を訪れたところだった。

和尚の話が一段落したので、「松尾会」には女性メンバーはいなかったのか、俊介は尋ねてみた。

「最初のころは、女の人がたもけっこう混じって、和気藹々さ。ほれ、会長本人が、ちょうど奥さん亡くして何年かたったとこだから、一人娘の縁談もいいけんど、そろそろ本人も、後添えもらってもいいんでないかって、澄夫さんがたが、それこそ番茶も出花の娘さんば、あちこちから引っ張ってきてね」

「なかにはとんでもないのもいましたね」と釜下が言うので和尚は手を打って、

「そうそう、吉岡副院長が、あるとき別嬪の看護婦を連れてきてね。今は看護師ちゅうのかい。たしか貝手ちゅう名前の子でね。若くて別嬪さんだったんだども、その看護婦がここさ来て、会長に引き合わしたと思ったら、ハンドバッグからこう、刃物を出してね。会長にこう、斬りかかったのさ。幸いちょこっとこのあたりに怪我しただけで、会長はさっと避けて、ガツンとこう、娘ば張り倒してね。仏さんの前でなんだなんだって、大騒ぎになったのさ」

「あのときは冷や汗かきました」と釜下。小窪工務店の澄夫老人が「あの看護婦に、刺されちまえば」と言っていた事件とは、これだったのかと俊介は思い当たった。

「だけども、とっ捕まえてよく聞いたら、その看護婦のオヤジちゅうのが、江差の漁師なんだども、岩倉商事にそそのかされて、たいして借金して船ば新しくしたところが、不漁だのなんだので、うまく行かなかったんだね。そしたら手のひら返したように、岩倉は面倒見てくれなくて、けっきょくオヤジは首くくって死んだ、ちゅうんだね」

「いやあ――」と釜下は反論しかけたが、

「まあまあ、釜下さんも言い分あるだろうけど、その娘コの言うのはそういうことさ。そういう恨みあるもんだから、今度岩倉商事の社長に会ってみないかって、吉岡副院長から誘われたのに、運命ば感じた、ちゅうわけだよ。ここで会ったが百年めさ、はっはっは、そうなったら、恨み晴らさずにおくものかって、小刀用意して持ってきた、と。わからないでないけどね。ところが会長は、それからが偉かったのさ。娘コの話ば聞いて怒るかと思ったら、わりあい冷静でね。『江差の貝手なら覚えがある。気の毒なことになったのは残念だ。だけど娘さん。商売はお互いの責任で、闇の中を手探りで進むものだ。その手が繋がさることもあれば、離らさることもある。それをいちいち他人の責任にするようなら、商売の資格はないとしたものだ』とこう、タンカを切るちゅうか説教するちゅうかね。取り押さえられてふてくされる娘コに、こんこんと諭してやってね」

「そうなんですよ」と釜下が加勢して、

「周りの人がたはいちおう、警察に届けたほういいんでないかって言ったんだけども、会長はいらない、ちゅうんですわ」

「『なあに、かすり傷だ。この子も後ろめたいばっかりに、刃先がためらさったんだろう』なんちゅうもんだから、さすが会長だっちゅうて、ますます評判になったわけさ。娘コはそのうち、わんわん泣き出してね。そのまま吉岡副院長に連れられて帰ってったんだよ」

「その子は貝手、ちゅう名前だったんですね？」

「そう、貝手……」

「キミ子ですね。貝手キミ子」と釜下。

「そうそう、キミ子って名前だった。けっきょく警察には届けなかったんだよね。だけど、なにしろ会長の武勇伝あちこちに広まったもんだから、そうなると函館は狭いからね。湯ノ川病院にもいづらくなって、まもなく辞めたようなことを、吉岡副院長があとで言ってたよ」

「その子のことなら、わかってますよ」と釜下が補足して、

「和尚さんおっしゃるように、あのあとまもなく湯ノ川病院辞めて、江差に帰って看護師してたんですが、それから結婚しましてね。その相手が、おれの知り合いの弟で、これが巡査でね。当時は江差の駐在所に勤務してたんですよ。今は瀬棚(せたな)あたりに住んで、子供も小学生ぐらいになっているはずです」

「そうかい。そしたら、会長が大目に見てやって、よかったんでないの」

「はい、その通りですね」

俊介も巡査の妻と聞いて、それならすぐに調べがつくので喜んだ。ただし、キミ子に小さな前科でもついていれば、巡査と結婚することは難しかったかもしれないから、松雄の判断

はキミ子にとってありがたいものだったろう。いまだにキミ子が松雄を恨んでいるかどうか、むずかしいところだ。

『松尾会』に来た女の人なら、まずはその、貝手キミ子でしょう。それから……小窪さんが連れてきたのが、森屋ちゅう末広町の海産問屋の娘でね。あれは……」

「森屋レイ子ですね」と釜下が助ける。

「そうそう。森屋レイ子。昔はほれ、末広町あたりが函館の市街地だもの、たいして羽振りもいかったんだけど、このごろならさっぱりしょう。そこの娘ゴでね。器量はまあまあだったけども、本人がずいぶん積極的ちゅうのかい、しっとりした目で会長ば見るもんだから、会長も気に入ってねえ。一回か二回、手えつけたんでないべかね」

「いや、会長はどうも、ためらっておられたみたいですよ。『釜下、おまえどう思う』なんて、珍しくお尋ねあったりして」

「そうかい。それで自信あったのかな。いや、自信っちゅうのはね、いざ結納の相談でもするか、となったら、森屋の親が言うには、娘と一緒になるなら森屋の籍に入ってもらわないばなんないと、こういう言いぐさだったんだよね」

「はい、それでびっくり仰天」と釜下。

「娘ゴは一人娘だもんだから、森屋としてはどうもなんない、ちゅうんだな。だけど会長は、それだけはできないと。『これから百年二百年、岩倉が続くようにがんばるのが、おれの生き甲斐なんだから』って、あっさりその娘ばあきらめたのさ。かわいそうなのは、あいだに挟まれた娘さんだよね。一生懸命会長にしがみつけば、どっちの籍に転ぶにしても、道は開けるんでないかと、けなげに考えてがんばってたんだべさ。『岩倉なんてただの名前を、この私より大事だって言うの』って、さめざめ泣いてすがったちゅうんだけども——はっはっは、あちこちで噂されてるうちに、尾ヒレついて芝居みたくなってきたんだけどもね。釜下さんも聞いてるべさ」

「何回も聞きました。『おまえが欲しいとしても、それはおれ一人のことだ。ところがおれの名前は、おれの何倍も長く、生きて栄える生き物なんだからな』と」

「そうそう、はっはっは、そう言って娘をはねつけたちゅう話でね。それがたいして評判になったもんだのさ。ところがあいにく、別れたときにはその娘さん、会長の子供宿してたって話もあってさ、本当かどうかわからないけど——」

「それが、宿してたのは別の男の種だったんですな」と釜下が割って入る。

「おや、そうかい」

破談になってまもなく、森屋レイ子の妊娠が露見した。誰にも妊娠を打ち明けられないまま日がたち、親が気がついたときにはもう出産以外のすべはなく、元気な女の子が生まれたのが一九九二年の秋ごろだった。レイ子本人は黙り込んだあげく、子の父親は岩倉松雄だと泣きながらうちあけたので父親は怒り心頭、岩倉商事社長室に押しかけて松雄に抗議し、認知やら慰謝料やらを求めたが、松雄は身に覚えがないと一歩も引かず、だから自分との結婚を急いだのか、それで事情がわかった、レイ子と直接話をさせろと言い返したが、レイ子は苦悩のあまり神経を病んだらしく、うわごとのように「松雄さん、松雄さん」と呼ぶばかりだという。そこで松雄は信用のおけるDNA鑑定機関を秘書に調べさせ、「厳重な検査してみて、この岩倉の血がその赤ん坊に一滴でも混じってたら、その子はいかようにも育てましょう、だがそうでなかったら、あとはどうなろうとそちらの責任だ。それでよろしいですね？」と約束をさせると、生まれた娘の毛髪と自分の毛髪を、レイ子の父親の立ち会いのもとで東京の鑑定機関に送付するように手はずをととのえた。はたして二週間後、松雄は父親ではない旨の回答が返ってきた。

その段階になってもレイ子は主張を変えず、しばらく入院させられていたが、入院中に微妙に告白したところを総合すると、実家の森屋商店に出入りするなにかの配達の――灯油か醤油の――若い男と間違いをおかしたが、妊娠したらしいことを告げるとその男は仕事を辞めていなくなった、という事情がどうやら背後に隠れていたらしい。レイ子としては知恵をしぼって、たまたま縁談の話が来た岩倉松雄と、なんとか一緒になろう、それが無理でもせめて性交渉にまで持ち込もうと、最大限の誘惑をこころみ、松雄はそれをかえって怪しんで警戒していたらしい。

それでも森屋の両親さえ、傾きかけた一家の名前にこだわらなければ、レイ子の思惑どおりに事が運んだかも知れないと、松雄はあとからおおいに胸をなで下ろした一幕だった。釜下によれば、「血の繋がらない子供を一生懸命育てたとあとで知ったら、岩倉松雄、生涯最大の恥さらしになるところだった」と松雄は言って、鑑定機関の鑑定書を額に入れ、社長室の壁に飾ったという。生まれた娘は、けっきょくレイ子の両親の子として、つまりレイ子の歳の離れた妹として育てられることになった。

「まあ会長はここらの名士だけに、いろんな災難が降りかかる巡り合わせなんだろうねえ」

と和尚は言う。

「その森屋の娘の話にしたって、あいだに立った小窪さんが、うまく取りなしてくれればいかったんだけど、『めんこい娘さんでないの』なんて、一緒になって森屋の味方するものだから、それも会長が、小窪さんに愛想つかした原因なんだよね」と釜下。

「人の縁ちゅうのは、簡単なようで難しいのさ。……まあ、そんなところかなあ。……ああ、それから、浜野さんが、今度この人と結婚するんだって、後妻にはいる人を連れてきたこともあったね」

「しのぶさんですね」

「そうそう、たいして若くて、おとなしくてね。『浜野さん、いかったんでないの』って、からかわれてましたよ。会長も『幸っちゃんにはこんな別嬪さんで、おれにはナイフ女かい、やあ、まいったさ』なんて、大笑いしたことあったものねえ……」

斉藤和尚の話のあいだ、二人の檀家らしい市民が寺務所を訪ねてきて、二人とも和尚が話し込んでいるのを見ると笑顔だけむけ、慣れた様子でどこかの鍵を勝手に持ち出して去っていった。

来たついでに、と山形が提案して、一同は和尚から線香だけもらって、浜野幸司の墓前に手を合わせに行った。海岸を離れて高台へ登る斜面が階段式に整地された墓地で、その中ほどに浜野家の墓があった。まだ枯れていない菊の花が供えられているのは、しのぶが折りにふれて通っているからだという。

そこからさらに階段を上って、バイパスのガードレールが上に見えてきたあたりの高台に、岩倉家の新しい墓所が開けていた。まだ墓石のない草地だが、柑菜と咲良はここに眠ることになる予定だという。

ふりむけば津軽海峡から、はるかな下北の山並みから、人の生死を包むようなやわらかい風が微笑のようにただよってくる。

捜査本部に戻ると、俊介は斉藤玄静和尚の話を軸に、岩倉家の過去を簡単な年表に整理してみた。一九九五年以降、岩倉家の順調な繁栄と、小窪、浜野の経営悪化が、鮮やかなコントラストを描いている。

一九八六年　岩倉松雄の先妻、病死。松雄四十八歳、千代子二十一歳。
一九八九年ごろ　昭和から平成へ。「松尾会」の活動が本格化。小窪澄夫、浜野幸司、吉岡薫副院長、釜下安行、斉藤玄静和尚。
一九九一年ごろ　芭蕉の短冊が小窪澄夫から岩倉松雄に贈られる。貝手キミ子、刃物事件。森屋レイ子、破談事件。
一九九二年　浜野幸司、しのぶ（二十二歳）と再婚。浜野壮一は四歳。森屋レイ子、女児を出産。
一九九三年　岩倉千代子、室谷祐平と結婚。このころ、「松尾会」事実上の解散。
一九九四年　岩倉病院、開設。
一九九五年　千代子、長女彩芽を出産。
一九九六年　浜野水産、倒産。
一九九七年　千代子、次女柑菜を出産。
一九九八年　小窪工務店、事業を縮小、恵山町へ移転。
二〇〇〇年　浜野幸司、岩倉病院にて自死（四十六歳）。浜野壮一、病院で暴れる。浜野しのぶ、健二を出産。
二〇〇六年　石黒正臣、岩倉病院に赴任。千代子、三女咲良を出産。
二〇〇八年　松雄、浜野しのぶと再婚。健二と養子縁組。

二〇一二年　岩倉（室谷）祐平、病死（四十九歳）。千代子、病院理事長に就任。
二〇一六年現在　岩倉松雄七十八歳、千代子五十一歳、彩芽二十一歳、柑菜十九歳（死亡）、咲良十六歳（死亡）、しのぶ四十六歳、健二十六歳。

夜の捜査会議では、まず方面本部長の訓示があった。今年は北海道新幹線が開業し、函館が飛躍を遂げなければならない年である。しかも岩倉家は、市内外で著名な一家であり、マスコミの注目も大きい。是非とも事件を早期解決にみちびいて、安心して暮らせる故郷函館をアピールしなければならない、うんぬん。だが方面本部長は東京の出身だった。函館生まれの山形は、見るとあくびを嚙み殺していた。

方面本部長が席を立つと、まず、小窪澄夫・金作親子の前夜のアリバイ調査の結果が報告された。

小窪澄夫は家にいて、十一時に就寝したことを金作の妻が確認している。金作は岩倉病院敷地内のコンビニエンス・ストアが完成間近で、電気系統の不具合が起きたためにベテラン作業員を呼び出し、二人で明け方近くまで作業をつづけていたという。したがって小窪親子のアリバイはまず成立したと見ていい。

金作の娘小窪茉莉花は、五稜郭のカラオケ・スナック「なかま」のホステスで、五日の夜は七時から深夜〇時まで、ママと一緒に店に出ていたことがわかっていた。ただ、「なかま」

の経営者でママを務めている女は、調べてみると死んだ本間大輔の母親で、大輔の生前から茉莉花はこの母親と親しく、そのままホステスとして雇われるに至った経緯があった。客も去年までの大輔の仲間を中心に、二十歳前後の若い連中が多いので、店の関係者と岩倉の娘たちや壮一、健二の兄弟との関係など、なお入念に調査を進めることになった。ママである大輔の母親は、咲良が殺された事件を当然耳にしていたが、それについて訊かれると、しばらく黙ってから「因果はめぐる、だわね」とだけ、ぽつりと答えたという。

昨七日の夜は、茉莉花は深夜〇時過ぎに店を出ると、客の一人でもあり最近の恋人でもある男の部屋へ行って朝まで過ごしたと述べた。大輔の母親は店に残り、常連客三名と午前三時までマージャンをしていた。したがって二人とも、アリバイはいちおう成立している。

一方、方面本部の刑事たちは、健二の兄浜野壮一の昨夜のアリバイを調べたかったが、壮一は前夜から自宅アパートを留守にしていた。隣りの部屋の住人によれば、前夜九時半ごろ、壮一の部屋に女が訪ねてきて、話し声や「あえぎ声」が聞こえ——ここ半年ぐらい、たまに聞く声で、顔を合わせたことはないが、声から判断すると同じ若い女だった——それから深夜〇時ごろ、二人で車で出て行ったという。そこで壮一の捜査は明日以降に持ち越しになった。

次に俊介が、母親の千代子、長女の彩芽、健二、それに斉藤玄静和尚から聞いてきた話をかいつまんで報告した。柑菜のふだんの生活は東京にあって、今回は妹の咲良の行方不明を心配して、実家に帰ったところだった。そこで柑菜に個人的に恨みを抱く者が、この函館で柑菜を呼び出して殺害したという線はもとより考えにくい。咲良の犯行現場に残された鷹の置き物と同様に、柑菜の遺体にも袋がかぶせられ、雪の中に置かれ、簡単ながら岩倉家所蔵の俳句短冊の内容をふたたび模倣したと想像することができ、この点、犯人の怨恨が柑菜や咲良個人ではなく、岩倉家全体にむけられたものであることを示唆するように思われる。

柑菜の交遊関係についても、岩倉家に同居している養子の息子健二と恋愛関係がつづいており、そこにトラブルがあったと見る理由はない。咲良が殺された五日の夜も、札幌のホテルで二人は待ち合わせており、少なくとも午後九時半にホテルの喫茶室に二人がいたことは裏づけが得られている。東京でも函館でも、健二以外の男とのつきあいはなかったように思われる。

岩倉家の俳句短冊については、松雄がかかわった「松尾会」なる親睦会の席上で、一九九一年ごろ、小窪澄夫などの有志から松雄に寄贈されたものである。「松尾会」の会合場所を提供していた濤永寺の斉藤玄静和尚によれば、岩倉松雄に遺恨を抱きかねない者として、小窪澄夫のほか、「松尾会」席上で刃物をふりかざした貝手キミ子、縁談が進みかけながらけっきょく破談とされた森屋レイ子がいる。当面この二名について捜査を進めたい。

捜査本部としては、岩倉商事の過去のトラブルの洗い出しに重点を置くとともに、岩倉松雄の過去にもひきつづき関心を向ける、と決まったところでようやく散会になった。

俊介は腕時計を見た。十一時だ。長い一日だった。今から帰っても、清弥子はもう寝ている。

顔をあげると、俊介の心を見透かしたように、山形がにんまりした笑顔でこちらを見守っていた。

3

翌朝九時、捜査本部に入るなり新情報が入ってきた。

「去年岩倉邸を訪ねた松雄の元の愛人、浦嶺竹代は、去年のうちに自殺してますね」

当時の捜査を総合すると、浦嶺竹代は一九六五年生まれだから千代子と同年、死亡時五十歳。本籍は沖縄県だが、一九八九年から函館市内に住民票を置いていた。結婚歴などはなく、喫茶店やホテルのフロントでアルバイトをしていたようだ。二〇一三年に渡米し、カリフォルニア州サンノゼで叔父夫婦が経営する日本料理店を手伝っていたが、二〇一五年四月に帰国して函館に戻った。母親はすでに他界し、現在那覇(なは)市内に、幼稚園に勤務する弟の一家が父親を引き取って暮らしている。

死亡したのは二〇一五年九月十三日ごろで、自宅である千歳町の賃貸マンションの一室で、オレンジジュースに農薬粉末を混ぜて飲みくだした。飲みかけのグラスとジュース紙パックの残り分からも同一の農薬を検出、農薬の小瓶——函館界隈なら園芸店などで購入できるありふれた除草剤——も遺書とともに食卓の上に発見され、竹代の指紋が残されていた。パジャマ姿でキッチンに倒れていたため、朝起きてまもなく自殺をはかったと推定される。

発見は一週間後の九月二十日だった。新聞や郵便物が郵便受けからあふれているのを見かねた近所の住民が管理業者に連絡し、業者は浦嶺宅玄関を合い鍵で開き、とりあえず配達物を玄関内に入れておこうと考えたが、ドアを開けてみると、キッチンの床に倒れた竹代の手が見えていたため、そのまま上がって遺体を確認、警察に通報した。

遺書はＡ４の長さを三分の二に縮めた変形用紙を使い、

「お父さん、洋栄、ごめんなさい。今ならたくさんお金を残してあげられるので、死ぬことにしました。そうすれば昔入っておいた生命保険も受け取れます。郁ちゃんの治療に使ってください。浦嶺竹代」

とあり、ワープロ書きで、竹代の署名だけがボールペン自筆だった。竹代の指紋も残っていた。奥の部屋のタンスの引き出しから二通の貯金通帳が見つかり、遺書にあるとおり、合計千五百万円あまりが預金されていた。渡米前に契約していた生命保険の死亡給付金は五百万円だった。弟の洋栄から来た手紙によれば——帰国後の手紙類は洋菓子の缶に保存されていた——洋栄が娘の郁子の難病治療のため困窮しており、近い将来百万か二百万でもいいから貸してもらえないかと、姉の竹代に頼み込んでいたところだということもわかった。

所轄の中部署では、竹代の死を自殺と断定するとともに、書類作成のため、必要な諸点——最近の竹代の生活ぶり、そして多額の銀行預金の出所など——を捜査したが、くわしいことはわからなかった。マンション近隣の住人によれば、竹代はこのマンションに越してきて三ヶ月、会えば挨拶をする女だった。最近アメリカから帰ってきたところで、また函館でなにか仕事を見つけるつもりだと語っていたという。越してきてすぐのころは、七十代ぐらいの大柄な老人が、二、三度訪ねてきていた。廊下で話す声が聞こえたし、一度エレベータで乗り合わせたら、きちんと会釈をする人なので、父親ではないかと思ったが、紹介は受けなかった。このところその老人を、しばらく見ないと思っていたところだったという。那覇から来た弟は、姉の生活の詳細を知らされておらず、訪ねてくる老人にも心当たりはなかった。

近所のスーパーや飲食店などで得られた情報は、竹代が渡米前の二〇一〇年前後は湯ノ川町に住んで、湯ノ川のホテルのフロント係をしていたこと、当時から親しい友人はいなかったらしいこと、辞めたホテルを一五年七月に訪ね、昔の仕事の口がまだあるかどうかを尋ねたこと——残念ながら空いてなかった——、千歳町ではアメリカ生活の名残りだと言って、「レーモンさんのソーセージ」を好み、毎朝輸入オレンジジュースを飲んでいたこと、ぐらいのものだった。

千五百万円の銀行預金のうちの一千万円は、六月に入金されたものだった。窓口で訊くと、現金を本人が持参したという。一千万円の盗難や紛失の事案が函館では起きていなかった。帰国して間もないので、竹代が株や投資——さらには覚醒剤の売買など——をはじめていたとも思えないし、その痕跡もない。そうなると、竹代を訪ねてきていた七十代の老人が、考えられる唯一の金の出所だった。おそらくは渡米の前後の期間、老人からなんらかの報酬を受ける仕事を——おそらくは愛人を——していた竹代が、手切れ金としてこの金を受け取ったのではないだろうか。そんな推測が自然に浮かんだ。

死の五日前である九月八日に、函館から羽田経由で那覇まで、十月一日出発の航空券を、竹代が予約していたことがわかったが、それも自殺と大きく矛盾するようには思われなかった。航空券を予約してから五日のあいだに、父親と弟を訪ねるよりもいっそ死んで、早く大金を遺贈したほうがいいと考えるようになったとしても不思議はないからだ。

竹代が岩倉松雄の愛人だったことがわかってみると、事情はいくらかはっきりしてきた。中部署の担当者に連絡して、去年話を聞いた千歳町のマンションの住人に、岩倉松雄の写真を何枚か見せるため、湯ノ川署から刑事が出ていった。住人は「たぶんこの人に間違いない」と証言した。

俊介は山形と相談し、とりあえず岩倉家に電話をかけた。しのぶが出たので、松雄を電話口に呼び出してもらおうとすると、それなら五分後に自分の携帯にかけてくれ、と言われてかけなおす。今度は松雄が直接電話に出た。

「なにかわかったのか」と期待したような口調だったので、俊介は気後れしたが、

「いや、お孫さんたちの件でなくて、昨日お話をうかがった、浦嶺竹代さんなんですけれども、去年の九月に、亡くなっていることがわかりました」

「死んだ？　……どうしたのだ？」

「自殺ということなので、新聞に出たかと思うのですが」

松雄なりにショックを受けたのか、しばらく黙ってから、

「……なにかあったのか、あれの身に？」

「それがよくわからないので、担当者は困っているんですけれども」と俊介は口実を言って、

「会長が脳出血で倒れられたのは、去年の七月のことで、それまでは普段どおりに暮らしておられたですね？　はい、そうすると、浦嶺竹代さんは、五月にお宅を訪問してまもなくから、千歳町のマンションに住んでたようなのですが、五月と六月のあいだ、会長そのマンションに、何回か顔出されたでしょうか」

「そんなことを嗅ぎ回って、どうしようというんだ」と声があきらかに不機嫌になる。

「いやいや、こちらはこちらで、一つの事件でしたので、あとからわかったことも、調べて整理しないとなんないものですから、うかがわせてください」

「顔は出した。そもそもあのマンションは、会社が懇意にしている不動産屋に探させたところだ。慣れた函館にしばらく住みたいと言ったのでな」

「それでは、会長が会ってた限りでは、竹代さんは元気にして、しかもお金はたくさんあったわけですから、自殺するような様子はなかったということですか。なにか心当たり、ありませんか」

「知らんな。七月以降は、死ぬ思いをしておったのは、わしのほうだからな」

「会長倒れて、しばらく入院なさったと思いますが、それからは先方に、連絡なさってないわけですね？　竹代さんのほうからも、電話なり、手紙なり、来ませんでしたか」

「ない。わしも六月に別れるときに、あとは元気でやってくれと、最後の挨拶を済ませたからな」

「最初はいつごろからのおつきあいだったのですか、お二人は」

「ふん、そんなことまで調べないといかんのか。もう二十年も前だ。十年近くしてるあいだに、結婚もできなくなったというのが、昔からあいつの口癖だった」松雄の妻が死んだのは三十年前、しのぶと再婚したのが八年前だ。不自然な点は見当たらない。

「墓は、函館か？」と松雄は声をややひそめて尋ねた。

「竹代さんのお墓ですか？　さあ、ご遺体は沖縄の弟さんが引き取ったはずですが。ちなみに最後に支払われたお金も、そっくり弟さんに渡ることになったようです」

「それはそれでいい。弟のために一肌脱ごうと思って、恥もかえりみずに無心に来たと、そう訴えておった。だが、そうか。死んだか……」

またなにかわかりましたらご連絡さしあげます、と言って俊介は電話を切った。それから旧い友人である中部署の福島警部補に電話をかけた。浦嶺竹代の背後に岩倉家に対する恨み——逆恨みでもかまわない——を抱きそうな男がいなかったかどうか、訊きたかったからである。

「去年の九月に千歳町で自殺した、浦嶺竹代って女を覚えてるかい?」

「ああ、担当だったよ」

「そいつは塩梅いいな」

俊介は竹代が岩倉松雄の愛人だったと判明した経緯を話し、松雄から聞いた情報を教えた。

福島は所轄管内に本社を置く岩倉商事をよく知っていて、灯台もと暗しだと言って驚いた。

「したら、もう一回調べてみるけど、松雄会長はたしか、脳出血かなんか起こしたんでなかった?」

「そうなんだ。竹代が死ぬ二ヶ月前の七月に発作を起こして、それ以来千歳町には行ってないらしいな」

「ましてや殺しは無理だべなあ」

「殺し? 自殺の事案でないの?」

「そうなんだけどさ。沖縄から来た弟さんが、どうも解せない、ちゅうんだよねえ。姉さんが自殺だなんて、信じられない、ちゅうんだよ。弟さん、娘の病気で、金に困ってたのは本当なんだけど、その金を、来月持っていくからって、元気な口ぶりで電話来てた、ちゅうからさ。したから、発作的に死にたくなったんだべ、ちゅうことになったけども、どうもすっきりしないんだよねえ」

「だけど松雄は一千万からの金を渡して、それでカタついてるのに、わざわざ殺したりしないんでないの。人使うにしたってさ」

「カタついてなかった可能性はないかい？　もう一千万ぐらい、払わさる話になってたとか、なんかなかったかなあ」

　俊介は思わず携帯電話を握りしめた。

「そうなればこっちの事件とも繋がってくるかもわかんないけど、そんな可能性、なんかあるの？」

「いや、竹代のスマホも手帳も調べたけど、なんもなかったさ。だから訊きたいのさ」

「竹代の背後に、もう一人男がいた可能性は？」

「昔はわかんないけど、去年はなさそうだったよ。マンションの住人が見たのも、松雄らしい男だけだしね」

「こっちも松雄と、それから娘の千代子からも話を聞いたけど、おかしな臭いはしなかったなあ。隠し子がいたわけでもないんだろう？」

「それは戸籍まで調べたさ。いないよ。竹代はずっと独り身のままだ」

福島は考えあぐねる様子だった。

「とにかく、今わかってることはそこまでだな」と俊介。

「ああ、すまなかったね。こっちでも、もうちょっと調べてみるさ」

「そうだ。給料に関係ないとこでがんばるのが、おまえのいいとこだべ」

「ははは、おまえもな」

電話を切ると、傍で聞いていた山形警部が興味津々に、

「繋がってきたかい、こっちの事件と」

「いやあ、まだですね。福島は竹代の自殺が殺人だった可能性、考えてるっちゅうんだけど」俊介は電話の内容を山形に教えた。

「その難病にかかってる弟の娘ってのが、実際には松雄と竹代のあいだにできた子供で、弟の籍に入れて育ててきた、なんちゅうことはないんだろうね？」

「あ、そうか！　それだと竹代が、わざわざ帰国して、十年ぶりに松雄に金をもらいに来た理由、ますますはっきりするな。あいつに教えてやりましょう」と俊介はまた携帯電話を取り出したが、

「なんも、ただの思いつきさ。そのうち自分で考えつくべさ」と山形は軽くいなして、

「だけど、仮に竹代がなにか強請(ゆすり)のネタ握って殺されたとして、今度はそのネタを、誰かが引き継いだ、ちゅうことかい。それなら家族殺すより、ほかにやることありそうなもんだけ

どなあ。……いや、まあ、もうちょっと調べてからにすっか」と最後は得意の台詞をつけ加えて笑った。

岩倉商事専務の釜下安行は、「さすがにきょうは会社に顔を出さないと」と言って、市役所近くの岩倉ビルで俊介たちに会うことを提案していた。俊介たちは十時に岩倉ビルに着いた。重厚な「役員室」に通され、やがて入ってきた釜下専務の巨体も、岩倉邸で見たときより貫禄を漂わせている。ハンカチのかわりに書類の束を抱え、扇風機の前にどっかと腰をおろす。すぐにコーヒーが出された。

まず岩倉商事の状況について、俊介たちは釜下から説明を受けた。商事の社長は、松雄の妹の夫である石野幸男（いしのゆきお）が現在務めている。石野はもともと、札幌市内の不動産業者だった。現在の商事の主力業務は医療・介護の機器設備と施設建設、それにマンションなどの不動産開発に置かれ、水産関係はもう申し訳程度にしかあつかっていない。松雄会長は去年の脳出血以来ほとんど出社しないが、毎朝のように、電話や、しのぶが操作するパソコン上でのインターネット会話などを通じて、社長以下に指示を与えている。会長は昔から、三人の孫たちに婿を迎えて岩倉商事の後継としたい考えだったが、健二が養子に入ってからは、孫たち以上に健二の将来を楽しみにしている。

岩倉商事は、土地や船を無理やり取り上げるようなあくどい商売はしていないが、時代の流れの中で、変化に対応しきれない会社や船主が、結果的に商事を恨めしく思う程度のことはどうしても避けられなかった。濤永寺の斉藤和尚も回顧していた通り、松雄会長は一九九〇年代に入ると水産業から不動産や医療・介護へと舵を切ったので、水産業者の中に恨みを抱く者がいなかったとは限らない。他方で不動産関係については、土地買収から建設工事まで、自分があいだに立って調整してきたので、大きなトラブルはなかったと言い切れる。

釜下専務の説明は自信たっぷりで要領を得ていた。俊介は芭蕉の句についての釜下の行き届いた解釈も思い出していた。さすがに専務を務めるだけの男だと思わされる。

恨みを抱きかねない水産業者として、やはりナイフ事件の貝手キミ子の父親があげられるだろう。貝手は商事の提供する好条件に喜びすぎて、借金を背負って船を一新したあげく、思わぬ不漁で破滅した。その種の不幸な結末は、思い出せばほぼ同じ時期、南茅部や八雲の漁師にも見られた。ただし首を縊ったのは貝手だけで、ほかの漁師たちは船を手放して陸にあがっただけで済んだはずだ。それらの元漁師たちについては、きのうも捜査員に住所・名前を話したので、すでに調べが進んでいるはずだと釜下は言った。

俊介が浦嶺竹代の名前を出すと、釜下が驚いて「あの人がなにか、今回の事件に関係が？」と尋ねてきたのは無理もなかった。岩倉家に恨みをもつ可能性のある者を、洗いざらいピックアップしているのだと俊介は説明した。あの女に恨みをもつのはこっちですよ、と釜下は笑い、いったん後ろをむいて扇風機の風量を調節してから、おもむろに言うには、竹代が住んでいた千歳町のマンションも、岩倉商事と不動産業者が共同出資で建てた賃貸マンションの一つで、土地所有者である大家とは、現在でも友好的な関係を結んでいる。ただし部屋から死人が出ると契約に影響が出るので、去年は後始末にてんてこ舞いだった。

　竹代が会長の過去の愛人であることは、マンションを探す段階で本人を紹介されたときにはじめて聞いた。「昔ちょっと、世話をしたことのある女」だと会長は言っていた。たしかに会長の好きそうな、おとなしそうな美人だった。候補の部屋を二つ紹介し、あとは自分で見てから決めたいと言うので、不動産屋から預かった鍵を渡して、下見には同行しなかった。去年の五月のことだ。

　それにしても、別れて何年もたってから自宅に来られたのでは、会長もさぞ迷惑したことだろう。その後まもなく脳出血を起こされた、一つの原因だったのではないかと自分も思い、奥様ともそんなことを話した覚えがある。奥様の交通事故未遂の件も、自分としては心理的な意味で無関係でないと思っている。ましてやあのマンションで竹代が死んだと聞いたときには、つくづくはた迷惑な女だと思ったものだった。そう言えばそのときは、会長の体調がまだ不安定だったため、ご心労になってはいけないと思い、竹代の死については誰にも報告しないでおいた。竹代の遺体が発見された日が、たまたま例の安保法案の強行採決の騒ぎと重なって、「道新」の函館版でも小さく扱われただけだったので、会長や奥様が気づかなかったことは、幸いだったと当時は考えていた。

会長が実際に竹代とつきあっていた時期のことは、自分は承知していない。会長は長く独身だったから、女性の影が見え隠れすることはないわけではなかった。運転手に、きょうはタクシーで帰ると言えば、その日は寄り道をなさるのだと考えて、われわれは余計な口出しはしないことに決めていた。自分が直接会ったことのある唯一の愛人は、杉原みどりという、函館では一流の料亭と言われる「まつかげ」の仲居だった女だ。みどりだけは「松尾会」の吟行会にも、一度か二度来たことがあった。今でも函館市内で、母親と二人で暮らしているような噂を、何年か前に耳にしている……。

松雄会長は、浦嶺竹代との交際は「二十年も前」だと言っていた。だとするとそれは一九九〇年代のことだと考えられ、一方、元仲居だった杉原みどりが「松尾会」に参加したとすれば、それは一九九〇年前後のことなので、竹代との交際は、みどりよりもあとという順番になるのだろうか。その点を釜下に質してみると、

「そこまではこっちはわかりませんけど、案外、同時並行だったのかもしれませんな。あのころの会長は、それこそ寝る間も惜しむようなところがあったから、ははは」と笑った。

捜査本部に帰ると、松雄が受け取った「芭蕉の名を汚す者」うんぬんという手紙・封筒の指紋検出の最終報告が出ていた。松雄以外の者の指紋もいくつか検出されていたが、その一つは、岩倉宅をふくむ石崎地区の郵便配達を担当する函館郵便局員のものであることが判明

した。それ以外の指紋は不鮮明だが、やはり集配の過程で付着したものだろうと思われた。小窪工務店の家族の指紋は見つからなかった。松雄以外の岩倉家の家族としては、健二の指紋が封筒から出ただけで、健二はおそらく郵便を玄関脇の郵便受けから出して松雄に届けたと思う――それが自分か母親のしのぶの仕事だった――と述べていた。

そこへ方面本部の刑事たちの二人組が駆け足で戻ってきた。浜野壮一が自宅へ戻ったので、さんざん抵抗されながらアリバイを聞き出してきたという。七日の夜壮一は、八時ごろから戸井町のアパートに帰っていたが、交際相手の女が九時半にバスで訪ねてきて――ちなみにその女が乗ったバスは、五日に咲良が乗ったのと同じ、函館駅前八時二十分発恵山町行きだった――〇時すぎに帰るというので、柏木町のアパートまで送って行った。柏木町へむかうときは、いつものように山側のバイパスを通った――たしかにそれが、戸井町から函館市街への最短距離だった――ので、出がけに岩倉病院の前は通った――オープン前のコンビニエンス・ストアに明かりがついて、中で誰かが内装作業をしているのを見かけた――が、そこで折れて坂を上がったので、岩倉邸の前の道は通らなかった、と壮一は主張した。だがもしそれが作り話で、実際には海岸沿いの国道を走ったとすれば、壮一は女を乗せて深夜〇時半ごろ、岩倉邸の前を通過した可能性がある。それはちょうど、柑菜が門のすぐ内側の駐車場にいたかもしれない時刻だ。

壮一の申し立てによれば、柏木町のアパートに着くと、一休みのつもりで女の部屋に上がりこんだが、そのまま寝てしまい、けっきょく昨日八日の昼ごろまで寝ていて、起きたら女は外出中、ビールを飲んで待っていたら女が買い物をして帰ってきたので、そのまま夕食になり、またビールを飲んだので、今夜は運転はやめておこうと、けっきょくまた女の部屋に泊まって、きょうの昼になってようやく帰ってきたという。

七日夜から九日の昼まで行動をともにした女から、証言を得ないわけにはいかないが、女は壮一の交際相手らしいから、壮一の利益になるように口裏合わせの供述をしないともかぎらない。そこで女についても、慎重に捜査を進めることになった。

女の住所氏名を明かすのを壮一は嫌がったが、黙っていると捜査員が周囲に出回ってかえって迷惑だと思い直し、不承不承に答えたところでは、女は森屋ヨシノ、十七歳、壮一が五日夜にコンサートに出かけたバンドのメンバーだということだった。ただちに刑事が二人、森屋ヨシノの柏木町のアパートに行ったが留守で、現在アパート近くで待機しているところだという。

俊介を含めて何人かの捜査員は、かつて岩倉松雄との破談を経験してのち私生児を産んだ女の名が森屋レイ子であることを思い出した。函館には森屋という名の老舗デパートもあるので、この名前がどれほど珍しいのかはわからないが、二人は親戚なのだろうか。年齢的には、ヨシノは十七歳で、森屋レイ子の娘よりも六から七歳程度若く、直系ではないと思われるが、なにか繋がりがあるかもしれない。そこで末広町の森屋商店に問い合わせの電話をかけてみると、森屋ヨシノはレイ子の従姉妹、すなわちレイ子の父親の末の弟の娘だということがわかった。ちなみにレイ子のほうは三年前、急な肺炎をわずらって死亡しており、レイ子が産んだ娘――多喜子と名づけられた――は八年前の二〇〇八年、十六歳で家を飛び出して以後行方不明であるという。

方面本部の刑事たちの中には、「これで決まりじゃないですか」と言い出す者も出た。森屋ヨシノは森屋家の松雄に対する恨みを――それがもともと勘違いにもとづいた、狂った思い込みであるとしても――幼いころから吹き込まれてきただろう。恋人の壮一も、父を死なせて母と弟を奪った――と本人は思い込んでいる――岩倉一家を恨んでいる。二人がたまたまおたがいの遺恨を話し合うことによって、岩倉家にたいする復讐の計画を、協力して練りはじめたとしても不思議ではない。すくなくとも、壮一がその種の計画を抱いたとき、それに反対する理由はヨシノにはなかっただろう。そうなれば、ヨシノが壮一をかばっていいかげんなアリバイを主張することも十分に考えられる。浜野壮一と森屋ヨシノ、二人を別々に呼んで話を聞いてみてはどうか。場合によってはヨシノが十七歳であることを利用して、壮一を「淫行条例」違反で検挙してから、ゆっくり話を聞くこともできる。そんな提案をする者もいた。たしかに、この事件に対して初めて、まともな動機の解明がなされる可能性を、二人の組み合わせは秘めているようにも思われる。

もとより、柑菜が倒れていた駐車場と門外の国道のあいだを往復した足跡のサイズが、壮一のものに一致することはすでに確かめられている。足跡はその後、ほぼ新品の「ミツウマ印」のレインブーツ、サイズ二十七センチのものであることが確定していた。

そこへ森屋ヨシノの自宅周辺で張り込んでいた刑事からも電話がかかってきた。ヨシノが帰宅し、尋問したところ、やはり七日の深夜、壮一の車で戸井のアパートから柏木町まで車で来たが、海岸沿いではなく、バイパスを走って湯ノ川に出たと述べた。その間の会話や、柏木町に着いてからの行動の流れについても質問を重ねたが、二人の供述には矛盾もない。ヨシノは警察の尋問を面倒がったが、壮一ほど抵抗するそぶりも見せず、嘘をついている様子は認められなかったという。

捜査本部では議論ののち、今すぐ壮一とヨシノを参考人として呼ぶのではなく、もうしばらく周辺の捜査をつづけること、ただし壮一のレインブーツと車の血痕の有無についてはただちに鑑識捜査を進めることが取り決められた。

「壮一とヨシノで決まりますかね」と俊介は山形に小声で尋ねた。

「どうかな。壮一は二晩とも、アリバイがしっかりしているように聞こえたな」

「じゃあ、健二が陰で手助けしてるのかな？」

山形はにやりと笑って、

「ついでにおれの大好きな鷹を、凶器に使ってくれってか？」

「ダメですか」俊介は、自分も方面本部の刑事たちと同様に——たぶんかれらから影響を受けて——壮一と健二への嫌疑を浮かび上がらせたり沈めたりしていることに気づいて反省した。ほかに有力な線がなかなか出てこないからだ。

山形は顎で方面本部の刑事たちを指して、

「あの調子だと壮一は、しゃべるもんもしゃべらないだろうな。おれたちも一回、会っといたほうがいいかもわからないな」

「そうですね。そうしましょう」

山形は立っていって湯ノ川署長としばらく話していたが、今夜にでも壮一を戸井の自宅に訪ねる役目を、自分たちが引き受けることを取り決めて戻ってきた。山形は独特の勘を働かせるので、湯ノ川署長の信頼を得ている。

とりあえず午後は、吉岡潔医師に会う予定がある。

4

昼は田家(たや)町へ回って、山形が贔屓にするラーメン屋に寄った。函館の人は周囲が思うほど塩ラーメンを好まないが、山形は頑として塩だ。札幌の大学へ行った俊介は、味噌ラーメンがなじみだった。

ラーメン屋を出ると、昨日から妻智子に頼んで「あみん」についてインターネットで調べてもらった資料に目を通して、吉岡潔医師に会う予習をする。千代子の夫祐平の、携帯電話に残っていた登録名——柑菜が発見した——が「アミン」だったという。函館には「アミン」名の飲食店は存在しないことがわかっている。東京に一軒あるらしい。

吉岡医師が勤務する五稜郭公立病院は、「五稜郭公園」電停の近くだった。吉岡は神経質そうな痩せた男だった。こちらが二人であることを確かめ、ロビーのコーヒーショップでコーヒーを三つ買うと、そのトレイを持ったまま先に立って、奥の「資料室」と表示のある小部屋に入った。咲良との「援助交際」について外聞をはばかる質問をされることを警戒したのだろう。ぎっしりファイルが詰め込まれた書棚に囲まれた、小さなテーブルの前に俊介たちはすわらされた。

カーテンを開けると中庭の木立の雪景色、今は陽射しが明るく照り返している。

「岩倉病院の石黒君から電話をもらいました」と、挨拶がすむとまず吉岡は言って、

「だから、いずれおいでになるかと思ってました。どうも申し訳ありません」と頭を下げた。

そこで俊介は単刀直入に質問を重ねた。吉岡が咲良に「援助交際」の客として会ったのは、今年の夏から秋にかけて四回、いずれも駅周辺のシティホテルを利用した。最初は石黒正臣から紹介を受けたが、自分が咲良の父親祐平の同級生であることがわかると、親しみを覚えたらしく、携帯電話の番号とメールアドレスを教えてくれたので、それからは直接連絡しあうようになった。

咲良がトラブルを抱えている話などは聞いたことがない。いつも貯金の話ばかりして、一千万円貯まったら、ぽんと彩芽姉さんに投資してあげたいのだと言っていた。自分には夢がないから、夢のある彩芽姉さんを応援することに決めたのだと。モデルの仕事も、なるべく彩芽姉さんを助けたいと思ってやっているとも言った。すぐ上の柑菜とは、あまり仲がよくなかったようで、柑菜は自分のことばかり考えていると言って怒っていた。

――吉岡医師の話を聞いていると、吉岡と咲良がふつうの恋人同士のようで、五十二歳と十六歳の援助交際カップルのようには聞こえなかった。実際そういう一面もあったのだろうし、吉岡がことさらそういう一面を強調したがっているのかもしれない。

「咲良さんには、お父さんの祐平さんの思い出話をしてあげたと聞きましたが」

「はい。ものすごく優秀で、やさしい男でしたのでね。スケートなんかも得意だったので、そういう話したり、仕事の面では、不妊治療の新しいやり方を研究して、患者さんたちに喜ばれてた話もしました」

「昔の親友の娘さんと、そういう関係になるちゅうのは、どういう気分だったですかね」と山形がチクリと訊いた。

「そ、そりゃあ複雑だったですよ」と吉岡は顔を赤くして言った。

「祐平が元気だったら、まさかこんなことはできないとも思ったし」

「ねえ」

「でも……祐平の代わりとも思ったし……」

　山形がカラカラと笑った。

「いや、本当です。代わりちゅうんじゃないけど、ほかの悪い男につかまるよりは、よっぽどいいしょう。小さいころに会ったこともあるし、父親みたくやさしくしてやって、実の父親の話もして、咲良もニコニコして聞いてたんだから」

「咲良さんは、吉岡先生と将来結婚したい、というようなことを、言い出したことがありました？」

「はあ、それを、どこから？」

「家族のあいだで、冗談めかして言ったことがあるそうです」

「へえ。じゃあ、すこしは本気だったのかな。『先生、五年ぐらいかけて、今の奥さんと離婚する気ない？』なんて、じつは訊かれたことがあるんです」

「なんと答えました？」

「いやあ、びっくりしたんで、『考えてもいいな』って言っただけですけど、咲良と結婚したら、岩倉病院の院長にはなれそうだし、魅力はありますよね」

「咲良さんは岩倉病院の将来を考えてたわけですか」

「いや、あの子はただ楽な暮らしがしたいんでしょう」と吉岡は苦笑して、

「『先生の奥さんになったら、あたしはうちのお母さんみたいに、病院の仕事手伝ったりし

ないよ。いつもきれいにして、先生の帰りを待ってるね』なんて言ってました」

「その話、いつごろのことですか」

「八月ですかね。そう言えば先月、石黒君から電話あって、咲良は美人だちゅうことで、市内の不良グループから目つけられている可能性あるから、会うときは注意したほういいって、言われましたのでね。なら、しばらくがまんしとこうか、と思ってました」

「不良グループですか。その話、咲良さんにもしました？」

「ええ、電話があったとき言いましたけど、本人は全然心配してなくて、考えすぎだって笑ってましたけどね」

「咲良さん自身、その連中とトラブルになってる様子はなかったんですね？」

「ありませんでした。なんとなく見当がついてるような口ぶりでしたね」

それだけ咲良は顔が広かったということだろうか。

窓の外にすぐ見える松の立木も、小ぎれいに雪をかぶっている。枝の上でとけた雪のしずくがキラリ、と光りながらときおり落ちていく。まだ雪が本性をあらわす前の初冬のなごやかな風景だ。

「それで、祐平さんについてなんですけど、祐平さんには、千代子さんのほかに、恋人のような人はいませんでしたか」

「それは独身時代はたしか、いましたよ。真面目な男でしたから、ぼくみたくた遊び回ってたわけでないけど、ちゃんとつきあってた人、いたんでないですか」

「その人と、吉岡さん、会ったこともあるんですか？」

「いや、そのうち紹介するよ、なんて言ってたんだけど、ちょうどそのころ、千代子さんの見合いの話が来たんですわ。何よりかにより、千代子さんと一緒になれば、病院を建ててもらえるって話聞いて、あいつ、いっぺんにグラッときたんですけど、まあ、だれだってそうですよね。『彼女のほうはいいのかい』って訊いたんですけど、『きっぱりあきらめたさ』って言ってたから、結局名前も聞かなかったなあ」

「その話も、咲良さんになさったんですね？」

「はい、しましたけど……しないほうよかったですか？」

「なんでも、祐平さんは奥さんを、あんまり大事にしてなかったんでないかと、咲良さん思ってたようなんですけど」

「ああ、そんなこと、言ってましたね。だけど、病院のために奥さんを選ぶ、ちゅうのは、ぼくらの世界では、けっこうあることなんですわ。結婚してからの愛情とは、別のものでしょう？」

「結婚してから愛情が出てきたと、祐平さんは言ってました？」

「いや、そんなことは言わないけど」と吉岡は苦笑して、

「そう言えば、管理がきつくて、病院のことまで口出すって、こぼしてましたよ。だけど岩

倉家にしてみたら、あれだけの病院建てたんだもの、失敗はできないしょうって言ったら、そうだなあ、って我慢する口ぶりでしたね」

「そうですか」

「我慢も、愛情のうちかもわかんないからね」と山形が意外に真顔で言ったので、吉岡は元気をもらって、

「そうですよね。だから、祐平は名前も変えて、岩倉家のために一生懸命やってたと思うよ、って咲良には言いましたよ」

「その後祐平さんに、もう一人、愛人らしい人が現れたというようなことは、ご存じじゃないですか」

「愛人？　ああ、なんとかって歌手の名前の。咲良から聞きました」

「『アミン』という登録名が、亡くなった祐平さんの携帯電話に残ってたそうなんですが」

「そうそう。『その人、知ってる？』って咲良にも訊かれたけどね。なにしろ、祐平が病気になってからは、一回二回見舞いに行った程度で、落ち着いて話もしたことなかったですからね。知ってるわけないんですよ」

俊介は智子作成の資料を見ながら、

「『あみん』というのは、一九八〇年代にヒットしたデュオで、岡村孝子と、加藤晴子という名前の二人なんですけど、岡村とか加藤とか、そういう名前の女は祐平さんの近辺にはい

ませんでしたか」

「さあ、岡村と加藤なら、珍しい名前でないから、誰かいたかもわからないけど、そもそも愛人がいると思った記憶ないですねえ」

「『アミン』が店の名前だったとしても、心当たりはありませんか」

「ありませんね。祐平はほとんど飲まない男だったし。……ぼくは歌のほうは詳しくないですけど、ぼくらからすれば『アミン』ってのは、産婦人科・泌尿器科でよく使う言葉ちゅうか、つい、そっちを先に考えちゃって」

「へえ、どんな意味なんです？」

「いや、あんまりいい意味でないんですけどね、有機物質で、アンモニアみたいな臭いするんですよ。女性のオリモノに混じることあるんで、抗生物質で治すんですわ。臭いに悩む女性も、けっこういますからね」

「じゃあ、産婦人科の先生が、『アミン』って愛人のあだ名にするのは、かえっておかしな話だってことですか？」

「そうねえ。いい感じはしないですよね。あるいは臭いに悩んで患者になって来た人だったのかな。でも、それあだ名にするのも、失礼な話だね。いずれにしても、そこまでは咲良にはしゃべりませんでしたけど」と吉岡は笑う。ようやく笑えてよかった、という顔だ。

「咲良さんのお祖父さんの岩倉松雄氏、この人の愛人についても、話が出ましたか」

「ああ、去年訪ねてきたとかって、言ってましたね」

「浦嶺竹代という名前の女性なんですが、ご存じ……ないですよね」

「知りませんね。珍しい名前ですものねえ、岡村やなにかと違って」

「松雄氏のことは、お父さんの吉岡薫先生から、生前なにかお聞きになってました？」

「はあ、とにかく猛烈なヴァイタリティの方だと。そんな感じでしたよ。勢いあまって、女にナイフで狙われたんだとかって」

「はい、親の敵ということで、狙われたことがあったようです」

「オヤジが連れてった看護師だったとかってね。オヤジはあとあとまで、ずいぶん気にしてましたよ。祐平も一緒になって謝りに行ってくれて、助かったとかって」

「その後も、松雄氏との関係は良好だったんですね？」

「もちろんです。オヤジは岩倉病院にも誘われたんですけど、湯ノ川のほうがどうしても抜けれなくて、それで先輩の先生紹介したいきさつもあるんですよ」

つまるところ、トラブルの火種はどこにも見あたらない、というのが吉岡の話の大筋なのだった。

吉岡は玄関まで二人を送って出て、

「だけど、今度、咲良の姉さんも殺されましたよね。どうなってるんですか」

「それで困って、松雄さんだの祐平さんのことまで、さかのぼって話聞いてるんですよ」

「はあ……。ま、ぼくと咲良の件は、ひとつ内密に、よろしくお願いいたします」と小声で言って吉岡はきっちり頭をさげた。

俊介は落胆していた。柑菜の殺害という新展開に直面させられ、多方面から情報を集めて前進しているような気がしていたが、吉岡医師の話は、ほぼ、すでに知っていることの確認や補強に役立っただけで、新しい捜査の方向性をもたらすものではなかった。やはり残された可能性は、方面本部の刑事たちが目をつけているとおり、浜野壮一と森屋ヨシノのどちらか、あるいは両者の共謀の線だけなのだろうか。あるいは小窪茉莉花と彼女が勤めるスナック「なかま」の周辺に、新しい手がかりがひそんでいるのだろうか。

「弱りましたね」と俊介が車に戻ってから言うと、山形もさすがに苦笑した。

「まあ、そのうちなんか出てくるべさ」

「しかし、遺留品がほとんどない上に、動機もこれほどはっきりしない事件ってのは、はじめてだなあ。どうも怨恨らしいけど、だれがどんな恨みを抱いたのか」

「芭蕉の呪いだべ」

「え、なんです、それ」と言ってから、山形が珍しく冗談を言っているのだと気がついた。

「ま、そのうちなんか出てくるべさ」と山形は繰り返した。山形はブレない楽天家だ。

「我慢も愛情のうち、って、あれ、山形家の哲学ですか」と俊介は車を出しながら訊いた。

「なんもさ。祐平は胃やられたっちゅうから、よっぽど神経に来たのかもわかんないと思ってさ。養子に入って、そこまで我慢してもらったら、千代子としたら、なんも言うことないしょう」

「なるほど、そうですねえ」

俊介は健二のことを思い出した。あの子も同じく養子に入って、いろいろ我慢させられているかもしれない。


岩倉邸に近づくと、報道陣はあいかわらずごった返している。今朝のワイドショーでは、東京のキー局のキャスターが駆けつけて、どこから入手したのか、柑菜と咲良のさまざまな動画や写真を紹介して、かわいい、美人だと褒めそやし、まるで美人であれば生命の値段が何倍か増すような口ぶりだった。いつものことだ。――それでも、娘の清弥子には美人になってほしい、というのが父親としてのいつわらざる希望ではあるのだが。

市街の路上は車の往来によってだいぶ雪が消えたが、邸内はまだ大部分、ごわごわした白やグレーのまだらに覆われている。昨日雪がやんでからも、気温があまり上がっていないのだ。柑菜の遺体が発見された屋根つき駐車場の周囲だけ、今はブルーシートで覆われている。

今夜は母屋の奥の床の間で咲良と柑菜の合同の通夜がいとなまれる。青空駐車場には、警察車両が減ったかわり、葬儀関係らしい車が何台も停まって、黒い服の担当者が行き来している。

階段下では、学生服を着た健二が、雪かきのスコップで通路の雪をポリバケツに集めていた。ジャン・ピエール少年も来ていて、ぶらぶら歩き、井戸の蓋のあいだから中を覗き込んだりした。

「なにかわかった？」と俊介はジャン・ピエールに話しかけた。

「え、それはぼくがしたい質問ですよ」とジャン・ピエールは笑った。

俊介もなんとなく井戸を覗き込んでみたが、前に山形警部と一緒に見たのとなにも変わらない。ただはずれかけた屋根板や丸柱にところどころ雪が載って、ぽつりぽつりと水滴を落としているだけだ。

「ブルーの囲いの外側の雪は、片づけていいって言われました」と健二がポリバケツを両手でこちらへ運びながら言った。きのうは一日、現状保存のために雪を動かさないでほしいと言ってあったのだ。

「ああ、ご苦労さん。ジャン・ピエール君、きのうの朝の段階で、足跡は男のものがあそこに一種類だけだった。見たかい？」

「見せてもらいました。新しい靴のようですね」

「メーカーもサイズもわかってるから、今販売店をしらみつぶしに当たってるんだ。あ、しらみつぶし、わかる？」

「わかります」とジャン・ピエールはにっこりする。

健二はポリバケツを青空駐車場の端の古ぼけた板囲いまで運んで、中に雪をぶちまけた。そこへ邸内の雪を捨てる習慣になっているらしい。

「それよりちょっと、気になることがあります」とまた雪を集めに行った健二の後ろ姿を見送りながらジャン・ピエールが言った。

「なんだい？」

「健二によれば、咲良さんがいなくなった現場の潮首岬には、鷹の置き物があった。柑菜さんの遺体には、頭に袋がかぶせられていた」

「そうなんだ」

「そしてそれらは、岩倉家に前からある俳句の内容に、比較している可能性が高い」

「比較」の使い方がちょっと違うような気がしたが、細かいことを言っている場合ではないので、

「そうなんだよ。だれがそんな悪ふざけを考えついたか、そこのところが——」

「俳句はあと二枚あるんですよね」とジャン・ピエールは珍しく俊介を途中でさえぎって言った。

「ということは、あと二人、殺される可能性があるかもしれません。十分注意しなくてはならないですね」

俊介は思わずジャン・ピエールの顔を見つめたが、メガネの奥の薄いブルーの瞳は何を語りかけてくるのか見当もつかない。

「だけど、短冊の枚数に合わせて人を殺すなんて話、聞いたことないよ？　その四枚は、二十年以上も前に寄贈されたものなんだ。そのころは娘さんたち生まれてないどころか、千代子さん、まだ結婚もしてなかったんだ。四に意味があったわけでないだろう？」

「ええ、そうだといいんですけど」とジャン・ピエールはつつましく微笑して、

「健二によれば、残った二枚の中に『一つ家に　遊女も寝たり　萩と月』という句があって、しかもそこの、アネックスの二階には、萩を描いた襖があるそうですから……」

俊介はドキッとした。「アネックス」というのは「離れ」のことだ。言われてみれば確かにそうだ。彩芽が外出先で襲われる危険については、今まで考えないでもなかったが、俳句との関連で言えば、なるほど萩の襖がうってつけの舞台であるのかもしれない。

「だけど、そしたら今度は、犯人が家の中まで押し入ってくることになる？　そこまでするかなあ」

「でも、念のため、注意したほうがいいですね」

「そうだね。この際彩芽さんは母屋のほうで寝起きするように、話してみよう」

「じつは健二がもう話したんですけど、彩芽さん、本気にしなかったそうです」

そこへポリバケツを持った健二が近づいてきたので、

「彩芽さん、本気にしなかったんだよね。萩の襖の話」

「うん。まあ、ぼくもまさかとは思ったけど、ジャン・ピエールが用心したほうがいいって言うから、話してみたんだけど」

「彩芽さん、平気なのかい」

「らしいです。『じゃあ健ちゃんが一緒に寝てくれる?』なんて」と言って健二は笑う。

「なんて返事したんだい」

「笑っておきました。だって、心配なら婚約者に来てもらえばいいじゃないですか。ここに来たこともあるんだし」

「今どこにいるの、彩芽さん」

「さっき離れに着替えに行ったから、まだあっちじゃないかな」

「じゃあ、おれからも話してみよう」

「お願いします」と言って健二は脱いだ上着をジャン・ピエールに預けると、またポリバケツを持って板囲いへ運んでいく。

俊介は健二が雪をさらえた階段をあがって離れに行った。

下から声をかけると、二階に来てくれと返事があったので俊介は階段を上った。彩芽はワンピースの喪服を着て、ネックレスを選んでいるところだった。周囲を見ると確かに薄紫の萩の襖絵である。それを指さしながら、

「ここは俳句との関係で危ない場所だって、健二君が言ってなかった？」

「え、刑事さんもそんなこと心配してるの？」と彩芽は笑う。

「だってこういう場合だから、念のために――」

「この柄、選んだのは私だよ。しかもお父さんが亡くなってすぐだから、もう、四年前だよ。関係あるわけないっしょう」

「でも四年もあれば、かなり知られてるんじゃない？　いろんな人に」

「そりゃそうだけど、あたしらの友達は俳句のことなんか知らないもの」と彩芽は笑う。

俊介のほうが不安になって、

「ずいぶん落ち着いてるね。妹さんたちが、あんな目に遭ったのに」

「落ち着いてるわけじゃないけど、あたし、人に恨まれる覚えないもの」

「妹さんたちにも、なかったんでしょう？」

「そうだけど……あの二人、目立ちすぎたのよね」

「どういうこと？」

「つまり、美人すぎたからね。フラれて腹たてた男の子もいたっしょう」

「……本間大輔って子のことかい」

「それもあるだろうしね。とにかく、あたしにはそういう心配はないから」

彩芽が妹たちの容貌にコンプレックスを持っているという健二の推測は、やはりあたっているらしい。

「そんなことないよ。彩芽さんだって」と俊介は言いかけたが、

「いいのいいの」と彩芽は恥ずかしそうに手を振る。

「つまり彩芽さんは、今回の事件が岩倉家全体への怨恨でなくて、柑菜さんと咲良さんがたまたま誰かに恨まれた結果だと思ってるんだね？」

「だって……そうとしか考えられないよ。お祖父ちゃんが恨まれたからって、孫が襲われるなんて話、聞いたことないでしょ。聞いたことある？」

「それは確かに、異常だと思うけど……」

「だから、妹たちの周辺で、あたしらの知らないことが、きっとなんかあったんだって。本間大輔がどう絡んでるのかは知らないけどさ。だから、事件はもうこれで、終わり。これ以上誰かが殺されるなんて、冗談じゃないもの」

「そうかなあ」と俊介はわざと不安げな顔をしたが、

「それより、お母さんは黒真珠にしろって言うんだけど、あたしいやなんだ。真珠までこんな色なのは」

高価そうに見える深いグレーの真珠のネックレスを、彩芽は無造作にソファに放り出す。

俊介にはそのよしあしはわからない。

「でも、こういうときにつけるためのものでしょ、黒真珠って」

「えー、刑事さんも型にはまった考え方するなあ」

「そりゃそうだよ、刑事だもの」と俊介は受け流して、

「彩芽さん、婚約者の人に泊まりに来てもらうわけにはいかないの。滝田さんって言ったっけ」

「いかないな。……今、札幌に帰ってるの」とよそを向いた彩芽の表情が翳ったので、

「なにかあったの？」

「うん。……ちょっと違う感じになってきた」

「うまくいかなくなったのかい」

「……あいつ、才能ないんだよね。デザインの」

「へえ。見込み違いだったのか」

「ていうか。金ならそっちにいくらでもあるべや、っていう態度が、だんだん鼻についてきた。こんなこと、刑事さんに言ってもしょうないけどね」

「最初から大盤振る舞いしすぎたのかな」

「だってお祖父ちゃんがオーケイしてくれるなんて、思わなかったから、やったーってなって……」

「よかったしょう。やさしくなってくれたのは」

「ハハハ、倒れてからは、孫のことなんかどうでもよくなったんでない？　デザイン会社始

めるのにも、意外に資金出してくれたし」

「それじゃ、がんばらなくちゃ。函館で新しい商売するなら、大変だろうけどね」

「……ところが、肝心のあいつが、遊び癖つけちゃってさ。……こっちは咲良にまで借金して、必死に会社やりくりしてるのに」と言うと、彩芽の目はうるみはじめたが、喪服だからちょうどいいような気もした。

「そういえば、咲良さん、お金貯めて彩芽姉さんに投資するんだって、言ってたらしいよ」

「え、マジ？」彩芽はこちらをまともに見つめる。

「うん。ちょっとつきあってた男が、教えてくれたさ」

「吉岡さん？」

「そう。いっつもそう言ってたって。しっかり目標持った人を応援したいんだって」

するとそちらのほうが感きわまったのか、彩芽はティッシュを急いで目頭にあててしばらく黙っていた。

「意外だった？」

「うん。でも、そうでもない。そう言えばあの子、こないだ百万、無利子で貸してくれて、柑菜がすごくびっくりしてた。なんかあたしには、やさしいところのある子だったの」

「お姉さんがやさしくしてあげたからじゃない？」

「ううん。あたしはどっちにも、余計なお節介ばっかりしてたさ」と彩芽はピンクの口紅をとがらせため息をつく。

「……健二君のこと？」

「それもそう。……あたし、健がかわいくて、連れて歩いて、すごくよかったから、妹たちにも、教えてあげなきゃって思ったんだけど」

「どうしてそんなこと思ったの」

「だって……あたしは長女だし……妹は二人とも、あたしより美人だもの」

「ははは、またそれを言う。そんな違わないしょう。彩芽さんだって、たいした別嬪さんださ」と俊介は思ったままを言った。

「それに健だって、妹たちのほうがいいに決まってるし」

「そう？　訊いてみたのかい？」

「訊けるわけないべさ」と彩芽はわざと函館訛りを出して、

「それに、柑菜と約束したし」

「なにを？」

「『本当に好きになったら、一年過ぎてつきあってもいい？　将来結婚してもいい？』って言うから、『あたしはべつにいいよ』って答えたの。『だけど咲良が騒ぐといけないから、これから一年間はおとなしくしてたほうがいいよ』って」

「そしたら、柑菜さんはなんて？」

「『咲良はどうでもいいの。お姉ちゃんが、本当は健のこと好きなんでしょ』って言うから、『なに言ってるの。あたしはもう婚約したんだよ』って言ったんだけど、『そんなの関係ないよ』って」

「へえ。それ、妹さんたちが取っ組み合いのケンカをしたころの話？」

「うん、そのすこし前かな。こないだ刑事さんの前で、『お姉ちゃん、いいって言ったじゃない』って柑菜が泣いたでしょ。あれ、そのときの話をしてたんだと思うの」

こないだ、ではなくつい一昨日のことだ。だが、たしかにずいぶん前のように思える。

「そうだったのか。柑菜さんは、意外にちゃんと観察してたのかな」

「なにを？」

「彩芽姉さんをさ。だって、婚約者とは、どうやらうまくいかなくなったわけでしょ」

「……」

「ひょっとして、健二君のことが一番好きだったのは、彩芽さんだったのかな？」

「……わかんない。どっちみち、もう遅いよ」と最後は自分に言い聞かせるように言って、そばのコンパクトを開いて鏡で顔を点検する。

「いつかゆっくり、健二君と話してみれば？」

「ダメ、ダメ。だって、これであたしが健とヨリ戻したら、まるで柑菜と咲良がいなくなったの、あたしが喜んでるみたいじゃない」と彩芽はすぐに言った。心の中で妹たちの不幸を自分と健二の関係に照らして考え、早くも懸命に自制しているらしい。

「そんなふうに考える必要ないしょう。流れでそうなっただけなんだから」

「ダメ、ダメ」と言って、彩芽は思い切るようにコンパクトをパチンと閉じた。

「あーあ、今月はあたしの誕生月なのに、悪いことばっかり」

「誕生日、もうじきなの？」

「もう来た。二日。そう言えばあの日も、恒夫とケンカしたんだっけ。だからこんなことになったの？　誕生日にケンカしたから——ああ、もうやだ」と彩芽は音を遮断するように両手を耳にあててうなだれる。

そのとき下でガラス戸をあける音がして、彩芽さん、と呼ぶ声がした。しのぶが千代子からの言づてで、通夜の準備を手伝ってくれという。彩芽はけっきょく黒真珠を選んで首につけて、下へ降りていった。

俊介も一緒に降りて外へ出ると、母屋から階段を下って門柱まで、花輪の列が並んでいた。

通夜に出るのは湯ノ川署長以下の面々と決まったので、俊介は湯ノ川署に戻り、資料室に行って、壮一・健二兄弟の父親である浜野幸司が飛び降り自殺した事件の記録から、その場に居合わせた看護師の名前を調べた。壮一に会う前に、父親についてすこし下調べしておいたほうがいいと思ったからだ。

看護師は畝川泰子、幸司が死んだ二〇〇〇年に三十七歳だったから、現在五十三歳になる。岩倉病院に電話してみると、しばらく待たされてから年配の看護師長が電話に出て、畝川さんは事件ののち、まもなく岩倉病院を辞めて、古巣の湯ノ川病院に戻ったはずだと教えてくれた。湯ノ川病院なら署から近い。電話してみると、畝川泰子は三年前に退職したが、現在も当時の住所、市内住吉町に暮らしているのではないかという話だった。俊介は所番地を地図で調べてから湯ノ川署を出た。

住吉町は湯ノ川から車で二十分、函館山の陸繋島を最南端近くまで降りたあたりの昔からの漁村だが、現在ではご多分にもれず、漁師の家はずいぶん減った。畝川泰子も、海岸に近い通りに面して、昔の漁家らしいうらぶれた木造の家に母親と二人で暮らしている。父親はすでに亡く、母親が介護を必要とするようになったので、一人娘の泰子が病院を辞めるほかなかったのだという。泰子は大柄で、メガネの上の眉が太いせいか責任感が強そうに見えた。母親はきょうはデイサービスに出かけていて、五時まで帰らないという話だ。たっぷり一時間ある。

俊介は靴を脱いで、畳にビニールの敷き物を敷いた居間に上がり、ちゃぶ台に茶と小魚の佃煮を出された。

十六年前の浜野幸司の一件を、泰子はよく覚えていた。「したって、あれで私も岩倉病院辞めることになったんですものね」と泰子は言った。泰子の「私」は「ワダシ」と聞こえた。

浜野幸司は周囲に気を遣う気立てのやさしい人で、岩倉松雄から返す当てのない借金をつづけることが心苦しく、おまけにこんな立派な病院まで世話してもらって、「おれは一生松ちゃんには頭あがらないよ」と、よく泰子に語っていた。妻のしのぶも、しじゅう見舞いに来て世話を焼いていたし、長男の壮一も、ときおり野球のユニフォームを着て父親の見舞いに立ち寄り、所属する少年野球チームの話などをしていった。そんなとき幸司は、壮一の頭を撫でながら「母さんの言うこと、よく聞いてな」などと言ったものだった。壮一が継母になつかないことが、幸司の悩みの一つだったからだ。岩倉松雄は初代理事長として、いろいろな用務で病院を訪れていたが、ときには幸司を見舞うことも忘れなかった。もう一人、よく来る見舞客として泰子が覚えているのは恵山の小窪澄夫、当時はまだ現役の工務店社長だった。

幸司の無気力がひどくなったのは、しのぶが赤ん坊を授かったというニュースを聞いてからだった、と畝川泰子は回想する。新しい家族が幸司にとって意味したものは、なによりも経済的な負担の増大だったのだろう。ぼんやりとしている時間が多くなり、「しのぶはなんとかなるって言うんだけど……」と考え込み、やがて「しのぶがなんとかなると言う意味が、ようやくわかった」とか、「間違いだと思ったら、合ってたわけなんだよな」とか、わけのわからないことをつぶやいて、「どうしたんですか？」と尋ねても「いや、なんでもないさ」と言うばかりになった。

　事件の日は、朝から気分が良さそうで、天気もよかったので屋上へ出て、しばらく風にあたりたいというので、畝川看護師がついて屋上へ行った。柵の手すりに肘をかけて、地上五階の高さからじっとあたりの景色――戸井から潮首岬にかけての国道や海岸線、その向こうの津軽海峡――を見ているので、このごろはめったに作らない俳句でもやっているのかと思って話しかけないでいたという。

　十五分もしたころ、「そろそろ戻りましょうか、冷えたんでないですか」と声をかけると、「今ね、松ちゃんが来るとこなんだよ」と言う。手すりの真下は病院の駐車場なので、松雄が車から降りたのが見えたのかと思っていると、じきに松雄がやってきた。二人でベンチに並んですわって、しばらく話し込んでいたが、急に「なにを言うんだ、幸っちゃん」と松雄が言うので驚いて振り向くと、幸司がベンチから立っている。「じゃ、頼んだよ！」と幸司は片手を会釈のようにあげて、柵ぞいに走り出し、事態の急変に気づいた松雄と畝川看護師が追いかけたときには、柵の端で手すりを乗り越え、あっという間に飛び降りてしまった。下は駐車場のアスファルトだった。

　畝川泰子の話は、しのぶや濤永寺の斉藤和尚からこれまで聞いた話と一致していた。新しくわかったことは、その日松雄が見舞いに来ることを、幸司はあらかじめ知っていたらしいという点だった。幸司が松雄を呼びつけたのかもしれない。そうだとすると、松雄にあとのことは「頼んだよ」と、最後の確認をしてから死にたかったのだろうか。

浜野幸司が死んで数日後、長男の壮一が岩倉病院を訪れて暴れたが、その場に畝川泰子は居合わせてなかった。幸司の自殺の結果、注意義務違反ということで、自宅謹慎処分を受けていたからだ。泰子はそのまま岩倉病院を解雇された。

「奥様が、ずいぶん怒ったらしいんですね。『まだ十年もたたないのに、こんな不祥事起こしてしまって、病院の評判どうなると思うの』って、祐平先生に、ずいぶんきつく言ったらしいんです。あとから友達に聞いたんですけどね。……祐平先生はおとなしい方でしたし、私のことたいしてかわいがってくれて、湯ノ川病院から先生移るときも、なんたかんた一緒に来てけれって、そういう話で私も移ったもので、そしたら心療内科で人足りないからって、お手伝いしてました関係でね。……事情聞いたら、『こりゃあ不可抗力だよ、畝川さんの責任でないよ』っておっしゃってね。『人も足りないし、畝川さんショック受けただろうから、すこし休んで、別のフロアでまたやってくれればいいから』っておっしゃったんですけどもね。奥様がどうしてもダメだって、病院の対策示さないばなんないんだからって、私は依願退職にする、退職金は払うと、そういうことになりましてね。祐平先生、私に謝ってましたよ。そして退職金に十万も上乗せしてくださったんですの。私のほうは、岩倉は遠いし、湯ノ川病院に戻る話あるなら、戻ってもいいかな、って思ってたから、考えてみたら、ちょうどいい塩梅だったんですけどね。解雇だなんて、親に言うわけいかないから、癪にさわりましたけど、『なあに、今度また、湯ノ川病院に戻ったのさ』ってごまかしてね」

「そうすると、祐平さんと千代子さんのご夫婦仲は、あんまり円満でなかったということですか」

「そうですねえ。やっぱり男衆の仕事に女が口出せば、ロクなことないんでないですかねえ。友達から聞いても、奥様はとにかく命令してくるって、裏でどうせ、松雄理事長の指示あるんだろうけど、こうと決めたらこう。祐平先生の考えはまず聞かない。そういう場合多かったようですね。『ここは岩倉の病院ですよ』っていうのが、なにしろ奥様の口癖だって、よくそんなこと言ってましたねえ。……いくら先生だって、人前で自分の女房からああでもない、こうでもないって言われたら、おもしろくないときもあったんでないですかねえ。私ら、よくそんな話して、先生に同情してたんですよ。看護師仲間では、先生のファン多かったから、ハハハ」

「ざっくばらんにうかがいますが、祐平先生は、奥様以外の女性とのつきあいは、なかったんですかね。誰か看護師さんの中で、特に先生と親しかった人、いませんか」と俊介は、「アミン」なる女の影を畝川泰子が見覚えているかもしれないと期待して尋ねた。

「いやあ、まさかねえ、奥様はしょっちゅう病院に来てらしたし。ここだけの話、探偵雇ってたらしいですよ」

「探偵を」

「はい。結婚するときに探偵使うっちゅうのは、聞いたことありますけど、結婚してからも、そういうことあったらしいんですね。私の友達のとこさも、なんだか訊きに来てたって。したから、先生かわいそうっていう人も多かったんですよ。なんも自由にならなくて」

「そうですね」

「先生は、『おれは病院と結婚したんだから』って、笑ってましたけどね。だから、変な噂になるようなことはなかったです。湯ノ川病院の独身時代のほうが、どなたかと車に乗ってるのを見たとか、患者さんとずいぶん親しそうだったとか、そういう話がたまにありましたから」

「そうですか。湯ノ川時代に、つきあってる相手として具体的に名前までわかったケースもあるんですか？」

「さあ、名前までは……もう昔のことだから、忘れておりますのでね」

「そう言えば、貝手キミ子っていう湯ノ川病院の看護師さん、ご存じですか」と俊介は「松尾会」のナイフ事件を思い出して訊いてみた。

「はい、あの、なんだか事件起こした人でしょ」と泰子は笑って、

「あの人が当時は、祐平先生にあこがれて、一番アタックしてた人なんですよ、看護師の中ではね」

「あ、そうだったんですか」

「あの人ずっと耳鼻科だったのに、なんたかんた産婦人科におりてきて、油売ったりしてね。

でもほら、きれいな人だから、もしかしたら祐平先生、ころっといくんでないかって言う人もいたんですけど、ねえ」

「でも、どこかよそに彼女ができちゃったわけですね？」

「それもあるし、まもなく、岩倉病院の話も出てきたし……だから貝手さん、むしゃくしゃしてたのかもわかりませんねえ」

話しながら泰子は母親の浴衣にアイロンをかけていた。泰子が大柄なせいか、生まれ育ったこの小さな家に引き戻されて母親の世話をするのでは、窮屈で気の毒な気がした。だが泰子は不満そうにするでもなく、運命に黙々としたがう人の顔をしていた。

五時を過ぎた。俊介は礼を言って畝川の家を辞した。

署へ戻ると、俊介は山形と一緒に今夜のうちに浜野壮一を訪ねることになった。壮一には尾行の刑事が張りついていて、船仲間と一緒に戸井のバーベキューハウスに入ったところだという情報が入ったばかりだった。あまり遅くなって酔っ払われても困る。俊介は近くの酒屋で「国稀（くにまれ）」の一升瓶を二本買って、山形と一緒に戸井へむかった。

いよいよだ、と俊介は思ったが、なにがいよいよなのか、よくわからない。咲良と柑菜の殺害の日時に関して、壮一のアリバイは確実だと俊介は了解している。五日夜には森屋ヨシノのコンサートに行き――最低限そこまでは立証されていた――七日夜から八日にかけてはヨシノと過ごし、自分のアパートからヨシノのアパートに移動した——こちらは理屈の上ではヨシノがアリバイを偽証している可能性が残っているが、嘘をついている様子はなかったという捜査員——山形とも仲のいいベテラン警部補だった——の言葉を俊介は信用していた。それでは壮一から話を聞いて、壮一はシロだとあらためて証明することが、自分の役割なのだろうか。その場合、「じゃあだれなんだ、だれがクロなんだ」と、本部長に言われるまでもなく、自分の中で反響する疑問を、どう処理したらいいのだろう。どちらに転んでもいいためには、とにかくまず壮一とうちとけるしかなさそうだ。だが、さんざんこちらを手こずらせた壮一が、今さらうちとけてくれるのだろうか。

ちょっと下手に出てみようと思うんですよ、と俊介は山形に言った。山形は好きなようにやってみれば、と答えた。

がらんとしたバーベキューハウスで飲んでいる壮一の仲間は二人だった。俊介が六日午後に岩倉邸の門前で会った刑事だと、壮一は記憶しておらず、身分を明かすと、とたんに機嫌を悪くしたが、すかさず一升瓶を出して、仲間にはこれで続きをやってくれと言い残し、ちょっとだけ、ちょっとだけ、と繰り返しながら、ともかくも壮一を外へ連れ出した。

「おれは、きみがなにかやったとは思ってないのさ」と俊介はまず壮一に言った。「だからそれ、なるべく早く証明してさ。これ以上、きみに迷惑かけないようにしたいんだ。嘘でない。まずそれ、信じてもらえないかな」と言って、俊介はあえて壮一の正面に立ってまともに見据えた。寒風の中で俊介は耳が赤くなるのを感じていた。

　壮一は一瞬ためらったが、

「信じねえさ。どうせだまくらかして、因縁つけてしょっ引くつもりだべ」

「そうでない証拠に、これ持ってきたのさ」と俊介はもう一本の「国稀」を出した。

「一杯やりながらしゃべってくれればいいんだ。なあ、岩倉の娘たちがいなくなれば、将来きみのお母さんと弟の健二君は、それだけ相続が有利になるし、ひいてはきみの利益にもなる。しかもきみは、岩倉家を昔から嫌ってるよね。わかるしょう。そういう状況だもんだから、きみに疑いかける捜査員がいるのはしかたないのさ。だけど、おれはそれ、晴らしたいんだよ。本当だ。それだけなんだよ」

　壮一はタバコを一服するあいだ考えていた。やがて吸いさしを雪の中に放って、

「なんであんた、おれを疑わねんだ？」

「アリバイあるからさ。おれは調べたことに基づいて考えることしかできないんだ。だからあんたのことも、もっと聞きたいんだよ。もっと聞けば、もっと安心できるって思うんだよ」

「もうほかのデカに、さんざんしゃべったで。これ以上、なにしゃべれってさ」

「まず第一に、お父さんの浜野幸司さんの件だ」

　すると壮一は驚いて、はじめて俊介をまともに見た。目の高さは十センチ以上ずれている。

「お母さんは今でもきみに気遣って、どうしたらきみと健二君が安心して暮らせるか、そればっかり心配してる。わかってるべさ。それ考えたら、きみももっと素直になって、お母さんとのあいだ、岩倉家とのあいだで、ボタンの掛け違いを、すっきりさしたほういいんだよ。きみがお父さんのことで考えてることあるんだったら、それ言ってよ。その中になにか手がかりが隠されてるかもしれないんだ」

「ふん、おれを犯人にしたてあげる手がかりか」

「違うって。きみじゃないよ」

「したら、健二か？　おれたちが共犯だってのか？」と壮一は真顔になった。

「いや、健二君もアリバイがあるし、柑菜さんのときは足跡の関係から、犯行が不可能なんだ」

「したらどうしようっちゅうんだ？」

「わかんないよ。ほんとなんだ。とにかく、わかんないこと一つ一つ、つぶしていかないと先に進めないんだ」

「まさか……母さんを疑うんでねえべなあ？」というとき、壮一はもっとも不快そうな顔をしたので、俊介はよかったと思った。壮一はしのぶの恩を忘れたわけではないのだ。

「まだだれも疑ってないよ。そこまでも行ってないのさ。ただ、しのぶさんを安心させるためにも、とりあえずお父さんが死んだときの事情を調べて、安心したいんだよ」

「……したって、十六年も前の話だで」と壮一は年数を正確に言った。

「だから、そろそろいいころだろう、ちゃんと話してもらっても」

「……あきれたのろま刑事だな」

「そうだ。のろまでけっこうなのさ」と俊介は壮一の腕をぽんぽんと叩き、

「のろまっちゅうのは、おれみたいなばか刑事には、褒め言葉なんだよ」となんだか熱くなって言った。壮一が黙るので、

「調べる仕事ってのは、のろまにしかできないんだ。こんなとこで話してても寒いから、きみの部屋でも行かないかい。湯ノ川署まで来てもいいけど、あすこだと酒出せないからさ」

「……何分かかるんだ？」

「長くても一時間だね。終わったら残った酒持って、また友達と合流すればいい。な？」

「……したら、なるべく早く片づけてくれ」

俊介はこっそり安堵のため息をついた。なんとかなりそうだ。山形が珍しく俊介の背中に触れた。うまくいった意味だろう。
七、八分歩いた木造アパートの壮一の部屋は、六畳一間で、意外に片づいていた。というより、物がなかった。だから小タンスの上に置いてある浜野幸司の遺影と位牌にすぐに目が行って、俊介と山形は交代で線香をあげた。それから茶碗を三つ出してもらって「国稀」を注ぎ、一つを遺影の前にそなえた――酒を飲まない山形は帰り道の運転役をしてくれること

になっていた。これだけでもずいぶん気が楽になった。

俊介は自分の熱が冷めないうちに本題に入ることにした。

「きみはお父さんが亡くなった数日後、岩倉病院に駆け込んで、『誰がオヤジを殺したんだ』と言ったんだってね。覚えてるだろ。だけど、おれは残ってる記録全部読んだんだ。お父さんは間違いなく、自分から飛び降りたんだよ」

「わかってるよ」

「そうか。したら、あれはどういう意味だったの？　なに言いたかったのさ」

「それがこの事件に、なんの関係があるっちゅうんだ？　まずそれ、先に説明しろや」

「説明できればする。だけど、まだできないんだよ。だけど、きみだけでない、健二君やお母さんば助けると思って、本当のこと話してけなさいや。そうでないば健二君もお母さんも、この先疑いかけられることになるかもわかんないんだ」となんだか俊介も浜言葉の調子が出てきた。

「まさか、あの二人でねえんだべな？」

「まさかと思うよ。だけど、岩倉家の一番近くにいた人たちだもの。ここまでもつれたら、最初から洗い直し、ちゅうこともあるべさ。ね？　そうなったときに、昔の事情きちんと説明できるようにしとかないば、どっちもこっちも、あずましくないべさ」

「……」

「なあ。直接関係なくてもいいのさ。きみたち家族に対する見方がすっきりすれば、おれたちも少しは、前に進むにいいんだよ。警察だって、警察でなくたって、前に進むことは大事なことだべさ。わかるしょう」雪の中を前に進む、北海道人ならわかるはずだ、という思いが浮かんだ。

壮一は黙って酒を飲む。

「あの最後の日ね、きみのお父さん、岩倉松雄さんば、病院に呼び出したみたいなんだわ。そして屋上で待ってた。ということはさ、松雄さんになにか言い残して、それで自分はもう死んでしまおうと、決心つけてたみたいなんだよね。なにか言い残すったって、あの人のことだから、残された家族のこと、よろしく頼むっちゅうこと以外、考えられないよね。それ頼む相手としても、当時は松雄さんしかいなかったから、最後の頼みとして、聞いてもらおうって、思い詰めて、あんなことしたんでないだろうか。最後の言葉が、松雄さんにむかって『頼んだよ！』って言葉だったことは、きみも聞いたことあるんでないかい」

「だから、そういうふうに持っていくのが、岩倉の作戦だったんだべや」と、壮一は反論の形ながら、ようやく話に乗ってくれた。

「え？　したけど、岩倉さんはなんのために、きみのお父さん死なせたほういいのさ。親の代から友達で、それまでだってなんぼか助けてきたんだよ？」

「わからねえかい？」

「しのぶさんのためかい？」と山形が先に言った。

壮一はゆっくり何度かうなずいて、

「……そういうことだべ」

「そうすると、きみはまだお父さんが入院中のうちから、松雄さんとお母さんの関係、疑ってたのかい？　当時きみ、小学校の六年くらいだったはずだけど――」

「なんか見たのかい？」と山形が畳みかけた。

「いや、見ちゃあいねえ。見てたらその場で岩倉の野郎、ぶっ殺してたかもわかんねえけどな」と壮一はまたタバコに火をつける。

「そしたらなして、そんな疑い持ったのさ。お母さんのそぶり、おかしかったのかい？」

「そぶりちゅうか。なんか変だったんだよ。母さんも、オヤジも、岩倉に対してな」

「たとえば、どんなことがあったのさ。お母さんはきみのお父さんを、裏切るような人でないだろう？」

「ところがさ。あの人が出てきた家が悪いのさ。木古内(きこない)の貧乏漁師でさ。子供ぱっかり多いから、早く片づけないばなんなくて、オヤジにもらわれてきたのさ」

「そりゃあ、最初はきみのお父さんは、社長だったんだからね」

「おうよ。ところがその木古内のジジイが、金せびりに来て、三万でも五万でも、受け取らないうちは帰らないのさ」

「きみのお祖父さんだね」

「おれには関係ねえで。血繋がってねえしな。そのジジイが、足だか悪くして、もう働けないちゅうのさ、それがしょっちゅう、うちさ来るわけさ」

「いつから、しょっちゅう来るようになったの？」

「さあ、おれが小学校さ上がるころには、もう何回って来てたさ。入学式見に来るとかって、なんでも言い訳あれば来てくのさ」

「それが、ずっと続かさったのかい」

「ああ、オヤジが死ぬころまでな」

「だけど、お父さん再婚してから、四年ぐらいでお父さんの会社つぶれるよね」浜野水産の倒産は九六年、壮一は七歳か八歳だ。

「だから、言ってるのさ。会社つぶれて、社員に給料払えないって、オヤジ、泣いて謝ってさ。そのうちだんだんおかしくなって、入院までしてるちゅうのによ。ジジイに渡す金なんかあるわけねえだろう。それでも来るんだもの」

「そりゃあお母さん、苦労したねえ」

「したから、おれ言ってやったさ。『母さん、うちもう倒産して、オヤジも入院してるんだよ。金ないから来ないでけれって、祖父さんに言ってやればいいのさ。母さんが言えないなら、おれがなんぼでも言ってやるよ』って、あるときジジイに十万も包んでたから、我慢できなくて、そう言ってやったんだ。そしたら『きょうのお金は私のへそくりだから、お父さんに迷惑かけるお金でないから、いいんだよ』だと。迷惑もへったくれもねえべよ。なんぼでもオヤジからむしり取って、木古内にくれてやるってか。まるでスパイでねえか。スパイ大作戦でねえかよ」

「その十万は……その、岩倉さんから……出たかもわかんないね」と山形が妙に慎重な言いかたで言った。

「んだべ？　おれもそう思ったさ。オヤジから金取れないとなったら、岩倉に頼るしかねかったんだもの。木古内のジジイだって、もともと金めあてで娘、嫁に出した男だもの。岩倉に気に入ってもらったんなら、一日でも早くそっちさ行け、ちゅう頭だべさ」

「そんなこと、言ってたのかい」

「言わなくても、顔にかいてあるさ。岩倉も、そのつもりになったんだべ。母さんはよく働くし、身体もじょうぶだし、顔だってまあまあだべ？　だからみんなして……オヤジがひょっこり死ねば、塩梅いいって……」壮一は言い終えないまま酒をあおった。目が赤らんできていた。

「するときみは、そういう周りの空気を、お父さんが読んで、しかたなく死んでいったと思ったわけか」と俊介も酒を口にふくんでから言った。

「そういうことだべな。したから『頼んだよ』って言ったんだべ」と言って壮一はタバコをもみ消す。

「なるほどなあ」と山形は言って腕を組んだ。

俊介もなるほど、と思った。しのぶの苦境を救うためには、自分が死ぬのが手っ取り早いと、浜野幸司の病んだ精神が発作的にそんな結論を出す可能性はたしかにあったように思われる。それは幸司とだけしか血縁のない壮一には、いたたまれない結論だっただろう。

「お父さんの態度が変だったたって言ったのは、そういう読みを、したっちゅうことかい？」

「ああ。あとから考えればな。……オヤジ、自分のうちさ入るのも、遠慮してたからさ」

「遠慮？　どういうことだい？」

「……うちの近くで素振りしてたらよ。帰ってきたオヤジが、いっつまでも見でるさ。『なしてうちさ帰んねえの？』って訊いたらよ。『岩倉社長来てないかい』って、オヤジそう言うのさ。『岩倉社長に借金あるから、父さん、あんまり顔合わせたくねんだ』って笑ってだけどさ。岩倉が、オヤジのけ者にしてたんだべや。母さんば金で釣って」

「のけ者にしたわけじゃないと思うけどな。お父さんが自然と遠慮したんだべさ」

「おんなじことだべよ。友達面しやがって」

「それ、いつごろの話だったの？」

「会社つぶれたあとだ。小学校の三年ごろさ」すると一九九七年ごろだろうか。壮一は八歳か九歳だ。そのころの記憶が、まるで無理に凍らせた炎のように、壮一の胸に苦しくくすぶってきたのだろうか。氷が溶ければ、炎がよみがえってまた胸を焦がすのだろうか。

「そう言えば、きみはよく、野球のユニフォームを着て、お父さんの見舞いに行ってたらしいね」と俊介は壮一を宥める気持ちで言った。

「小さいころは、お父さんに野球を教わったのかい」

「いや、オヤジは運動からきしダメさ。自転車も乗れねえんでねがったべが」

「俳句好きだったんだべ?」と山形が言った。

「そうだ」

「壮一君は、俳句のほうはどうなんだい? オヤジさん譲りの趣味でもあるかい」と山形がさらっと訊いたので俊介はドキドキした。

「いやあ、おれはダメさ。字もろくに覚えねかったし」と壮一はあっさり答えた。たしかにこの部屋に何冊か見かける本類は雑誌かマンガだけだ。

山形は笑顔でうなずいて、

「なんか一つ、教わったの覚えてないかい。オヤジさんの句でも」

「ああ? そう言えば、仲間で賞もらったとかって、自慢してたのがあったな。なんだっけ。……新妻に……秋の山々……名乗り来よ、だったか」

「むずかしいな」と山形は苦笑する。

「おれもわがんね、って言ったさ。そしたら説明してけだんだ。秋の山ってのは、紅葉で綺麗なんだと。だけどうちの新しい奥さんのほうが綺麗だから、山に勝負してみろ、って言ってるどこなんだとかって」

「なるほど」と山形は手を打って、

「しのぶさんと結婚して、なんぼかうれしかったんだねえ。ちゅうことはさ、しのぶさんの新婚のときだから、きみは四つか五つだったんでないかい？」

「四つだね。その俳句教わったのは、次の年だべ」

「そのときから、ずっと覚えてるのかい。すごいね」

「なんも、それ一発だけさ。わざわざ教えてよこしたもんだから」

浜野幸司の膝に抱かれて俳句の説明を受ける幼い壮一が俊介の目に浮かぶ。壮一はどれほど父親を尊敬していたことだろう。

「オヤジさんとしのぶさんにも、いい時代があった、ちゅうことだよなあ」と山形。

すると壮一はようやくやわらかい顔になって、

「小学校で、俳句作りましょうってなって、おれ、その俳句書いたら、先生に怒られた」と言って笑った。

「そりゃそうだべさ。小学生が『新妻に』なんて書いたら」

「マルもらって、オヤジに見せる気でいたのさ」と壮一はその当時の小学生のように言った。

「だけど、そういう思い出もあって、よかったでないの」と俊介は言った。

「そうかい？」

「そうさ。それがあるからしのぶさん、岩倉に入っても、きみの母親でいるにいいんだと思うよ。な？　一時は親子三人、しっかり結びついてたってことさ。あとのことはしかたないのさ。金のあるほうへ流されるのは、みんなおんなじだもの」

壮一は黙って酒を飲んだが、ゆるやかな微笑は長く頰から消えなかった。俊介もなんとなくよかったと思っていたが、何がよかったのか、あとで整理してみる必要があった。

「そうだ。壮一君、濤永寺の和尚さんのボート、修理してあげたんだって？」と俊介は思い出して尋ねた。

「ああ。健から電話きてね。ちょうどそこの港で船の修理手伝ってたから、先輩にしゃべって、道具借りて駆けつけたさ」と壮一は戸井港あたりを指差して言う。

「そのボートが、どうやら盗まれたらしいんだ」

「だから、びっくりしてるのさ。船のことわかってる人間なら、乗らないからね、あんな船」

「そうなの？」

「そうさ。人乗ったら、沈むもの。別の刑事にもうしゃべったけど、おれが貼ったのは三ミリの防水布だけだから、人が乗って水圧かかれば、いっぺんに穴から水噴き出してくるべさ」壮一は船の修理にはさすがに詳しい様子だった。

「だけど、和尚さんは、『いいんだ、クレーンが来るまで、臨時に浮かべとくだけだから』って言うから、それでいいと思ったんだけどね」

「盗んだ犯人が、あとから補強したんだべか」

「そうかもなあ。それとも浸水をなるべく抑えといて、ポンプで汲み出しながらだったら、まあ一時間か二時間は、もつかもわかんないけど、おっかないべなあ。いつドバッと来るかわかんないんだから」

「そのことは、あのあたりの人がたならみんな、知ってたわけか。乗ったら危ないって」

「そら、そうださ。したから犯人は、地元のヤツでねえんだべ」と壮一は笑った。

別れぎわ、靴を履いてから山形は、

「例の森屋ヨシノって子、大事にしてやってるかい」と尋ねた。

「してるさ。……あいつ、才能あるんだ」と壮一。

「そうかい。長いつきあいになりそうか」

「こっちはそう思ってるさ」と壮一は笑った。

俊介は壮一の話に夢中になりすぎて、森屋ヨシノのことさえ訊くのを忘れていたと反省した。

車に戻ると、今度は俊介が助手席だった。

「どうだい、壮一は。やっぱりシロか」と車を出しながら山形が言った。

「そう思いますけど、珍しいですね、山さん。結論を急ぐなんて」

「急ぐわけでないけど、受け答えに不自然なとこねかったものなあ」

「そうすっと、方面本部の連中と、張り合わないとなんないですね、あいつのために」

「そうかもわかんないなあ」

「したら、誰がクロなんですか。今までの捜査で浮かんでないやつが、まだどっかに隠れてるんだべか」

「ま、一歩一歩さ」と山形は言った。それも山形の得意の台詞だ。

署に戻り、簡単に報告を済ませ、ようやく解散になった。九時半だった。俊介はまだ車に乗れないのでタクシーを呼んだ。岩倉家の三姉妹と壮一を、ようやく少し理解できた安堵と、事件捜査の展望が見えなくなった焦燥とが入り混じった妙な気分だった。

家に帰ると、テレビではアメリカの大統領選挙の結果で持ちきりだった。番狂わせがあって、負けると予想された候補が勝ったらしい。今の自分たちの捜査にも、なにか番狂わせがあっただろうかと俊介は不安になったが、清弥子の笑顔やおしゃべりが、いつものようにすべてを吹き飛ばし、大統領も殺人もない、小さな安らぎの世界に連れ出してくれた。

5

翌日俊介は、釜下専務が言及した松雄の昔の愛人で、料亭「まつかげ」の仲居だった杉原みどりの住所を、運転免許証登録のデータベースから調べた。市内千代台町のマンションに住んでいる。現在五十八歳。行ってみるとみどりは在宅して、いくらか太ったようだが往年の魅力をしのばせる臈たけた風情を見せていた。今は母親と二人で静かに暮らしている様子、そこまでは順調だったが、水商売なりの規律を忘れずと言うべきか、みどりは岩倉松雄に「お世話になった」ことは認めたものの、その時期の記憶をたどることをことごとく嫌がり、「忘れました」と笑い、「ご本人にお訊きください」とかわし、俊介は新しい情報をまったく得ることができなかった。松雄にもその周辺の者たちにも会わなくなって十年にもなるという。

俊介は食いさがって、浦嶺竹代の名前を持ちだした。みどり自身と同じ時期、あるいは直後の時期に、竹代が新しい愛人だったのではないか。そのときだけ、杉原みどりは不快そうに口を結んだが、返事としては「さあ」「存じません」と言うばかりだった。俊介の感触としては、竹代のことはまったく知らなかったので驚いていると見えた。「松尾会」については、「いつか聞いたような気もしますけど」というので、覚えがあるらしいが、やはりそれ以上話す気はないのだった。

まばらに雪の残る千代台公園の林を眺めながら、過去の一時期をあれほどきびしく封印して暮らすというのはどういうものなのだろうかと、俊介はなかば感心しながら考えていた。それだけの対価を得たから、という事情ではあるのだろうが、信義を守りとおす節度を感じて、なんとなく悪い気はしなかった。

この間、山形警部はもう一度恵山の小窪澄夫と濤永寺の斉藤玄静和尚を訪ね、また岩倉松雄にもあらためて食いさがって、「松尾会」参加者の新しい名前を聞き出そうと努めたが、かれらの記憶は今までわかっている以上には広がらなかった。

山形が困窮のいきさつをしのぶに打ち明けてみると、前夫の幸司が、生前俳句のための手帳を持ち歩いて、そこに簡単な日記のような記録をつけていたことを思い出してくれた。そこで「松尾会」が順調に開かれ、短冊の贈呈もおこなわれた時期を含む一九八八年から九四年までの幸司の手帳を、しのぶに頼み込んで押し入れの奥から探し出してもらったという。

午後から湯ノ川署に戻り、俊介と山形は手分けして、一年あたり二冊ずつの手帳をざっと検分していったが、八八年から九一年にかけては、幸司の先妻である壮一の母親が急病を得てやがて死亡した時期で、途方にくれる幸司の苦境が綴られることが多く、俳句の数も少なく、「松尾会」の記載はごく簡単なものばかりだった。小窪澄夫ら一同による芭蕉短冊の贈呈については、九一年五月に簡単にふれてあるだけだったが、それでも短冊費用に五万円拠出とメモがなされ、四枚の短冊の句が達者な筆跡で書き写されていた。

逆に九二年からは、しのぶを後添えにもらうことになった驚きや喜びと、会社が火の車になって苦心惨憺する様子が交互にあらわれて幸司の手帳を埋め、やはり「松尾会」の記事は簡潔で、一年に三、四回、日付と一緒にただ「松尾会」とだけ記入してあるケースがほとんどだった。九二年の最後のページには、壮一が記憶していた「新妻に　秋の山々　名乗り来よ」の句が、ページ全体を使って三行に書き残されていた。函館の結社の年間優秀賞を受賞したらしい。

九三年になると──岩倉千代子が室谷祐平と結婚した年だ──会社の資金繰りが一段と苦しくなって暗い内容の記載がさらにふえ、岩倉松雄に資金援助をあおいだ記述が多くなる。九四年には「しのぶ、木古内からだと言って五十万円を出す。涙あり。」といった記載もある。「壮一、母を突き飛ばしたという。夫婦でため息。」という記述も見える。

ただ一回だけ、九〇年の五月に「松尾会」が、大沼公園に繰り出して花見句会をおこなった記録があり、参加者として岩倉松雄、釜下安行、小窪澄夫、吉岡薫副院長、斉藤玄静和尚のほかに、鶴橋風子という女の名前があがっているのを俊介はようやく見つけた。そのほか弁当や酒を、岩倉社長の計らいで、「松蔭のミドリさんが綺麗に整えてくれた」とあるのは、杉原みどりを指すにちがいない。花見会はなごやかに進行したらしく、浜野幸司は「愉快だった」と記している。

鶴橋風子について釜下専務に電話で尋ねると、思い出すのにしばらく時間がかかってから、たしか小窪澄夫の娘で、当時三十歳前後、嫁いで鶴橋姓になっていたのではなかったか、という返事だった。山形は首をかしげた。二度も足を運んで尋ねたのに、小窪澄夫は自分の娘が「松尾会」に出たことを、どうして思い出さなかったのだろうか。ただの健忘か、それともなにか隠しておきたい事情があったのか。

山形は小窪にただちに電話をかけた。最初はくどくどと説明させられていたが、次第に「ああ、そう」「そうでしたか」といった短い返事が多くなり、電話を切ると山形は、小窪澄夫は二十六年前の娘の「松尾会」参加については最後まで思い出さなかった、どうやら本当に忘れているらしい、と残念そうに言った。その代わり「本人に訊いてみてけれ」ということで、娘の住所は聞いておいた。今は市内桔梗町に、退職した夫とともに暮らしているという。桔梗町なら北へ三十分ほど行ったところだ。俊介と山形は念のために、さっそく鶴橋風子宅へ出かけてみることにした。

北海道縦貫自動車道はまだ完成一歩手前だが、その起点である大沼・七飯(ななえ)町まで、函館市街から北へ延びるアクセス道路はすでに整備され、無料の高架道路になっている。行きは前方に駒ヶ岳、帰りは函館山が望める気持ちのいいドライブ道で、俊介は日ごろからここを通るのが好きだった。ただし冬のあいだは、駒ヶ岳はたいてい雲に隠れているし、道もアイスバーンになりやすい。そのアクセス道路を半分ほど行ったところに桔梗町がある。多くは農家だが、鶴橋風子の夫は渡島・檜山管内の中学校の教員を長く務めた人だということで、小さな一戸建てに暮らしていた。

上がり框にもう一枚戸が立っている普通の北海道風の家で、その戸を開けた敷居に座布団を敷いて座らせてもらった。奥からバッハのようなクラシック音楽が聞こえてくるのが、やや珍しい印象だった。

風子は九〇年に「松尾会」の花見句会に参加したことをはっきり覚えていた。

「それはねえ、吉岡先生って方がそこにお見えになるっちゅうから、ちょこっと相談したいと思いましてね。父さんに頼んで、一回だけ連れてってもらいましたの。一回だけですよ。それでよくわかりましたねえ、さすが警察だわ、はっはっは」と笑う風子は、健康そうな恰幅だったが、大きな口をあけると金歯がずらりと並んでいる。たった今パークゴルフから帰ってきたところだと言って、首にピンクのタオルを巻いていた。

「あのころはねえ、私、腰痛くて腰痛くて、どうもならなくて、整体の先生に見てもらってたら、ひょっとして子宮のほうの病気でないですかって、先生おっしゃるので、大きい病院に行かないとなんないなあ、と思って、たまたま実家に帰ったときに、その話したのよね。父さんにするわけないから、母さんにしたんですよ、ね？　そしたらそれ横で聞いてたんだね。父さんがひょっこり、『産婦人科の先生だったら、湯ノ川病院の副院長、おらあ知ってるど』って言うから、なして知ってんだべと思ったら、俳句の会で知り合いなんだって、『今度みんな、大沼に花見行くから、おまえもかだって来いばいいんでないか』って言うから、『私なんか行ってもいいの、俳句なんか知らないよ。売り物は美貌だけだよ』ってね、はっはっは、そしたら『いいべさ、なんも心配しねくても、今度の会は、大将じたいが、俳句のハの字もわからないんだから』って父さんも笑ってるのね……」

鶴橋風子は口の達者な女だった。午前中に会った杉原みどりとは対照的だ。おかげで十分もすると、だいたいの事情を把握することができた。風子は父親に同行して「松尾会」の花見句会に行き、そこで吉岡薫副院長に腰痛について相談したところ、副院長は嫌な顔もせず、湯ノ川病院に来れば優秀な医者がいるから、よく診てくれるように頼んであげようという返事だったので、後日喜んで湯ノ川病院に出かけた。「松尾会」の会合そのものについてはあまり覚えていないが、「さすがの私もかなわない」踊りの師匠のような和服の美女が、食べ物や飲み物を世話していて驚いたことだけはよく覚えている。父親に訊くと『なあに、大将が贔屓にしてる料理屋の人だよ』ということだった。会ではとくに変わったことはなく、全体として和やかで、俳句よりも花見酒をメインにした会合だった。

「その岩倉さんのこと、小窪の父さんは、あとからたいして恨みに思ったんでない」と山形は尋ねたが、

「それはなんつうか、自業自得でないべかねえ」と風子は冷たい反応を返した。

恵山の大工が函館一の社長と、うまくやろうってほうが無理だもの。そうでしょ、そりゃあ、父さんサイドから話聞けば、そこまで手のひら返したように冷たくしなくてもいいんでないかと思ったけど、なんか理由あったのかもわかんないしね。あとは金作ががんばればいいことだよね、というのが風子の意見だった。

そんな次第で俊介も、わざわざ浜野幸司の手帳から探し出して、桔梗まで話を聞きに来た甲斐はなかったか、と落胆し、風子の饒舌をそろそろわずらわしく感じはじめていたが、室谷吉岡副院長の勧めにしたがって湯ノ川病院へ行った風子が、担当の産婦人科医として、室谷祐平医師に出会ったいきさつを語りだすと、なんとなくまた続きを聞きたくなった。あんまりハンサムなものだから、「なんぼカーテン越しだって、室谷先生の前でパンツ脱ぐのは、さすがに恥ずかしかったものねえ」と風子は言ってまた大笑いした。

検査の結果、風子は子宮内膜症だと診断され、通院して鼻から薬を入れる点鼻薬を使って様子を見よう、ということになった。幸いその点鼻薬が有効で、風子の腰の症状はしだいに消えたので喜んだが、当時は函館ではなく、長万部の中学校に夫が勤めていたので――その夫がお茶を出してくれたが、体重が風子の半分ぐらいの痩せた小柄な老人だった――汽車の往復が大変で、とくにはじめのうちは病院の近くのホテルに一泊したので支出もばかにならなかった。それでも三ヶ月、徐々に快方にむかうのを楽しみながら週に一回湯ノ川病院にかようったので、室谷医師はじめ、看護師やよく顔を合わせる患者たちともすこしずつ親しくなった。

そのとき聞いた噂話によれば——おそらくもう一年も通っている老婦人患者から、帰りのコーヒーショップででも、何回かにわけて聞いたのではないかと思うが——室谷先生には最近好きな人ができたらしい。身だしなみに気をつけてるし、服装やネクタイの趣味なども高級になって、『先生、そのすてきなネクタイ、どなたのお見立てですか』って誰かが冷やかしに訊いてみたら、真っ赤になって『いやあ』と言って頭を掻いてた」ことがあり、それ以上はいくら質問されても、「そのうちに」とはぐらかすだけだったが、「そのうちに」という意味は、やがて正式発表するつもりなのだろうと、周囲ではひそひそ話し合っていたという。どこの美人があんなハンサムなお医者さんの玉の輿に乗るのか、看護師の中にいるのだろうかと見回して、場合によっては直接訊いてみても、どうも該当者はこの病院にはいないらしい、というところまで聞いたところで、鶴橋風子の腰痛もすっかり癒え、情報収集の活動も終わりになった。

吉岡薫の息子潔に室谷祐平が「そのうち紹介するよ」と言っていた女性と、そのころ——すなわち一九九〇年の六月から七月ごろ——祐平は本格的な交際をはじめたらしい、と俊介は風子の話を聞きながら、端末機の記録と照らし合わせていた。ところが端末機をオフにしようとしたとき、風子の話にはまだ続きがあることがわかった。

「それから何年したのかしら、五年ぐらいしたんだべか。あんたーっ」と風子は夫を呼んで、

「『キタラ』ができたの、何年だったっけ」

「『キタラ』は、九五年だね」

「私たち岩城(いわき)さんのコンサート行ったの、できた年だよね」

「キタラ」とは札幌の音楽ホールのことだろう、岩城さんとは歌手の名前かなにかだろうと俊介は見当をつけた。

「そうだ、たしか十月の二十日でなかったかな」

「ありがと。この人が柄でなく音楽好きでさ。『キタラ』ができたら、どうしても一回行ってみたいって、ね？　したから私も、着るものなくて困ったんだけど、かだって行ってみたの、岩城さんのコンサート、ね？」

「ね」と念を押されるたびに、小柄な夫ははにかんで小さくうなずく。

「それがぎっしり満員で、たいしてよかったんだけど、一人一万ぐらいしたんでないべか、ね？」

「二万さ。奮発したから」と夫は真っ赤になってはにかむ。

「したから泊まらないで、この人の深夜運転でなんたかんた帰ってきたんだけど、そのとき終わって、みんなで拍手するっしょ。そして明るくなって、立ってひょこっと後ろの席見たら、二、三列後ろに、室谷先生立ってるでないの。まあ、びっくりして、ね？　『先生、長

万部の鶴橋でございます。その節はお世話になりまして』って、挨拶したのよ、お客さんがた、みんなジロジロ見てたけど、先生にご挨拶しないわけにいかないっしょ。ね？　そしたら、先生はにこにこなさってたんだけど、その隣に、まあ髪の長いすらっとした美人が並んでたから、こうやって会釈して、『あ、奥様でらっしゃいますか』って言ったら、先生が、『ええ、まあ』とか、相変わらず照れてらしたけど、ね？　その人のことを見た瞬間、あれ、どっかで見たことあるな、と思ったんだけどさ。まさか長万部にあんな美人いるわけないからさ、はっはっは、したから函館で見かけたんだべね、五稜郭の『丸井』さんのあたりですれ違った人だべかって、この人とも話してたんだけど、ね？　きれいな人だったよね？　だけどその人は黙っておとなしくしてて、先生が『もう腰の具合はいいんですか』って言ってくれて、『ほんとにおかげさまで良くなりましたの』ってお礼申し上げて、そしたら『じゃ、お元気で、ちょっと急ぎますので』っておっしゃるから、そこでお別れして帰ってきたの。ね？　まあ、あのときはたまげたわ」

「九五年ですと、室谷先生はもう岩倉の名前になって、岩倉病院に移ってたはずなんだけどもね」と俊介は言ってみた。

「はい、あとで父さんから聞きました。たいして出世したんでないですかねえ、やっぱり顔のいい人は得だものねえ、はっはっは」

一九九五年、室谷祐平はすでに岩倉祐平として岩倉病院に移っている。だが、名前や職場の変化を、たまたますれ違った元患者に——しかも風子のような、話が長くなりそうな相手に——打ち明けるとはかぎらない。むしろ打ち明けないのが普通だろう。そうは思ってみるものの、俊介にはなんとなくそのとき一緒にいた女が、千代子ではなく、新しい恋人か、それとも一度は結婚を考えた独身時代の相手だったのかもしれないと思った。一つには風子が「髪の長い美人」と言ったのに対して、すくなくとも二十年後の現在、千代子はショートカットだったし、一見して美人とは言いにくいと思えたからだ。

「室谷先生の奥さん、ご存じなかったですか。岩倉千代子さんですけど」

「知りませんよ、そんな雲の上の人がたなんて」

ただ、どちらにしても、事件に関係があるのだろうか。祐平が札幌のコンサートに連れて行った相手が、仮に不倫の恋人だったとしても、祐平の死後四年たった今になって残酷な復讐をくわだてたとは考えにくい。その相手がひょっとして「アミン」だったのだろうか。そうだとすると、すくなくとも九五年から祐平の死亡時の二〇一二年まで、十七年間も不倫関係がつづいたことになるのだろうか。

最後は山形が、いやあ、美人と話コできていがったわ、と言って風子をまた大笑いさせて、俊介たちは鶴橋家を辞した。

「まいったなあ」と帰り道、山形は時計を見ながらぼやいた。

「『松尾会』から、なんも出てきませんね」

「出てこない。鷹と袋。そしたら俳句の短冊。そしたら『松尾会』。松雄でなくたって、そう考えるよりしょうないべさ。それだのに、なんも出てこないってか。ワイヤだな」

「まだなにか隠れてるんでしょうか」

「どうだべなあ」

空はどんよりとして、駒ヶ岳は見えなかったし、反対側の函館山も頂上あたりは霞んでいる。

昭和町の牛乳会社前の信号で、なにげなく隣りの車線を見ると、二メートル近い大男が立派なオートバイにまたがって横に停まっている。あれ、と思ってヘルメットの中をよく見ると、案の定、四日前の出動初日に話を聞いた西辺聖也だったので、クラクションを鳴らしてオートバイを脇に停めさせた。

近づいていって、

「なしたの、こんなとこで」

「なんも、ちょっとドライブさ」とヘルメットを取った聖也は答えるが、気まずそうな顔をしている。

「たいした立派なのに乗ってるなあ」

「先輩に借りたさ」

見ると赤の燃料タンクに黒字でHarley Davidsonと書いてある。その下にＭＩと小さいラベルが貼ってある。

「先輩って、石黒正臣さんかい？」

「え？　違うよ」

「誰なの」

聖也は横を向いて、俊介の頭の上を通過する視線になった。

「言えよ。正直に言えば帰すから」

「……迫田孝一」と言って聖也はヘルメットをかぶった。

「オートバイの仲間かい」

聖也はうなずく。

「その人が、石黒さんと友達なんだべか」

「わがんね」と言って、聖也はスタートボタンを押した。籠もるような低い爆音が響く。

俊介は車に戻ると、助手席で待っていた山形に聖也との会話を再現して伝えた。

「かっぱらったわけではなさそうですね。石黒も、友達に貸したって言ってたから」

「迫田孝一ね。いちおう調べてみっぺ」と山形は軽くうなずいた。

運転を再開しながら、俊介は考えていた。聖也は日曜日に、咲良の援助交際の客として、「石」がつく名前——と思い出して言っていた。それが石黒正臣だったわけだが、その石黒のハーレーダビッドソンに、めぐりめぐって聖也がまたがっている。なんだか奇妙な暗合の

ような気もする。それを山形に言うと、

「その通りだべ。おめえの運が、手がかりを引き寄せたかもわかんねえぞ」と言って山形は珍しく、運転する俊介の肩をぽんぽん、と叩いた。

捜査本部に戻ると、帰署した捜査員たちはテレビの前に集まって、岩倉家の昨日の通夜、今朝の告別式の様子を伝えるテレビのワイドショーを黙って見つめていた。まだ容疑者は浮かんでこない、というリポートに、警察は何をやっているのだという非難が込められている。もちろん、かつて誰か先輩が言ったように、警察は何をやっているのだと、言われているうちが花なのだ。

捜査会議が始まると、まず行方不明のボートの件について、中間報告がおこなわれた。ボートはいまだ発見されていない。斉藤玄静和尚や浜野壮一の事情聴取から、ボートの修理は——上架してから本格的に修理すべきだという了解があったために——無人の状態で浸水を食い止める程度にしかおこなわれておらず、人が乗って漕ぎ出せば、早晩浸水が再発するだろうと予想されていた。犯人がこのボートに岩倉咲良の遺体を積み、潮首岬から出発したとすると、最低でも二人近くの体重がボートを押し下げ、破損部分に圧力をかけることになる。それでもボートは航行に差し支えなかったかどうか、見きわめることはむずかしい。ましてや、五日夜にボートと一緒に、波止場に積んであったセメント袋数個が消失しているとの証言もあり、袋の中身がなんであったとしても、犯人が必要があってそれを同時に運搬しようとしていたとも考えられる。袋の中身次第では、相当な重量の追加にならざるをえない。

そこでこのボート航行については、いく通りかの成り行きが想像される。

①ボートの状態が予想以上に安定し、浸水が起こらなかったので、犯人が目的地に到着し、ボートを捨てて逃げた場合。この場合は、乗り捨てられたボートが発見されるはずだが、渡島半島東海岸、南海岸からはいまだに発見の報告がない。また、いったんボートに積み込んで沖合へむかったはずの咲良の遺体を、どうして途中で海中に遺棄したのか。どうせ遺棄するなら、最初から潮首岬の海岸に放置すればよかったのではないか、との疑問も残る。

②そこで、当初はなんらかの目的で遺体を海路運搬するつもりだったが、浸水が起こったために、ボートを軽くする必要から、やむをえず遺体を遺棄した場合も考えられる。その場合には、遺体を遺棄することによってボートが安定を取り戻し、以後目的地まで航行が可能だったかもしれない。だが同時に、遺体を遺棄してもいったんはじまったボートの浸水は食い止められず、犯人も海に飛び込んで、あとは泳いで陸地を目指し、ボートはそのまま水没した、と考えることもできる。

③このボートの水没という想定は、ボートがいまだ発見されていない事情に適合する。そうであれば、犯人はほうほうのていで、どこかの岸辺に泳ぎ着いた可能性が高い。もし犯人が

溺死したのであれば、咲良の遺体の周辺から、犯人の遺体が一緒に発見されたのではないかと思われるが、そのような報告は入らなかった。
④近隣住民の目撃証言を総合すると、石崎のコンクリート桟橋に数日間放置されていた五個前後のセメント袋は、問題のボートとともに消失した可能性が高い。袋の中身は未確認だが、数日間の放置から見て、貴重品や盗難品とは考えにくく、犯人の手回り品、船外機用のガソリンなどだったのではないか。
⑤船外機のキーは、濤永寺の寺務所入り口の箱に約一ヶ月間放置されていた。誰かがあらかじめ盗み出して合い鍵を作っておくことは不可能ではなかったようだ。
そういうわけで、担当捜査員は、引き続きボートの発見に主力をそそぐとともに、六日未明に海から海岸にたどり着いた漂流者然とした男の発見にも力を入れている。積み荷のセメント袋から考えて、犯人は最初からボートを沈める目的で、みずからはボートに乗らず、遺体だけを乗せてボートを発進させたのではないか、ボートがやがて浸水し、沈没することを犯人は予想していたのではないか、という意見も出たが、犯人がそんなことをした理由が、もうひとつ判然としなかった。咲良の遺体を発見させないため、という理由が考えられなくはないが、もしそうであれば、犯人はもちろん、あらかじめ遺体をボートにくりつけておくなどの措置をとっていただろう。そうしておけば、ボートと一緒に遺体は水没して、いまだに発見されないままだっただろう。ところが実際には、咲良の遺体は海上をただよって発

見され、それがボートと紐で結ばれていた——たまたま波の加減で、その紐がはずれた——ことを示すような擦過傷その他の痕跡は発見されていない。

すでに絞殺されていた咲良の遺体に、なぜ鷹の置き物で傷をつけたのか、その点については、第二の柑菜の事件が起こることによって、ある程度はっきりした推測が出されるようになっていた。すなわち、鷹の置き物による危害は、事件を芭蕉の「伊良湖崎」の句になぞらえるための意匠だった。だからわざわざ、すでに死んでいる咲良を潮首岬まで運んで傷を与え、意匠を完成し、そこからボートで運び去ることに決めたのだろう。

だがなんのためにそんな意匠を必要としたのか？　肝心のその部分については、どの捜査員も、腕を組んで首をかしげるしかなかった。

次に、かつて岩倉松雄を刺そうとした貝手キミ子についての情報が入った。釜下専務が言っていたとおり、貝手キミ子は釜下の知り合いの弟で、一九九八年に江差の駐在所巡査だった男と結婚して一児をもうけたが、二〇〇六年に離婚し、翌年子供を連れて函館に戻り、現在は松風町の耳鼻咽喉科でパートの看護師をして暮らしをたてている。そこで捜査員が会ってアリバイを確認してきたが、五日夜も七日夜も、子供と二人でいたというだけで、証明の方法がない。ただし、岩倉松雄とはあのナイフ事件のとき一回会っただけで、その他の家族メンバーや岩倉商事社員についても面識がない、と本人は述べている。九一年のナイフ事件を振り返って、「若かったんだよね。私、すぐカーッとなる性質だから。でも、警察に突き出されてもしょうがないところだったのに、見逃してくれたことについては、岩倉さんに感謝してるよ」とキミ子は述べた由である。

俊介は手をあげて、貝手キミ子は湯ノ川病院に勤めていた時分、まだ独身だった室谷祐平に熱をあげていたらしいが、その後ナイフ事件も引き起こしているので、祐平との関係は、仮にあったとしても自然消滅したと見ていいのだろうか、とキミ子に会ってきた捜査員に尋ねた。さあ、祐平の話は出なかったけど、関係ないんでないべか、という返事だった。キミ子が函館に戻った二〇〇七年は、祐平が体調を崩して入院した翌年だから、キミ子がなにかの因果をへめぐって祐平の「アミン」となった可能性はほぼない、と俊介も考えていた。

小窪工務店の親子、澄夫と金作については、すでに七日夜のアリバイが成立している。すなわち澄夫は家にいて、十一時に就寝したことを金作の妻が確認しているし、金作は岩倉病院のコンビニエンス・ストアの工事のため、作業員一名とともに明け方近くまで作業をつづけていた。ちなみにその作業の様子は、〇時過ぎに車で現地を通過した浜野壮一と森屋ヨシノによって目撃もされている。

小窪茉莉花については、七日もスナック「なかま」で〇時近くまで勤めたあと、恋人の家へ行っていたという供述の細かい証明が取れていた。すなわち、茉莉花は恋人と焼き肉屋へ行き、ビールを飲みながらしばらくしゃべっていた。焼き肉屋を出たのは午前二時半だというから、柑菜の死亡推定時刻に間に合わないし、十一時に柑菜を迎えに行くこともできない。

捜査にあたった担当者は、茉莉花も、茉莉花の雇い主である故本間大輔の母親も、岩倉柑菜や咲良に遺恨を残している様子はなく、彼女たちのことを訊かれても、ピンと来ない様子だったという。茉莉花と浜野壮一・森屋ヨシノやその周辺とは、どうやら接点はなさそうだった。函館も、そこまで狭い町ではないようだ。

ほかに岩倉商事に恨みを抱く可能性のある者を洗い出すために、商事周辺の聞き込みが進められてきたが、釜下専務の言う南茅部と八雲の二名の漁船所有者以外には該当がなさそうだった。その二名とも現在では八十歳を越え、それぞれ現地で平穏に生活しており、事件とは無関係だと思われる。しかもかれらが被害を受けたのは九四年から九五年ごろで、すでに「松尾会」の集会もおこなわれず、俳句短冊や小窪澄夫の心境について知っている可能性も少ない。実際、芭蕉について尋ねてみても、かれらからはなんの反応もなかった、とのことだった。

こうして捜査本部の期待は、消去法の結果、浜野壮一と恋人である森屋ヨシノにあらためて集中したが、かれらについての新情報もめざましいものではなかった。森屋ヨシノは三年前に従姉妹の森屋レイ子が死んだときに、レイ子と岩倉松雄のあいだの出来事を親戚の老人から聞かされた。ただしヨシノの両親は、レイ子をまったくの人生落伍者と見なしていて、岩倉を恨むなど恥の上塗りにすぎないと、事情を尋ねたヨシノに強く言い聞かせたという。

他方、ヨシノが一員として活動している少女バンドグループは、次第に人気を集め、来春にも東京のレコード会社から、いわゆるメジャーデビューすることになり、現在懸命に練習にはげんでいるところである。仮にヨシノが岩倉家を仇敵だと考えていたとしても、こんなタイミングの時期に、個人的な復讐のために危険な行動を取るとは思えない、というのがヨシノに会ってきた刑事たちの感想だった。

壮一の周辺からの証言も集まっていた。雇い主や先輩格の船乗りは、壮一が根は素直でがんばり屋であることを強調した上で、今つきあっている女と、壮一は結婚したがっているようだ、と述べた。そのための貯金もはじめて、以前のようにパチンコや賭け事に大金をはたくことがなくなった。ただ、壮一は二十八になり、自分はいつ結婚してもいいのだが、相手がまだ十七とかで、しかもいまは音楽活動が大事な時期だから、しばらくはこのままで我慢をつづけなければならないと、うちあけたこともあるという。そんな状況にある二人が、あえて昔の恨みを持ち出して凶悪犯罪を計画するだろうか。二人とも、いいかげんに見えて、案外しっかりしているように思われる。

そんな担当刑事たちの感想は、俊介や山形の理解にも合致していたので、二人ともうなずくだけで、余計なことを発言しないですんだ。俊介は立つと、昨夜壮一に会って得た情報を、ごく簡単に報告して壮一シロ説を補強するにとどめた。

仮に壮一個人にたいする疑惑がまだ残るとしても、もしヨシノへの協力依頼が存在しないなら、それだけで七日夜から八日昼まで、さらにその後九日までヨシノと一緒にいたという壮一のアリバイは完全に成立してしまう。咲良の遺体発見から五日間、柑菜の遺体発見からでも三日間、各方面で調べあげてきた捜査本部の手中の容疑者候補が、全員シロでだれも残らなくなることをそれは意味する。捜査会議を仕切る湯ノ川署長は文字通り頭を抱えた。

署長の困惑は無理もなかった。函館では今年最大どころか、ここ数十年でも最大の関心を集めつつある殺人事件で、容疑者がなかなか見つかりませんという発表は、どうあっても避けなければならない。すでにマスコミ各社は、東京から人材を派遣して取材をきそっている。とりあえず今夜の記者会見では、柑菜の事件現場の「ミツウマ印」のレインブーツの足跡について、多少ともくわしい捜査結果を発表してお茶をにごすことになっている。だが、壮一のレインブーツは「ミツウマ印」ではない。あしたは何を発表すればいいのか。

資料をあちこちひっくり返して検討がつづいた末、ナイフ事件の貝手キミ子が現在函館に在住している事実と、キミ子が釜下安行専務の知り合いの弟と結婚した経緯から、キミ子と釜下安行とのあいだに直接の接点がないかどうか、調べてみることになった。仮に接点があっても、釜下が会長の娘たちをどうこうする可能性は乏しいようにも思えたが、捜査の進展を焦る本部長の判断で、釜下も捜査対象に加えると同時に、今後は岩倉商事内部のトラブルにも注意をはらうことが取り決められた。建設工事関係者の中にはケンカっぱやい連中もいる。かれらを差配してきたのは釜下なのだから、本人はトラブルなど存在しないと断言しているが、はたして本当かどうか、慎重に捜査を進める必要がある。

マスコミ報道が過熱し、美少女連続殺害事件のニュースが繰り返されるにつれて、市民の目撃情報その他の電話がしだいに増えてきて、捜査本部としては、藁にもすがる思いでそれらの情報に丁寧に対応しないわけにいかなかった。その対応に、人員の三割が割り当てられることになった。

俊介は漠然と、松雄の愛人だった浦嶺竹代の自殺事件を調べている中部署の福島警部補が、なにか発見してくれないだろうかと期待を寄せはじめていた。あしたにでも電話してみようか。

帰宅すると、侍ジャパンの試合がちょうど終わったところだった。がっかりしていると、「大谷ねえ、三振しちゃったの」と清弥子が泣きそうな声で報告するので、かえって笑顔が戻ってきた。智子に聞くと、今回は投球せずに打者に専念する、きょうは代打で一回だけ出てきたのだという。

食後の茶を飲んでいると、珍しく山形から電話が入った。まだ捜査本部にいるのだという。

「聖也の先輩の迫田孝一って男、ちょっと調べてみたんだけど、どうもいけすかないやつだな。石黒先生とのあいだで、なんかあったんでないべか」

「もしあったら、われわれが会いにいったとき、先生がしゃべったんでないですか」

「わかんないけど、もういっぺん先生に、会ってみないか、これから」

俊介は壁の時計を見た。十時だ。

「わかりました。アポ取っといてもらえますか。十時半に、署の前に車つけますから」

電話を切ると、智子は清弥子を寝かせに行っていた。この時間に山形から電話なら、また呼び戻されるのだろうと勘をはたらかせて、清弥子がぐずらないように寝かせてしまう作戦なのだ。俊介は寝室に向かって両手を合わせてから、セーターに着替えて、音をたてないようにそっと自宅を出た。

迫田孝一は二十一歳、自動車修理工だが、西辺聖也とつきあいのあるオートバイ仲間の首領格で、傷害の前科が二つある。医者の石黒正臣と普通の意味の友人同士だったとは思えない。むしろなにかの理由で、オートバイを脅し取られたのではないか。つまり石黒は、迫田から恐喝を受けたのではないか、その点を警察に知られると、被害が大きくなることを、石黒は恐れているのではないか、というのが山形の推測だった。恐喝のネタはおそらく、咲良との援助交際だろう。それを迫田が知って、岩倉病院にばらされたくなかったら口止め料を出せ、と脅した可能性が一番高い。

「咲良はその恐喝の件を、知ってたんですかね」

「ふつう、相手に言うよね」

「あ、吉岡潔が、咲良が不良グループにマークされてるって話、石黒から聞いて、咲良に話してるんだ。咲良はまるで気にしなかったって言ってましたよね。どういうことだろう」と話したところまでで、俊介の車は産業道路を折れ、美原町の石黒の家に着いた。石黒は玄関灯の下でマフラーに顔を半分うずめて待っていた。

今度は山形と石黒が後部座席に並んで乗り込んだ。

「迫田孝一ですか、オートバイ持っていったのは」と、山形は電話で石黒にだいたいのことは話してあるらしく、いきなり踏み込んで尋ねた。

「はい、じつはそうなんですう」と石黒は子供の真似をしているのかと思わせる泣き声で言った。

「脅し取られたんですか」

「はい。咲良の件で」

「やっぱりねえ。なしてこないだわれわれに、それ言わなかったの」

「バイクだけで勘弁してやるって、言ってもらったんで、それですむならあんまりコトをあらだてたくないと思ったんですう。……すみませえん」

「で、咲良はその件、知ってたの」

「脅された段階で、すぐ電話かけて、ぼく言いました」

「それ、いつの話？　先月かな？」

「先月の十日ごろです。咲良と使ったホテルの従業員に、迫田の友達いたらしくて。ハーレー乗ってるのは少ないから、すぐ見当つけたみたいでえ」

「それですぐ、咲良に話したと。それで？」

「咲良は、『ちょっと、こっちでも調べてみる』って、あんまり心配してくれない感じだったんです」

「調べてみるって、なに調べるの？」

「さあ、『友達に訊いてみるから』って言ってたんですけどお、どうなったのか……」

「そのあと、なんも言ってこなかったかい、咲良は」

「ええ。しばらくして、『そう言えばあの話、どうなった？』って」

「そのときは迫田と、話ついてたの？」

「はい。はじめは五百万用意しろって言ってたから、どうしようか、警察に相談しようかと思って、悩んでたんだけどお、あとで電話来たら、『金はいいや。おまえのハーレー、よこさないか。それだけでいいから、そのかわりおまえも、警察に言うなよ』って言うんで。それなら八十万ぐらいなんで、助かったと思って、『ほんとにそれだけにしてくれるか？』って言ったら、『するする、男の約束だ』って言うんでえ」

「咲良にそのいきさつも話した？」

「話しました。『よかったじゃない、バイクだけですんだなら』って言ってました。あーん」

と子供の悲鳴をあげてみせる。

「咲良自身には、迫田から連絡行ったりしてなかったのかい？」

「さあ、なんも言ってませんでしたから、なかったんでないでしょうか」

「で、ハーレー渡したのは、いつですか」

「十月の三十日の日曜日です」

事件の一週間前だ。なにか関係があるのだろうか。

「名義変更はどうしました？」

「車検証と保険の書類を渡しました。あとはこっちでやるからって」

「あんな目立つオートバイで、あんな有名な娘コとラブホテル行ったのが失敗だったね」

「はい、大失敗でしたあ。あーん」と石黒はまた声だけで泣きながら、蜂に刺されたように顔をしかめる。

山形が俊介を見やったので、運転席から、

「石黒さん、西辺聖也は知ってますか」

「西辺。いいえ」

「きょう、そいつが乗ってたんですよ。石黒さんのハーレーに。バイク仲間で乗り回してるのかもわからないけど」

「……もうあいつのことは、諦めました」と石黒は子供を見捨てるような言いかたをした。

石黒を解放すると、俊介は山形を深堀（ふかぼり）町の自宅に送って行くことになった。

「なんだか、まだすっきりしないな」と山形は言う。

「石黒は、ただの被害者ですよね」

「そうさな。問題は、だれが加害者か、ちゅうことだべ」

「え？」俊介は一瞬、助手席の山形を見た。

「迫田に仲間がいた、ちゅうことですか。西辺聖也ですか」

「それも考えられるさな」

「聖也と迫田がツルんで石黒を脅した、と。はじめ五百万ふっかけといて、あとでハーレーだけでいいって値下げしたのは、ハーレーだけ、簡単に手に入れるための作戦だったんですかね。あいつら、バイクに夢中なんだろうから」

「そうかもわかんないけどな。それにしても八十万なら、はした金でないべさ。なして咲良は『バイクだけですんだなら』なんて、無責任なこと言ったんだべなあ」

「え、まさか、咲良も迫田の仲間だったんじゃないですよね。その可能性、ありますか」

山形は腕を組んで、それからゆっくり俊介を見やった。俊介も山形の表情を観察したかったが、運転中なのでそれができない。

「可能性としては、あるんでないの。咲良と聖也は、バス停一つ乗り過ごすくらい友達なんだべ？」

「え、どういうことですか。咲良と聖也と迫田と、相談して石黒のハーレー狙ったってことですか？　すくなくとも、咲良は『それくらいならいいよ』と、オッケー出したとか？」

「可能性としてはな」

たしかにそう考えると、石黒から相談を受けても咲良がまったく動じなかったらしい経緯とつじつまが合う。

車は山形の家の前に着いた。山形がドアのロックを解除するので、

「ちょっと待ってくださいよ。これじゃ、おれ、眠れませんよ」

「したって、それ以上わからないもの」

「咲良と聖也は、健二をあいだにして知り合いだったんですよね。健二もバイクには乗ってます」

「んだ」と山形は当然とばかりにうなずく。

「え、そしたら健二も仲間なんですか」

「だから、わからねえよ。一晩ゆっくり考えてみるべや」

「迫田を恐喝で挙げて、訊いてみますか。それとも聖也にもう一回会ったほうがいいか」

「ま、作戦ふくめて、考えてみるわ。あしたはおれ、午後から本部に行くから」と言って、山形はドアを開け、車を降りた。

俊介はすぐに車を出さず、ぼんやりしていた。思いもかけなかった裏の陰謀。こういうときは散漫な函館の街が、妙に立体的に、入り組んで見える。

6

翌朝、山形は予告どおり、捜査本部に姿をあらわさなかった。俊介は気にかかりながら、とりあえず自分の端末機の情報を整理しようと思っていると、浦嶺竹代の自殺事件を調べていた福島から電話が来た。捜査がはかばかしく進んだわけではないが、いくつか報告できることもあり、湯ノ川署まで来るというので、食堂で会うことになった。

福島は去年からの捜査で、浦嶺竹代が二〇一三年に渡米する以前、湯ノ川町のマンションに、九一年の新築以来住んでいたことを突き止めていた。入れ替わりも激しく、近所づきあいもほとんどない最新型マンションだったが、福島は何度か通ううちに二、三の古い住人から話を聞くことができ、入居して間もないころ、竹代と同年配の若い男——弟の浦嶺洋栄ではない——が竹代を訪れたところや、一緒に外出するところを一、二度目撃したという証言を得ていた。一年ぶりにそれらの住人を訪ねて、あらためて岩倉松雄の写真を見せたところ、全員松雄には見覚えがないと答えた。

またこの間、自宅から徒歩五分にある温泉つきビジネスホテルのフロント係（アルバイト）として竹代は働いていた。当時の竹代を知るホテルの支配人にも、松雄の写真を見せたところ、やはり覚えがない。しかも支配人は、函館の有名財界人として岩倉松雄の顔をかねて知っており、もし竹代と一緒にいるところを見かけたら、すぐにわかって記憶にとどめたはずだ、とまでつけくわえた。

フロント係としての竹代の評判はよかった。ただ竹代は、浮いた噂が立たないだけでなく、その種の話題をつねに避けるように思えた上に、誘っても正社員になることを固辞しつづけた――「急に旅行とかしたくなっちゃうので」と言い、実際年に何度か一週間程度の休暇を取っていた――ので、支配人はなんとなく、結婚できない立場の人と竹代は恋愛しているのではなかろうかと想像していた。

その想像には福島も同感で、恋愛の相手としてこれまで同年配の恋人を想定してきたのだが、実際には松雄が、長期出張に出るときにでも同行する女として、竹代を確保しておいたのだろうか。竹代が松雄の「影の女」を務めていたとなれば、納得できる点もいくつかある。たとえば年に二回か三回、三十万か四十万ずつ、給与以外の入金が当時の通帳に記録されている点なども、松雄のようなパトロンから支給された手当だと了解することができる。同年配の若い恋人が、そんなふうに金銭的融通をつけていたとも思えないからだ。だがそうだとすると、湯ノ川町のマンションで目撃された若い男は――九〇年代前半だという目撃情報の時期から見て――竹代が松雄の世話を受ける前につきあっていた相手ということになるのだろうか。それとも松雄に隠れて、竹代は若い男を呼び入れていたのだろうか。

「影の女の影の男さ」と福島は笑って、

「マスクにサングラスで、人相もなんも、ほとんどわかんなくして、きょろきょろ周り見てたらしいんだ」

「まあ、ありうる話かもわかんないな」竹代の性格がくわしくわからないし、岩倉家の事件に関連しているとも思えなかったので、俊介は想像がはたらかなかった。

竹代がアメリカ生活を切り上げて帰国したのが去年の四月、その後の竹代の生活は急にあわただしくなる。五月と六月には岩倉家を訪れて一千万円を受け取り、千歳町のマンションの世話も受け、九月には自殺しているのだ。

「たしかに忙しいね。まるで帰国の時点で、金を集めるだけ集めて自殺するって結末を、計画してたみたいにも見えるよね。……影の男と再会して、なんかあったんだべか」

「わかんないな。そいつは影のままだ。千歳町のマンションでは、松雄爺さんしか目撃されてないからね」と福島。

「したら、アメリカでなんかあったんでないかい」

「いや、アメリカの叔父さんにも手紙書いてみたさ。すぐ、心あたりはなんもないって、返事来たんだわ。日本食レストランのウェイトレスやってて、単純な毎日だったらしいんだよね。駐在員で竹代に目つけたのもいたらしいけど、なにしろ叔父さん夫婦と同居してるから、おかしなことでもあればすぐにばれる。それがいっぺんもおかしなことはなかったちゅうんだよね。だから、いちばん考えられるのは、沖縄にいる弟が、娘の病気で大金必要になって、その資金調達するために、竹代は帰ってきたんでないか、ちゅう線だね。竹代としては、渡米前にはたっぷり手切れ金もらった形跡ないから、あらためて松雄に事情説明すれば、都合つけてもらえると期待して、函館に戻ってきたんでないかな。遺書から判断しても、その線が濃厚なわけさ。昔松雄の愛人だったとわかってみれば、そこがいちばんすっきり、納得できるポイントだよね」

「その弟の娘は、じつは松雄と竹代のあいだの子供だった、っていう可能性はないかな」と俊介は、山形がかつて口にした空想を受け売りして言ってみた。

福島はげらげらと笑って、

「ありえねえさ。それだったらたしかに、話はわかりやすくなる。だけど、そうは行かないのさ。弟の娘の郁子ってのは、今三つで、二〇一三年に竹代がアメリカへ出発した直後に、沖縄で生まれてるんだもの。生まれつき心臓に障害だかあって、両親は苦労してるそうなんだ」

「そうだったのか」

三歳ならウチの清弥子とあまり変わらない。そう思うと、なんの因果か愛人などをつづけてきた自分の生命に代えてでも、幼い姪の生命を守りたいと竹代が必死に考えた気持ちが、なんとなく俊介にもわかる気がする。

「だけど、松雄に頼んで一千万手に入ったんなら、なにも急いで死ななくてもいいんでないかい？」と福島は、俊介の気持ちを見透かしたように指を立てて言う。

「一千万あれば、手術には十分過ぎるくらいだって、弟も言ってるのさ。それ以上なんぼもらうよりか、姉さんに生きててほしいべさ」

「そうださなあ」

「だから、納得できたところもあるけど、かえって謎が深まった気もするんだよなあ。ちょっと早いけど、うどんでも食うべか」と福島が言うので、俊介は福島がかきあげうどんをトレイに載せて戻ってくるまで、考え込みながら待っていた。福島と山形、今はこの二人が頼りなのが我ながら情けないが、自分としてはどうしようもない。

福島がうどんを二口、三口するのを見守ってから、

「他殺の線を考える上で、障害はなんなの？　遺書の件は？」

「ああ、それだ。遺書の中身は、竹代のワープロでこしらえた短いものだから、本人でなくても五分もあれば書けるだろうけど、一番下に署名あるんだな。これは筆跡鑑定もして、間違いないってことなんだ」

「それが一つか。それから？　朝起きて、オレンジジュースに農薬入れて飲んだんだったよね」

「朝一番にジュース飲むのは、竹代がアメリカで覚えた習慣らしいんだ。弟あての手紙にも書いてあったしね。ちょっと親しくなれば、それくらいわかるだろう。そうなれば、夜のう

ちに農薬入れておけば、翌朝ちゃんと飲むと、予想することもできたんでないか、と」

「なるほど。農薬は、竹代が購入したものなのかい」

「それはわかってない。おれは違うんでないかと思ってるけど、とにかく瓶はテーブルの上に出てて、竹代の指紋が残ってた」

「そしたら、やっぱり――」

「だけどもさ」と福島は箸を俊介のほうへ振って、

「本人が死んでから部屋の中に入れば、それぐらいの細工できないはずないのさ。農薬の瓶に触らせて、テーブルの上に遺書と一緒に出しておく。全部で十分もあればオッケーだべさ」

「そうか。したら、部屋の鍵は？」

「それは合い鍵が必要だろうな。部屋は四階だし、窓は全部鍵かかってたから、玄関しか出入り口ないからね。竹代の鍵は、もちろん室内に残ってたし」

「ってことは、合い鍵さえ持ってれば――」

「そしたら、竹代の死んだころ見はからって、こっそり行って、細工して出てくるにいい。あそこは監視カメラもないし、ちょっと気つければなんともないからな」

「合い鍵ねえ」俊介は腕を組んだ。福島の言わんとするところがわかってきた。

「作った可能性があるのは、まず第一に、部屋に何回か足を運んだ松雄爺さんだべ？」と福島。

「ところが松雄は、竹代が死んだときは脳出血で入院中だった、と」

「そうなんだよ」と言うと、福島は急ににやりと笑って、

「なあ。まさか、松雄の脳出血が仮病だってことはないべね」

「え、ははは、まさか」と笑ったが、この際念には念を入れて確認したほうがいいと考え、ゆうべ話を聞いたばかりの石黒正臣医師を思い出して俊介は電話をかけてみた。石黒の携帯は留守番電話になっている。手がすきしだい連絡を頼むとメッセージを残すと、俊介は席に戻って、

「だけど、松雄には動機もないんでないの。一千万を支払う前なら話は別かもわからないけど」

「そうなんだよ。もう金払って、関係は終わってる。スキャンダルにもなったわけでない。わざわざ仮病使ったり、会社の部下に手回して、殺させるなんてあぶないこと、する必要はないわけだものねえ」

俊介が考え込むと、福島はうどんの残りに取りかかった。

「竹代の死があくまでも殺人だとすると、合い鍵持ってた第一候補が岩倉松雄である以上は、松雄が竹代を殺さないとなんない理由が、どこかにあったんでないか、っていうことか」

「そうなれば、塩梅いいんだけどもさ」

「したらやっぱり、脅迫の材料かなあ。昔の愛人時代に、なにか岩倉商事の秘密を知って、今まで黙ってたけれども、どうしても姪のために金が必要になって、その秘密ちらつかせて、金をせびりに来た。竹代は一回限りのつもりだったけど、松雄にしてみたら、いつまで脅迫されるんだかわかんない。そう思って、釜下あたりに、事情話して殺させた、と。そういう流れになるんだべかな。釜下ちゅうのは、松雄のふところ刀やってる専務なんだけどもさ」

「うん、そうなればオンの字だな、ほんと」

俊介は松雄が去年、竹代を釜下に引き合わせたことを思い出した。それは松雄の計略の一部だったのだろうか。脅迫のネタになる秘密。そんなものがもしあったとすれば、もちろん松雄や千代子にじかに訊いても、絶対に口を割らないだろう。会社の資料から、なにか手がかりが出てくるだろうか。

一方で、竹代の事件と、こちらが抱えている娘たちの事件との関連はどうなるのだろうか。竹代の死が殺人だとすれば、それ自体また秘密になるから、どこかで繋がる気もするが、その繋がり具合はまだ見えてこない。俳句の短冊の問題もある。「松尾会」はけっきょく無関係、ということになるのだろうか。

竹代の写真を、一度小窪澄夫と濤永寺の斉藤玄静和尚に見せて、知り合いでないかどうか、竹代が「松尾会」に来たことがなかったか、尋ねてみてもいいかもしれない、と俊介は思い立った。福島にそれを言うと、すぐに胸のポケットから写真を出して、コピーはたくさんあるから、持っていけと言ってくれた。沖縄の海で撮ったらしい若いころのスナップで、小顔の和風美人だ。こんな顔立ちが松雄の好みなのだろう、どことなくきのう会った杉原みどりに似ている気もする。……ひょっとして親子なのではないかと思ってドキッとしたが、端末機の記録で確認すると、そんなことはありえないとわかる。杉原みどりは北海道生まれで現在五十八歳、浦嶺竹代は沖縄生まれ、去年五十歳で死んでいるから、生きていれば五十一歳だ。

「一人でなにやってんだ」と、あわてて端末機を操作する俊介を福島が笑う。

「いやいや、登場人物が多すぎるからさ」と俊介。

そこへ石黒医師から電話があった。「ゆうべの話とは別件ですが」と前置きして、松雄の脳出血について尋ねると、石黒は言下に、それは間違いない、と太鼓判を押した。松雄の容体は当然ながら岩倉病院の最重要事項で、脳の写真を自分も何枚か見た。現在ではかなりおさまっているが、当初は大きな溢血が認められた、と教えてくれた。昼間のせいか病院にいるせいか、ゆうべの子供じみた反応はすっかり影をひそめ、石黒は一人前の医者の受け答えをしてよこした。

「松雄の脳出血は本物だそうだよ」と福島に教えると、

「やっぱりなあ。余計な心配させて悪かったな」と言ってうどんの汁を飲みおわり、福島は別の仕事があると言って帰っていった。

俊介はポケットにしまう前に、しばらく竹代の写真を眺めていた。沖縄のこんなに青い海辺で育った人が、二千キロも北の冷たい海を見て暮らすというのは、どんな気分だったのだろう。それから時計を見て、自分もかきあげうどんを注文しにカウンターに行った。

捜査本部に戻ると、山形から連絡が入った。朝からかけずり回ったが、たいした収穫はなかった。今黒松内（くろまつない）町に行ってきたところで、あと一時間で帰るという。黒松内といえば、長万部より先の山の中だ。なぜそんなところへ行ったのか見当もつかなかったが、とりあえず俊介は待つよりほかなかった。

誰かが手に入れた函館のPR雑誌がテーブルの上に投げ出されている。たいていは朝市や海産物、それに函館山の夜景の宣伝なのだが、この号は「函館の若者たち」を特集して、表紙を飾っている美少女が岩倉咲良、中に咲良のインタビューも載っているというので手に取ってみた。

たしかに咲良はタレントっぽい感じの美少女で、港の遺体として初めてみたときの印象とはやはりだいぶ違っている。ところが傑作なのはそのインタビューの中身で、「学校？　行ってるけどつまんない」からはじまって、「趣味？　ないよ。とにかくヒマがないの。遊ぶだけで。ゲーム、映画、音楽、買い物、ライン、もう一生かかっても追いつかないぐらいあるし。きょうだって、来てくれっていうから来ただけ。早く帰りたい」「三十ぐらいで、からだがババアになったら死にたい」などとうそぶいたあげく、「将来の夢はなんですか？」と訊かれて「あるわけないでしょ。夢なんて、貧乏人の睡眠薬だって誰かが言ってたよ」と答えて終わりになっている。読みながら思わず笑うと、そのインタビュー記事がかわいいというので、咲良の人気が急上昇して、最近あちこちの地元雑誌や放送局に顔を出すようになっていたのだ、と同僚が説明してくれた。

「東京にこういう子がいても驚かないけど、いよいよ函館も追いついてきましたか」と年配の警部は妙な喜びかたをした。

だが、吉岡潔医師によれば、咲良は貯金して、長姉の彩芽に投資するのだと言っていた。「自分には夢がないから、夢のある彩芽姉さんを応援することに決めた」と言っていた。その発言は、「夢」を見くだしたこの雑誌の記事と、ずいぶん食い違っている。どちらが咲良の本音だったのだろうか。どちらも本音だったのかもしれない。十六歳だったらそんなものだろう。

「咲良は、三十になったら死ぬっていつも言ってる」と説明してくれたのは柑菜だった。殺されるとき、十六歳で死ぬとわかっても、咲良はこんなに平然としていられたのだろうか。最後に何を思ったのだろうか。

戻ってきた山形は、浮かない顔だった。

迫田孝一は、石黒正臣医師から手に入れたハーレーダビッドソンの名義変更手続きを済ませると、五日の土曜日にツーリングに出かけた。生まれ故郷の黒松内町を目指したのは、旧友たちに自慢のバイクを見せびらかしたかったからだ。ところがバイクを自宅に停めて飲みに出た先で、地元の若者たちとケンカになり、歯を二本折られた上に肋骨を骨折する被害に遭い、親の世話で町内の病院に入院した。山形が行ってきたのは、現在も迫田が入院中の病院だった。

迫田の友人が、東山（ひがしやま）町のラブホテルに洗濯物を納入する会社の運転手で、たまたま咲良がハーレーの後ろに乗ってホテルを出ていくのを目撃したため、羨望まじりに迫田に話したところ、オートバイ好きの迫田は、そのハーレーの持ち主を探し出して恐喝してやろうと思い立ち、仲間に探索を依頼した。ハーレーに乗るのは中年の小金持ちが多いと知っていたからだ。仲間の一人が西辺聖也だった。別の仲間がやがて石黒に目をつけ、車（アウディ）のナンバーを控えて注意していると、その車に咲良が乗り込むのが駅前駐車場で目撃された。そのころまでには石黒が岩倉病院の医師であることも判明していた。

十月のある夜、美原町の石黒の自宅前で待ち伏せし、咲良の件をばらされたくなかったら五百万用意しろ、二週間時間をやるから、と言って携帯の番号を聞きだしておいたが、一週間ほどすると、西辺聖也から連絡があり、咲良が石黒には迷惑をかけないでほしい、場合によっては岩倉商事の建設工事を取り仕切っている人に相談して、仕返しの手段を考えると言っているので、やめたほうがいいのではないか、と言われた。迫田は怖じ気づいたが、言われてすぐ引き下がったのでは男が立たないので、悩んだあげく、前から一度乗りたいと思っていたハーレーだけ手に入れよう、それだけなら仮に暴力団が来ても、殺されることはないだろうと踏んで、あくどいことはしないから安心しろと咲良には伝えておけ、と聖也に言い、石黒にも方針を変更したことを伝えて、十月三十日にハーレーを手に入れた。一週間、ナイフを隠し持って様子を見ていたが、だれにも襲われる気配がないので、咲良の言ったことはでたらめだったのかもしれないが、ハーレーが手に入ったのだからまあいいだろう、と思い直してツーリングに出た。

こちら（黒松内町）でのケンカはまったくの行きがかりで、中学校時代に反目していた男にケンカを売られただけのことだ。入院までさせられて驚いたが、いつか借りを返すまでがまんするよりしかたがない。自分は二週間の入院と親元での静養が必要と言われ、それならハーレーを停めたままにしておくと、ケンカの相手に見つかって壊されるのではないかと心配して、八日の火曜日に聖也をこちらへ呼んで、自分が函館に帰るまで、これに乗ってていから適当に管理してくれ、と言ってやった。そのときの聖也の話では、咲良が殺されて地元では大変な騒ぎになっている。もちろん自分たちの周囲にはあやしい者はいない。自分は殺される直前の咲良にたまたまバスで会ったので、石黒の様子を訊いておいた。咲良は石黒がハーレーを取られたことは知っていたが、まあ、それぐらいならいいか、だけどもう余計なことはしないほうがいいよ、と言っていた。石黒が警察に届けた様子もないし、これはこれでうまくいったのではないかと思う、ということだった。

もちろん迫田も、咲良や柑菜の事件についてはなにも知らなかった。五日の夜からずっと黒松内でのアリバイもある。

念のために山形は、本間大輔についても尋ねてみた。二級下だった大輔と一時は親しかったが、大輔は母親にくどくど言われ、学校をサボるのにも悩んでいたので、面倒くさくなって、おまえは根が真面目なんだから真面目になったほうがいいと、突き放したこともある。それからまもなく死んでしまったが、死因がオートバイ事故だったので、まるでオートバイが悪いみたいに言われてずいぶん迷惑した、と迫田孝一は苦笑した。咲良への横恋慕が、大輔が死んだ原因らしい、という話はあとから聞いたが、ばかとしか思えない。男は自分を忘れたら終わりだ、大輔はどうもふらふらしたところがあった。

小窪茉莉花については、大輔の周りにいたのを覚えていたが、今年になってから友達に連れていかれたスナック「なかま」で再会した。ただ「なかま」のママが大輔の母親で、自分は大輔の生前から口数の多いこの母親を嫌っていた上、大輔が生きていればいまごろ……と思うらしく、うらめしそうな目で自分を見るのが煩わしくて、それ以来近づかないようにしている。友達の中には「なかま」が気に入って定期的に通う者もいるが、かれらから岩倉やその娘たちの話は聞いたことがない……。迫田はそんな供述をした。

「そうすると、残る問題は……」と俊介は、必死に入力した端末機のメモを見返しながら言うと、山形はすでに作戦を考えてあるらしく、

「今夜にでも聖也にもう一ぺん会ってみるか」

「そうですね。岩倉商事の工事関係をやってる人って、たぶん釜下でないかと思うけど、咲良はほんとに相談したんですかね」

「ハッタリかもわかんないなあ。迫田が全部ほんとのことしゃべってるとすればの話だけどな」

「そうか。迫田と聖也と咲良が、つるんでハーレーをぶん取ったって可能性もまだ残ってるわけだ」

するとと山形はにやりと笑って、

「もしそうなら、だ。最初五百万で脅して、あとからハーレーに負けとくなんて、そんな手の込んだ悪だくみ考えつきそうなのは、頭の切れる健二だと思わないか」

「え、健二ですか。可能性としてはそりゃあ……」

「ま、調べてからにすっか」

「今朝の迫田が、まだ何か隠してるって思ったんですか」

「いや。あいつはケガのせいだか、ずいぶん素直にしゃべってくれたのさ。したけど、このままなら、こっちの事件と繋がってこないべさ」と山形は笑った。

午後には山形と一緒に岩倉邸へまた出かけたが、おもな目的は釜下から話を聞くことだった。相変わらず報道陣でにぎわって、中には警察関係者にも平気で話しかけるシロウト記者もいてやっかいな思いをしながら、青空駐車場にようやく車を入れる。おとといの健二の労働のおかげで、歩く範囲に雪はもうほとんど残っていない。

ナイフ事件の貝手キミ子には、釜下は知り合いの弟と離婚して以来会っていないと言い、その点は朝から別の刑事に根掘り葉掘り訊かれて往生しましたと、不快そうな顔で訴えた。

「ちょっと岩倉の娘さんのことでお尋ねしますが」とやがて山形は切り出した。

「娘さんたちの中で、今まで不良ちゅうか、ヤン衆にからまれて、困った経験っちゅうのはなかったんでしょうかね」

「困った経験、さあ、おれの耳には入ってないですけどね。なにかありましたか?」

「いや、そうでないんですけど、もしそういうことでもあれば、娘さんたちも、きっと釜下さんに相談したんでないかと思うんですよね」

「いやあ、おれはお嬢さんがたには、モテないから」

「したけど、釜下さんのつきあいの中には——指で頬に筋を描いて——こっちのほうで、場合によっては警察よりも頼りになる人がたが、ごろごろいるんでないですか?」

「いや、まあ、そらあ、時と場合によりますけど、お嬢さんがたからなんか頼まれたこと、あったかな」

「咲良さんとは、そういうことありませんでしたか」

「ないですねえ。いや、そう言えば、たとえ話でね、『もしも変な男につきまとわれたとか、おかしな噂たてられたりしたときに、誰か使って、助けてもらえる？』とかって、訊かれたことはありますけどね」

「いつごろです？」

「最近ですよ。先月でなかったかな」

「で、なんて返事したんですか」

「『そらあ咲良ちゃんの頼みなら、人使うまでもない、釜下が自分でやっつけに行きますよ』って、言いましたよ。こう見えても空手四段ですから。ケンカはなるべくしないようにしてるぐらいですから」

「ほう、頼もしいね」

「おれでなくても——親指と人差し指で丸を作って——ちょっとこれ出せば、乱暴なことしてくれる連中はいますからね」

「咲良さんは、それ確かめたかったのかな」

「どうですか。『なんかあったのかい？』って訊きましたけど、『いやあ、ただ念のため』って。心配そうな顔してるわけでもなかったんで、それっきりになりましたけどね」

どうやら咲良は、石黒が恐喝された件で、釜下に手を打ってもらうことを考えはしたが、実行はしなかったようだ。バイク一台ですむなら恥をさらすまでもない、と考えたのだろうか。

「あの短冊四枚ね、とうとうもらえることになりましたよ」と釜下はうれしそうにつけくわえた。

「きのう火葬場で、会長が『あの短冊どうした。まだ捨ててないのか』って始まったわけですよ。『だけど会長、俳句に罪があるわけじゃなし、ましてあれは、江戸時代の文化財ですよ。ただゴミにするのはいたわしいですよ、涙出ますよ』って訴えたんですよ。『そうか。そしたらおまえにくれてやるから、どこへでも持っていけ』っておっしゃるから、『ありがたく頂戴いたします』ってことになりました」

「それはよかったですね。たしかに、俳句に罪はないですものね」

釜下と別れると、山形は署長に呼ばれてマイクロバスへ戻った。俊介はしのぶの部屋を訪ねてみた。しのぶは黒い和服を縫い直していた。松雄のもので、昨日健二に着せてみたらさすがに大きかったので、丈を縮めているのだという。

俊介は壮一から話を聞いたことをしのぶに話した。壮一が捜査本部に疑いを抱かれていることについて、しのぶは眉を寄せ、不安げな顔をしていたが、壮一君はお母さんに対して、信頼したい気持ちを持ってますよ、と言うと、しのぶは目を伏せたまま、長いため息をついてうなずいた。ただ岩倉会長の態度もあり、お母さんのご実家の窮乏もあり、まるでお父さんが早く亡くなったほうがみんなの都合がいいような状況になって、その状況をお父さんご自身が受け入れて、身を引くように自殺なさったのが悔しかったのです、と俊介は壮一の話のあらましを伝えた。壮一がシロだと思う、とは立場上言えなかったが、そう受け取られてもかまわないつもりで、今交際している女の子と結婚するつもりでいるようだ、ともつけ加えて話した。途中でしのぶは、黙ったまま、まるで少女のように無表情な涙を一度、二度こぼした。

しのぶはお世話になります、とも、ありがとうございます、とも言わなかった。ただ与えられた環境に耐えつづけ、将来におびえつづける姿をそこに見せるばかりだった。

そこへ釜下が、俊介を呼びにきた。俊介が来ていることを聞いて、千代子が話をしたがっているという。俊介は階段をあがって千代子の自室に向かった。釜下もついてきて、千代子のベッドの脇に椅子を並べて腰かけた。

「あのね、私、犯人がどうして俳句の短冊にあてこするようなことをしたか、わかりましたの」と言う千代子の顔は、やつれているばかりでなく、どこか高いところへ駆け登ったような高揚に輝いていた。

「どうしてなんですか？」

「主人が天国で、私を許してくれないんですの。私、主人が俳句を好きだったのを、結婚のときに、やめさせたことがありましたの」

「はい」その件なら濤永寺で釜下から聞いた覚えがある、と思って釜下を見やると、釜下はうつむいてじっとしている。

「会長は、そこまでしなくてもいいんでないかと言いましたけど、私、新しい病院のことで不安でしたから、余計なことしたら主人には全力で、病院だけに集中してもらいたいと思って、趣味だのなんだの、余計なことしたらダメなんだと思い込んでましたの。心の余裕が、ありませんでしたのね。主人は嫌な顔をしましたが、諦めてくれましたの。でも一事が万事、私たちの生活は病院中心に回ってましたから、私にはずっと余裕がないままで、そんな調子だもんだから、あの人も胃こわしてしまって、最後は東京の先生にも来てもらって、私、それこそ大騒ぎしたんですけど、助かりませんでしたの。でも、あの人が俳句つづけてれば、私、胃こわさなかったかもわからないんですの。それは前から思ってたことなんですけど、今ようやくわかったんです。俳句をばかにする者は、俳句に滅ぼされるんですね。犯人は、どこかで私たちを見てて、俳句をばかにした一家だと見ぬいて、そしてバチを与えてやろう。主人を死なせたばかりか一家に、俳句のバチを、教えてやろうと思ったんですね。あの人が天国で、それ見て、笑ってるんですね。おまえはおれを殺したようなものなんだから、殺される苦しみを、すこしは味わったらどうだって、笑って言ってるんですね」

「奥様」と、いつまでも千代子の独白が続きそうなので俊介はさえぎって言った。

「ご主人は四十代で亡くなってますから、それは無念だったと思います。しかし、そのためにお嬢さんたちを、天国に引っ張るようなことは、考えるはずありませんよ」

「あの人は娘たちがかわいくてしかたなかったんですね。だから、はやく娘たちを呼んで、一緒になって私を、笑おうと思っているんですね。俳句のわからない会長と私を、笑おうと思っているんですね」ほとんど楽しそうに聞こえる千代子の口調から、はたして俊介の話が聞こえたのかどうかはわからなかった。

「人間、会長や私のように、ただ一生懸命がんばればいいというものではないんでしょうね。今になって、それがわかりますの。商売ではどんなに負けてても、小窪工務店の親子のほうが、なんぼか幸せになってるでないですか。そうでしょ? 小窪の先代社長も、私たちにそういうことを教えようと思って、あれをくれたのかもわかりませんね。主人も、あの短冊、どれも大好きでしたの。よく立ち止まって眺めてましたもの。犯人はそれを見てたんでしょうね。そして、あの人が亡くなったときに、私たちに復讐して、笑ってやろうと誓ったんですよ。だってそれ以外に、わざわざ柑菜の頭に袋かぶせる意味なんかありませんもの。咲良を鷹の置き物でたたく意味なんかありませんものね。ようやくその意味が私にもわかりましたの。刑事さん。犯人つかまったら、きっとそう言いますよ。俳句もわからない岩倉の家を、笑ってやるんだ。それが亡くなった主人の遺言だったんですって、そう言って笑いますよ」

「奥様、今から俳句、勉強したらどうですか」と釜下がせっぱ詰まった声で言った。

「若い奥様なら、今からなんぼでもできるんでないですか。私もまた勉強しなおしますから、一緒にやりましょうよ」

「釜下。俳句の勉強で、柑菜と咲良が帰ってくるなら、私は何年でも勉強しますよ。でも帰らないなら、もう私はなにもしません」と千代子は静かに言った。泣いているのではなかった。涙やそのほかの情緒の途切れた世界から、自信に満ちて話しているだけだった。

うかがったことは参考にさせてもらいます、と俊介は言って席を立った。釜下は泣きそうな顔でじっと千代子を見守っていた。

千代子の発言は大部分狂っているが、祐平の死に対する復讐、という観点から事件や短冊の問題を眺めるというアイデアには一理あるように思われた。ということは、祐平の実家をすこし調べてみたほうがいいのだろうか。だがそれ以上に、「アミン」なる恋人の復讐を、検討しなければならないことはあきらかだ。「アミン」とはだれなのか。それが突破口になる気もしてきた。

俊介は七時に山形と岩倉邸の青空駐車場で待ち合わせていた。まだ二時間近く残っている。井戸の脇に彩芽が立っていて、こちらを見ていた。

「どうかしました？」

「ちょっと思い出したんだけど……関係ないと思うけど」

「なんです？」

「柑菜はちょうどこのあたりに倒れてたのよね」

「そうですよ」

今はブルーのシートも取り払われて、駐車場のコンクリートにチョークの跡だけがぼんやり残っている。

「ここに、ちょうど丸太が置いてあったのを思い出したの」

「丸太？　なんです、それ」

「わからないの。健が持ち出して忘れたのかと思ったんだけど。車で帰ってきたときに、ぶつかりそうになって」

「いつのことです？」

「だいぶ前。先月のはじめごろかな。ちょうどここにあったのを、今思い出したの」と彩芽は、確かに柑菜が倒れていたあたりを指差す。

「偶然だよねえ」

「どんな丸太だったんですか？」

「ふつうの」と彩芽は両手でバレーボールを挟むぐらいの幅を作って、

「これぐらいで、長さは一メートルもなかったな。七、八十センチぐらい。それが転がってたの」

だけの車が丸太に当たっても、大きな事故になるはずもない。

誰かが、車で帰宅する彩芽を妨害しようとしたのだろうか。だが、減速して駐車場に入る

「健に言ったら、片づけてくれた。だけどどこから転がり込んできたのか、知らないって」

「で、どうしました？」

「関係ないね、きっと」と彩芽は言うと、手を振って階段へむかう。

「まだ離れで寝泊まりしてるの？」と俊介は背中に声をかけた。彩芽を振り向かせてから、

「小窪茉莉花も、死んだ本間大輔の母親も、どうも事件には無関係みたいですよ」

「そうなの？」

「だから、犯人の目星はまだついてないんです。だから、用心に越したことないしょう」

彩芽はしばらく考える様子をしてからうなずいた。

「わかった。考えとくわ」

「そうしてください」

「でも、用心より逮捕が先でしょ」と彩芽は笑って、また手を振って帰っていった。

妹を二人失った彩芽の後ろ姿は、どことなく無重力の中を歩くようだ。

気がついて空を見ると、雪がちらつきはじめていた。

俊介は根気を振り絞って、車を出して恵山まで行き、小窪澄夫に浦嶺竹代の写真を見せた。

だが、やはり知らない顔だという返事だった。杉原みどりのことは――自分からは思い出さ

なかったくせに、言われると——名前も顔もはっきり覚えていたから、女についての澄夫の記憶はどうやら確からしかった。

それから帰り道には濤永寺に戻って、斉藤玄静和尚にも浦嶺竹代の写真を見せた。反応は小窪澄夫と同様だった。

山形が俊介の車に乗って、潮首の西辺聖也宅にむかうころには、雪は本降りになっていた。九時までは待つ覚悟でいたが、聖也は帰宅して家族と夕食を取っていた。

母親は刑事たちにあがれと勧めたが、邪魔になって悪いからと断って、山形はにこにこ顔で聖也を俊介の車の後部座席に乗せ、自分も隣りに乗り込んだ。

すると山形はいきなり聖也の胸ぐらを掴んで、

「てめえ、六日の日には嘘ばっかりこきやがって、警察なめたらどうなるか、教えてもらいたいってか、あ？」

「な、なんも嘘なんかついてないっしょ」と聖也は山形の剣幕にたじろいだが、

「嘘に決まってるべや、どうも停留所を一つ乗り過ごしてまで、咲良がおめえと話し込んでたっちゅうのは、ただのナンパでねえ、なんかあったんだべと思ってたら、案の定この野郎、石黒のバイクの件で、咲良はおめえと相談してたんだべよ、なしてそれ最初から言わねかったんだ、え、余計な手間かけやがって！」と山形はつかんだ胸ぐらをぐいぐいと揺すった。

「したって、それ、咲良の件に関係ないべさ！」

「関係あってもなくても、おめえは正直になんでもしゃべればいいんでないか、このクソガキ！」と言ってようやく聖也の胸ぐらを突き放すと、

「咲良と本当はなにしゃべったんだ？　こっちはおめえのおかげで、黒松内まで行って迫田に会ってきたんだぞ。もう全部わかってるんだ。いいか、今度こそ正直に言わねえと、しばらくうちさ帰られねえんだど！」と脅した。

「違うよ、相談したのはおれのほうなんだよ。咲良は迫田さんの脅迫をやめさせてくれたら、おれと一回つきあってもいいっていうから、おれ、迫田さんに、電話かけていろいろ言ってみたんだよ」

「それで？」

「だけど迫田さん、『ここまでけっぱって、みんなに頼んでやったことだから、ハーレーぐらいもらわねえば、合わないべや』って、ハーレーだけもらっちまったんだよ。だけど、最初五百万だかって言ってたから、それから見たら、やめたのも一緒みたいなものだべさ。したから、咲良に一回やらしてくれって、頼んでたんだよ。それでねっぱってたんだよ」

「ばか野郎、ハーレー一台だって、いくらすると思ってんだ。おめえは恐喝の片棒担いだんだぞ、しばらく鑑別所さ送ってやろうか、え？」

「や、それは勘弁してよ、ね、おれ、正直に話してるよ、こないだだって、だいたい正直に

話したんだよ」

「ああ、石黒の名前も咲良とやってることも、全部わかってるくせして、イシ……なんとかだって、よくもまあ思い出しそうな中途半端な芝居こきやがって、この野郎！」

「だから、半分教えたんだよ」

「半分でいいって、だれが決めた！　おめえ、咲良んとこの岩倉商事はな、下請けにおっかない連中わんさか抱えてんだど。咲良がなんか言えば、そういう連中が動くに決まってるべや。おめえなんか一発で、津軽海峡に沈めちまうんだぞ。そういう話、咲良がしてたべや。どうなんだ？」

「迫田が、どうしても五百万でないば聞かないとなったら、会社の人に頼んでみるつもりだったって、こないだ言ってたさ。だけど、ハーレー一台なら、まあ手打っとくわ、っつうから、それはおれの手柄でないかって――」

「おめえの手柄なんかクソくらえだ！　健二はどうした、健二は」

「え？　健二はこの件には関係ないべさ」

「本当か、この野郎。健二が裏で咲良だのおまえと作戦立てて、咲良の男たちから金巻き上げる相談してたんだべ、え？」

「そんなことしてねえよ！　この件は迫田さんが全部思いついて、勝手にやったことなんだよ。迫田さんの友達が、石黒のハーレーに咲良乗ってるのを見たんだよ」

「本当だな！　健二が裏にいないっちゅうのは間違いないな？」

「ないよ、あるわけないよ！」

「よし」と言うと山形は聖也の肩を抱いた。

「終わりだ。もう悪いことはするな。おまえには似合わない。な」

聖也はうつむいて耳を赤くしている。

「おれはほんとに悪いやつら、なんぼでも見てるから、わかるんだ。おい」と山形は間近に聖也の顔を振り向かせて、

「おめえは、バスケット、またやれ」

「え、……無理だよ」

「無理でもやってみれ。選手になれなくても、指導者になったっていいんだ。バスケットで、身体作らなくてもいい。そのほうがなんぼか楽だども、ほんとは、身体作るんでねえ。心ば、作るんだど。わかるか。バスケット好きなら、わかるべ。な。ま、考えてみれ」と言うと、聖也の頭をぐりぐりと撫でて、山形は聖也を解放した。

俊介がなんと言おうかととまどっていると、

「どうやら関係なさそうだな。迫田も、聖也も、石黒も」

「そうですね。山さんはやっぱり、健二が裏にいると思ってたんですか」

「あ？　思ってねえよ。ただ、こっちの事件と繋がるとすれば、この線しかないべ。そう踏

んだだけさ」

「ということは、われわれとしては……」

「手がかり、なくなったかもわかんないな」と山形は言った。早朝から黒松内まで出かけた山形の原動力が、この八方ふさがりを必死に食い止めようとするためのものだったと、あらためて思う。

雪はしんしんと降りつづいている。夜の海にただ落ちて溶ける雪の無償のいとなみが、一瞬なんだかうらやましく思えた。

九時に帰宅すると、侍ジャパンの試合を後半から見ることができた。清弥子は喜んで、俊介の膝のあいだから動こうとしなかったが、帰りが早いのはたいてい捜査が行き詰まった場合で、俊介が心中落ち込んでいることを智子は心得ていた。実際、その夜の試合で大谷翔平は大活躍したのだが、清弥子の手を取って拍手させながら、俊介の表情はもう一つ明るくならなかった。ようやく心から笑えて清弥子に感謝したのは、大谷が大きなファールを打ったときに、ホームラン、ホームランと騒いで踊り出したときだ。

雪は本降りになってきた。夜半のうちにやむ予報だが、いずれにしても明日はまた雪景色の中を出ていくことになるだろう。

――携帯電話が鳴ったのは、翌朝六時十五分だった。

第三章　一つ家に

1

岩倉邸の雪景色は、赤い花びらを撒いたように血に飾られていた。母屋と離れの向かいあった軒のあいだに、幅四メートルに積もった雪、その離れの側に岩倉松雄が浴衣姿であおむけに倒れている。頭や首筋に裂傷の筋が見られ、口から喉にかけての出血がとくに激しいのは、喉を突かれたはずみで舌を嚙み切ったからだった。カッと目を見開き、こうして雪の中で死ぬのがみずからの意志だったかのように、松雄の顔から尊厳は消えていなかった。

母屋の傾斜板をおりたあたりから、松雄の足跡――右足をひきずり、一歩ごとに杖をついた裸足の歩み――が、雪の上にくっきり残って、反対側の離れの屋根の下にいったん渡っている。そこで犯人と遭遇し、殴打されて倒れ、やがて失血死に至ったことが想像された。

杖とともに凶器も、現場を一舞台と化す小道具のように、端を松雄の胸に掛けて置かれ、血まみれになっていた。岩倉家所蔵のいわくつきの短冊、「旅に病んで　夢は枯野を　駆け廻る」の句だ。短冊の外枠はステンレス板だったから、犯人はとっさに振り回したのだろうが、岩倉家への怨念を四枚の短冊に託した犯人にとって、それはもっともふさわしい凶器だったのかもしれない。

松雄は左手――自由なほうの手――で、なんとか短冊を払いのけようとしたのだろうが、結果はまるでいつくしんだかのように、ガラスの割れた短冊の上面を一、二度撫でたあと、最後は力つきて肘に抱くように、左手を載せていた。ガラスが散って松雄のなかばはだけた胸に広がり、落ちて雪に刺さり、いくつかは松雄の手や指を刺して血の色がにじんでいた。大好きだと言っていた句に突き殺される心境はどんなものだっただろうか。裸足に浴衣で雪の上に横たわる最期は、いかにもこの句の荒々しさに相応しいように俊介には思えたが、当人はどう受け止めただろうか。

松雄の周辺には、松雄が母屋からやってきた足跡しかなかった。ほかには、死体発見時にしのぶが思わず松雄に駆け寄ったことを示すサンダルと、まだ雪が降りしきる中母屋と離れを往復した、だれのものかわからない足跡のかすかな痕跡だけだった。今回は現状の保存はほぼ完璧だった。

松雄の遺体から十メートル手前、離れの南の端から階段を通って門の外まで、雪の上を往復した男の足跡が残っていた。一見して、前回の柑菜の事件のときと同じレインブーツだ。

男が母屋ではなく、最初から離れをめざした理由はすぐに見当がついた。離れの二階、萩の絵柄の襖を閉めた寝室のベッドで、彩芽が絞殺されていたのである。柑菜のときと同様の――あるいは同一の――細い紐状の索状痕が、彩芽の細い首にくっきり残っていた。寝入っているところを襲われたらしく、ほとんど抵抗の跡もない。

あらためて彩芽を見やると、これまでの漠然とした印象が焦点をむすんで、面倒な家庭環境の中でそれなりに懸命に生きてきた女のように思え、その無残な最期に俊介は必死で手を合わせて冥福を祈った。それでも彩芽は俊介の心中で、なかなか死者として鎮まってくれなかった。

かたわらの床には、「一つ家に」の句の短冊が投げ出されている――「一つ家に 遊女も寝たり 萩と月」。寝室が冷え込んでいたのは、南側のカーテンとサッシの窓が開かれていたからだ。犯人が開いたにちがいない――窓の外の雪は乱れていないから、出入りのためではない。犯行の時刻には雪がやんでいたので、月を眺める趣向だったのだろう。ジャン・ピエールから聞いて俊介が彩芽に伝えた不穏な可能性が、今や現実のものになったのだ。

犯人はまず離れに忍び込んで二階で彩芽を絞殺し、窓を開き、降りてきたところで母屋からやってきた松雄に遭遇して撲殺し、逃走したと考えられた。今回はどこで聞きつけたのか、俳句の短冊が屋根つき駐車場に置いてあると知って、現場にわざわざ短冊を残すという遊び心を発揮し、おまけに松雄の場合には、結果的に短冊を凶器に使う芸当まで披露してみせた。

「とうとうここまで来たか」と山形が、なにか納得するかのようにうなずきながら言った。

「いくらなんでも、これで終わりでしょうね。短冊はもう全部使ったんだから」と俊介は自嘲のつもりで言った。

「終わりでも終わりでねくても」と山形は俊介を見やり、「全部片づくまで、もうウヂさ帰れねえど」

「はい」

「清弥子にも、しばらく会われねえど」

「そうですね」と俊介も覚悟を決めた。帰らないほうがいい。この殺戮（さつりく）の残虐の冷気を、清弥子の前に持ち込まないほうがいい。

監察医の仮の見立てによると、彩芽の死因は首を絞められての窒息、死亡推定時刻は午前二時から三時ごろ、松雄は頭部にも打撲裂傷が見られるが、直接の死因は舌からの出血が肺に入ったことによる窒息死で、喉を突かれて舌を噛んで倒れ、やがて意識を失って、口内の出血が気管を塞いだ結果だと推定された。死亡推定時刻は、雪の中に薄着で倒れていたので判断がむずかしいが、彩芽よりはあと、午前三時から四時ではないかという見立てだった。

事件が発覚したのは、しのぶが松雄の部屋に様子を見に行って、本人がいないことに気づいた午前六時だった。雪がやんだのが深夜二時ごろで、犯行がおこなわれたのは足跡から見て――柑菜の事件のとき同様に――雪がやんでからだと考えられるので、午前二時過ぎという推定で矛盾はなかった。松雄もおそらく同じ時刻ごろに殴られ、やがて意識を失い、食道にも気管にも血が流れ込んだが、持ち前の生命力でなお一時間あまり、持ちこたえていたのだろうと推測された。

前夜母屋には松雄としのぶ、彩芽と健二、それに咲良と柑菜の葬儀の後始末を手伝った釜下安行と部下二名が居合わせ、戸井町の寿司屋から出前を取って全員で会食したのが八時だった。千代子だけは葬儀以来寝込んでいて、七時ごろカステラをすこし食べてまた睡眠薬を飲んで眠った。九時半にはそれぞれ部屋に引き取り、しのぶは松雄を寝かせてから台所に片づけに立ち、彩芽は離れに戻り、健二も離れに誘われたがまもなく母屋へ帰り、釜下の部下たちも車で帰宅して、もっとも遅い釜下も、深夜一時には床に就いた。

それにしても、彩芽はともかく、二時過ぎに離れの玄関前で松雄が襲われたとき、声をあげて助けを呼ばなかったのだろうか。苦痛の叫びを発しなかったのだろうか。発したのに聞こえないほど、全員が深く眠り込んでいたのだろうか。とりわけ釜下が寝ていた二階の空き部屋——このところ釜下の定宿になっていた——は、カーテンと窓ガラスを一枚開ければ、母屋と離れのあいだの通路に臨んでいる。松雄が倒れた地点から直線距離にしてわずか七、八メートルだ。短冊のガラスも割れている。なにも聞こえなかったはずはないのではないか。

そこで捜査員の中には、昨夜の夕食後の茶の中にでも、睡眠薬が溶かされていたのではないかと疑う者も出た。急激な眠気に襲われたと訴えた者はいなかったが、念のために台所に鑑識係が入って、前夜に捨てた茶の葉や吸い物の残りなどを集めた。ただし、睡眠薬が溶かされていたとすれば、岩倉家の内部に内通者、共犯者がいたという蓋然性が一気に高まる。離れで彩芽が一人で眠っていることを知っていて、最初から離れを狙った点も、内通者の存在を匂わせる。――ただし、たまたま全員が咲良・柑菜事件のショックと葬儀の疲労から、熟睡していて目が覚めなかったと了解していいのではないか、という声も強かった。俊介や山形もそちらの意見だった。殺人事件のかたわらで第三者が眠りこけていた事例など、過去にいくらでもあるからだ。

午前二時過ぎに松雄老人が一人で外へ出た事情については、しのぶなどの証言からおおよそのことがわかった。松雄はこの春ごろから、起きているあいだは――癇癪を起こしやすい点を除いて――ほぼまったく正常なのだが、いったん就寝すると、寝ぼけたように起き出して、一人で歩き回ることがときおりあったというのだ。たいていは家の中を歩き回ったり、しのぶを起こしに来たりするだけだったが、自分で廊下のガラス戸の鍵をはずして開け、傾斜板を伝って外へ出てしまったことも、過去に一度あり、そんなときはつかまえても寝ぼけ状態で、もう一度布団に入れて眠らせるまで、まともな応対はできなかったという。昨夜は雪景色の中を、夜着の浴衣一枚で、裸足で外へ出たところからも、松雄のそんな症状があらわれたことが強くうたがわれた。

してみると、松雄は目が覚めて寝ぼけ、外へ出たときに、たまたま彩芽殺しの犯人と遭遇したらしい。目覚めたときに外からの音をなにか聞きつけ、様子を見るために一人で外へ出たのかもしれない。いずれにしても、「旅に病んで」の短冊を手に持っていたところから判断して、犯人は昨夜のうちに松雄も襲うつもりでいたのだが、松雄のほうから目の前に現れる事態となって、願ったり叶ったりとばかりに、その場で松雄を打ち殺したのではなかったか。そのとき松雄がはっきりした声をあげないままに斃(たお)れたのも――犯人にとってじつに好都合だったわけだが――松雄の寝ぼけ症状の一端だったのかもしれない。

犯人の足跡が、外からの往復を除いて、雪の上にほとんど残っていないことから、犯人と松雄の格闘は、ほぼ離れの軒の下か、軒と雪の境界あたりで起こったと考えられた。軒下の地面には犯人のものらしい足跡、レインブーツのこすれ跡がいくつか見つかったが、母屋の側へ踏み出した雪の中の足跡は一つだけ、それは松雄に致命傷を与えた喉への突きの際にできたものか、犯人が雪の中へ五十センチほど踏み出した右足の跡で、そこから先に松雄の遺体は母屋側へ倒れていたのだった。

「したけど、ナイフかなんか持ってたんだべ？　なしてこったらもの使ったんだべなあ」と山形は割れた短冊をためつすがめつ見やりながら言った。

短冊が凶器として用いられたのは、ほぼ偶然の結果だと思われた。すなわち犯人は、彩芽殺しに使用した紐や、おそらくナイフなども用意していただろうが、目の前に松雄がぬっと現れたので、とっさに持っていた短冊で打ちかかった。一回目は頭部に傷をつけ、おそらく二回目の打撃が、たまたま正確に下から松雄の喉を突き、松雄が歯で舌を切り、悶絶して倒れたので、死んだと判断した犯人は、物音に家人が起きてくることを恐れ、それ以上とどめを刺すことをせずに、短冊を松雄に預けたかたちで急いで立ち去った、という行動の流れが想像された。そのため松雄はその場に倒れたまま、絶命するまでになお一、二時間を要したらしい。

母屋と離れの鍵については、痕跡から推定が成り立った。犯人は離れのガラス戸の鍵の前に屈み込むと、工具を用いて鍵の脇のガラスを――粘着テープを貼り、音を立てないように配慮した上で――丸く切り取り、できた穴から手を入れて内側のクレセント錠を外して戸を開けた。母屋の廊下のガラス戸の鍵も、同様にして開けるつもりでいただろうが、松雄は自分からその鍵を開け、傾斜板を伝って外へ出てきた。犯人は手袋を着用し、離れの鍵周辺には前夜の彩芽の指紋だけが掠れて残っているだけなのに対して、傾斜板の上のガラス戸の鍵には、松雄の指紋がはっきり残されていた。母屋の他の鍵はどれもしっかり内側から施錠されていた。

こうして岩倉家の連続殺人事件は、とうとう四人の――芭蕉の句の短冊と同じ数の――被害者を出してしまった。

まだ雪が降っているあいだに母屋と離れを往復し、足跡をごくうっすらと残したのは、彩芽と健二であることがやがてわかった。俊介が健二を呼び出して尋ねると、九時半に母屋で食事が済んでから、彩芽が柑菜と咲良の遺品を整理するのを手伝ってくれと言うので、一緒に離れに行ったという。

「何時ころまであっちにいたの」

「十一時です。二人とも眠くなって、片づけはあしたにしようか、ということになって」健二はいつものようにはきはきしていたが、うつむきがちな顔に疲労がうかがわれた。

「で、きみだけ母屋へ戻ったんだね？　そのとき、外の様子、母屋の中の様子、なにか変わったところはなかった？」

「気づきませんでした。足跡はたぶん、ぼくたちが離れに行ったときのものだけでした。母屋は、だいたいもう、寝静まっていました。お母さんが洗い物を終えたところで、玄関の鍵をかけて、二人で同じ時間ぐらいに布団に入りました」

「そうすると、彩芽さんとは、一時間半ぐらい一緒にいたことになるのかな」

「はい」

「そのあいだはどんな話をしてたの」と俊介は念のために訊いた。離れの二階で、彩芽の妹たちの持ち物が整理された形跡は特になかったからだ。

健二は一度ため息をついてから、

「ちょっと彩芽さんが、不安定になってて」

「不安定？」

「はい。滝田さんと、別れるかもしれないって」滝田というのは彩芽の婚約者だ。

「こんなときに、彩芽さんはケンカでもしちゃったのかい」

「らしいです。函館じゃ仕事がないんで、二人ともイライラしてたんですね。『おまえがだいじょうぶだっていうから、函館くんだりまで来たんじゃないか』って、言ったらしいです」

「それでケンカになったわけか」滝田も捜査の対象に加えたほうがいいだろうか、と俊介は一瞬考えて、打ち消した。滝田と咲良や柑菜、それに俳句の短冊との関係はあまりにも遠い。

「それできみは、話を聞いてあげて、慰めてたと」

「はい」

「解剖の結果に出るかもしれないから、念のために訊くけど、ゆうべ、性交渉はなかったの」

「ありません。途中までひょっとして、と思ってたんですけど、彩芽さんが『やめとこう』って言って。『柑菜が見てる気するし』って言ってました」

「なるほどね。でも、三姉妹で一年ずつという約束は、もう成り立たなくなったわけだからね。彩芽さんとしては、できればきみとヨリを戻したかったのかな。そういう気持ちがあれば、滝田にも辛抱がきかなくなるよね」

「……そうかもしれません」

「きみはどう思ってたんだい？」

「いやあ……この家をうまく回るようにするのが、ぼくの役割だから……」と健二は相変わらず大人びたことを言う。かくなる上は岩倉家のために、一人残った彩芽とゆくゆくは結婚してもかまわないつもりだった、ということだろうか。

「ゆうべこそ、母屋で寝泊まりするように、強く言ってもらいたかったなあ」と俊介が悔しそうに言うと、

「言いました。奥様も不安がっておられるので、彩芽さんもだんだんその気になって。でも、着替えとかいろいろ運ばなくちゃならないから、二、三日準備して、それからってことで……」

「ぎりぎり間に合わなかったわけか」

「そうですね」健二もさすがに残念な口ぶりになった。

「まさかゆうべ、誰かが夜中に彩芽さんを訪ねてくるとか、そんな話は出なかっただろうね？」

「ない、と思います。ちなみに婚約者の滝田さんは、ゆうべ車で札幌へ帰ったそうです」

「わかった。それから、と。この二、三日、壮一さんとは連絡を取ってるかい」

「ええと、ゆうべお母さんが電話して、しばらくいろんなことしゃべってました。なんか刑

事さんが、お兄ちゃんを信用してくれたからだって言って、お母さんは喜んでました。ぼくからもお礼を申します」

「いやいや。ゆうべ、何時ごろ？」

「寝る直前でした。十一時じゃないですかね」

「そのとき兄さんはどこにいたんだべ。戸井のアパートかい」

「そうじゃないですか。十分ぐらいしゃべってましたから」

「それだけ落ち着いた様子だったんだね？」

「お母さんの感じから判断すると、そういう印象でした」

「よし」と俊介は言ってから思い出して、

「そういえば、柑菜さんが倒れてた駐車場の端のところに、一月ぐらい前、丸太が転がってたんだって？」

「あ、はい」

「それはけっきょく、なんだったの？」

「よくわからなかったんですけどね。立派な丸太だから、近所の人が車止めにでも使うように、置いてってくれたんじゃないかって話になったんですけど。ほら、縦に半分に割れば、車止めにちょうどいい感じだったから」

「あ、なるほど。で、そうしたの」

「いや、車止めは別にいらないからって、しばらく駐車場の隅にほうっておいたんですけど、そしたら釜下さんが、レストランのスツールに使うから、持ってってもいいかって話になって、持っていきました」

「スツールに？」

「つまり、今度は横に半分にすれば、椅子が二個できるわけだから、ちょうどいいって。大沼のほうに、民家ふうのレストランがあるらしいんですよ、岩倉商事が関係してる。そこに持ってったみたいです」

「丸太の持ち主というか、送り主はけっきょくわからなかったわけだね？」

「はい、わかりませんでした」

俊介は唇を噛んだ。なにかイライラの霧に包まれて、あちこちの神経を逆なでされているみたいだ。あと二、三日で母屋へ帰ると言っていた彩芽、婚約者とのケンカ別れ、健二との再接近、そして正体不明の丸太。これらのどの部分がどの程度事件にかかわっているのか。イライラしなくてすむのは、唯一、壮一と母親のしのぶがやや打ち解けたという話題だけだった。

しかし、捜査本部全体の第一感は、やはり壮一にむけられた。ただ、恋人の森屋ヨシノが壮一と口裏を合わせて虚偽を述べた可能性がほぼ消えてしまった今では、咲良が襲われた五日だけでなく、柑菜が殺された七日にも、壮一には動かしがたいアリバイがある。壮一と小窪茉莉花などとの関係も見えてこない。そこで壮一を疑いつづける連中は、今度は岩倉家に対する浜野家の復讐、といった壮大な筋書きを考えて、健二が壮一の指示にしたがって動いたのではないか、さらには、しのぶまでもが息子たちの度はずれた犯罪にじつは加担していたのではないか、と大胆な仮説を打ち出した。昨夜岩倉家で食事を取った者たちは、睡眠薬で眠らされたにちがいない。それを混入した者、およびその痕跡を消すべく食器類を洗浄した者は、しのぶをおいてほかにない、というのが、しのぶ加担説の最大の根拠だった。その動機は、岩倉家の財産を、そっくり健二が引き継いで浜野の家を再興することであり、その一点において浜野家の三人は、じつは協調しあっているというのだ。

そこへ壮一は前夜からアパートの部屋に一人でいた、つまりアリバイはかならずしも明瞭でない、という報告がはいると、今度こそ、と意気込む捜査員も複数あらわれた。車の出し入れや物音などについて、周辺の聞き込みがかれらによって熱心におこなわれることになった。もちろん、壮一の線をさっさとあきらめようと主張する者もいて、岩倉家の青空駐車場に停められた警察のマイクロバスの中は、コンビニで仕入れた握り飯を各自ほおばりながら、侃々諤々(かんかんがくがく)の議論になった。

山形と俊介も、壮一およびしのぶや健二からこれまで得た情報と印象から判断して、壮一は無関係だという方向に傾いていた。だがこんな場所で水かけ論をしてもしかたがないので、俊介はとりあえず、健二の犯行の可能性に絞って反論した。そもそも健二は、養子になったり、その後は娘たちに好かれたりで、黙っていても岩倉家の財産の相当部分を引き継ぐ可能性が高いのに、わざわざこんな事件を起こして、それを強欲にも独占しようなどとするだろうか？　ゆくゆくは岩倉商事の跡継ぎ経営者と目される健二が、家族を抹殺して岩倉家のイメージに大きな汚点をつけたりするものだろうか？

「それに、健二には犯行は不可能でないですか。そもそも咲良の事件の日には、柑菜と一緒に札幌にいたんですよ」

「たかだか十六で、女とホテルにしけこむようなやつの言うことを、信用するほうがどうかしてるべ」と方面本部の一人の刑事が切り捨てるように言った。

「信用の問題じゃなくて、ウラ取れてるんですよ。柑菜と彩芽の事件のときには、母親の隣りの部屋で寝てたっていうアリバイを、仮に認めないとしても――」

「そら、認めるわけないべさ」

「だけど両方とも、現場から外へ出る一人の足跡以外に、足跡は残ってなかったんですよ。仮にそれが壮一だったとしたって、健二は無関係でないですか。柑菜のときには、千代子以下全員、不審な足跡はなかったと証言してます。それから今朝は、われわれも見たとおり、雪がやんでからあとは、母屋と離れを結ぶ足跡は、松雄のものだけだったでしょう」

「母屋から離れまで、軒から軒までジャンプして雪を飛び越えることはできるんでないかい。

たった三、四メートルだべさ」

「雪の部分だけで四メートルあります。建物があって後ろから助走ができないから、立ち幅跳びだと、運動選手だって三メートルがせいぜいですよ」

「そんなもの、道具でも使って飛び越えればいいんでないかい」と方面本部の別の刑事が言い張った。

「最初に現場にやってきた壮一が、竿かロープを投げてやって、それにつかまって渡ってくればいいべさ」

「つまり軒の下には二人いたってことですか？　足跡は松雄以外には、例の男のレインブーツ一人分しか残ってませんよ」

「二人で同じ靴を履いてたかもわからないさ」

「二人いたほうが、松雄を手早く片づけるのには都合がよかっただろうなあ」と別の刑事も健二共犯説に賛成する。やはり水かけ論になってきた。

「どこにも痕跡がないのに、竿かロープにつかまって、四メートルの距離を渡ってくるって、どうやったらいいんだかさっぱりわかりませんが、すくなくとも柑菜のときには、それは無理ですよね。母屋から駐車場まで、階段をふくめて二十メートルありますから」

「だから、柑菜は壮一の単独犯行さ。森屋ヨシノってイロと語らって、アリバイを示し合わせたんだべ」と、また森屋ヨシノの共犯説をぶり返す刑事もいる。

「だけど柑菜を駐車場に呼び出したのは、健二なんでないか？　柑菜は健二に惚れてたんだべ」

「駐車場でちちくり合うかって誘いでもかければ、柑菜は乗ってくるべなあ」

俊介が助けを求めて山形を見やると、難しい顔をして首をかしげている。

「舟見君、なしてそったらに健二をかばうのかね」と湯ノ川署長がいつものニコニコ顔で言った。

「かばうわけじゃありません」

「ここまで来たら、最有力の線から、順繰りに行くよりしょうないんでないかい」と署長は全体を丸くおさめる配慮を見せる。これには俊介も抵抗のしようがない。

雪がやんでから気温が上昇しつつあるらしく、今朝は陽射しが暖かいし、一面に五センチほど積もった雪もどんどん溶けて、あちこちで水が流れている。だがその暖気の何割かは、さっそく邸外に駆けつけた、今までをはるかに上回る数の報道関係の車や人、あわただしい話し声や急ぎ足によってもたらされているのではないかとも思えた。方面本部長と湯ノ川署長は、記者会見をどう乗り切るか今から心配している。無理もないことだった。自分がその立場にいたら、困り果てて心臓が喉までせり上がってくるだろう。

柑菜のときと同じように、犯人は岩倉邸内に車を乗り入れようとせず、車両通行の轍(わだち)の残る国道にそのまま駐車して車を降り、犯行におよび、戻ってきて逃走したと考えられる。今度は犯行現場が門のすぐ内側の屋根つき駐車場ではなく、階段をのぼった離れの二階であり、しかも帰路、松雄との格闘もあったので、所要時間は少なくとも十五分から二十分あったのではないか。その間、国道を一台も車が通らなかっただろうか。犯人の車は岩倉邸に近い、恵山方面へむかう下り車線に停められていたと考えられるので、函館市街から別の車が通りかかれば、追い越しのために対向車線へ雪を踏んではみ出すはずだが、そのはみ出し跡はやはり残っていない。したがって捜査の主眼は、恵山方向から函館市街へむかう海側の上り車線を走って、午前二時から三時のあいだに岩倉邸前を通過した車両を探し出すことに置かれた。慣例にしたがって、交通規制と捜査の指揮にあたっていたのは山形だった。

俊介は今朝まだ千代子に会っていないので、様子を見ようと母屋へ行ったが、しのぶが出てきて、千代子は熱を出したようで、いま岩倉病院から医者が往診に来ているという。仕事にあぶれたのをいいことに、俊介はマイクロバスに戻り、山形が戻ってくるまで、自分の端末機にこれまで打ち込んできたメモを整理することにした。きのうまでは、岩倉商事に出向いて社員たちの聞き取り捜査のつづきをする予定だったが、事態の急変でその予定は中止になり、かといって――壮一に執着する一部の捜査員を除くと――新しい捜査の方向性も見えていない。それを見いだすためにも、岩倉の家族たち、とりわけ被害者となった娘たちのうち二人から話を聞いてきた俊介が、ここは乾坤一擲（けんこんいってき）、真相に近づく手がかりを発見しなければならないと責任を感じてもいた。

メモを取りながら、あるいは記憶が薄れないその日のうちに、気になることはマルで囲んだりフォントを変えたりしている。これまでのメモを振り返ってみると、最近は石黒正臣医師のハーレーダビッドソンの名義変更に関するものが多かったが、ただこの件に関しては、山形のおかげで疑問はだいたい解決した。それでも残る疑問がまだまだあるので、それらを俊介は順繰りに眺め、考えられるものは考えようとした。

たとえば、今朝山形が指摘した問題、すなわち、彩芽を殺害して離れを出てきた犯人が、ばったり岩倉松雄と出くわしたとき、松雄のほうは恐怖か寝ぼけか、とっさに声が出なかったとしても、そのことを予測できないはずの犯人は、なぜ短冊のような、即死を狙うには物足りない武器を、一度だけでなく二度までも用いたのか、ナイフを出して腹でも首筋でも、一突きするべきだったのに、そうしないのはどうしてだったのか、という問題がある。だがこれについては、現状の痕跡から判断する限り、たまたま二度目の攻撃が功を奏して喉に食い込み、松雄はまるで即死したかのようにどっと雪の上に倒れたからなのだろう、と推測しておくほかなかった。

また、犯人が潮首岬付近で咲良を殺したなら、なぜその場に遺体を放置しないでボートで運び出そうとしたのか、という問題もある。そのほかの遺体はすべて、倒れた場所に——すくなくとも、容易に発見される場所に——放置されているのだ。だがこれも、たとえば遺体を沖へ運んだボートが見つかるまでは、答えが出ない謎のような気がする。

そんな調子で疑問点を振り返っていくと、一つ、目に留まったものがあった。しのぶに見せてもらった浜野幸司の手帳の中の一節だ。これは考えてみる必要がある気がした。

――幸司は九四年の四月、「しのぶ、木古内からだと言って五十万円を出す。涙あり。」と手帳に記している。ところが壮一の記憶によれば、九六年に会社がつぶれてからあとも、木古内のしのぶの父親は浜野宅を無心のために訪れている。一度などは、十万の金をせしめて父親が帰っていくのを壮一は見かけた。その十万はしのぶの「へそくり」で、「お父さんに迷惑かけるお金でない」としのぶは言ったが、その時点でしのぶに多額の「へそくり」があったとは考えにくいので、壮一も、一緒に聞いていた山形も、その金は岩倉松雄から出たものだろうと推測していた。おそらくそのとおりだろう。

その十万の金のやりとりは、壮一さえ告げ口しなければ――おそらくしなかっただろう――夫の幸司には知られないままになっただろう。いや、もとより壮一も幸司も知らないところで、しのぶから木古内の父親への金の受け渡しは、こっそり繰り返されていたと考えるのが自然だ。それらの金は、おおかた松雄から出ていただろう。とすると松雄は、浜野水産のテコ入れだけでなく、別途しのぶにも、木古内の実家を援助する目的で内密に金を渡していたことになる。せいぜい年に百万程度だろうから、松雄にしてみればたいした出費ではないが、しのぶにとってはありがたい限りだっただろう。それはしのぶ個人に対する松雄の厚意だったかもしれない。

松雄からしのぶの実家へのこうした金の流れを、幸司はどの程度承知していたのだろうか。実家からの無心は結婚当初からつづいていたらしいから、幸司がその件についてまったく知らなかったとは考えにくい。ある程度知りながら、援助してやれない自分を責め、これではしのぶを嫁がせた意味がないではないか、という実家からの声にならない声を聞く思いで、幸司としては見て見ぬふりをしていたのかもしれない。夫の苦境をおもんぱかって、しのぶが金の流れについて、夫にあえてくわしく報告しなかったことも考えられる。

いや、むしろしのぶのほうが、夫の苦境にあっても実家を助ける金を確保しつづけるために、別立ての援助をひそかに松雄に願い出たのかもしれない。夫には報告しない金だ。それは大金だったかもしれない。――俊介は生つばを呑んだ。――その代償を、しのぶは松雄に求められて提供したかもしれない。あるいは、みずから松雄に差し出したかもしれない。実家の暮らしを助けるためだからだ。しのぶはもともと、そのために嫁いできたようなものだった。

いずれにしても、そんな流れの中で、浜野水産の倒産前の九四年四月、しのぶの実家が五十万の金を、本当に幸司のために持ってきたとは考えにくい。それも松雄から出た金だったのではないか。つまり、松雄からしのぶの実家への金の流れは、九四年からすでにはじまっていたのではないか。だとすると、「しのぶ、木古内からだと言って五十万円を出す。涙あり。」の一行はどういう意味なのか。五十万円の現金を見たとき、それが実家からではなく松雄から出たものであることを、幸司はうすうす気づいたのではないか。気づいても何も言わなかった、言えなかったのではないか。だからこそ「木古内からの五十万円を」ではなく「木古内からだと言って」と書いてあるのではないか。それが取り繕った言い訳であることを察知し、それでもそれを自分のために差し出すしのぶの厚意はありがたく、その言い訳をそのまま受け取ることにした心の機微が、ここにはあらわれているのではないか。

そうだとすると、「涙あり。」はまた別の意味を帯びてくるほかない。五十万円は女が身体を提供してもおかしくない金額だ。そのことも幸司は察知した、すくなくとも可能性の閃光を見る思いがしたのではないか。それを思って幸司は、ありがたさにではなく、情けなさに泣いたのではないか。あるいは何も言わないまま、言えないまま、幸司としのぶは手を取りあってともに泣いたのではないか。

――俊介はマイクロバスの窓の外を見た。岩倉邸の塀のむこうでは交通規制が敷かれ、制服巡査の指揮のもとで検問がおこなわれて渋滞している。その向こうには防波堤の先に津軽海峡が輝いている。この海を西へ行けば、函館山を越えたむこうに木古内の浜辺がある。昔から、ときに富を生み、たいていは貧困を生んできた北の海岸のつらなりだ。

浜野幸司はしのぶと松雄の関係を知りながら、貧しさゆえにそれに耐えるほかなかったのだろう。耐えきれずに心を病み、やがて死んだのだろう。幸司がすべてを知りながら黙っていることを、しのぶは知っていたのだろう。たとえば「木古内からだと言って」五十万円を出したとき、夫の表情から、真実を知られたことがしのぶにもわかったのだろう。涙の性質を理解したのだろう。それでもたがいに、なにも言えなかったのだろう。

それから三年、一九九七年には、浜野水産は倒産して一年を経過している。鬱病に悩む幸司の見舞いという目的があったとはいえ、この時点で岩倉松雄がわざわざ浜野宅へ足を運ぶ理由は、もうそれほどなかっただろうと考えられる。ところが、壮一の記憶によれば、帰宅した幸司は松雄の来訪を、すくなくともその可能性を予期していた。「岩倉社長来てないかい」と壮一に尋ねたのはそういう意味だ。もちろん、松雄が自分に会いに来たわけではないことも幸司は知っていた。しのぶ一人がいれば用が足り、それが済めば帰るだろうと知っていたのだ。「父さん、あんまり顔合わせたくねんだ」と言って壮一の素振りにつきあったのはそういう意味だ。裏を返せば、幸司は、自分が不在のときに松雄が来る、とうすうす知っていて、そのことを承認し、そのことも承認したことも誰にも、自分にさえも、気づかせないように、なにも知らない顔をしていたのではないだろうか。そのなにも知らない顔を、短く見積もっても九四年から三年間、つづけていたのではないだろうか。

そうであれば、しのぶがやがて健二として生まれてくる赤ん坊を身ごもったと知らされたとき、幸司はその子がはたして自分の子なのか、松雄の子ではないのかと、疑う理由があっただろう。いや、幸司は確信したのだ。性交渉と排卵の関係を計算してもみただろうが、それ以上に、しのぶの知らせかた、その表情の中に、「自分はとうとう岩倉社長の子を身ごもってしまいました。社長のお世話を一家がこれからも受けるためには、この子を産んだほうがいいと思うのですが、我慢してもらえますか？」とでも言うような、しのぶの必死の計算――それはもちろん木古内の実家をも考慮に入れた、貧乏ゆえの計算だった――が、込められていることをさとったのだ。看護師畝川泰子の前で「しのぶがなんとかなると言う意味が、ようやくわかった」と幸司が言ったのは、そういう意味なのだ。「間違いだと思ったら、合ってたわけなんだよな」と言ったのも、そういう意味だったのだ。松雄との関係を、今や肉体関係以上のものとして、血縁関係として維持することが、間違いをあえて選んだしのぶの選択であり、それはたしかに「合ってた」のだ。そしてそれに、幸司は耐えられなかった。だが耐えられなくても、その現実を拒絶することはかれにはできなかった。かれにはいわば、自分自身を消去するしかもう選択肢はなかった。それならせめて、自分の死後も、しのぶ、壮一、そして生まれてくる子供の平穏な生活が保証されるように、松雄に約束をさせよう。裏切られないように、遺言として言い残そう。いや、あの二人はもう五年あまりもつづいているのだから、裏切られる心配はあまりない。ともかく自分はすべてを知っていること、それに耐えてきたことをせめて松雄に告げて、すこしでも責任を、罪の意識を感じさせてやろう。「じゃ、頼んだよ！」と言ったのはそういう意味だったのだ……。

俊介は目を細めてまだ海を見ていた。海は冬によくあるつかの間の陽射しにうれしそうに輝いている。

小窪工務店の澄夫老人が、岩倉家のことを「堕落の家」だと言っていたのを俊介はまた思い出した。澄夫老人は俳句友達の浜野幸司から、なにがしか事情を打ち明けられていたのかもしれない。打ち明けてもなんの対抗手段も取れない幸司の無念さを、「堕落の家」という言葉に込めていたのかもしれない。たとえそんな複雑な事情を、澄夫本人はもうすっかり忘れてしまったにしても、だ……。

気づかないあいだに、バスの外はますます騒がしくなっていた。ドアを開けると、四方のざわついた音や声が生き返るように耳に飛び込んでくると同時に、青空駐車場が車でいっぱいになり、井戸の周辺にもでたらめな向きで車が駐車されているのにも驚かされた。弔問客が母屋の玄関先から階段の下まで並んでいた。喪服や黒い腕章の男たちが歩き回っている。きょうはきのうまでと違って暖かいので多少は楽だ。

気がついてみると、岩倉邸の敷地は、門側から階段のほうへ、また階段の上から奥へ、かすかに上り勾配になっているようで、雪解けの水が奥から門の外の下水溝へ、すこしずつ流れている。半日あまりでずいぶん溶けて、しかも人が絶えず行き来するので、塀際や建物の脇をのぞくと、雪はもうシャーベット状のまだら模様になって残っているだけだ。シャーベットを踏みたくない通行人は、ぴょんぴょんと飛び石を伝うように舗装面を拾って歩いている。

玄関先で客に応対していた釜下専務に声をかけて、しのぶを呼び出してもらう。弔問客たちは、しのぶを呼べと言う男が、喪服も着ていないのだから警察関係者だろうと見当をつけたらしく、急に一斉に黙り込んだ。

喪服姿のしのぶは廊下へ現れて、俊介を自室に案内した。

千代子はまだ床に伏せったままだという。客たちは大部分、松雄と彩芽の遺体が警察から返還されるまで、焼香を控えて待っている。応接間はすでに満員なので、恐縮ながらたいていの人たちには、出直すかそのまま並んで待っていてもらうほかない。しのぶがそんな話をするうちに、釜下が盆に載せた急須と茶碗を持ってきて去っていった。

「お忙しいところ申し訳ありません」と俊介は頭を下げ、

「時間の節約のために単刀直入にうかがいます」

しのぶは黙ったままうなずいた。

「健二君の父親は、浜野幸司さんではなくて、岩倉松雄会長だったのですね？」

しのぶはハッと目を伏せる。しばらくなにも言わない。言わないが、豊かな身体が震えるようで、代わりに返事をしているように見える。

「あなたはそれを、もちろん最初からご存じだった。会長にもすぐに伝えた。その時点で、男の子が授かるとは、まだわからなかったでしょうが、会長はたいして喜んだんですね。ぜひ産んでくれと言った。その子が大きくなるまで、どんなかたちでも、面倒見るからと、そう言ってくれた。あなたはその言葉が聞きたかった。聞いてしまえば、安定した生活の見通しに、打ち勝つことができなかった。あなたは木古内の実家も助けないとならなかったんですから、それはしかたのないことです」

俊介は言葉を休めてみたが、しのぶは相変わらずうつむいたまま動かず、なにも言わなかった。それは自分が言っていることを承認している意味だと受け取って、先をつづけることにした。

「問題は当時の旦那さんの幸司さんだったですね。幸司さんの子供だという可能性はあったのでしょうけど、はたしてそのとおり受け取ってもらえるかどうか。だけど受け取ってもらうしかないと、あなたは判断したんですね。いまさら会長の機嫌、損ねるようなことはしたくない。子供という絆の保証もほしい。そこで幸司さんにうちあけた。幸司さんは、最初は自分の子供だと思って、うれしい反面、生活考えれば喜んでられない、複雑な心境だったでしょう。ところがやっぱり、気ついてしまった。たぶん、前からあなたと会長の関係がつづいてきたことを、知ってたのだと思います。その上で、あなたの表情読んだのか、それとも会長の表情、言葉の切れ端、なにをきっかけにしたのかわかりませんが、とにかく気ついた。ただ、気ついても、怒れなかった。気力が弱ってたこともあるでしょうけど、なにより、怒って松雄さんを、自分たちの生活から切り離したら、生きていかれないとわかってたし、あなたがそこまで考えぬいてることにも、一緒に気ついたからだと思います。だから幸司さんは、死ぬほうを選びました。あとを会長に託すために、最後の日に会長を病院に呼びつけて、『頼んだよ！』とわざわざ言ってから、屋上から飛び降りることにしたのです」

言い終えて、俊介にはこれが真実だという自信が湧いてきていた。しのぶはまだ何も言わなかったが、今度は俊介も黙って返事を待っていた。

しのぶの目尻から涙がこぼれて頬を伝った。だが、泣くことに慣れた子供のように、しのぶは涙を無視しつづけていた。やがてがっくりうなだれるようにうなずくと、頬にようやく手の甲を当て、顔をあげず、俊介の胸のあたりをぼんやり見やりながら、

「壮一には、言わないでくださいね」と言った。

「もちろん言いません。でも、おれがこの真相に到達したのは、半分以上、壮一君の記憶、聞き出すことができたからなんですよ」

「ええ、あの子も、うすうすはわかってます。でも、はっきりとは……」

「知りたくないのかもわかりませんね。そういうことは、ありますからね。ともかく言いませんから、安心してください」

「……あの日、そういうことが、あったみたいです。会長呼んで……『しのぶのおなかの子供は、松ちゃんの子だべ？』って訊いたそうです」静かな話しかただった。まるで思い出そうとしているのではなくて、思い出が勝手に、今流れている涙のように、流れていくかのようだった。

「会長はしらばくれたそうですけど、『とにかく、もしそうだったら、あんたその子、育てる気あるんだべさ？　その子だけでなく、しのぶも壮一も、面倒見てくれるかい？』と訊いたそうです。……会長は、うちの人が離婚に同意してくれるのかと思ったそうです。それが、会長が望んでたことだったんです。それでもうちの人の入院があって、切り出すに切り出せないでいたんです。……だから会長は、この機会ば逃さないようにと思って、『そりゃあ、そういう場合には、もちろん全責任を取るさ。だけど――』と言いかけたところで、うちの人はさっと立ち上がって、『じゃ、頼んだよ！』って言って……走って行ってしまったんです」

　幸司が走り去る風の音が、俊介の耳に聞こえるようだった。

「健二君は、知ってるんですか。自分の父親が、会長だっちゅうことを」

「はい、たぶん。……会長のかわいがりかたが、昔からものすごかったですし……」

「頭のいい子だから、察してたかもわからないですね。会長は、あなたの言うとおり、健二君は血の繋がったわが子だと、すぐに認めたんですか」

「はい。生まれたのが男の子だったので、それは喜んで……『この子がもし本当におれの子なら、神様の授かりものだ。だけど、本当にそんなうまい話があるんだべか』って、念のために、専門の研究所に親子鑑定頼みました。前にそういうこと、したことあるそうで、あれよあれよっていう間に、結果出てきました」

「予想どおり、実の親子だったんですね？」

「はい。……私も安心しました」

「木古内のご実家も大喜びだったでしょうね」

「はい」

「つまり、幸司さんの予想したとおりになったわけですよね」

「……はい。……うちの人は、気の毒だと思いましたけど、私、産んだ子と産まない子と二人抱えて、会長の言うとおりにするより、どうしたらいいか、わかりませんでした……」

「そのとおりだと思いますよ。千代子さんも、健二君が会長の実の子であることはご存じなんですか」

「はい。養子縁組するときに、会長が奥様に話しました。奥様も『ようやく岩倉家にも、男の子が授かったのね』って、喜んでくれました」

「そうですか。それではこの件を発表しなかったのは、やっぱり壮一君のためですか」

「それもありますし……健二がおなかにはいったときは、まだうちの人病院にいましたから……」としのぶはやや声をひそめて言った。

「あ、そうでしたね」

俊介は茶に手を伸ばした。ここ一時間ほど、重大な発見をしたような興奮につつまれていたが、その発見が承認されてみると、養子がじつは実子だったという事実があきらかになっただけで、一連の殺人事件との関連はまったく不透明なままであることに気づかされる。いや、なににせよ、真実の一歩は一歩だ。たとえばこれで、健二は三姉妹の誰とも結婚できないことになる。だからといって三人を殺害するものでもないだろうが、その点はあとで考えるしかない。今しのぶに確かめておくべきことはなんだろう。

「しのぶさんは、浦嶺竹代さんのことは知ってますか。二十年くらい前の、松雄さんの愛人だった人です」

「奥様から、話は聞きましたけど、私はお会いしてないです。『この件は私と会長でやりますから』っておっしゃって」

「そうですか。でも二十年前だと一九九六年ですが、浜野水産が倒産した年です。すでに松雄さんとは親しかったと思いますが、松雄さんから浦嶺ちゅう名前、出ませんでしたか。あるいはどこかで見かけたとか」

「さあ……私は、よその人に気遣う余裕なかったです。……会長はいっつも『おまえさえいればいい』って言ってくれてましたけど……」としのぶは、のろけるでも照れるでもなく、捜査に協力するためでもなく、ただ自分が流されてきた経緯をそのまま流し出すだけであるかのように言った。

「わかりました」と言ってから俊介はすこし考えて、

「それでは、しのぶさん自身の恋愛体験を、すこしうかがってもいいですか。きれいな方だし、浜野幸司さんと結婚する前、木古内で、誰かとつきあっていたというような……」

しのぶはきょとんとした顔をした。それからすこし笑った。

「とんでもないです。誘ってくる人はなんぼかいましたけど、仕事と、妹たちのご飯作るのとで、デートするヒマなんかなかったですから」

「一回もですか?」

「はい。お祭りのときに漁協の人と行きあって、しゃべることはありましたけど……私、浜野に嫁いだとき、生娘でした」としのぶはさりげなく言った。

「生娘」とは久しぶりに聞く言葉だ。俊介は真っ赤な鮮血を思わず連想して、はたと膝を打つ思いだった。「新妻に　秋の山々　名乗り来よ」。幸司のこの句は、新妻の出血に対する感激を、秋の山々の赤い紅葉に結びつけて比較しているのではないか。そのほうがいやらしいといえばいやらしいが、作者の思いとしていっそうリアルに見えるではないか。

しのぶの部屋を出て玄関前に戻ると、ちょうど階段を、片手を釜下に預け、もう一方の手で手すりにつかまりながら、喪服姿の千代子がゆっくり降りてくるところだった。応接間にいたうちの何人かが階段下まで出て、見あげて千代子を迎える。

「ちょっとご挨拶だけ、どうしてもなさるちゅうもんですから」と釜下は周囲のあちこちに頭を下げながら説明する。すかさず、奥様どうぞお休みください、などと声がかかる中を、

顔は青ざめ、髪は乱れて痛々しい千代子は、まるで主演女優のように急がず階段を降り、ふかぶかと頭を下げ、

「皆様どうも、ご迷惑をおかけしております」

奥様、わざわざどうも、などと口々に人々は返答をはじめるが、千代子はかまわず、

「明日の通夜では、喪主は長男の健二が務めますが、なにぶんまだ子供ですので、至らない点なども多々あるかと存じます。どうぞよろしくお願い申し上げます」と言ってまた頭を下げる。ゆらりとするのですかさず釜下が手を添えて支える。

ざわざわとささやきがあり、

「健二君では大変でしょう。喪主は、奥様かしのぶさんでよろしいのでないですか」と一座の代表格のはげ頭の老人が言った。

「いいえ。これは会長の遺言でございます。自分にもしものことがあったら、喪主は健二にさせろと、日ごろから申しておりました。今、支度しておりますから、もうまもなく降りてまいります」

それだけ言うと、千代子は釜下に抱かれるように反対側の、松雄の居室だった部屋へ去ろうとして同じ側にいた俊介としのぶに気づき、会釈をした。

「健二でよろしいんですか？　本当に」としのぶ。

「ええ、もうなにもかも、健二さんにお任せしますの。なにかあったら、この釜下に相談し

てください」

　釜下はうれしそうな顔で、

「いやいや、私はすべて奥様に取り次がせていただきますから、はい」

　俊介は千代子と目を合わせた一瞬、捜査本部が設置されてから三人の家族が殺害された最悪の展開を非難されると覚悟したが、かすかに非難してよこしたのは視線だけで、千代子は俊介に言葉もかけず、釜下に抱かれて去っていった。

　階段の上に注目が集まって声がもれるので、俊介もそちらを見あげた。黒染めの羽織にグレーの袴、白足袋をはいた健二が両手を拳にそろえて階段の上に立ち、凛々しい表情のまま、ゆっくりと降りてくるところだった。

　降り切ったところで健二は俊介に気づくと、きのうまでと同じにこにこ顔に戻りながら近寄って、

「さっきジャン・ピエールに電話をしました。あしたの午後一時に来るそうです」

「あ、そう」

「ぼくは忙しくて相手ができないかもしれないので、舟見さんを訪ねるように言っておいたんですけど、よかったでしょうか」

「わかった。一時にいるようにするよ」と俊介は答え、しばらく忘れていたが、自分もジャン・ピエールを待望していたのだと思い直した。忘れていたあいだに待望がずいぶんふくら

んでいることにも気づかされる。

2

夕刻、捜査本部へ帰ったところへ、解剖所見が届けられた。死亡推定時刻、死因ともに現場での見立てどおり、すなわちまず彩芽が、午前二時と三時のあいだに絞殺され、次に松雄が短冊を凶器とする致命傷を負い、午前三時と四時のあいだに絶命した。松雄の額と喉や手の裂傷やあざの形状は、いずれも現場に残された短冊によって生じたと断定された。彩芽も松雄も、血液中に睡眠薬の成分は検出されなかったが、捜査本部の中には健二やしのぶの共謀を立証するために、できれば睡眠薬が検出されることを望む刑事もいたので、けっきょく、鑑識係が岩倉家の前夜の台所ゴミの中から拾い集めた緑茶の葉、鱈の身の小片、三ツ葉の切れ端などを、あらためて札幌の科学捜査研究所に送って鑑定依頼することになった。結果が出るまで三日かかるという話だった。

壮一は前夜、一人で戸井のアパートの自室にいた、と主張したが、これを疑う捜査員たちが周辺に聞き込みを展開したところ、かえって壮一のアリバイが確証される結果が出てしまった。すなわち、午前二時半ごろ車で帰宅した隣室の友人が、壮一の部屋の明かりがまだついているのを見つけてドアをノックし、出てきた壮一に、おれの部屋ですこし飲まないか、と誘ったが、もう寝るところだからと言って断られたというのだ。その友人はそれから三十分ほど、自室でテレビを見ながら一人で酒を飲んでいたが、確かに隣りからは物音がなにも聞こえなかったので、壮一は寝たのだろうと思った覚えがあるということだった。

二時半に戸井の自宅にいたのでは、二時から三時のあいだに岩倉邸で凶行におよぶことはほぼ不可能である。ぎりぎり二時ちょうどに凶行を終え、雪道を猛スピードで帰れば間に合うかもしれないが、松雄と邂逅したことなどを考慮に入れると、不可能という結論が出てしまう。

そこで捜査員たちは、隣室の友人がどこかで、時刻などについて錯覚していることを立証しようと、根掘り葉掘り質問を浴びせつづけたが、そのあげくにわかったことは、二時半に駐車場に車を入れたとき、隣りに停まっていた壮一の車には昨夜来動かした形跡がなく――雪が屋根にもボンネットにも周囲にも降って積もったままになっていた――車からアパートの入り口までの雪面にも、足跡はまったく残されていなかった、という事実だった。

これで壮一は、咲良、柑菜、そして松雄と彩芽の殺害という三事件の夜に関していずれもアリバイが成立した。すくなくとも捜査本部の大半はそう認定した。

すると方面本部から来た刑事の一人が、健二主犯説を唱えはじめた。この刑事は岩倉家の子供たちの「異常な」性的関係を本気で考えれば考えるほど、健二こそが一連の事件の主犯であると思われると主張した。健二は咲良の事件の夜は札幌にいたし、柑菜と昨夜の彩芽・

松雄の事件の夜は母屋にいて、足跡を残さずに犯行に参加することは不可能である。だが健二は、壮一以外の友人などに、報酬を支払って犯行を依頼する十分な理由を持っている。姉妹の数が減れば、それだけ将来岩倉家から相続される財産が分割されず、健二の収入がふえることが理由の第一点であるが、それればかりではない。美貌の少年であるために中学生のころから三姉妹と交際を強いられてきた健二は、じつはひそかに三姉妹によって、身体をもてあそばれてきたに違いない。ともすると「もてあそばれる」といった表現を男の側に使うことは大げさであると考えがちだが、性心理の多様性と複雑さ、ましてや思春期にある少年のそれは、がんらい慎重な検討を要すべき問題である。虐待を受けた健二の性衝動が、反動のように三姉妹に対する憎悪を爆発させたと考えて不思議はなく、しかも現状では、三姉妹を狙った連続殺人の動機に関する解釈として、唯一まともな仮説であると考えられる。健二の当初の目的は短冊の俳句に見立てて――そこに捜査の目を攪乱する意図ばかりでなく、健二の心理の異常さを見てとることはたやすい――三姉妹を殺害することだっただろう。松雄老人はいずれ長くはないからだ。だが、健二が依頼した犯人が、昨夜現場でたまたま外へ出てきた松雄老人に遭遇したために、健二にとって一石二鳥の結果がもたらされた。松雄が今死ねば、遺産の一部はただちに健二に相続されるからである。したがって、今後は健二の交遊関係、とくに信頼する男友達を、広く捜査する必要があり、その範囲は兄の壮一を介して広がりうるが、さしずめ捜査すべき筆頭は、健二がオートバイを習った西辺聖也、および聖也を仲間とする市内の不良グループである。またもう一人は、健二が事件発生後、岩倉邸へ案内した唯一の友人である、ジャン・ピエール・プラットなるフランス人であろう。

俊介はびっくりしながらこの新解釈に耳をかたむけていた。高尚で、しかも筋が通っているように聞こえる。だが、自分が健二たちから受けてきた印象とはまるで異なる。もし自分が健二に騙されていただけで、健二こそが真犯人だというのなら、おれは単純すぎて、この手の複雑な事件によほど向いてないんだろうな、と俊介は思って内心冷や汗をかいた。もし健二が真犯人なら、おれはさっさと湯ノ川署を辞めて、恵山の先の、椴法華の駐在所にでも引きこもろう……。それでも新解釈の講義が終わると、俊介は必死に手をあげて、明日午後一時にジャン・ピエールが自分を訪ねてくることになっているので、この者については自分から、くわしく話を聞いてみると言った。

俊介は捜査会議が済んでから、山形に声をかけて部屋の隅に行き、健二の父親が松雄であることをしのぶが認めた、と伝えた。

「ほう。間違いないの」

「健二が生まれてから、松雄が得意の親子鑑定だか、やったようです」

「血繋がってるから、安心して養子にしたわけか。ますます筋とおるな。千代子の子供がみんな女の子で、松雄はさぞがっかりしたべと思ってたけど、ちゃんと手は打ってあったわけだ」

「そういうことですね。浜野幸司はしのぶに妊娠告げられて、おなかの子が松雄の子だと見抜いて、そこまで我慢するのに耐えられなくて自殺した、ということのようです」

「なるほど。それもわかるなあ。しかし、しのぶははじめ、松雄の子を幸司の子として、産んで育てるつもりだったわけか。よくそんな勇気があったもんだね」

「松雄は離婚して自分と一緒になることを望んでたようですけど、どっちみちしのぶは、松雄の言うとおりにするよりしょうがなかったようですね。幸司さえ、言うとおりにするよりなかったんです、けっきょく」

「金の力だものなあ」

「問題はこの件が、今回の事件にどう関係するかなんですが」

「そうだなあ」と山形は腕を組んで、

「浜野幸司の恨みが残ってるとすれば、やっぱり壮一か？」

「そうですね。壮一はこの事情をはっきりとは知らないと、しのぶも言ってましたし、こないだわれわれに話したときも、そこまでは知らないみたいでしたよね。だけど、じつは最近になって真相を知って、怒りが爆発した、なんて可能性はありませんかね」

「はっはっは、おまえの判断はどうなのさ、おまえが自分で話聞いたんでねえかい」

「いやあ、自信ないな。だけど、その真相を、健二がおもしろ半分に壮一に教えたって可能性は、なんとなくある気もするんです」

「健二は知ってたのかい？」

「しのぶは健二なら、うすうす気づいてるんでないかって言ってます。頭のいい子だから、なんかの拍子に見当つく可能性は、あったんでしょうね。それをおもしろ半分に壮一にしゃべったら、壮一は血相変えて怒った、と。健二が思ってもみない行動に出始めた、と」

「うーん。やっぱり壮一か。なんだかおんなじとこをぐるぐる回ってる気してきたけど、そしたらこの話、明日の捜査会議に出したほういいんでないか？」

「だけど壮一には、がっちりアリバイありますよ、さっきも確認したとおり」

「したから、犯行の依頼の線になるんだべ。だけどそのほうが、話としてはなんぼかマシでないかな、さっきの、異常心理がどうのこうのって理屈よりも」

「あ、あの理屈、ダメですか」

「いや、おもしゃいけど、人見て言わないばダメでしょ。健二が岩倉の娘たちば恨んでるかどうか」

「ですよね」と俊介はいくらか安心して、

「そうすっと、出発点はやっぱり壮一か。壮一が誰かに犯行を依頼した、と。だけど、壮一の交遊関係は、方面本部の連中がかなり調べて、壮一がやばい話をもちかけた形跡、金のやりとりした形跡はないんでしたよね。こないだバーベキューハウスにいた二人もふくめて」

「だから、まだまだ調べないとなんないわけさ。西辺聖也とフランス人は、どうせなんも出てこないべ」

「はい。したら、とりあえず、健二に探り入れてみますわ」と俊介は言った。

時計を見るとまだ七時だ。俊介は健二に電話を入れた。一つだけ、どうしても今晩中に訊いておきたいことがあるのだが、電話では話しにくいので、これからそちらを訪ねてもいいか、と申し入れると、どうぞ、とすぐに言ってくれた。


松雄と彩芽と、二人の遺体は五時に返還され、応接間の奥の仏壇をそなえた和室に——柑菜や咲良のときと同様に——安置されていた。焼香の客もあらかた片づいて、応接間で寿司をつまんでいる。和装のまま挨拶を繰り返していた健二も、ようやく解放されたところだという話だった。

俊介は健二の勉強部屋に通された。ベッドの脇に大きな本棚があって、ぎっしり歴史書や参考書で埋まり、いちばん上の段にヘルメットと手袋が、なにかの言い訳のようにちょこんと載っていた。

「きみはマンガは読まないの」と思わず言うと、健二は恥ずかしそうに首をかしげて、

「少女マンガは読まされたので、今でもすこし読みますけど、男のマンガは……なんかピンとこなくて」と答えた。

健二はベッドにすわり、俊介は健二の机に向いていた椅子を回転させてすわった。岩倉商

事の女性社員が茶を入れた盆を運んできてくれた。しのぶはまだ居残った人々の相手をしているらしい。

女性社員が去ると、時間がないだろうから単刀直入に訊くけど、と前置きしてから俊介は、

「じつはね、きみの本当のお父さんは、浜野幸司さんじゃなくて、岩倉松雄さんかもしれないって、考えてみたことある？」

「はい」と健二は無表情に即答した。

「お母さんに聞いたの？　それとも会長から……」

「いいえ。でもなんとなくわかってました。やっぱりそうなんですね？」

「いや、おれも確証はないんだけどさ」と俊介はごまかした。

「そうですか。ぼくもお母さんにはまさか訊けないし、想像するよりなかったんですけど、会長がぼくのことを、連れ子にしてはずいぶん大事にしてくれて、神経質なくらい、病気になると様子を聞きにきたり、外国へ行くのはあぶないからって反対したり、いろんなことがあったんですね。そりゃあ養子になったんだから、跡取り息子には違いないけど、ねえ」と健二は苦笑する。

「やっぱりそうか」

「ぼくにとっては、それがちょっとストレスでしたね。まるで女の子みたいに大事にされることが」

「だから鷹の置き物を可愛がったりするわけか」

「ははは、そうかもしれません」

「わかる気するな。で、そうなるとさ、言いにくいんだけど、お母さんはまだ幸司さんが存命のうちに、会長と関係を持ったということになるよね。そのことについては、どう思った？」

「さあ、お母さんがよほど気に入られたんでしょうね」と健二はあいかわらずニコニコして言う。

「……それだけかい？」

「お父さんは病院を行ったり来たりで、お母さんには生活費の必要もありましたから、そんなものかと思いました。ただ、これだけ財産があって、当時独身で、どんな女性でも手に入れられそうな会長が、よりによって子連れの、しかも友達の奥さんに執着して、最後は結婚してしまうなんて、ちょっとロマンチックな感じもしましたし……まあ、よほどお母さんに魅力があった、ってことでしょうか。あ、そのことはお母さんに昔、訊いたことがあります。『会長は、どうしてお母さんを選んだの』って」

「へえ、お母さん、なんて言ってた？」

「『わかりませんよ』って。『でもおかげで木古内の家も、みんな学校に行かさったし』って言ってました」

「お母さん、一生懸命だったんだね。幸司さんにも、会長にも、両方にね」

「そう思います。だからぼくも、与えられた役割を一生懸命やるだけなんですね」

「そうだね。それ、きょうの結論にしたいとこだけど、もう一つ質問あるんだ。この本当のお父さんの話、壮一兄さんにしたことはないかい？」

「ありません。お兄ちゃんは、ぼくたち兄弟は母親が違うけど、父親が一緒だから兄弟なんだって、小さいころからずっとぼくに教えて、『だからおれたち、助け合わねばなんないんだぞ』って、いつも言ってましたから、そういうお兄ちゃんの夢をこわすというか、がっかりさせるようなことは言いたくありませんでした。それにまだ、確証はないわけだし」

「その確証、会長なら遺伝子鑑定でもなんでもして、得ようとしたと思わない？　会長にとっては、きみが実子かどうかは大きな違いだったと思うんだ」

「それも考えました。だからこんなに親切にしたり、口うるさくするのかな、と思ったこともあります。それは奥様も一緒です。でもぼくはその鑑定結果を、直接聞いたわけじゃないし。どっちみち、養子の立場に変わりはないから、あまり気にしないようにしてました」

「でも、実子だとなると、三姉妹とは結婚できないよね。それも考えた？」

「いやあ、それはなりゆきですから、まだ考えなくてもいいと思ってました」健二の応答はどれも素直で無理がないように聞こえた。

そのときドアにノックがあって、釜下が薄めにあけたドアから顔を覗かせて、

「健二さん、奥様があとでけっこうですから、ちょっと来てください、ということで」

「わかりました」

「あ、おれはもう失礼するよ」と俊介は端末機をオフにして、

「それにしても、奥様は警察のこと、よほど怒ってるんだろうね」と思わず健二につぶやくと、

「はい。夕方、北海道警察の函館方面本部長って人が、弔問に見えたんですけど」

「あ、そうだったの」

「はい。奥様は会おうとなさらなくて、『今さら警察はいりません』とばかり繰り返すので、お母さんがだいぶ困ってましたから」

「そうだったの」と俊介は繰り返した。方面本部長は函館の警察全体のトップである。俊介も年に一度ぐらいしか顔を見ない。きっとあとでおれたちに、長い説教やら恫喝が降りかかるだろうと、俊介は憂鬱だったし、方面本部長に会おうとしないくらいなら、俊介などには目も向けなくて当然だ、と妙に納得した気持ちだった。


捜査本部に帰ると、留守中に居合わせた全員を集めて方面本部長が二十分にわたって檄を飛ばしていった、と聞かされて俊介はホッとした。それから智子に電話をかけて、きょうからしばらく捜査本部に泊まること、着替えその他の手配は明日で間に合うことを伝えた。一

つには、片づけておきたい仕事があったからだ。後輩の刑事に頼んで、松雄の愛人だった元仲居の杉原みどりの戸籍その他を調べてもらっていた、その結果報告が資料を添えて届いていた。

出前の天丼を平らげると、俊介は捜査課の自分の机に陣取って書類を点検しはじめた。

杉原みどりが現在住んでいる千代台の2ＬＤＫのマンションに越してきたのは、このマンションが新築された二〇〇二年の六月で、そのときから母親の住民票も同所へ移して同居している。ということは、この時期に、松雄との愛人関係が解消されて、手切れ金を使ってマンションを購入し、母親を呼んだと考えていいのだろう。二〇〇二年は松雄にとって、血の繋がった息子健二が生まれた二年後にあたる。健二を育てるためにも、しのぶと正式に結婚することを考えはじめたということだろうか。正式な結婚をすれば、愛人はもう必要がなかったということだろうか。この時点で松雄は六十四歳だ。年齢がそうした殊勝な決断に影響を与えたのだろうか。

千代台に来る前、杉原みどりは湯ノ川町の2ＤＫマンションに一九八八年から住んでいる。湯ノ川署のすぐ近くなので、なんとなく見覚えのある立派なマンションだ。松雄はここに愛人として通っていたのだろう。八八年には松雄は五十歳、最初の妻を亡くしてから二年たっている。

みどりは湯ノ川町に来る前、一九七七年から青柳（あおやぎ）町の1ＤＫの木造アパートに住んでいた。

その前は松前郡松前町の親の家だ。すでに父親は他界して家族は母親一人だった。七七年にみどりは十九歳だから、高校を卒業して松前を出て、函館に職を求めたのだろう。一年後の七八年、料亭「まつかげ」で働き出し、十年勤めて八八年に辞めている。この十年のあいだに松雄と出会い、親しくなり、世話を受けることに決まったのだろう。母親の住民票の移動がその間の事情を裏づけている。すなわち、みどりの母親は八八年、みどりが湯ノ川町に転居すると同時に、松前町から湯ノ川の隣り町の湯浜町(ゆのはま)のアパートに転居している。みどりと同居しなかったのは、松雄が通ってくるからだったのだろう。それが二〇〇二年まで、足かけ十五年間つづいたことになるのか。

松雄は情の深い、一途な男だったのだろうか。いや、九〇年前後には、みどりがいたにもかかわらず、森屋レイ子との縁談に途中まで乗り気だったという逸話が残っている。しかもこのほかに、もう一人の愛人、浦嶺竹代がいた。松雄としては、みどりに対しては本気ではなかったのだろうか。仲居あがりの女だから、最初から結婚は考えていなかったということか。

松雄は竹代との交際が「二十年も前の話」だと言っていた。すると一九九六年ごろで、杉原みどりのところへ通っていた時期と完全に重なっている。松雄は竹代との結婚を望んでいたのだろうか。九六年には千代子から彩芽は生まれていたが、まだ柑菜も咲良も、もちろん健二も生まれてなかったから、松雄は男の子が欲しかったはずだ。みどりはその期待に応えられなかったのだろうか。ひょっとして浦嶺竹代なら、その期待に応えられる可能性があったのだろうか。

竹代がアメリカへ渡る前に住んでいたマンションと、松雄がみどりを住まわせて通っていたマンションは、同じ湯ノ川町内にあることに俊介は気づいた。電車通りをはさんでやや離れているが、同じ町内だ。竹代はそこに、九一年の新築時に越してきて、二〇一三年のアメリカ渡航まで住んでいたから、松雄の二人の愛人たちは十年以上同じ町内に暮らしていたことになる。なにかの拍子に二人が知り合った可能性はなかっただろうか。

俊介は明日、もう一度杉原みどりを訪ねてみようと思った。松雄までが殺されてしまった今となっては、みどりももう、秘密を守る義務も理由もないはずだ。ざっくばらんに知っていることを話してくれるかもしれない。その中から、みどりと浦嶺竹代との意外な接点が出てくるかもしれない。俊介は会った印象から、みどり自身が岩倉家の連続殺人に直接かかわっているとは思えなかった。どちらかと言えば会ったことのない、そして殺されたのかもしれない浦嶺竹代にその可能性を、期待をかけるように求めていた。

捜査本部の会議室に戻ると、居残った刑事は総計六名、全員湯ノ川署のいわゆる所轄刑事なのでなんとなく雰囲気がくつろいでいた。音を低くして野球中継を見ている者もいた。オランダ戦で、大谷はホームランを打ったのだという。俊介はいくらか元気を得て、しばらく一緒にテレビの前にすわっていた。――明日はおれもホームランを打ちたい。いつも思っていることだ。すると明日、ジャン・ピエールに会うことになっているのを思い出した。やっぱりあいつが、おれのホームランなのだろうか。

3

翌十三日の午前九時半、テレビでは早朝から岩倉家の殺人事件のおそるべき新展開を報道しているので、杉原みどりに電話口でくわしく事情を説明する必要はなかった。みどりは深刻な口調で、役に立つかどうかわからないけれども、知っていることはなんでも話す、と言ってくれた。母親が十時半に買い物に出るので、十時四十分に来てくれるように、とのことだった。おかげで智子が清弥子を連れて陣中見舞いに来るのを出迎え、自分のシェーバーでヒゲを剃り、一緒に「丸井」の喫茶室でホットケーキの朝食を取る余裕もあった。

約束どおりの時間に千代台へ行くと、杉原みどりはこころよく、前回と同じリヴィングに俊介を迎え入れ、薄手の茶碗にきれいな若草色の緑茶を出してくれた。

みどりの話のあらましは、ゆうべ俊介が資料にもとづいて整理したところとほぼ一致していた。みどりは松前町の高校を卒業したあと函館に出て、ウェイトレスなどの仕事に就き、やがて「まつかげ」の仲居として雇われたのが一九七八年、常連客だった岩倉松雄に強引に口説かれて特別な関係になったのが八七年、その翌年体調を崩したのをきっかけに、勤めを辞めて松雄の世話で暮らすことになり、八八年に湯ノ川町のマンションに移った。

「とにかく強引なところとやさしいところと、裏表になったような方でしたの」とみどりは両手でつつんだ茶碗を覗き込むようにして言った。

「松雄さんは、あなたとのあいだに、子供がほしいと言いませんでしたか？」

「はい、それはなんべんも言われました。ところが私は、恥ずかしい話ですけど、松前にいたころの間違いがもとで、子供が産めない身体になっておりましてね」

「あ、そうだったんですか」

「はい。自業自得ですから、私はあきらめて、そうお話ししたんですけど、社長さんは『そんなはずがあるものか』っておっしゃって、『今の医学は進歩してるんだぞ』って、湯ノ川病院で見てもらうように、手はずまでしてもらったんですけど、やっぱりダメだったんですね」

「お気の毒なことでしたね」

「松前で受けた手術が、ちょっと下手というのか、乱暴だったようで、今さらどうしようもないと、ずいぶん先生にも叱られました」

「それはいつのことですか。湯ノ川病院へ行ったのは」

「ええと、湯ノ川町のマンションに移ったころですから、八八年か八九年ですね。たしか吉岡先生っておっしゃる……」

「あ、はい、『松尾会』にも来ておられた吉岡薫副院長ですね。社長さんとは懇意だったから」

「はい。あとでその『松尾会』にうかがったときにも、あらためてご挨拶しましたのねえ」と杉原みどりは穏やかに語った。事情聴取する刑事が相手であっても、気ままに思い出を語ることによって、かつての愛人の急死のショックを、なんとか鎮めたいと願っているようにも見えた。

「でもそのことは私、自分の責任ですから、社長さんにはきちんと申し上げたんですよ。『子供ができたら、いっそ結婚しようじゃないか』なんておっしゃるから、『私、子供ができない身体なんです。それでもよろしいんですか』って」

「それで湯ノ川病院へ検査に行かれた。そのあと、社長さんの様子はどうでした？」

「そう、いろいろでした。……『できないならできないでいいさ。おれにはもう娘がいるから、そいつが養子を取って、男の子を産めばいいんだ』っておっしゃることもありましたけど、反対に、『おれもついてねえなあ。最初の女房が娘一人だけ産んで、さっさと死んじまうし、今度こそ、と思った女は、子供産めないってか』ってがっかりしてらしたこともありました。時間がたてば、だんだん生まれないことがはっきりしてきますから、がっかりしているときのほうが、どうしても多くなりましたね。結婚のことを言い出さなくなったのは、そのせいだったと思うんですけど、私もそれについて、どうこう言う立場ではありませんので、黙っておつかえしておりましたの」

「そのころはお宅のほうでも、お孫さんが生まれたんですが、それがつづけて女でしたからね」彩芽は一九九五年、柑菜は九七年に誕生している。

「そう、また女の子だっていうんで、『今度はあの孫たちに養子取らないばなんないなあ』なんて、沈んでらっしゃることもありましたね。だから私もなんだか気の毒になってきて、『どこかで元気のいい娘さん見つけて、結婚なさってください。社長さんのような男気のある人で、これだけ財産抱えた人は、なんぼでも候補がいるんでないですか。私はもともと日陰の女のつもりでいるし、それがお嫌なら、寂しうございますけれども、ご結婚を機会にお別れしてもと、それぐらいの覚悟はありますよ』って言ってあげたこともあるんですの」

「それは九七年から九八年のことですね？」

「そうなりますかしらねえ。そのときは、『こう見えてもおれは、器用でないからなあ』って、『二人の女、おんなじようにかわいがることは、できないべなあ。もしだれか、かわいい女が現れて、そいつに男の子が授かりでもしたら、おれはそいつにかかりきりになっちまうだろうな』って言ってましたね」

「やっぱり男の子がほしい気持ちは強かったんですね」

「それはそうですね。『おまえに対するおれの気持ちは、なんぼ切なくても、これはおれだけのことだ。だけど息子が生まれてみろ。息子に流れる血の力は、これはおれが死んだあとまでもずっとつづく力だ。おれがなんぼがんばっても、そいつには勝たれないべ』とおっしゃるので、『わかってますよ。覚悟はしておきます』とお答えしたんですね。ほんとに覚悟できてましたの。そして、それから一年か二年したころ、このごろお見えになる回数が減ったなあ、と思って、誰かできたのかしらと思ってましたら、あるとき、『みどり、すまん、男の子が生まれた。おれはその人と結婚するよ』って言われましたのでね。『さようですか。ようございます。今までお世話になりました。こんなふつつか者の私を、ここまで大事にしていただいて、ありがとうございました』と申しましたの。……ああっ」とみどりはグレーのセーターの胸に手をあてて頬笑んだ。

「これが言えてよかった」

「あ、そうでしたか」と俊介もすこしうれしくなった。

「ありがとうございます。当時は涙を浮かべて言いましたのに、あれからどんどん時間がたつと、なんだか言い足りなかったようで、ちゃんと言ったんだろうかと、それが胸につかえておりましたの」

「そうですか。それが二〇――」

「ここへ越してくる二年前ですから、二〇〇〇年のことになりますね」浜野健二は二〇〇〇年の誕生だ。やはり松雄は最初から、親子鑑定をして、健二は自分の子だと確信を得ていたのだろう。

「あれから十六年ですか。あれからのほうが長いんですものね」

「そうしますと、その湯ノ川にいたあいだに、このあいだお話しした、浦嶺竹代さんという人ですね。どうも社長のもう一人の愛人をしてたらしいんですが、ご存じありませんか。この人なんですけど」と俊介はみどりに竹代の写真を見せた。

みどりは細い眉を動かして、ちょっと顔をしかめるようにその写真を受け取ったが、

「まあ、きれいな方。お元気そうだし。でもこの方、今の奥さんでないですよね？」

「違います。その後男の子を産んで結婚した相手は、浜野しのぶという人です」

「こちらの方は、何年おつきあいがあったって言ってました？」

「はっきりしないんですが、たぶん、一九九一年から十年ぐらいかと……」

「そしたら私とだいたい一緒の時期ですものね。今おいくつかしら？」

「元気なら五十一歳になるんですけど、去年亡くなってるものですから」

「そうですか。若くて残念でしたね。私よりずっと若いですもの、社長さん、ころっとまいっちゃったのかしら」

「そんな様子は、なかったですか？」

「ええ、ぜんぜん。でもまあ、それは私が口を出すことでないですものね」

「この人、どこかで見かけた覚えはありませんか？　同じ湯ノ川町に住んでたんですけど」

「あらいやだ」と言ってから、みどりはあらためて写真を眺めたが、

「覚えがないですねえ。どこかですれ違ってるかもわかりませんけど」

　それから俊介は、「松尾会」について尋ねた。みどりがこの会に出たのは二回、八八年の松前花見会に、母親を訪ねついでに参加したのが最初で、二回目が九〇年の大沼遠足だったという。参加メンバーは松雄のほか、小窪澄夫、浜野幸司、吉岡薫、斉藤玄静和尚、釜下安行、小窪の娘の鶴橋風子と、ゆっくり思い出してもらってもすでに俊介が把握している人たちばかりだった。

「お通夜は今日ですか？」と玄関に戻った俊介にみどりは訊いた。

「さあ、こちらではそういうことは……」

「釜下さんがご親切に、電報くれましたの。でも、私みたいな身分の者がお通夜に出たら、いやがる人もおられるでしょうからね。ここからこっそり、ご冥福をお祈りしてますから」

「そうですか。釜下さんにそう伝えておきます」と俊介は言って頭をさげた。

　杉原みどりの話が、捜査に新局面をもたらさなかったことはあきらかだった。強引で一途な岩倉松雄の姿はいくらか鮮明になったが、肝心の浦嶺竹代の影はそのむこうへ隠れるように、ますますわからなくなってきている。

　昼食を「ラッキーピエロ湯ノ川店」で済ませると、俊介は山形に電話をかけ、情報を交換した。西辺聖也は十一日の夜、早く帰ってずっと家にいたことが確かめられていた。しかも聖也は、きのうも早めに帰宅して、部屋に籠もってなにをしているかと思えば、怪我をして以来押し入れにしまいこんでいたアメリカのバスケットボールのDVDを、取っかえひっかえまた見ていたのだという。俊介はよかったと思った。

それから俊介は岩倉邸に向かった。

空港裏を過ぎると、検問と交通規制で、もう渋滞がはじまっている。車両の多くはどうせ報道関係だ。きょうも陽射しはあたたかく、路面の雪はセンターラインぞいにわずかに残るだけだった。

岩倉邸内の警察バスには思わぬ緊張が走っていた。捜査陣が貝手キミ子の中学一年の男の子を登校途中でつかまえて、「この人、見たことある?」と釜下安行の顔写真を見せたところ、すぐにうなずいて、「お母さんの友達」と答えたという。ときどき貝手宅を訪ねてくるほか貝手母子と三人で登別(のぼりべつ)温泉の熊牧場などに行ったこともあるとの情報だった。

電話連絡を受けて、岩倉邸に詰めた捜査陣が色めき立ち、さっそく釜下をバスに呼んで問いただすことになった。釜下が巨体を折り曲げてマイクロバスに乗るところへ、ちょうど俊介も戻ってきて、満員の青空駐車場になんとか車を停めたところだった。

釜下は用意したタオルで汗をふきながら、ごく低姿勢に、丁寧に答えた。貝手キミ子とは関係を持っておよそ十年になる。函館に来るようなことがあったら連絡しなさいと言っておいたら、離婚して函館で仕事を探すというので、世話を焼いているうちにそんな間柄になった。ただ、キミ子と結婚する気はない。お世話になった会長のお役に立ったために、奥様やお嬢さんたちを支えることができれば、という一心で、自分は独身を通してきたので、今岩倉家が大変なことになったこんなときに、キミ子のことで誤解を受けて、お役に立つチャンスをみすみす棒に振る気はまったくなく――つまりおまえは、奥様が自分と再婚してくれないか、奥様がダメなら彩芽さんでどうかと、そういう魂胆だからキミ子のことを、表沙汰にしないでおきたかったわけだな？　と釜下は詰め寄られ、汗をしきりに拭いながら、はい、まあ、そういうわけです、と認めた。しかもキミ子は会長にとっていわくつきの女ですから、そんなのを相手にしていると知られたら、それだけでも釜下はなにをしておると、お叱りを受けることは目に見えてますし、はい……。

「問題は、そのいわくだべよ」と刑事はたたみかけた。

「キミ子はオヤジが自殺した恨み、まだ忘れてねえべし。おめえも専務だか知らねえけど、結婚相手として会長からも千代子からも、相手にされねえままで二十年もたったんだから、岩倉を恨んでも不思議はねえんだ。そうだべ？」

「と、とんでもないことです」と言いながら、釜下はしきりに汗を拭いた。

担当の刑事の尋問ぶりは、相手が傷つこうがどうしようが、とにかく真相にたどりつくことが最優先という、敏腕刑事によく見られる姿勢につらぬかれている。山形も必要に応じてこんな姿勢を見せることがある。俊介はいつもそこがすこし甘いと、自分で思っていた。

「なにがとんでもないだ。おめえはキミ子とちちくりあいながら、いろんな話してるうちに、岩倉に尽くしてるのがばかくさくなったんだべ？　その気持ちはわかるど。いつまでも相手にされないば、しまいにはだれだって怒るさな。我慢して、溜めて、溜めて、ドバッと爆発さ。な？　おめえ、キミ子と語らって、岩倉の家つぶしてやる気になったんだべ？」

釜下は必死に首を振りつづけながら、

「とんでもない、とんでもないですよ、そんな、とんでもないですよ」

「おめえ、五日の晩はどこにいた。咲良がいなくなった晩だ」

「十時まで会社にいましたよ」

「本当か？」

「本当ですよ。会社で訊いてくれればわかります。咲良ちゃんがいなくなったのは、九時すぎでしょう？」

「それからどうした。十時からは」

「……キミ子の家に行きました」

「泊まったのか。子供いたんだべ？」

「だけど、あの子はもうなついてるから」

「ほう、そいつはいがったなあ。だけどおめえ、おめえの代わりに手荒なことしてくれる連中、なんぼでも知ってるべや」

「知ってたって、なんも頼んだりしませんよ。するわけないしょう」

「それはこれから調べる。覚悟しとけや。いいな」

「ああっ」と言うと、釜下は男泣きするかのようにタオルを両目にあてた。

刑事はあたりを見回して、ひとまずここまででいいと確認すると、

「よし、きょうは終わりだ。またかならず呼ぶからな」

「あの、とにかくこの件は、内密に願いますよ、おれ、なんもしてないんですから」

「それはおまえの態度次第だな」

「捜査には、協力しますよ。今までだってしてきたでないですか。今が大事なとこだから、ひとつお願いしますよ、ね?」と言って、ようやく釜下は立ち上がってバスを降りていった。

釜下の五日夜のアリバイ確認がさっそくおこなわれることになった。同時に方面本部に連絡を取って、暴力団関係に強い刑事を四、五人こちらへ派遣してもらうことも決まった——岩倉家の事件が現在、方面本部の最大の事件であることは間違いないので、なんの遠慮もいらなかった。

俊介は自分にお茶を出してくれたり、千代子をかいがいしく世話している釜下を思い浮かべて、ちょっとかわいそうな気がした。自分は甘いかもしれない。それでも、自分なら最初からキミ子との関係は内密にすると、約束してから取り調べにかかるだろうに、と思わざる

をえなかった。

一時五分過ぎにバスを降りると、すぐにジャン・ピエールが近づいてきたので、俊介はジャン・ピエールを——まるで周囲の刑事たちから隠すかのように——すぐに自分の車の助手席に乗せて、岩倉邸を出た。

「潮首岬にでも行ってみよう」

「いいですね」

「最初に訊いとかなくちゃいけないんだけど」と俊介は助手席にちらりと笑いかけながら、

「きみの十二日未明のアリバイを聞かせてくれないか」

「ははは、未明って、何時から何時ですか」

「二時から三時なんだけど」

「もちろん寝てましたよ。叔父さんが証明してくれますよ」

「神父さんの？」

「はい。かれは神に誓って嘘をつかないから、だいじょうぶです」

「ははは。八日の未明も同じかな。柑菜さんが殺された日」

「同じですね」

「五日の夜の九時は？」

「同じです。寝てはいなかったけど、叔父さんの隣りで本を読んでたと思います」

「それならオッケーだね。神父さんを疑うとなったら外交問題に発展するから、そういうことはしないと思うんだ」と俊介は笑い、思いついて車を石崎漁協前で右折させ、波止場の桟橋にそろそろと乗り入れてすぐに停めた。コンクリートの桟橋は中型車がちょうど脱輪しない幅で沖へさらに十メートル延び、そこから直角に左折してまた延びている。

「濤永寺の坊さんのボートが、咲良の事件の日に盗まれたらしいことは、聞いてるかい？」

「はい、新聞にも出てましたね」

俊介は逆L字型の桟橋に囲われたあたり——今はそこに、木造とプラスチックの小舟だけ、ロープに繋がれてゆったり浮かんでいる——を手で示しながら、

「ちょうどここが、そのボートが浮かんでたあたりらしいんだ」

「そうですか」

桟橋は海面から一メートル足らず、小型ボートに乗り込むにはちょうどいい高さだ。高潮のときには波に洗われるだろうが、今は雪が切れ切れの筋になって溶け残っているだけだ。

「それからそこ、桟橋の曲がり角の手前あたりに、セメント袋が五、六個置いてあったとかって」

「はい。船の修理のための材料なら、袋を五、六個もいりませんよね」

「そうだね」俊介は両手でハンドルを握って、脱輪に注意しながらそろそろと車をバックさ

せて桟橋を出ると、車を回して国道へ戻す。

「そうすると、やっぱり石ころかなにかが詰まってたのかな。ボートを確実に沈めるための重石、バラストですかね」

「ボートで逃げるんじゃなくて、ボートを沈めることが目的だったの？」

つまり咲良の遺体を海中に沈めることが目的だったのか？

「でも、重石だったら、どうして潮首岬に運んでおかなかったんですかね。ここでボートに積んだら、たちまち浸水しちゃうかもしれないのに」

「さあ」俊介はわかりません、という意味の苦笑を浮かべる。ジャン・ピエールも頰笑んで首をかしげる。でも、遺体を沈めることが目的だったのなら、なぜ一日後に咲良は海面に浮いて発見されたのだろう？　どうしてボートにしっかり結びつけておかなかったのだ？　結びつけたのに海中で揺られているうちに紐がほどけてしまったのだろうか？　だが遺体の腕や足に、紐で縛られていた痕跡などは報告されていない。やはり捜査本部の見立てどおり、犯人はなにかの目的で、遺体をボートでどこかへ運ぼうとしていたのに、浸水のためにそれが果たせなかったと考えるほうが合理的なのではないだろうか。

「ほかに、質問は？」

「そうですね。今はやっぱり、健二のことが心配です。警察がぼくまで調べるということは、健二が相当、疑われているんですか？」

「いや、有力な容疑者浮かばないから、端から順に疑ってみてるだけだね。健二君は、五日の咲良さんのときは札幌に行ってた。七日と十二日は母屋でほかの人たちと一緒だったから、足跡の関係で犯行は不可能なんだ。だからひょっとして、健二君の依頼で、友達が犯行助けたちゅうような線も、考えはじめてるんだよ」

「ぼくは殺人を助けませんよ」とジャン・ピエールが言ったので、怒ったのかと思って俊介は一瞬横顔を見やったが、メガネの奥のブルーの目は人なつこく笑っているように見える。

「わかってるよ。さっきは形式的な質問しただけさ」

「もし健二が犯人だったら、ぼく、かれを告発します」

「頼もしいな。友情よりも正義が大事なんだね？」

「ええと、ぼくは正義を示すことが、友情だと信じます」とジャン・ピエールはあいかわらず人なつこく笑いながら言った。

俊介は車を潮首岬の防波堤の脇に寄せ、六日の朝、咲良を捜しに来て車を停めたあたりにまた車を停めた。一週間あまり前の千代子の狂乱ぶりが幻となってよみがえる。

「ここは、もう見なくていい？」俊介が下の浜を指差すと、

「はい、いいです」

それから俊介は、端末機を操作しながら、長い時間をかけて事件の細部、捜査の概要、人々の供述を、ジャン・ピエールに披露していった。

ジャン・ピエールはときおり質問をはさんだり、おかしそうに笑ったりしたが——咲良が自分のデート権を柑菜に売りつけようとしてケンカになったクダリや、松雄が貝手キミ子にナイフで襲われたクダリだ——ほとんど黙って、相づちも打たないでじっと聞いていたので、俊介はときおり、まるで自分の話が、どこかの自動記録装置にするすると刻み込まれていくかのような錯覚をおぼえた。そんな不思議を味わいながら、俊介は午前中の杉原みどりとの面会や、釜下安行と貝手キミ子の関係までを語りおえた。

「……だいたいそんなところだと思うけど、なにか質問ある？」

「年表を作らないと、質問できませんね」とジャン・ピエールは笑う。

「ははは、そうかもしれないね。今晩にでも作っておくよ」

「お願いします」

そのとき裏手の山の上で——ちょうど潮首岬の灯台が建っているあたりで——ククーッという甲高い鳥の声がした。なんだろう。鳩よりは威勢のいい声だ。

「今の、聞こえた？」とジャン・ピエールに尋ねると、

「はい、なんだか元気そうな鳥ですね」

「きみの推理を祝福してくれてるのかな」

「ははは」とジャン・ピエールは素直に笑って、

「舟見さん、ありがとうございます」

「なにが?」

「……ぼくを信頼してくれたことです」

「だって前に助けてもらったでないの。宇賀浦町の事件で」

「だから、あのときのこともです。あのころはまだ日本語も下手だったし、素人の、しかも外国人の言うこと、聞いてもらえないんじゃないかと思ってたんだけど、聞いてもらえました」

「おれ、頭悪いから、自分じゃあんまり考えられないからね」と俊介はあっさり言った。

「でも考えるより、信頼することのほうが大切ですよね。それに困難でしょう」

「そうなの? そんなふうに考えたことないけど……ははは、おれ、どのみちあんまり考えないからな」

「そこから学びたいです」とジャン・ピエールは言ったが、皮肉な調子はまったくなかった。

「……どういうこと?」

「函館の人たちは、考えないようでいて、考えている。考えているようで、考えてない。そこがとても魅力的です。生活の中で、感情や信頼を、うまく活かしているのかもしれません」

「それ、函館の人にかぎらないと思うけどな。東京は知らないけど、日本のイナカの人はだいたいこんな感じなんでない?」そう言ってみて俊介は、東京生まれの自分が、いつのまにか北海道人になったのかと、われながら驚いていた。

「そうかもしれませんね。でもぼくが衝撃を受けたのは、はっきり言ってしまうと、函館に着いて最初の夏に見た、『いか踊り』です」

『いか踊り』？　あの『いかいかいかいか』って騒ぐやつかい？」

「ははは、それです。ユーチューブで見るとたいしたことないけど、実際に実物を見ると、すごい迫力です。人々は踊ってイカになろうとしてるんですよね」

「え、そうなの？　ただ函館名物がイカだからじゃないの？」

「そうですけど、踊ってる人たちは、イカの動きを真似てるんです。何千人も、みんなイカになろうとして踊るんですよ」

俊介はポイントがつかめなかった。

「……それで？」

「大勢の人がイカになろうとする。こんなばかげた踊りは、世界中を探してもありませんね。パリの人も、東京の人も、とても照れくさくて、ばかばかしくて、そんなことはできません。でも、函館の人はできるんですね。その力はどこから来るのだろうと考えたのです」

「ただばかだから、ばかになりやすいんでないの？」

「だから、そのほうがいいんですよ。利口になって照れくさくて、そうやって信頼や共感を失っていく都会人よりも」

「……よくわかんないけど」

「ぼくも自分でよくわかっていませんけど」とジャン・ピエールは笑って、「でも、これがぼくの漠然とした考えです。『いか踊り』は、感情的なもの、土俗的なもの、共同体的なもの、あるいは動物的なもののサンボル、象徴なのかもしれません。リオのカルナ——あ、カーニヴァルですね、あそこに持っていけば、ぜったい受けるでしょうね。でもそれは当然のことで、どちらも同じ土壌から生じたのです。でもそれを、パリに、東京に、持っていったらぜったい受けないと思います」

「まあ、そうだろうなあ」

「で、それがぜったい受けない土壌には、何が発生すると思います？　テロが発生するんです。ははは、もちろんこれは比喩的に言っているのですけど」

冗談まじりに反論しようかと心づもりしていた俊介は、急に黙った。少年の両親がテロで犠牲になったと聞いていたからだ。

「今年もたくさん、テロ事件がありました。来年もあるでしょう。冷静にどんなに考えても、今では人々の恐怖や憎悪を乗り越える思想は打ち立てられないように思えます。だから個人単位で考えるのじゃなくて、共同体単位、社会単位、さらには動物的な単位で、人々の信頼、共感、ネットワーク、そういう力をもっと動員しなければならないとぼくは考えるようになりました。そんなことを言い出したのは、もちろんぼくが初めてではありません。たくさんの立派な思想家が、似たようなことを言っています。ただどうも西洋の思想家たちは、個人の力か、それとも宗教の力で、なんとか出口を見つけようとしている気がします。かれらには、宗教もなにもない『いか踊り』ができないのです。でも、函館の人にはそれができますね。そのことは、ぼくを励ましました。ぼくがあれを見て、どんなに慰められたか、説明することはできません」

俊介は一瞬泣きそうになった。こんなに函館を褒めてもらった経験がなかったからだ。——いや、ばかにされているだけなのかもしれないが、それでも褒めてもらったと喜ぶのが函館の精神である気がした。

「教会に住んでいる人が、そんなこと言っていいの」とようやく冗談めかして俊介は言った。

「ははは、おかしいですね。すみません。ちょっとお礼が言いたくて、話が長くなっちゃって」

「それはいいんだけど……それ、今回の事件に……関係ないよね？」

「あるかもしれませんよ」とジャン・ピエールは笑って、

「とにかくぼく、ときどき思い切り推理したくなるんです。ぼくにも『いか踊り』は難しいんですよ。今年、健二に連れていってもらって、初めて踊りに挑戦しましたが、ついにやにや笑ってしまいました」

「今が冬でよかったな」と俊介はようやく言った。「いか踊り」は八月の「港まつり」にかぎられているからだ。俊介も踊ったことはない。でも清弥子が踊りたがるので、来年は参加させようかと思っている。つまりそれは、五歳の清弥子の精神ということか。

「それに、殺人事件はテロとはまったく違いますよね。殺人は、社会の中に暮らす人々のあいだで起こるものです。函館がどういう社会か、研究するための重要な題材ではないでしょうか」

「なるほど、それはわかります。それでは題材研究に、そろそろ出発しましょうか」

「はい、ありがとうございます」

俊介は正直なところ、ジャン・ピエールが言ったことの意味がよくわからなかった。ただ、恐ろしい不幸に見舞われてひるむのではなく、それについて自分なりに考え、ひいては人間のありかたについてまで考えて、この恐怖に満ちた世界を理解しようとしているのだということだけはわかる気がした。「いか踊り」がテロの撲滅に役立つとはとても思えない。ジャン・ピエールもわかってないらしいし、冗談めかして言ってみただけなのだろう。ただ、たしかに、イカはテロをしない。俊介は一人で苦笑した。とりあえず、自分としてはそのレベルで了解しておくほかなさそうだった。

夕陽は背中の山に隠れて、潮首岬の海の沖合だけを今はキラキラと照らしている。対岸の下北の青い山々もおだやかに暮れている。

岩倉邸に戻ると、マイクロバスの中で臨時の捜査会議が始まっていたので、俊介はジャン・ピエールと別れ、バスに乗り込んで、ジャン・ピエールの事件当日のアリバイを報告した。予想どおり、フランス人神父が親族として虚偽証言をする可能性に言及する者はいなかったので、あとで俊介がカトリック教会へ出かけ、神父から確認を取ってジャン・ピエールについては決着、ということになった。

それからは壮一のアリバイの確認の報告、小窪工務店の親子三代のアリバイの報告を聞いたが、俊介は気もそぞろで、バスの窓からジャン・ピエールの行動をなんとなく見守っていた。ジャン・ピエールはいったん母屋のほうへ階段をのぼったが、すぐおりてきて、屋根つき駐車場の中を検分したり、鑑識が残した犯人の足跡のマークをじっと見つめたりしていた。そのうち、紋つき羽織姿の健二が出てきてジャン・ピエールを呼び、二人で離れの中へ入っていった。

会議の収穫は、松雄の子を産んだと言い張った森屋レイ子の娘、レイ子の妹として育てられて十六歳で家出した多喜子の居所が、札幌方面本部の協力で判明したことだった。その後多喜子は十九歳で札幌で婚姻届を出し、翌年離婚届を出したが、二十四歳になる現在も札幌市内に居住し、ススキノの風俗店で働いている。多喜子は、最近は函館に帰っておらず、今月五日、七日、十一日、いずれも店に出勤したとのことだった。

三十分後、俊介が会議から解放されてバスを降りると、ちょうど離れから出てきたジャン・ピエールが、母屋へ戻る健二と別れて階段をおりてくるところだった。

俊介は井戸の前で待っていて、

「どうだった」

「非常に計画的で、非常に不思議な事件ですね」とジャン・ピエール。

「なにかわかったら、遠慮なく言ってみてよ」

「ははは」とやや弱く笑って、ジャン・ピエールは目の前の井戸の穴だらけの蓋に手をおいて、隙間から中を覗いた。

するとジャン・ピエールはなにか叫んだ。「オーモンデュー」と聞こえたが、フランス語の言葉だったのだろう。驚いて見やると、耳から頬にかけてみるみる赤らんでいく。ちょうど宇賀浦町の現場の家を訪ねてきて、初対面の俊介に事件の真相を語っているときの様子と似ていた。

「どうした?」と言って、俊介も井戸の中を覗いてみたが、何の変哲もない。一昨日の雪は地表ではだいたい溶けたが、蓋の隙間部分からわずかに落ちて溜まった雪が、陽射しがないせいか底の温度のせいか、小さな丸い砂糖煎餅のような形で、底に溶けずにそのまま残っているだけだ。

ジャン・ピエールは黙って井戸を見つめているが、ただ考えごとをしているだけなのかもしれない。俊介はなんだか不安になった。自分の説明のしかたが悪くて、この少年をとんでもない方向へ誤解させてしまったのではないだろうか。

「きょうはね、これからきみのアリバイを確かめるために、神父さんのところへ行くことになったんだ」と言ってみたが、返事がない。

それからジャン・ピエールは屋根つき駐車場を見やり、駐車場と井戸の最短部分――ちょうど八日の朝に柑菜が倒れていたあたりを注意ぶかく見つめている。顔は赤らんで、目は睨みつけるようだ。俊介はしばらく待ってから、

「だから、きみを神父館まで送っていくよ」と言って、俊介はジャン・ピエールの肩をたたいた。

ジャン・ピエールはぎょっとして俊介を振り返る。

「なんですか？」

「あ、聞いてなかった？　これから神父さんのところへ、きみのアリバイを確かめに行くから、きみをついでに送っていくよ」

「あ、ああ、ああ」とジャン・ピエールは額に手を当てて、

「その必要はありません。ぼくは真犯人がわかりました」

第四章　旅に病んで

1

俊介はとんでもなく不謹慎な発言を聞いたかのようにうろたえ、あたりを見回した。夕暮れが深まり、階段の両側の室外灯がつけられ、雪の塊でデコボコした通路はその影で不気味なまだら模様を見せている。人々は細長い壊れがちな影を左右に引きずって歩いている。

「どういうことだい？　この事件全体の、犯人？」俊介は思わず、「犯人」という言葉をささやくように言った。

「はい。言っても信じてもらえないかもしれませんが、トリックは比較的単純なんです。でも、そうですね。二時間か三時間、いただけますか。そのあいだに証明を順序立てて、整理しますから」

「……つまり、本当なのかい？　勘違いじゃなくて？　だっておれたち、まだなにもわかってないんだよ」

「いや、十分な調査結果をさっきうかがいましたよ。お疲れさまでした。あとはちょっと、見方を変えればいいだけなんです。ぼくはたまたま、それをしたにすぎません」

どうやら本気で言っているらしい、と納得しかけるとすぐ、やっぱり救世主があらわれたのかと、皮膚が粟だつような感動がやってきて、俊介はしばらくそれに耐えていた。

「それなら、何時間でも待つよ。寝ないで待つよ」

そのとき黒いワンピースのしのぶが、急ぎ足で階段をおりてきた。

「あ、ジャン・ピエール君」と言って近づき、俊介には会釈だけした。

「このたびはご愁傷さまでした」

「あら、ちゃんとご挨拶ができるのね」

「それより健二君のお母さん、一つ質問してもいいですか？」

しのぶはジャン・ピエールの切迫した口調にびっくりしたが、

「はい、なんでしょう」

「この井戸の底には、いつも雪がつもりますか？」

「え、そうね」と言ってしのぶも蓋の穴から底を見やって、

「少しずつだけど、いつもつもるみたい。で、なかなか溶けないの」

「そうですか！　ありがとうございます」とジャン・ピエールは感激したように言った。

「それでいいの？」と言ってから、しのぶはあらためて門のほうを見やって、

「木古内の父が、どしてもきょうのうちに来るって言うんですけど、まだ着かないですよね」

「見かけなかったと思いますが」と俊介も門を見やる。

「かえって足手まといだから、いいって言ったんですけど、世話になった松雄さんなら、どしても行かないばなんないって……あ、来たかな」

背中の曲がった浅黒い老人が、制服巡査に手を引かれて門の中へ入ってきた。

「お父つぁん」としのぶは手を振りながら小走りになった。

「さて。一緒に湯ノ川署へ行こうか」と俊介はしのぶ親子を見やりながら言った。

「いいですよ」

マイクロバスから山形がおりてきた。

「ちょっと待って」と言いおいて、俊介は山形に駆け寄って、ジャン・ピエールが犯人の見当がついたと言ってるから、いちおう聞いてみようと思っていると、わざと半信半疑の口調で伝えた。山形は笑って、一人でだいじょうぶかい、と訊いた。ジャン・ピエールの頭がややおかしいと思ったらしい。だいじょうぶだと答えると、じゃあ取調室にでも連れてって、ゆっくり聞いてやればいいっしょ、こっちはもう、なんもないだろうし、と言って山形はアアア、とあくびをした。

ジャン・ピエールが道警の便箋一冊とボールペンを俊介から借り、取調室に籠もって二時間、俊介は隣りの机に陣どって、これまで集めた情報を年表に整理していた。ジャン・ピエールはときどき、メガネの角に指をあててじっと考え込んだが、何秒かの短いあいだだけだった。たいていはすらすらボールペンを動かしつづけ、見るとフランス語で書いているので俊介はびっくりした。日本語はなみの日本人以上にできるはずなのに、書くことには慣れていないのだろうか。同じくらいびっくりしたのは、文字の列だけでなく、まるでピタゴラスの定理みたいな直角三角形の解析図などがノートに含まれていることだった。

二時間後にイクラ丼を注文し、二人で食べて茶も出したが、ジャン・ピエールはほとんど何もしゃべらなかった。順調かい？　と訊くと、ええ、と答えただけだった。それからまた一時間、ジャン・ピエールは思考の筆記にふけっていた。

合計で三時間半、時刻が九時を回ったころ、ジャン・ピエールはにっこり笑って、お待たせしました、と言った。ちょうど俊介の年表も完成して、点検しているところだった。ジャン・ピエールはそれをざっと見て、これでいいです、ここに手がかりは大部分出ています、と言った。

一九八六年　岩倉松雄の先妻、病死。松雄四十八歳、千代子二十一歳。

一九八八年　杉原みどり、湯ノ川町に松雄の愛人として転居。
一九八九年　「松尾会」の活動が本格化。浦嶺竹代（二十四歳）、函館市内に居住開始。
一九九〇年　鶴橋風子、「松尾会」に参加。室谷祐平、恋人との交際の噂。
一九九一年　芭蕉の短冊が小窪澄夫から岩倉松雄に贈られる（五月）。貝手キミ子、刃物事件。森屋レイ子、破談事件。浦嶺竹代、湯ノ川町に転居。
一九九二年　浜野幸司、しのぶ（二十二歳）と再婚。浜野壮一は四歳。森屋レイ子、多喜子を出産。
一九九三年　岩倉千代子、室谷祐平と結婚。このころ、「松尾会」事実上の解散。
一九九四年　岩倉病院、開設。浜野幸司、「しのぶ、木古内からだと言って五十万円を出す」の記載。
一九九五年　鶴橋風子、札幌で祐平と遭遇。千代子、長女彩芽を出産。
一九九六年　浜野水産、倒産。
一九九七年　千代子、次女柑菜を出産。
一九九八年　小窪工務店、事業を縮小、恵山町へ移転。
一九九九年　森屋ヨシノ、誕生。
二〇〇〇年　浜野幸司、岩倉病院にて自死（四十六歳）。浜野壮一、病院で暴れる。浜野しのぶ、健二を出産。千代子、三女咲良を出産。

二〇〇二年　しのぶ、岩倉家の家事手伝いを開始。杉原みどり、母親と同居。
二〇〇六年　岩倉祐平、体調悪化。石黒正臣、岩倉病院に赴任。
二〇〇七年　浜野壮一、マグロ漁船に乗り組む。貝手キミ子、函館に戻る。
二〇〇八年　松雄、浜野しのぶと再婚。健二と養子縁組。森屋多喜子（十六歳）、家出して行方不明。
二〇一一年　森屋多喜子、札幌で結婚（翌年離婚）。
二〇一二年　岩倉（室谷）祐平、病死。携帯の履歴に「アミン」の名を残す（四十九歳）。千代子、病院理事長に就任。
二〇一三年　浦嶺竹代、渡米。森屋レイ子、死亡（四十七歳）。
二〇一五年　竹代、帰国（四月）、岩倉家を訪問（五月と六月）。竹代、自死（九月）。
二〇一六年現在　岩倉松雄七十八歳（死亡）、千代子五十一歳、彩芽二十一歳（死亡）、柑菜十九歳（死亡）、咲良十六歳（死亡）、しのぶ四十六歳、健二十六歳。石黒正臣四十八歳。吉岡潔五十二歳。

俊介は待っていてもらった山形を取調室に呼び入れて、二人でジャン・ピエールの話を聞いた。ジャン・ピエールはまず、自分の話を証拠だてる補足資料として、四つのものや情報を手に入れてもらいたい、と言った。

一つは、岩倉松雄が依頼したＤＮＡ親子鑑定の書類。最初に依頼した鑑定機関を、松雄は信用したようだから、その後も同じ機関を利用したと考えていいはずで、名称をはじめ住所も電話番号も岩倉商事の社長室に飾ってある鑑定書に記してあるのではないか。松雄はこの鑑定機関を合計三度利用したはずで、そのうちもっとも最近の鑑定結果について知りたい。ただし結果の報告書そのものは、松雄が廃棄してしまい、岩倉家にはすでに残っていないだろうと思う、とジャン・ピエールは言った。

二つめは、湯ノ川病院の一九九二年以前の産婦人科患者リストの中に、浦嶺竹代の名前がないかどうか、チェックして、見つかれば当時のカルテそのほかの資料がほしいという注文だった。これは見つからない可能性が大きいです。なければないでしかたがないですが、あったほうが話が早く進むので、とジャン・ピエールは言った。一九九二年に竹代は二十六歳か二十七歳だ。竹代が湯ノ川病院で出産したということかい？　と俊介が訊くと、いいえ、そういうわけではありません、とジャン・ピエールは頰笑んで答えた。

三つめは、柑菜の遺体が発見された八日の朝から九日の夕方までのあいだに、井戸の水道を使った人はいなかったかどうかを捜査してほしい、というものだった。井戸の水道の蛇口からは短いホースが垂れているので、離れたところから見ただけでは水が出ているかどうかわからない。出ていたことを知っている者がいないかどうか――おそらくいないと思うのだが――念のために調べてほしいというのだった。

「以上の三点は、どれも明日していただく仕事ということになります。四つめは、今夜のうちに片づけることができます。小窪澄夫さんの娘、鶴橋風子さんの家へ言って、彼女に浦嶺竹代さんの写真を見せて、九五年の十月に札幌で彼女が岩倉祐平氏に会ったとき、かれが同伴していた女性が、竹代さんではなかったかどうか、確かめてもらいたいのです」

俊介と山形は混乱の顔を見合わせた。浦嶺竹代は松雄の愛人ではなかったのか？　松雄と娘婿の祐平は愛人を奪い合っていたのか？　次々に疑問が浮かぶ中、俊介はとりあえず立ちあがった。時計を見ると九時半だ。

「おれ、行ってくる」と俊介は山形に言った。

「そうですか。それではその結論が出るまで、お話しするのを待っていたほうがいいでしょうね。ぼくも叔父に電話をしたり、ちょっと用事もあるから。それでは」と、ジャン・ピエールは中学生をてきぱき指導する担任教師のような口調で言った。

三十分後、俊介は桔梗町に着いて、鶴橋風子の証言を得た。間違いない、これだけきれいな人だもの、忘れるわけないいしょう。ね？　あんたも覚えてるべさ。風子の夫も、いやあ、自信ないけど、そう言えばそうだった気するよ、と言った。俊介は礼を述べて鶴橋宅を辞し、すぐに山形に電話を入れた。

その三十分後、俊介が捜査本部に戻ってみると、ジャン・ピエールは捜査本部の掲示が貼られた大会議室に、ホワイトボードを背にしてすわらされ、湯ノ川署長をはじめ刑事たちの半数以上もそこに集まってきていた。山形が思いついて、こういう手配をしたらしい。ジャン・ピエールはそれでも当惑の様子もなく、ひたすら手元のフランス語のメモの点検に余念がなかった。

それから二時間近く、ジャン・ピエールから事件の真相が説明された。反論はおろか質問も出なかったが、ときどきため息や喚声が刑事たちから漏れていった。俊介はジャン・ピエールの話をひたすら録音していた。真犯人の名前が告げられたときには、喚声というより悲痛な嘆きの声が出た。

ジャン・ピエールの話が一段落すると、署長は山形ほか二、三の部下と短い相談をしてから、大勢の鑑識係を岩倉邸に派遣するとともに、函館地裁の担当裁判官宅で待機している刑事に電話をかけ、逮捕状の発付を求めた。岩倉邸では、張り込んでいた報道陣が警察の動きに気づき、投光車を点灯するなどしてざわつきはじめたが、だれも余計なことはなにも言わなかった。俊介はなんだか吐き気がしてくるようで、必死にこらえていた。

午前三時――その時点で鑑識係は、すでにいくつかの重要な成果をあげていた――逮捕状が岩倉邸に到着すると、それを手にした署長と山形と俊介の三人がマイクロバスを降り、母屋への階段を上った。犯人は眠っていなかった。反論も抵抗もなく、服を着替えもしないで、喪服のまま静かに連行されることになった。

2

――俊介が録音したジャン・ピエールの説明会

初めまして。ジャン・ピエール・プラットと申します。舟見警部補に親切にしていただいて、現場を見せてもらったり、関係する人々について説明してもらったりしました。その結果、今回の恐ろしい一連の事件の犯人を推理することができましたので、ご報告をさせていただきます。

ぼくの推理のきっかけは単純なものでしたが、事件全体にそれが占める位置は非常に大きなものでした。それは今日、十三日の夕方たまたま見た、岩倉家の井戸の底の状態でした。二日前の夜から降った雪が、蓋の穴を通り抜けて、井戸の底に、小さくですが白くつもっていました。皆さんご存じのように、十二日と十三日は私たちの地域の気温は高く、雪はどんどん溶けましたから、どうして井戸の底の小さな雪が、まったく、あるいはほとんど溶けなかったのか、ぼくは不思議に思いました。通りかかったしのぶさんに尋ねましたら、いつもすこしつもって、しかも、底の雪はなかなか溶けない、という返事をいただきました。

ところでこの情報は、ぼくの記憶と完全に矛盾していました。七日の夜、柑菜さんが殺された夜にも、十一日と同じ程度の量の雪が降りました。そしてぼくは同じように二日後、つまり九日の午後、この同じ井戸をたまたま覗き込みましたが、そのとき井戸の底には、雪はすこしも見られませんでした。間違いありません。ぼくはそのとき、井戸の中の雪はなにかの理由ですぐに溶けるのだな、と思った記憶があります。

そこでぼくはこう考えました。八日と九日の二日間は、十二日と十三日の二日間に比べて、ずっと寒かったのだから、もしそれでも井戸の中の雪が、地熱その他の理由で溶けるのなら、もっと暖かかった十二日と十三日には、完全に溶けてなくなっていなければならない。ところが実際は、暖かかった十二日と十三日のあとも雪が残っていて、しかもそれは、しのぶさんによれば、いつものとおりであるのだから、まったくなかった九日の井戸の底の雪は、つもってからまもなく、人工的に溶かされたと推測する以外に、矛盾を解決する方法がありません。

八日の井戸の雪が人工的に溶かされた、という推測を、厳密に裏づけるためには、八日の朝、柑菜さんの死体が発見されてから、九日の午後三時ごろ、ぼくが井戸を覗き込むまでのあいだに、だれかが井戸についている水道を使わなかったかどうか、まず確かめる必要があります。なぜなら、残念ながら井戸の中は明るくないので、九日にぼくが見たときに、井戸にいったん水が溜められて周囲の壁が濡れた形跡があるのかどうか、ぼくにはそこまではわかりませんでしたし、記憶にも残っていなかったからです。ただし、ぼくはその前に、井戸の底の雪のこの矛盾を直接、起きたばかりの犯罪、柑菜さんの殺人、に結びつけて考えることを始めました。ぼくがそうした理由は、第一に時間がなかったこと、第二に、家族が死体で発見された日やその翌日に、警官がたえず近くを行き来しているあいだ、あの水道を使って手や車を洗うような人はいそうもない、という常識的な仮定に依存したこと、そして第三に、柑菜さんの死体が、井戸のほうへ頭をむけて、井戸の水を利用するのにちょうどいいアングルで横たわっていたことです。この第三の理由を、ぼくは瞬間的に思いつくことができました。

思い出しましょう。柑菜さんは屋根つき駐車場の端にお尻をついて、上体を雪の上に、しかも井戸の方向へのけぞらせて倒れていました。そのために、柑菜さんは雪がやんでから殺されて倒れた、と理解されてきたのですが、しかし今や、次のような方法で、雪が降っているあいだに柑菜さんを殺すことが可能だったように思われます。つまり、柑菜さんを駐車場の端にすわり込ませる形で死なせておいて――そのとき、上体が横へ倒れないように、脚を開いてすわらせます――その一時間か二時間後、雪がやんでから、彼女の上体をすこしずつ後ろへのけぞらせて、雪の上に倒す。彼女の上体をのけぞらせることができれば、犯人はその場にいなくてもいいのです。したがって、足跡を残さなくてもいいのです。

ではどうしたら、すわり込んだ柑菜さんを、後ろへのけぞらせることができるでしょうか？　井戸の方向から彼女の頭の部分を手前へ引っ張ればいいのです。そのために、彼女の頭には袋がかぶせられていました。あの袋は、柑菜さんの死を芭蕉の俳句と比較するために使われたと、今まで皆さんは考えてきたでしょうが、じつはそれだけではなく、柑菜さんが雪がやんでから殺されたように錯覚させるための道具として使われていたのです。

ここで注意しなければならないことは、袋が二枚重ねられていたことです。たった一枚の袋をかぶせて、あとで後ろへ引っ張ると、そのときメガネが外れたり、顔に唾液などのこすれ跡が残ったりしてトリックが見破られてしまうかもしれないので、犯人は慎重に、袋を二重にして彼女にかぶせ、その外側の、もちろん十分に大きいほうの袋だけを引っ張って外すことを思いつきました。そんなふうにぼくは推理しました。

では、どうやってその袋を引っ張ればいいのでしょうか。井戸は水を一杯まで溜めておいても、だいたい八時間でその水位が四メートル以上下がるという証言が得られていますから、六時間なら、それが三メートル以上下がることが期待されます。ですから、一杯に水を溜めた井戸に、おそらく五キロ程度の木の塊を浮かべて、それに紐をつけ、その紐の反対側の端を、柑菜さんにかぶせた外側の袋に結びつけます。そうすれば、井戸が空になるにつれて、水位は下がり、その水に浮かんだ木の塊も下がって、その分だけ紐を引っ張ることが予想されます。すわりこんだ姿勢で死んでいる柑菜さんの上体をのけぞらせるためには、五キロの重さで十分であるはずです。柑菜さんは頭を後ろへ引っ張られることによって、上体を後ろへ傾けていき、とうとう、のけぞって雪の上に倒れます。

議論が細かくなりますが、柑菜さんが倒れるときに彼女の頭から外れた袋と紐が、雪に触れずに井戸に到着するようにするためには、紐をいったん井戸の屋根の丸材へ迂回させてから、そこでぐるりと角度を変えて、真下の、井戸の中の木の塊に結びつける必要があります。こうして、すわり込んだ柑菜さんの頭を起点として、斜め上へ伸びて井戸の屋根の丸材を通過し、それから井戸の中へ落ちる、三角形の二辺のような形ができあがります。ぼくの計算によると、この三角形の斜辺の長さは、柑菜さんがすわり込んで頭を前へ傾けているときに最大で、彼女の頭から井戸の丸材まで、直線距離で三メートル近くです。ただしおそらく時間的余裕を得るために、紐はまっすぐにピンと張らないで、すこしたるませておいたでしょうから、彼女の頭と丸材のあいだの紐の長さを三百五十センチと仮定しましょう。一方、紐が彼女の頭を引き、次第に起こしてのけぞらせ、最終的に頭から大きい袋がつるりと外れる瞬間には、彼女の頭と井戸の丸材との距離は、直線距離で——袋と紐の長さの合計で——百九十センチになります。そのとき彼女の上体と雪の地面とのあいだの角度は四十八度ぐらいですので、袋がなくなれば、彼女の上体は確実に後ろへ倒れます。したがって三百五十から百九十を引いて、水位が百六十センチ下がれば、袋は彼女の頭から外れます。水位が百六十センチ下がるのに井戸が要する時間はおよそ三時間十分です。三時間十分後に雪がやんでいれば、柑菜さんはやんだ雪の上にあおむけに倒れます。言い換えますと、雪がやむ前の三時間十分以内に、この装置をセットしておけば、犯人がその場にいなくても、かれは——犯人はフランス語ではふつうオテールという男性名詞なので、男性で呼んでおきますが——機械的に、柑菜さんの上体を、すでにやんでいる雪の上に倒すことができます。みなさんご存じのように、最近の天気予報の発達のおかげで、雪がやむ時刻をある程度正確に予測することは、もちろん難しいことではありませんでした。

袋が外れて、彼女の上体が雪の上へ倒れたとき、袋のほうは井戸の屋根の丸材から百九十センチぶらさがってだらりと垂れますが、この屋根は高さ二メートルですから、袋が雪面についで跡を残すことはありません。袋や紐についた雪が、振動で下に落ちるでしょうが、とてもわずかな量なので、あとで気づかれる心配はないでしょう。

それからさらに四時間たつうちに、屋根の丸材からぶらさがった袋も、すこしずつ引っ張られて、最後には丸材をぐるりと回って、井戸の中へすべて落下してしまいます。袋が丸材を通過するときにも、そこにつもった雪を、いくらか崩して落としたでしょうが、これもわずかな量だし、家族の死体が発見された直後に、井戸の屋根の雪に注意を向ける人はおそらくいないだろうと、犯人は期待することができました。

こうして、合計およそ七時間十分後には、柑菜さんを後ろへのけぞらせた紐と袋の装置は、すべて井戸の中へ落ちて隠れることができます。しかし、柑菜さんは七日の夜十一時過ぎに自宅を出て、翌朝六時過ぎに、死んでいるところを発見されています。柑菜さんが自宅を出てすぐに殺されたとして、彼女が発見されるまで、七時間より少ない時間しかありません。

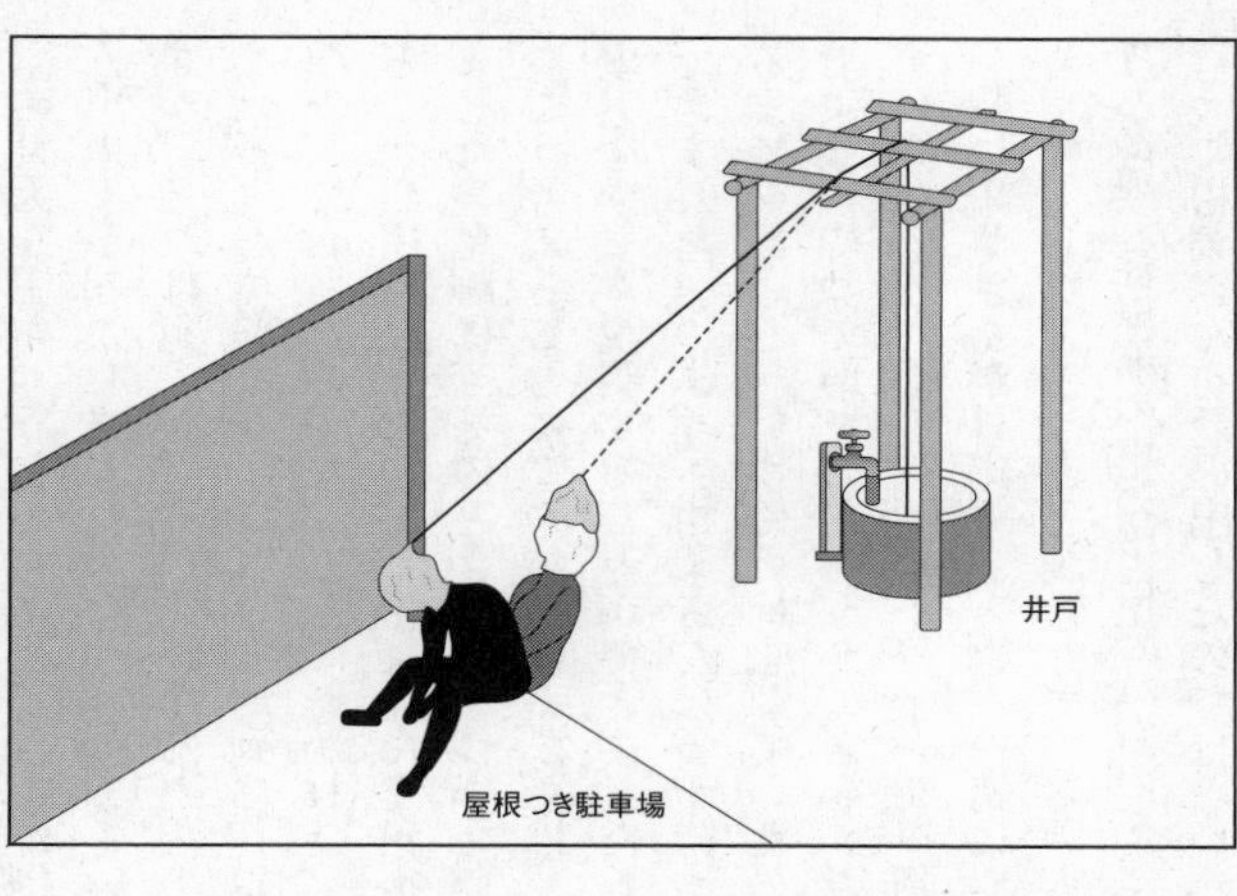

しかし、彼女の死体を発見した千代子さんも、すぐあとから駆けつけた釜下さんも、井戸の丸材に袋のついた奇妙な紐がぶらさがっていたと報告していません。かれらは柑菜さんの死に集中して、気づかなかったのでしょうか。それとも井戸の水位の実際の低下が、ぼくが計算したよりもすこし速くて、七時間後にはもう袋が屋根の丸材を回って井戸の中に落ちていたのでしょうか。たぶん後者だろう、とぼくはひとまず考えることにしました。ぼくは井戸の深さについても水位についても、正確に調べたわけではなかったのですから。

さて、上に説明しました紐と袋の装置は、とても単純な種類のものですが、駐車場と井戸の距離、井戸の深さ、井戸の水位の変化の速度、すべてをあらかじめ計算した上で成り立った、非常に巧妙な計画だったことがわかります。先月のある夜、彩芽さんが帰宅したときに、長さ一メートル足らずの丸太が、ちょうどのちに柑菜さんが倒れることになる駐車場の端に転がっていた、という出来事が起こりました。けっきょくその丸太の出所は突き止められないままになったのですが、あれは犯人が、井戸を利用した袋と紐の装置を、練習した痕跡だったに違いないとぼくは推理しています。それほど周到に、犯人は殺人のための計画を細かく練り、その装置を準備しておいたのです。もちろんかれは、木の塊に結びつけた紐と袋を、屋根つき駐車場のどこかに用意しておいて、柑菜さんを殺害したあと、彼女にこの装置を設置して、姿を消しました。足跡は、そのとき降りつづいていた雪が消してくれました。

こう考えることによって、ぼくたちは、ぼくが九日に見たときに井戸の中に雪がなかった事実をうまく説明することができましたし、同時にもう一つの重要な事実も解明することができました。つまり、柑菜さんは雪が降っているあいだに出かけたのに、雪がやんで殺されるまでのあいだ、いったい何をしていたのだろうか、何もしないで、暖房もなしに、駐車場でずっと待っていたのだろうか、といった疑問は、すべて意味のないものに変えられたのです。彼女の死亡推定時刻は午後十一時以降ですから、その点にも問題はありません。七日十一時に柑菜さんが外出するとき、一緒にいたのは千代子さんだけですし、柑菜さんが「人に会ってくる」と言ったと証言しているのも千代子さんだけです。実際には、千代子さんのほうから、「駐車場の車の中に忘れものをしたから、取りに行くのにつきあってくれ」などと言って柑菜さんを誘い出したのではないかと考えられます。

言うまでもなく、ここで、柑菜さんの殺害が雪がやんでからだったという推測をもたらしたもう一つの重要な根拠が、犯人のものと思われた、屋根つき駐車場と門の外の国道とのあいだを往復する足跡だったことを思い出す必要があります。もし犯人が雪が降っているあいだに彼女を殺害したのだとすれば、その足跡はだれのものなのか？　犯人がなんらかの理由で、雪がやむまで駐車場にとどまって、自分の装置が作動する様子をゆっくり見物していたのだろうか？　そんなはずはありません。あの足跡は、犯人が雪がやんでからやってきた部外者であると、ぼくたちに錯覚させるために、あとからつけておいたものに違いないのです。では誰がそのように足跡を残すことができたでしょうか？　雪がやんでからもっとも早くに現場に行った人、すなわち母親の岩倉千代子さん以外にはありえません。では彼女は、雪が降っているあいだに柑菜さんを殺害することができなかったでしょうか？　もちろん、そうすることができました。柑菜さんが最後の夜に出かけたとき、外まで送り出したのは彼女だったのですから。

水道が井戸を何時間でいっぱいに満たすのか、ぼくには情報がないのでわかりませんが、七日の夕方か夜、あらかじめ井戸の水道の蛇口をひねって、水を溜める準備をすることは、井戸の持ち主である千代子さんには簡単だったはずです。ちょうど舟見警部補が駐車場のマイクロバスにいるあいだに、角巻を巻いた彼女が階段をおりてきて、咲良さんの手がかりを探すふりをしながら井戸の周囲をぶらぶらしていましたが、あのとき彼女は、井戸の水道の蛇口をひねるための一瞬のチャンスをうかがっていたのだと思います。その時刻に水を出しはじめれば、ちょうど十一時過ぎ、柑菜さんを殺害するころ、井戸が一杯になることを、彼女はあらかじめ知っていたのだとぼくは推測します。

こうした可能性に気づいたとき、ぼくはびっくり仰天したので、彼女が犯行をおこなうことが不可能であることを示す根拠を、なんとか見つけ出したいと願ったほどでした。しかし、ぼくはそうすることに失敗しました。翌日八日の朝、彼女は足跡の何もない通路を歩いて駐車場へ行き、叫び声をあげる前に、用意しておいたレインブーツを履いて――体重を増やすために、二十キロぐらいのダンベルなどの荷物を背負わなければならなかったでしょうが――門の外の国道まで往復します。足跡は重複していませんから、どちらから往復をはじめたのかをあとで追跡することは不可能です。それから井戸にあまり近づかないように注意しながら――といっても、柑菜さんの頭と井戸の距離は一メートルほどですから、近づいてもあとでそれほど不自然には見えなかったことでしょう――井戸の上の丸材にそのときまだ袋と紐の装置がぶら下がっていたとすれば、彼女はそれを取り外して、井戸の中の木の塊も引っ張りあげて回収し、レインブーツやダンベルと一緒に、おそらくはベンツのトランクの中に隠します。彼女は自分が第一発見者になる予定でしたから、袋と紐の装置が完全に隠されて中に落ちて隠されているかどうかは、どちらでも大差ない問題でした。もし完全に井戸の中に落ちて隠されていれば、紐に別の紐を取りつけて、あとで引っ張りあげるように工夫しておいたでしょう。

どちらにしても、井戸の水位の変化について、彼女は正確な知識を持っていたに違いありませんし、あらかじめ実験して、成功を確信していたに違いありません。

　ここにぼくが述べたような一連の動作をするのに、たぶん四分か五分かかったでしょうが、彼女は階段を降りる前に、しのぶさんと別れてまず離れの二階を見に行ったと述べていますから、離れでの時間を適当に節約すれば――なぜなら、そこには誰もいないことを、彼女は最初から知っていたのですから――それだけの時間的余裕を見つけることは難しくありませんでした。

　ぼくがさらに驚いたのは、咲良さんの行方不明事件についても、彼女の母親の犯行だと仮定することによって、まったく矛盾なく、むしろもっとも直線的に、いろいろな問題を説明することができる、ということでした。咲良さんが、バスの中で友人西辺聖也と話し込んで、「濤永寺」ではなく一つ先のバス停で降りたとき、千代子さんは通り過ぎるバスの最後部に乗った彼女の姿を目撃することによって、重大なチャンスが訪れたことを知りました。もともと千代子さんは、最近ときどき咲良さんをバス停まで迎えに行くあいだに、誰にも目撃されないチャンスを狙っていたのだと思います。彼女の行動は、それほど長期的な計画にもとづいていました。バスのあとを車で追った彼女は、隣りの停留所から引き返してくる咲良さんと出会いました。通行人は誰もいませんでしたし、通行車両もそのときはなかったのでしょう。

以下は誰にでも想像できることです。千代子さんは、バスの中に咲良さんが見えたと言いながら車に乗せ、まもなく――家の駐車場に車を戻すまでのあいだに――咲良さんを絞殺しました。車を降りると、咲良さんの遺体をトランクに入れて、彼女は母屋へ帰り、咲良さんはまだ帰ってこない、と報告しました。

彼女が遺体を処分したのは、翌朝の五時に岩倉病院へ行くと言って一人で出発したときです。石崎の波止場に泊まっていた濤永寺の和尚さんのボートに遺体を乗せて、そのまま沖へむかって出発させ、ボートと一緒に遺体を海に沈めることが彼女の計画でした。それは彼女にとって、いくつかの利益を備えていました。一つは、彼女は潮首岬まで行かなかったし、前夜には行く時間もなかったのに対して、犯人は潮首岬から遺体を乗せて出発したと見せかけることによって、彼女の犯行不可能を立証しようとしたことでした。もう一つは、実際には絞殺だったのに、鷹の置き物による打撃が致命傷だったと見せかけることによって、犯人像をさらに彼女から遠ざけることでした。結果としては、皆さんが知るとおり、咲良さんの遺体はボートから海面に浮き上がって、発見され、絞殺の痕跡が確認されましたが、遺体を鷹の置き物によって傷つけた理由は、潮首岬の現場を芭蕉の俳句の伊良湖崎に比較するためだった、という解釈がもたらされて、死後の傷という不思議な事態は、幸い強い疑問を生じさせませんでした。

さて、咲良さんの遺体が海上に浮かび上がったのは、犯人が遺体をボートにしっかり結びつけておかなかったからです。犯人は今述べた目的から考えて、できれば遺体に沈んでほしかったに違いないのですが、それではどうしてかれは、遺体をボートに結びつけなかったのでしょうか？　考えられる合理的な理由は一つしかないように思われます。遺体をボートに結びつけるためには、犯人が自分自身ボートに乗り込むか、それともボートの脇で、ほぼボートの高さまで身体を低くして、つまり深く屈み込んで、さまざまな作業をしなければなりませんが、犯人はそれができなかったのです。つまり犯人は、たとえば腰が不調で、屈み込むことができなかった人だったのです。その特徴も、千代子さんただ一人を示唆しています。千代子さんは未遂の交通事故以来、深く腰を曲げることができないので、咲良さんの遺体をしっかりボートに結びつけることができませんでした。彼女にできたことは、遺体を多少とも乱暴に、ボートの内に落とし、その上にセメント袋を載せて重石とすることだけだったようです。その際の死後の打撲痕は、咲良さんの身体から消えずに残っていました。

もちろん、ボートを沈めることによって、犯人の逃走経路を拡散することも、千代子さんの目標の一つでした。ボートの船外機のキーは、おそらく岩倉松雄さんが、斉藤和尚の隙を見て、一時的に濤永寺の寺務所から持ち出して、合い鍵を作っておいたのではないかと思います。あとで述べるように、一連の犯行に関して、千代子さんは父親の松雄さんとほぼ共犯で、一緒に計画を練っていたと考えられます。ちなみにボートのエンジンをかけるには、高い位置——足下の栈橋とほぼ同じ高さ——にあるスターターを操作するだけでしたので、かろうじてそれは千代子さんにも可能でした。彼女はこのボートに乗ったことがあったので、それを出発させるやり方には馴染んでいたのでしょう。

千代子さんは六日の朝五時に車を出すと、すぐ先の石崎の波止場にまず車を停めて、そこにあったボートに咲良さんの遺体を乗せます。ただし今も言いましたように、千代子さんは十分に腰が曲がらないので、投げ落とすようなかたちで遺体を放り出しただけです。それからセメント袋を投げ入れ、重量を増加させます。おそらく袋の中身はただの砂利で、だからこそしばらく波止場に放置して、もし中を覗かれることがあっても、疑惑を招くようなことはないと、千代子さんは安心していたのでしょう。その時点で、ボートはすでに浸水しはじめていたかもしれませんが、なにか棒のようなもの、たとえば枝切りバサミのような道具を使って、底の穴を塞いだ防水布に傷をつけてやれば、もっと確実に沈没することを期待できたかもしれません。

そういう状態にしておいて、千代子さんは船外機にキーを差し込み、ボートをスタートさせます。波止場の至近距離に民家はありませんから、車やトランクの音も、船外機のエンジンの音も気にする必要はありません。棒のようなものを使って波止場の短い桟橋をはずれるようにボートの方向を調節すれば、すでに浸水のはじまったボートを、とりあえず津軽海峡へ乗り出させることは簡単でした。

千代子さんは、咲良さんの遺体がボートと一緒にそのまま沈んでしまうことを望んだでしょうが、その望みはかないませんでした。咲良さんが着ていたピンクのダウンジャケットは高級品で、おそらく水をはじく鳥の羽をぎっしり詰めて作られていたために、それが大きな浮力となって、彼女が浮かび上がることを助けたのだと思います。ともかく、五分か十分ですべての作業は終了し、千代子さんは車に戻って、次に十キロ近く先の潮首岬にむかいます。あ、つけ加えるのを忘れていましたが、千代子さんは、咲良さんをボートに投げ落とす前に、用意しておいた鷹の置き物で頭部と首筋に傷を与え、またなんらかの方法で——病院経営者である彼女には、容易だったでしょうけれども——血を百ccぐらい抜き取って、容器に入れて保存しました。もちろんそれらを、潮首岬の海岸に捨てるためです。首筋の傷は、採血のための傷をわからなくするための工夫だったのではないかとぼくは考えています。

こうして彼女は潮首岬へ行って、防波堤の手前に立って鷹の置き物を置き——おそらくあわてたために、彼女は置き物を石の上から転がり落としてしまいましたが、まもなく鑑識係が発見してくれたので、彼女の計画は予定通りに進みました——彼女の娘のバッグや靴を——血をつけたあとで——投げ捨て、血痕をいくつかふりまきました。これらのことは、二分以内に終えられただろうと思います。それから彼女は心配したふりをしながら岩倉病院へ行き、それから帰路につきました。

九日に井戸に雪がなかった事実から出発して、このように推論をたどってきますと、その動機がまったく不明である点は別として、ぼくは彼女がこの一連の事件の主要な犯人であるに違いないと考えました。ぼくの知るかぎりほかのだれも、物理的な意味と論理的な意味で、二つの事件の犯人になる資格をそなえていなかったからです。

では、彼女の動機とはなんだったのか。それなしには、今までぼくが述べた推論も無意味な空想物語になってしまうではないかと、皆さんはそろそろ心配しているかもしれません。でも事件はもう一度起こっていますから、それがやはり千代子さんの犯行でありえたかどうかを、先に検討してみましょう。むしろぼくは次のように考えます。つまり第三の、一番最近の事件は、彼女が犯人であることをもっとも雄弁に物語るし、おまけに彼女の秘密の動機についても、いくらか知らせてくれます。

第三の事件では、離れの二階で彩芽さんが殺害され、外の雪の中で松雄さんが殺害されていました。門の外から階段をあがって離れまで、往復する足跡が残っていましたが、これはすでに柑菜さんの事件のときに用いられた工夫なので無視してみましょう。すると外部から離れに侵入することは絶対に不可能なので、犯人はあの夜、母屋にいただれかだったとぼくたちは推測するほかはありません。しかし、母屋と離れのあいだには四メートルの幅の、雪におおわれた通路があります。これを母屋の側から離れの側へ、足跡を残さないで渡って往復することができるかどうか、これがここで設定される問題です。母屋の軒下は、ほかの大部分の日本家屋と同じように、幅が一メートル以下しかありませんから、ここから四メートル空中を飛んで離れまで到達することは不可能です。また、ぼくは事件が起きたすぐあとに現場を検査したわけではありませんが、舟見警部補から、現場には母屋と離れを結ぶ棒や紐などの補助物の痕跡はなにもなかったと聞いています。それではどうすれば犯人は――事件が起こるまで、かれが母屋にいたと仮定したなら――痕跡なしに離れの側へ移動して、戻ってくることができたでしょうか。

ここで、第三の事件のもっとも奇妙な点、犯人と遭遇した松雄さんが、なぜ驚き、警戒、あるいは苦痛の声を発しないで、あっさり殺されてしまったのか、という点がぼくたちの注意を引きます。妙な凶器によって、しかも俳句の短冊という、硬質であるとはいえいささか奇妙な凶器によって、松雄さんが声を発しなかったのは、かれが犯人と親しく、かれの犯行をただちに暴露することをためらったからだった、と想像することは、それほどむずかしくありませんが、もうすこし大胆に、かれが犯人の犯行を手伝ったのだと想像することが、ここでは有効であるように思われます。そのように想像すれば、まず、母屋から離れへ足跡を残さないで渡る行きの道は、簡単に確保されます。つまり松雄さんは杖をつきながら、雪の上を裸足で、歩いて離れの側へ行ったのですから、かれにおんぶされることによって、犯人も――かれが小柄でさえあれば――離れに到着することができます。ぼくたちが想像するのは、松雄さんが千代子さんを背負ってよたよたと歩いて行く場面ですが、千代子さんは小柄ですから、松雄さんががんばれば、四メートルの距離を歩くことは不可能ではありません。

では帰りはどうでしょうか。帰りにも松雄さんは犯人の逃走を――離れから母屋の側へ帰るのを――助けたのではないか、という観点から、かれの死にかた、特にかれが横たわった場所を再検討してみると、かれが離れの側から母屋のほうへ向かって、あおむけに倒れていた事実が、新しい意味を帯びるようにぼくには思われました。つまり、かれは喉を突かれて瀕死となってそこに倒れたのではなく――かれが犯人と協力しあっているとすれば、どこをいつ突かれるかについても、あらかじめ打ち合わせておくことができます――まず先にあおむけに倒れて、母屋までの距離の半分近くをかれ自身の身体で埋め、その上を犯人が、飛び石を跳ぶように、ジャンプして渡ったのではないかと思われたのです。もちろん、かれの身体や浴衣の上に犯人の足跡はありませんでした。しかし、かれの身体の上には、足をつくちょうどいい踏み板がありました。それが俳句の短冊です。あの短冊を喉にあてて胸のほうへ、ちょうどネクタイのように置き、その上に犯人が足をついて、通路の離れ側の端から合計二歩で跳び渡るのであれば――陸上競技の三段跳びに似た二段跳びの動作をすれば――二歩で四メートルたらずですから、なんとか母屋側へ帰ることができそうです。腰の悪い千代子さんでも、がんばればなんとかなったのではないでしょうか。いや、千代子さんはがんばったのです。必死の思いで、計画の完成のためにフィニッシュを決めたのです。思い出しましょう、松雄さんの遺体の胸には、短冊の割れたガラスの破片が散らばっていました。その事実から推測されることは、立っている松雄さんに短冊が当たって割れ、それから松雄さんが倒れたのではなく、むしろ、横になった松雄さんの上で短冊が割れた、ということであるはず

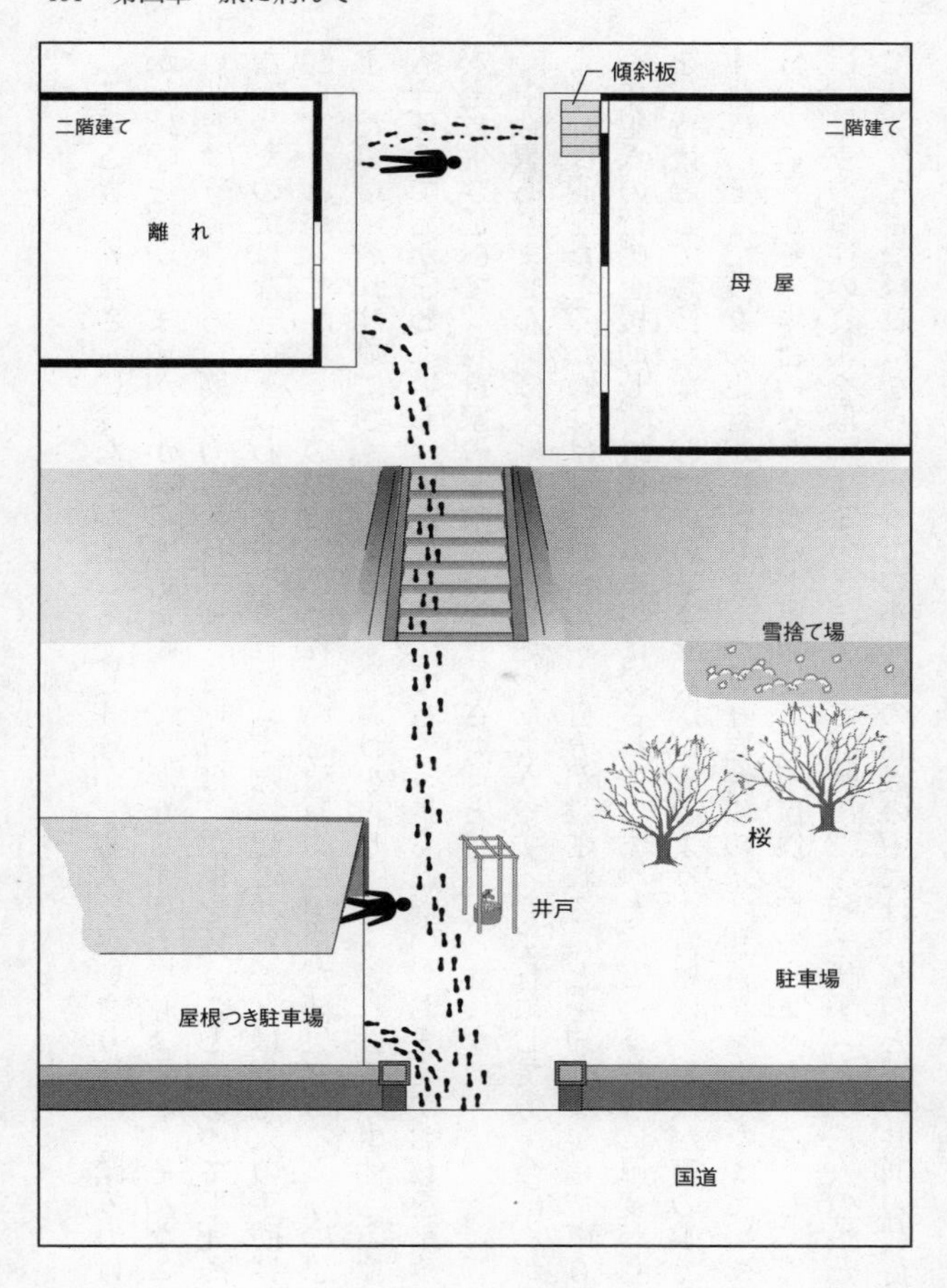
傾斜板
二階建て
二階建て
離　れ
母　屋
雪捨て場
桜
井戸
駐車場
屋根つき駐車場
国道

です。

このとき、松雄さんにはなにが起こるでしょうか。犯人が思いきり短冊を踏みつける力で、かれは喉を突かれますが、かならず舌を嚙んで、かならず死ぬでしょうか。そんなことはないでしょう。むしろ首筋に力を入れて耐えていれば、重傷を負うことはあっても死ぬことはなかったのではないかと思われます。それゆえ実際に起こったことは、犯人の手助けをしながら、かれがみずから、その場で、殺されたいと積極的に望んだ結果であるように思われます。たぶん、かれは娘にささやいたのです。おれを殺せ、と。おれはこの事件さえ片づけば、もう死んでもかまわないし、実際生きていてももう長くはない。おまえがおれを踏み越えて、安全に生き延びて、岩倉家の繁栄を確保しなさい、と。

申し訳ありません。ぼくはいくらか先走ったようです。いずれにしても、今ぼくが述べたような仮説をたどるためには、松雄さんが、自分が殺されることを知りながら、声も発しないで犯人の行動を援助し、最後には本当に殺されてしまった、というじつに風変わりな状況を、背景として想像しないわけにいきませんが、そのような背景は、犯人が実の娘であるとすれば、そして彼女の犯行がかれの——つまり岩倉家の——利益をもともなっていたとすればば、というかその場合のみ、それほど不可能でも不自然でもありません。こうしてぼくたちは、第三の事件の真相を理解するのとほとんど同時に、なぜ千代子さんが三人の娘と、そして父親を殺さなければならなかったのか、その動機の中には、父親と娘の共通の利益、二人が相談して実現しようとした共同の目的が、ふくまれていたのではないかと、想像しはじめることができます。その目的のためには、父親はみずから犠牲になることも辞さなかった。むしろ犠牲になったほうが、娘を嫌疑から遠ざけることができると、そう判断した父親の選択が、そこにはあっただろうと、ぼくは推測しないわけにはいきませんでした。言うまでもなく、松雄さんが濤永寺の寺務所から船外機のキーを寸借したのは、こうした共謀の関係、共犯の関係からただちに想像されることです。

ここまでで、事件の物理的な解明をいちおう終了します。物的証拠については、今後の解明を待つほかありませんが、ぼくはあまり心配していません。というのも、松雄さんはもちろん、千代子さんも、咲良さんの事件以来、ほとんど家の外へ出ていないからで、千代子さんのベンツのトランクから咲良さんの毛髪などの遺留品が発見されることが期待されますし、屋敷の中、とくに松雄さんと千代子さんの私室の中には、絞殺に使った紐や、井戸に使った袋と紐のトリック装置などが、まだ隠されているはずだと確信しています。

そこでここから先は、松雄さんと千代子さんが、なぜ一連の事件を起こさなければならなかったか、動機について整理しなければならないと思っています。しかし、こんなにたくさん、しかも日本語で話したのは生まれて初めてのことですので、ちょっと休憩してコーヒーを飲ませてください。

——ジャン・ピエールの声がとぎれた。だれも、なにも言わない、私語どころか机や椅子の栓を開ける音がした。

の音もない張り詰めた静寂がみなぎり、その中でジャン・ピエールがプシュッと缶コーヒー

3

——俊介が録音したジャン・ピエールの説明会（続）

それでは今回の一連の犯罪の動機について、ぼくが考察したことをお話しします。

物理的な解明の場合と同様に、ぼくは舟見さんから聞いた岩倉家の過去にまつわるさまざまな話の中で、相互に矛盾するとぼくが考えたものに注目することからはじめました。それらは、松雄さんの愛人・浦嶺竹代という女性に関するものと、他方で、千代子さんの夫だった祐平さんの愛人に関するものでした。

一九八八年ごろから二〇〇〇年ごろまで愛人関係をつづけていた、杉原みどりさんが証言しているように、松雄さんは、最初の奥さんが女の子一人だけを産んで亡くなったので、再婚の機会と、新しい奥さんに子供——可能なら男の子——を産んでもらう機会を求めていました。その希望は、二〇〇〇年にしのぶさんが産んだ健二君によってとうとう実現することになり、松雄さんは八年後の二〇〇八年にしのぶさんと正式に結婚し、健二君を養子として

迎えます。それでは、かれの愛人として去年岩倉家を訪れた浦嶺竹代さんとの交際期間は、この年表のどこにはいるのでしょうか。松雄さん自身が二十年前と言っているので、それは一九九〇年代だったと思われますが、それでは彼女は、杉原みどりさんと重複した、二人目の愛人だったのでしょうか。

一九九〇年代に松雄さんに愛人が二人いた、と想定することは不可能ではありません。しかし、もし本当にそうだったとすれば、松雄さんは竹代さんに子供を産んでほしいと頼んだはずですが、生まれた証拠はどこにもありません。竹代さんは、またしても、杉原みどりさん同様に、子供を産めない身体だったのでしょうか。愛人が二人ともそうした気の毒な状態にあったというのは、あまりにも奇妙な偶然の一致のように思われます。しかも、松雄さんは健二君が生まれると、まもなくみどりさんとの関係を終了していますので、松雄さんは一度に一人の女性だけを愛するタイプの人だったと推測することもできます。実際、みどりさんに対して、松雄さんは「こう見えてもおれは、器用でないからなあ」、だから「二人の女、おんなじようにかわいがることは、できないべなあ」と発言していますし、みどりさんも、そういう人としてかれを理解しながら、健二君が生まれるまで交際をつづけていました。したがって、みどりさんとの交際、および彼女の証言にもとづいて考えるならば、松雄さんと竹代さんの関係は――仮に存在したとしても――長期的な深いものではなかった、というのが、もっともありそうな結論として引き出されます。ちなみにこの結論は、愛人だった時代に浦嶺竹代さんの湯ノ川のマンションを、松雄さんが訪れたことを証明する目撃者が現れていない事実にも対応しています。ただし、短期間の愛人だった人が久しぶりに訪ねてきただけで、松雄さんは一千万円の追加援助を決定したのでしょうか？　それが新しい疑問になります。

他方、「アミン」の愛称で呼ばれていた岩倉祐平さんの愛人にも、不思議な点がいくつかあります。そのうちでとくに目立つものは、九五年十月二十日に鶴橋風子さんが札幌で見かけた、祐平さんの連れの人の存在です。この時期は十一月二日に彩芽さんが生まれる二週間前ですから、連れの女性がおなかの大きい千代子さんだったとは考えられません。もしそうであれば鶴橋風子さんは彼女の妊娠に気づいていたでしょう。したがって彼女は、祐平さんの結婚外の恋人だったようです。ここで祐平さんが、次々に恋に落ちるタイプではなく、真面目で、しかも結婚してまだ三年目で、しかも病院経営が始まって忙しい時期だったこと、さらに千代子さんの監視が厳しかったことを考慮すると、彼女は九〇年の時点でかれが結婚を考え、友人の吉岡潔さんにやがて紹介するつもりでいた女性だった可能性が高い、とぼくは考えました。そこから先はよくわかりません。この女性が、祐平さんが体調を崩して死ぬまでかれの恋人でありつづけたのか、つまり彼女がかれの電話登録の「アミン」だったのか、それともこの女性とはまもなく別れて、新しい恋人と知り合い、こちらのあとの女性が「アミン」と呼ばれることになったのかは、これまで与えられた材料からは、どちらとも決められません。どちらにしても、九〇年代に、松雄さんには浦嶺竹代という愛人がいたらしいけれども、彼女との関係は明瞭ではなく、一方、祐平さんにも九〇年代に愛人がいて、かれはかつては結婚を考えたほど、彼女を真剣に愛していたらしい、という二つの事実が、交わらない平行線のように残ります。

ここに、ぼくたちが与えられた物理的な条件、つまり千代子さんが自分が産んだ三人の娘たちを殺害しなければならなかった、という特殊で重い条件を加えて再考してみたとき、ぼくはある奇妙な事実に気づきました。それはぼくがフランス語でノートを取っていたために、気づきやすかったのかもしれませんが、たぶん皆さんの多くも、落ち着いて考えれば、簡単に気づくことができただろうと思います。つまり、浦嶺竹代という女性の名前は、ローマ字で書くとTakeyo Uramine――Take your amine とそのまま英語として読めるということです。この英語の意味は、化学物質のアミンを知っている人から見れば、「あなたのアミンを取りなさい」となるので、そこからさまざまな解釈がなりたちます。「あなたのアミンをあだ名として取りましょう」とも受け取れるし、「あなたの分泌するアミンを治療のために取りましょう」とも受け取れます。いずれにしても、彼女の名前そのものが、彼女が松雄さんではなく、産婦人科医である祐平さんの恋人であることを指し示しているようにぼくには思われました。彼女は「アミン」と呼ばれる女性であり、そのあだ名は彼女の名前そのものが示唆していたのです。

こうして竹代さんと祐平さんを結びつけてみると、いくつかのことがただちに説明しやすくなります。松雄さんに杉原みどりさん以外の愛人がいた形跡がないことや、竹代さんの湯ノ川のマンションの近くで松雄さんが目撃されていないことも、そのなかにはふくまれます。そのほか、竹代さんが湯ノ川のホテルで――アルバイトはつづけるけれども正式な社員になることは拒絶するというかたちで――中途半端な労働形態をあえて選んだ理由も説明できます。千代子さんの厳格な管理のもとで、祐平さんは自由に竹代さんに会うことができなかったので、竹代さんはいつでも応じられるように、時間をあけておく必要があったのです。また、竹代さんが祐平さんの死後まもなく、日本での生活を捨ててアメリカへ行った理由も心理的に納得できます。さらに竹代さんが受け取っていた年間百万円程度の援助金は、松雄さんが支払っていた手当にしては少なすぎるのではないでしょうか。千代子さんの監視の目を盗んで、祐平さんがなんとかやりくりしていたと考えるほうがずっと自然に了解できます。

そこでぼくはこのアイデアを有力だと考え、鶴橋風子さんに竹代さんの写真を見せて、彼女が札幌で風子さんが見かけた祐平さんの恋人であることを確認してもらうことができれば、ぼくたちが真実に近づくのに役立つと考えました。もともと風子さんは竹代さんに札幌で会ったとき、どこかで見た顔だと思ったと述べていますが、それは風子さんが湯ノ川病院に通いはじめたとき、最初はホテルに一泊したらしいですから、そのときホテルの受付にいたのが竹代さんだったのではないか、ともぼくは思いました。

舟見さんが風子さんをふたたび訪れて、風子さんが竹代さんの写真を確認してくれたと聞くまでのあいだにも、ぼくは解明しなければならない謎をたくさん抱えていましたが、それらはすべて、いわば方向づけられた謎で、ゆっくり順を追って考察すれば、解答にたどりつくことができそうに思えました。つまりまず第一に、松雄さんと千代子さんは――それというのもこの二人が岩倉家を訪れた竹代さんに対処したので、二人はここからは一心同体です――どうして彼女を松雄さんの昔の愛人として、娘たちやしのぶさんに発表したのか。第二に、竹代さんはなにをしに、何を話すために岩倉家を訪れ、一千万円を手に入れることができたのか。そして第三に、彼女が岩倉家を訪れた出来事と今回の一連の殺人事件とはどのような関係があるのか。そして第四に、こうつけ加えてもかまわないと思います。なぜ竹代さんはまもなく殺されてしまったのか。

竹代さんが、自分はかつて祐平さんの恋人だった女だったので、手切れ金の割増しをください、と言いに来たとは、あまりにも単純で、ちょっと考えられませんでした。祐平さんはすでに四年前に亡くなっています。千代子さんが、今さら彼女を親切に待遇する理由はありません。竹代さんにはもっとほかに、岩倉家に売るための情報、あるいは同情されるための立場があったに違いありません。それを松雄さんと千代子さんは、秘密にしておかなくてはならなかった。そして娘たちを、全部殺さなければならなかった。そのように考えると、三人の娘たちが、じつは――少なくとも遺伝子的に――竹代さんの娘だった、という理解が招き寄せられます。

彼女たちを産んだのは、もちろん千代子さんです。しかし思い出しましょう。千代子さんは産婦人科医である夫の祐平さんの手によって、体外受精の治療を受けていました。その機会を利用して、祐平さんは千代子さんに、自分と竹代さんとのあいだにできた受精卵を移植したのです。祐平さんと千代子さんは血液型の関係で、どんな型の子でも生まれる可能性があったようですから、だれかが血液型からこの事実に気づくことはありませんでした。

恋人とはいえ他人の卵子を用いる、という医学倫理に反する行動を、どうして祐平さんがとったのか、ぼくたちは想像するしかありません。彼は千代子さんとの結婚を後悔して、せめてかれが愛する竹代さんの子供を残したい、と考えたのかもしれません。千代子さんは岩倉家の体面を重んじる冷たい人で、夫の意見をあまり聞こうとしなかったし、彼女自身が反省しているように、俳句の趣味にさえも賛成しなかったし、たとえば結婚後も探偵を雇って、祐平さんを監視しつづけていました。それゆえ祐平さんは、おそらく自由に竹代さんに会うこともできませんでした。ぼくたちが知る唯一の例外は、函館を離れて札幌で二人がデートした、一九九五年の「キタラ」の出来事です。函館では、竹代さんの湯ノ川のマンションを訪ねる同年配の男が、サングラスとマスクで顔を隠して、きょろきょろ周りを見ていた、という目撃証言が得られています。このディテールは、祐平さんが、探偵に尾行されている可能性におびえていたことを示します。そんな関係をつづけるうちに、なにかのきっかけで祐平さんは腹を立て、仕返しすること、復讐することを考えるようになったのかもしれません。

もちろんそれは、祐平さんと竹代さんの二人だけの秘密だったのですが、祐平さんが死んで三年後、竹代さんに、というより竹代さんの弟に、予測できない事態が起こって、彼女は大金を必要とする状況におちいりました。そのとき彼女の頭の中に、大金をもたらす唯一の方法として、岩倉家に対して秘密の真実を告げ、それを今まで通り秘密として守るから、いくらかの金を恵んでほしいと依頼する案が浮かんだことはしかたありません。彼女は函館に帰ってそれをしました。ところが、松雄さんと千代子さんの反応はまったく彼女の予想を超えたものでした。祐平さんの裏切りを、彼らは許そうとしなかったのです。

祐平さんは、松雄さんのプライドを切り刻んだでしょう。祐平さんの長期におよぶ不倫関係は、松雄さんのような一途な人には、許しがたい行動に見えたとしても不思議ではありません。でもたぶんそれだけではなく、岩倉の血を持たない三人の孫たちが、岩倉の名前を使って生活してきたことを、これからもそうするだろうことを、かれはたんに許すことができなかったのでしょう。かつて松雄さんは、「血の繋がらない子供を一生懸命育てたとあとで知ったら、岩倉松雄、生涯最大の恥さらしになるところだった」と述べたことがあるそうです。世界中のいろいろな家族で見られるように、彼らの家系の意識の中心にも血に対する評価や信頼がありましたが、それがあまりにも強すぎたために、血を持たない者を、ましてや持たないのに持ったふりをする者を、断固として排除する衝動が、かれの中でおさえられなかったのだろうとぼくは思います。血が繋がっていないとわかると、きのうまで育てて一緒に暮らしてきた孫娘たちでも、残酷なやりかたで殺してかまわない、というかれの態度の変化の大きさは、本当にぼくを驚かせました。かれの家族感情は、実際にはあまりにも抽象的な、イデオロギー的なものだったのではないでしょうか。ただし、世界中の家族感情の多くが、ある程度抽象的でイデオロギー的であることは、認めなければならない事実でしょうけれども。

このようにぼくは、今回の一連の事件の背後に、松雄さんの強烈な家系と血の意識を見いだします。千代子さんもかれの意見にほぼ完全に賛成したと考えられます。なぜなら一連の事件の大部分を、実際に実行したのは、脳出血の結果身体の不自由な松雄さんではなく、千代子さんのほうだったからです。しかし彼女は、三人の娘を産んで育てた母親でもあります。彼女は父親の命令にしたがうとき、おおいに苦しんだに違いありません。去年の夏、娘たちを乗せた車で千代子さんは転落事故を起こしそうになって、あやうく助手席にいた釜下さんに助けられる出来事がありましたが、その出来事も、千代子さんの苦しみの結果だったのかもしれないとぼくは想像しています。

さて、説明を竹代さんの件に戻しましょう。竹代さんはたぶん、自分の主張が真実であることを証明するために、DNA親子鑑定をしてもらってもかまわないと言って、髪の毛など必要な資料を置いて帰りました。松雄さんは、すでに二度も――森屋レイ子さんのときと、健二君のときと――経験している親子鑑定を、三度目に依頼することになったはずです。このときの鑑定結果は、研究所に残っているだろうと思いますが、ただそこになにが書いてあったかは、その後の事件の展開から、容易に想像することができます。

こうして彼ら、松雄さんと千代子さんの親子は、竹代さんにひとまず大金を与え、満足させてから、家の体面のために竹代さんは松雄さんの愛人だったことにしてくれと条件をつけ、その条件を引き受けさせるために函館市内にマンションを世話して住まわせ、それから竹代さんと三人の孫たちを殺害する計画を立てます。彼らの計画がスタートしたのは、竹代さんが新しいマンションに住みはじめた直後、つまりほぼ一年前だったはずです。

ところが彼らはやがて大きなトラブルに直面します。それは松雄さんの脳出血です。そこで孫たちの殺害はしばらく延期して、松雄さんが病気になる前に準備を整えていた竹代さん殺しだけ――彼女がだれかに真実を告げると困るので――急いで実行することにしました。

松雄さんはすでに、表向き自分の愛人だったことにするという約束のもとで、何度か竹代さんのマンションを訪れ、彼女の生活習慣や当時の状況について知識を得ていましたし、彼女が知らないあいだに、こっそり部屋の合い鍵も入手する立場にあったと思われます。かれが得た知識の中でも大切なものは、彼女が毎朝輸入品のオレンジジュースを飲むことで、彼女が留守のあいだに部屋に侵入して、そのジュースの中に農薬を溶かしておけば、比較的簡単に彼女を殺害することができました。農薬の注入は、あきらかに千代子さんの仕事でした。

千代子さんは彼女が死んだに違いないと思われる時刻に、ふたたび彼女のマンションを訪れて、農薬の瓶に彼女の指紋をつけてからテーブルの上に出しておいたはずです。

千代子さんがそこに残した遺書については、注意が必要です。遺書には竹代さんの自筆の署名がありました。松雄さんは、竹代さんが岩倉家を訪問したとき、あるいはその後のやりとりの中で、A4サイズの用紙の端に竹代さんの署名をもらっていたのだとぼくは想像します。つまり、一千万円の受領証だとか、今後二度と岩倉家に現れません、と約束する誓いの文だとか、反対側の端に用件が書いてある紙に、署名を求め、のちに、その用紙の用件の部分を切り取って、遺書に使った。だから遺書の用紙はA4の三分の二という、やや奇妙な大きさになったに違いありません。千代子さんは、竹代さんの署名だけが書かれたこの用紙を持って彼女の部屋に行き、彼女のパソコンを使って遺書を作成し、プリンターに署名つきの用紙を入れてそれを打ち出したのです。

しかし、もう一度考えてみてください。父親と弟にあてた遺書を書くときに、「浦嶺竹代」のように名字まで書く人がいるでしょうか。日本人はフランス人よりしばしば形式的ですから、同じ姓の弟に自分の姓を名乗る人もいるかもしれませんが、非常に少ないと思います。だからたぶん、あれは彼女がなにか正式に署名をしなければならなかった手紙や用紙に書いたものを、利用したものだと推測することは比較的簡単でした。

さて、竹代さんの事件が自殺として決着して、彼らの計画はうまく出発することができました。三人の娘たちの殺人計画については、それからゆっくり工夫を考える時間がありました。ただ、去年の秋からは、彼らにとって、娘たちの運命はもう決まっていましたから、娘たちをきびしく管理する必要はもうなくなってしまいました。そこで彩芽さんについては札幌のボーイフレンドとの婚約を認め、デザイン会社のための資金を提供し、柑菜さんには留学を許可し、咲良さんについてはいわゆる援助交際が発覚しても、しいて止めようとしなかったのです。結婚も、留学も、実現しないことを彼らは知っていたからです。

彼らが最終的に、考えられる限りもっとも完璧な連続殺人の計画を完成したのは、今年の春になってからではなかったかと思います。その計画の根幹は、岩倉家に所蔵されている芭蕉の俳句の四本の短冊を使って、彩芽、柑菜、咲良、そして松雄の四人の殺害を、それぞれの俳句に比較して表現することによって、容疑を短冊のもともとの贈呈者である小窪澄夫さんの一家にむけることでした。俳句の恨み、「松尾会」での恨みを、彼らは大々的に利用しようとしたのです。実際松雄さんは、鷹の置き物が発見されたとき、まもなく自分から、小窪澄夫さんが抱いている恨みを語りだしました。こうした意図から見ると、芭蕉の俳句の一つの中に「雪の袋や」とあることが重要な意味をもちます。雪を背景とするために、彼らの連続殺人計画の実行は、けっきょく、今年の雪の季節まで延期されることになりました。そのあいだに、松雄さんは、寝ぼけたふりをして夜中に外を徘徊する実績を作りましたし、千代子さんは、咲良さんをバス停まで迎えに行く習慣を作りました。もちろん彼女は、自分で書いた脅迫状を投函することもできました。また――たまたま帰宅した彩芽さんに発見されたことですが――柑菜さんが殺される予定の位置に丸太を立てて、井戸の水位の低下によって紐と袋を引っ張って丸太を倒す実験を試みることもできました。それらはすべて、かれらの注意深い準備の一部でした。

ただし、芭蕉の俳句を思い出させる道具類は、同時に警察を錯覚にみちびくための手段としても、しばしば巧妙に利用されていました。それが彼らが時間をかけて作った計画の緻密で巧妙な特徴でした。つまり、鷹の置き物は、咲良さんの靴やバッグとともに、犯人が咲良さんを襲った場所が潮首岬であると錯覚させることによって、そこまで深夜に行く時間も理由もなかった犯人を安全圏内に入れる効果をもたらしました。柑菜さんにかぶせられた「雪の袋」は、すでにぼくがくわしく説明したように、雪が降っているあいだに行われた犯行を、雪がやんでから行われたように見せかける上で重要な役割をはたしました。最後に松雄さんの遺体に掛けて置かれた「旅に病んで」の短冊は、犯人がたまたま凶器として使ったように見えながら、実際には犯人が松雄さんの身体を踏んで母屋のほうへ跳びうつるための、踏み切り板の役割を果たしました。彩芽さんが殺された部屋の萩の絵の襖だけは、犯人がなにも手を加えなかった、最初からそこにあった道具です。だからおそらくそれが最初からあったために、この壮大な計画を、松雄さんと千代子さんは思いついて、くわしく研究しはじめたのだとぼくは思います。

すべてが終わって、ぼくは「旅に病んで」という俳句が、いかにも松雄さんの死にふさわしいと思わないわけにはいきませんでした。それは屋敷の中とはいえ、裸足で雪のつもった屋外へ出てきて倒れた松雄さんの姿を描写するだけではなく、生涯岩倉家の繁栄を願っていた松雄さんの、人生の最後の一幕でその願いがゆがんで狂っていった結末を、いや、孫たちが生まれた二十年前から、じつはひそかに狂っていたことを知らされた結末を、絶望の中で思い返し、もはやかなうことはないと知った夢が、運命の皮肉な木枯らしにくるくると舞うようにかれのもとを去っていく、そういう最後の思いを、この俳句は余すところなく描写しているように思われるのです。生前から、松雄さんはこの俳句が好きだと言っていたそうです。自分の生涯が、この俳句によって表現される断絶と焦燥の主題をはからずも引き受けることを、かれはかすかに予感していたのかもしれません。

さて、犯人が踏み切った足の力で、短冊の角が松雄さんの喉を強く突いた結果、かれは舌を噛んでやがて死にましたが、かれがそうすることが、彼らの最初からの予定だったかどうかは、どちらとも断定できません。犯人が踏み切るときに、短冊が松雄さんの喉を突かないように、ましてや舌を噛まないように、注意することはできたはずですが、そうしていたとすると、松雄さんは、重傷を負って、しかも寒さのために肺炎を起こす可能性は残ったとしても、死ぬところまでは行かなかったかもしれない。松雄さんは生き残って、残された唯一の子孫である健二君が成長するのを見届けることができたかもしれない。しかしまた、三人の孫娘を殺害する途中で、松雄さんは、もうなにもかも面倒くさくなってしまったのかもしれません。生き延びて、犯人と直面したことには——完全に記憶をうしなったふりをするか、それとも認知症の症状をよそおって——沈黙を守りとおす、予想される窮屈な生活に、うんざりしていたのかもしれません。すべて犯行は計画どおりに実行されたのか、松雄さんの死もその計画の一部だったのか、その点は犯人に直接訊いてみるのが一番いいと思います。以上、長くなりました。お疲れさまでした。しかし、皆さんにはまだ証拠の収集と犯人の逮捕というもっと大きな仕事が残っています。ぼくの説明はこれで終わらせていただきます。

4

千代子のベンツのトランクからは咲良の毛髪が発見され、松雄の居室の押し入れの奥からはレジ袋に長い紐をつけ、反対側に木の塊を結びつけた装置が発見された。これで物的証拠は、たとえ犯人が犯行を否認しても十分だと思われた。

俊介は、はるかに期待以上の活躍をしてくれたジャン・ピエールの観察と論理の力に驚嘆し、感激もしていたが、動機の最初の一歩のところが、自分ではどうにも理解できなかった。松雄はなぜ、三人の孫娘が自分の血を引いていないと判明したとき、さっさと嫁にやるなり、自由にさせて適当にお払い箱にする方策を考えなかったのだろうか。千代子はそう主張しなかったのだろうか。それが育ての親としての人情というものではないのか。そんな人情を裏切るのが、家名へのこだわり、ジャン・ピエールが言っていたプライドというものなのだろうか。プライドが高い人というのはあんなことまでするものなのだろうか。

朝まだきの帰りがけ、ジャン・ピエールにタクシー券を持たせてタクシーを呼んでやり、山形を送るために車にむかいながら俊介がそんな話をすると、

「郭公（かっこう）がさ、鳥の郭公」と山形は言った。

「あれがほかの鳥の巣に卵産んで、その鳥に雛を育てさせるちゅうんだね」

「へえ。子育てをサボるわけですか」

「サボるんだね。托卵（たくらん）ちゅうらしいけども、育てさせられるほうは、たいてい気つかないで、そのまま育ててるちゅうんだけど」

「今回の事件と似てますけど、結末がまるきり違いますね」

「そらあんた、人間と鳥はそれだけ違うんだべさ」

「うーん。あの潮首岬の鷹の置き物、郭公にしといてくれればよかったのにな」

俊介が珍しく冗談を言ったので、山形は驚きながら笑った。

「あっはっは。郭公の置き物はねかったべさ」

そのとき、俊介はアッと思った。潮首岬でジャン・ピエールに捜査のあらましを話したと

き、山のほうで鳥が啼いたのは、あれは郭公だったのではないだろうか。郭公が托卵についてのインスピレーションをジャン・ピエールに、本人も気づかないうちにひそかに授けたのではなかったろうか。

郭公は札幌市が制定した市の鳥だと聞いたことがある。札幌に住んでいるあいだ郭公の声を聞いたことはなかったが、きっと函館にもいくらかはいるだろう。そういうことにしておこう。神が味方するようなジャン・ピエールの洞察力に、鳥が味方したところでなんの不思議もない。

俊介は深堀町のろう学校前で山形を降ろすと、のろのろとまた運転して二日ぶりに家に帰った。起きたばかりの清弥子が、とんでもない時間にパパが帰ってきたので喜んで大騒ぎしたが、あまり相手はしていられなかった。一眠りすることが先決だったからだ。

千代子は犯行をまったく否認しなかった。湯ノ川署に連行され、身体の衰弱のために医務室に連れて行かれると、逮捕されたことを悔やむのでも不思議に思うのでもなく、どちらかと言えばようやく安心できたと思っているかのように、昼すぎまでぐっすりと眠った。目覚めると、静かによどみなく供述を開始した。

俊介が午後二時に湯ノ川署に戻ると、岩倉邸に集結していた報道陣が一斉に署に移動したらしく、周辺はひどい渋滞だった。

署長が俊介を待っていて、「報道関係者の中に、今回の事件を解決する上で大きな役割を果たしたのが民間の一少年だったという噂が出ているが、その少年とは誰なのかと質問が出ている。どうしたものか」という相談だった。「こちらとしては捜査手法上から言っても、ジャン・ピエールについては当面触れずに済ませ、後日ゆっくり表彰の手続きを考えたいと思っているが、それでいいだろうか」と言う。「それでけっこうです」と俊介は答えた。あの子はテレビに出たがる子ではないので、むしろそうっとしておいてほしいはずですから。千代子のことを尋ねると、午後一時から取り調べが始まって、すらすらと自供しているという。

俊介は三時に山形と交代で取調室に入った。犯行の事実関係については、もうすらすらと話しおわって――ジャン・ピエールの説明とほとんど同一だった――あとは動機から計画の立案についての部分の供述が、今後必要とされるという。

千代子は化粧がないのでやつれて見えたが、さばさばした表情だった。

俊介は事件の全貌にたいへん驚いた旨を挨拶がわりに強調してから、

「ぼくはちょっと、背景になるようなことを訊きたいんですね」と言うと、

「背景って別に……」千代子は頰笑んで首をかしげる。

「たとえば会長さん、子宝に恵まれないことを、いつもこぼしてましたか。なんか言ってたでしょう」

「それはね。言ってましたよ。男の子に関しては、運に恵まれない男だったって。『おれは金に運ば使い果たした男なんだべな』って」

「そうですか。人の運はそう無尽蔵なものでない、だいたいみんな高が知れてる、と。そういうものかもわかんないですね」

「……そしたら、私の運はどこにあったのかしら」と千代子はまた頬笑む。

「だからそれはね。三人のきれいなお嬢さんに恵まれて、病院の理事長も務められて、傍から見たらすごい幸運の持ち主だったんですよ」

千代子はきょとんとしている。

「お嬢さんたちと血縁がなかった。ショックだったお気持ちはわかりますけど、三人とももう大きいんだから、たとえばもうすこし、何食わぬ顔をしてそのまま育てて、どこかへお嫁にやって、それでおしまいにする、そういうやりかたも、お母さんなら考えてもよかったんじゃないですか？　おなかを痛めて産んだ子には違いないでしょう？」

千代子はゆっくり、なんだか俊介に失望したかのようにため息をつき、首を振って、

「それができれば苦労はないわ」

「会長がどうしてもダメだと言った。そういうことですか？」

すると千代子は驚いたように俊介を見据えた。

「違いますよ。どうしてもダメだって言ったのは、私だもの」

「え、そうなんですか？」

「そう。会長は、許してやれ、って言ったの。『もともと祐平に愛人の一人や二人、よそにいたってかまわないぐらいの心づもりでいれば、こったごとにはならねかったんでねえか』ってね」

「なるほど」と俊介が思わず言うと、千代子は俊介を軽蔑するかのように目を細めて笑って、

「男はそう思うのかもわかんないけどね。……会長も何回も言ってたわ。『むこうは病院ほしさに、おまえと結婚したんだもの。好きな女がよそにいたって、なんもおかしいことねえべさ。それをためつすがめつ疑ってかかって、探偵なんか雇うから、こったごとになったんだべ』って。まるで私が悪いみたいにね」と言うと、千代子は机の端に両手をついて、

「でも、いいですか。私は悪くないですよ。私はなにも、悪いことをしてませんでしょ。もともとは祐平がやったことでないですか。これはなにも、罪を免れようと思って言ってるんでないですよ」

「確かに祐平さんにも、倫理規定違反はありましたけど……」

「そうでしょ。だからこういうことになったんですよ」と千代子は昂然としている。

「つまり、今回の三人のお嬢さんたちの事件は、会長ではなくて、千代子さん、あなたが主導で計画されたということですか？」

「それはそうですよ。会長は、親子鑑定の結果が出た当座こそ、騙された、騙されたって、

ものすごく怒ってましたけど、何日か考えたら、諦めましたもの。『まあ過ぎたことはしょうがない。娘三人は、さっさとどこでもくれてやって、好きなようにさせればいいべや。ウチには健二が残るんだからな』って、会長は健二さんが頼りでしたからね。『健二さえいれば、岩倉の家はまだまだつづくど。まだまだ盛り返せるべさ』って」

「ところが、あなたは、そう割り切ることができなかった？」

「なにを割り切るんですか。私が娘たちを産んだのは、私と祐平のあいだのことでないですか。私が騙されたら、復讐するしかないでしょう、祐平に」

「娘さんを殺すことが、祐平さんに対する復讐になりますか？」

「それはね、産んで育てれば、誰だって情が移りますよ。はじめのうちは、どうしていいかわからなかった。いっそみんなで、死んでしまおうと思ったこともありました。運転の途中で崖から飛び出しそうになったのは、そんなときですよ。あのときは釜下に助けられて……よかったのか、悪かったのか……だけど、見てると、この話はどんなに秘密にしても、いずれ娘たちにはばれる。そうなれば、世間にもばれる。岩倉病院にとって致命的なスキャンダルになる。そうなることが、だんだんはっきりしてきたんです。運命は、真綿で首を絞める、って言いますものね。その通りだわ。まず柑菜が、産婦人科の医者になりたいって言い出した。このままいけば、人工授精についても勉強するだろう。自分のＤＮＡに興味も持つだろう。咲良は、まだ高校生になったばっかりだのに、石黒先生だとか吉岡先生とつきあって、いろいろおもしろがって、話を聞いてくる。そのどちらかとでも、長いつきあいになれば、いつ人工授精のいろんな可能性のことを、耳にするかわからない。彩芽だけは、関係ないと思ってたら、どうやら健二君を好きになったらしい。いずれ、健二君が会長の実子だとわかれば、彩芽は結婚はできないことになるんだろうか。そんなのいやだと言って、本当かどうか確かめるために、二人そろって、ＤＮＡ鑑定をしてもらおうって、思い立つかもしれない。……ね？　三人とも、お父さんの専門だった領域の、すぐ近くをぐるぐる回って、いずれ誰かが、真相に到達する。きっとそういうふうに、あの人がしくんで、娘たちの中になにか植えつけて、死んでいったんですよ。それは無理もないことでね。なにしろ娘たちには、あの人の血が流れてるんですから。私の血は流れてないんですから。ははは、どうりで似てないと思ったわ」と言うと、しばらく千代子はクックッとこみあげる笑いをこらえていた。

「……そういうことなんですよ。娘たちが、そろいもそろって、私にこれ以上ない辱めを与えるために、いずれ立ち上がるようになる。それはもう、プログラムとして組み込まれてるのね。だから、それを思ったとき、情が移ったら私の負けだと、思いましたよ。復讐の鬼にならなかったら、私の一生も、会長の一生も、鼻で笑われる大恥になるんだと、ようやく気がついたんですよ。母親らしい気持ちがどれだけあふれても、この子たちの身体には私の血なんか一滴も流れてないんだ、裏切りの血だけしか流れてないんだって、自分を押し殺して言い聞かせるより、どうしようもなかったんですよ。……女の人なら、だれでもそうすると思いますよ」

「……その結論に、会長はそれで、納得したんですか？」

「簡単には納得しませんよ。いろんなやりとりがありました。……『なあ、千代子』って。『過ぎたこと悔やんでもしょうないべさ。これで健二一人になって、岩倉はやり直しさ。何回でもやり直すのが北海道だべ。失敗したやつが集まってきて、やり直すのが北海道でねえが』って、ほっほっほ、まるで私が北海道を知らないみたいに」と笑う千代子の笑顔が次第にすごみを帯びるようだ。

「だから私、ゆっくり言ってあげたんです。『やり直すより先に、私を騙した祐平の悪だくみを、終わらせるのが先ですよ。このままでは岩倉商事も岩倉病院も、笑いものになって崩壊するんですよ。私は今まで、お父さんの言うことを聞かなかったことはありません。だけど、今度だけは別ですよ。私のからだを使って二十年も騙しつづけたあの人に、思い知らせてやらないとならないんです。これは、私が頭で考えてしゃべってるんでないんですよ。私のからだ、私の血、それがあの人を許せないと言うんです。……男の血は、家柄のことでしょうけど、女の血はなんなのでしょうね。とにかくその血をたぎらせて、私はこれから鬼になりますよ。私をばかにしたことを三回もして、今頃天国でせせら笑っているあの人に、どんなことをしてでも思い知らせてやります。お父さん、鬼になった私は、娘たちを殺すのでないんですよ。私を騙した祐平を、三回殺してやるのです。娘たちはあの人の手先なんですよ。影なんですよ。その証拠が、だんだん現れてきてるんですよ。黙ってたら、殺されるのは私たちのほうなんですよ。自分を守るのが、あたりまえでないですか。復讐するのが、あたりまえでないですか。いくら器量が悪いかしらない、からだもおもしろくないかしらない。性格もきついかしらない。嫉妬心ばかり強いかしらない、それでも一生懸命、あの人を夫だと思ってやってきたでないですか。何回も、一つになって、甘えたことだってあったでないですか。病気になったときは、無理くり東京から、日本一の先生連れてきて、一生懸命お願いしたでないですか……』

千代子は言葉を休めたが、俊介は黙っていた。千代子がふつふつと沸き上がる回想に身をゆだねつつあることは、ぼんやりした視線から、海の波のように寄せては返す言葉づかいから、うかがうことができた。

「その私を……こんなふうに、みじめに、みじめに、騙したんだもの。……私が一生懸命、出ないお乳を搾ってあげたことからなにから、熱を出したってば、寝ないで看病したことからなにから、氷のかけらを、含ませてあげたことからなにから、全部、全部嘘にしてしまったんだもの。陰であの人がクスクス笑う、騙され女の赤っ恥にしてしまったんだもの」

そういうものなのだろうか、と俊介は思った。たしかに千代子の主張は、ジャン・ピエールの説明よりわかりやすい。

千代子が息をつくまで待ってから、

「わかりました。そうすると、会長も最後には、千代子さんの主張を受け入れて、二人で相談するようになったわけですか？」

「……そうですね。……私は言いましたの。『岩倉の名誉が傷つかないように、なんとかうまく三人の娘、それから浦嶺竹代さんに、いなくなってもらう方法を考えます。娘たちは気の毒しますけど、しょうないんですね。せいぜい今度移る濤永寺に、立派なお墓を建ててあげましょう。いつまでも三人で遊んでられるように、着物もいっぱい埋めてあげましょう。あしたから、やさしくもなりましょう。この煮えたぎる血の泡が、顔に出ないように涼しくして過ごします』と、そう言いましたら、『しかたない。さすがにおれの娘だもな。言い出したら聞かないさ』って」

「なるほど。それからは、二人で計画を立てたわけですか？」

「そうですけど、そのときはもう会長が倒れて、動けない状態でしたから、全部私が一人でやらなきゃならない。だから私が細かいことまで考えたんです。そうでなかったら、あんなに芭蕉の俳句にこだわる必要もなかったんでしょうけど」

「あの俳句の見立ては、かつての『松尾会』を利用して、小窪工務店や浜野壮一君などに、疑いの目をむけさせるためだったんじゃないんですか？」

「最初はもちろんそうだったんですね。でも考えれば考えるほど、あの俳句にも、復讐しないとなんなかったんです」

「俳句に、復讐？」

「前にお話ししましたでしょ。事件の犯人がうちの俳句を使ったのは、あの人が私を笑うためだったって。あの人が俳句がわからない私をばかにして、天国で笑ってるんだって、お話ししましたでしょ。ほほほほ、本当はちょうどその反対。あの人が未練たらしく、いつまでも眺めてたあの短冊を使えば、勝つのは私でしょ。笑うのは私でしょ。あの人が顔をゆがめて苦しむ姿が、はっきり見えて見えて、どうもならなかったんですよ。『おまえ、そこまでするのか』って。『おれの愛したものを、何から何まで滅ぼさないと気がすまないのか』って。ほほほほ、だからどうしても、あの短冊のとおりに、娘たちを死なせてやらないとなんなかったんですよ」

「それでどうしても、俳句を使って……」

「はい」千代子の顔は、ベッドの上で「あの人が天国で笑ってる」と言ったときのように輝いてきていた。

「四つの俳句を、どういう順番でどう使うか、どうやって決めたんですか」

「柑菜はふだん東京ですからね。咲良が行方不明になって、何日かでも帰ってきてるあいだに、という頭もありましたし、雪が降りはじめるのを待って、けっきょく一年ぐらい待ってたんですものね」

「なんぼ待っても、その決心は変わりませんでしたか」

「変わりませんでしたね。最初はそれこそ、死のうとまで思いましたけど、娘たちもあの人の手先なんだ、あの人の血が流れてるんだもの、そう思うようになってからは、気持ちは変わりませんでした。……そういうものですよ。時間たてば、なんでも許せるようになるって言いますけど、あれも、男の人の話ですからね」

女の恨みは時間では消えない、ということか。俊介は「女の血」という言葉から、なんとなくしのぶが使った「生娘」という言葉、そして浜野幸司の俳句を思い出した。それからオリモノに混じるという「アミン」なる専門用語も思い出してしまっていた。それらのものは、全部繋がっているのだろうか。

「そして最後は、松雄さんも犠牲になるという結果でしたが、これも当初からの計画どおりだったんですか？」

「そこはね、成り行きに任せることにしましたの。私はもちろん、会長に生きてほしかったですけど、こういうことになりましたでしょう。さすがの会長も、元気がなくなって、『孫たちと一緒に、おれも死ぬことにするか。短冊はちょうど四枚だものな』なんて言い出してね。あの短冊、胸の上に置いてくれればだいじょうぶのはずだったんです。事件のあとは生き延びて、『知らない男に襲われた』とだけ証言して、あとは認知症でもなんでも、ごまかして切り抜けられるはずだったんですけどね。それが、『もう面倒くさくなったさ』なんて言って、『どこで失敗したんだか、病院建てたのが失敗だったのかなあ』なんて、昔を振り返る場合じゃないのに、そんなことばかり言ってましたから。……でも、最後は『千代子。苦労かけたな。あと一息だから、けっぱってけれや』って。それからまたいつもの台詞。『おまえが男に生まれれば、なんぼかいかったのになあ』って……だけど、私が男だったら、この間違いは直せませんよ。女だからがんばれたんでないですかね。四人も五人も殺して、がんばれたちゅうのもおかしな話ですけど、私だって鬼に、なりたくてなったんでないですよ。女だから、どうしてもこうなったんですよね。後先考えない、鬼になったんですよね……」

夕食に千代子は、「五島軒」のビーフシチューを食べたいと言った。小学生の時分、千代子の母親がまだ元気だったころ、年に一回誕生日が近づくと、両親と三人で「五島軒」へ行ってビーフシチューを食べたのだという。このところそれを思い出して、むしょうに食べたくなっていたのだと千代子は言った。

5

それから雪は二、三回降り、今度こそ根雪になるかと思わせておいてまたしばらく暖かい、といった繰り返しだった。札幌の科学捜査研究所からの報告では、十一日夜の岩倉家の食事残留物から睡眠薬は検出されなかった。

また湯ノ川病院のデータベースは、一九九四年以降しか記録がないため、浦嶺竹代が患者として室谷祐平医師の前に現れたかどうかはけっきょく判明しなかった。その代わり、DNA親子鑑定の結果は、令状をともなって開示され、三人娘がいずれも浦嶺竹代の子であることを告げていた。

捜査がだいたい終了したころ、俊介は健二とジャン・ピエールに電話をかけた。

健二は元気だった。いまだにテレビや雑誌の取材が多くて、お母さんもぼくも閉口しています、と明るく言った。大家族がいっぺんに二人きりになって、妙な感じじゃないの、と尋ねると、毎日のように会社の役員や弁護士が訪ねてくるので、今まで以上にお母さんは忙しいみたいで、かえって気がまぎれていいのかもしれません。ぼくも三人姉妹の写真集だけでも出版したほうがいいかと思って、その企画には乗りかかってるんですが、どうしたものか……。正統の後継者であるにもかかわらず、長く養子の立場だったせいか、健二には岩倉家に対してまだいくらか距離感が残っていて、そのおかげで今、大事件をあんなに身近で経験しても、なんとか冷静でいられるのかもしれなかった。

今はとにかく、勉強します、と健二は言った。ジャン・ピエールにはかなわないけど、こうなったら東大ぐらいはいらないと、と笑う。なにが「こうなったら」なのかよくわからなかったが、その意気、その意気、と俊介もうれしくなりながら激励した。

ジャン・ピエールは、自宅での勉強とフランス語の授業、という日常生活に戻っていた。俊介はジャン・ピエールの活躍にあらためて礼を述べ、今度うちにジンギスカンを食べにいらっしゃい、と誘った。それから千代子の供述についてざっと概括し、きみの推理と唯一違っているように思えたのは、事件そのものについては千代子が主犯格で、松雄が止めるのも聞かずに、死んだ夫への復讐に邁進したということだった、千代子はその復讐心は、時間がたってもおさまらない「女の血」だと呼んでいた、と説明した。

「女の血ですか。重要なテーマですね」とジャン・ピエールは言った。

「え、そうなの？」

「ええ、人の生存の基盤は、どうも論理で説明しきれない、うごめくような力だというような気もするんです。それが『いか踊り』にも、繋がってくるんじゃないかな。いや、すぐそういうふうに主知主義的に理解してしまうのが、ぼくの悪いところなんだけど」とジャン・ピエールは笑った。

俊介にはよくわからなかったが、「生存の基盤」という言葉はなんとなくいいと思った。女が基盤であることに異存はないし、それは潮首岬を眺めながら自分が日ごろ感じていた無名の祖先たちへの思いと、どこか共通しているような気もする。

またいつか、ジンギスカンを食べてからでも、ジャン・ピエールを潮首岬に誘ってみようと思った。今度は郭公の声に、しっかり耳を澄ませてみよう。

〈本歌取りミステリ〉の精華

有栖川有栖（ありすがわありす）
（作家）

本書に手を伸ばしたあなたは、本格ミステリ――名探偵の華麗な推理や魔術のごときトリックが楽しめる小説――がお好きなのだろう。平石貴樹は本格ファンにとって信頼のブランドだから。

「そう聞いて読もうとしたのだ。実は平石ミステリの入門者だ」という方もいらっしゃるかもしれないが、いずれにしても本格ミステリ好きに違いない（決めつけ）。だから、作品の内容に触れる前に本格について書かせていただく。

名探偵の代名詞たるシャーロック・ホームズが登場したのは十九世紀後半。英米で長編ミステリが黄金時代を築いたのが一九二〇～三〇年代。日本で傑作が輩出されたのが一九四〇年代後半から五〇年代にかけて。本格は旧（ふる）いスタイルのミステリで、社会派推理が台頭した後には衰退して絶滅の危機まで囁（ささや）かれたりもしたが、八〇年代後半に新本格ブームが興（おこ）って勢いを取り戻し、現在に至る。浮き沈みはあれど本格ファンが絶えたことはなく、傑作・秀作が連綿と発表されてきたが――。

謎解きと文学性は両立するか、社会派以後の本格はどうあるべきか、名探偵を描くのは是か非か、といった問題提起や論争が凪のようにやみ、ある時期、本格について語られることがなくなった。国産ミステリが多様化を遂げた八〇年代——新本格ブームが始まる一九八七年まで——である。

「明るい未来があるとは思えないが、好きな人がいるうちは本格も生き永らえるだろう。冒険小説やハードボイルドからSF・ホラーまで、エンターテインメント小説は百花繚乱で沃野は広大。片隅に居場所を見つければよい」とでも思われたのか。その時期に奮闘していた本格派作家は実作に専念し、思いの丈を吐く余裕もなかったのか。

平石貴樹が『虹のカマクーラ』で第七回すばる文学賞を受賞してデビューを果したのが八三年。その後、更科丹希（愛称ニッキ）を探偵役とするガチガチの本格ミステリ——旧い革袋に新しい酒を入れたような読み心地の——『笑ってジグソー、殺してパズル』（八四年）、『だれもがポオを愛していた』（八五年）を立て続けに発表する。作者が文学賞でデビューした東京大学教養学部助教授（当時。専門はアメリカ文学、専攻はフォークナー）であっただけに、とんでもなく予想外の方向から宝石が飛んできたかのようだった。

素晴らしい才能の出現に本格ファンは驚喜したが、当時の情報量は現在より格段に少なく、平石貴樹は謎めいた存在となる。ミステリも愛好する好事家（ディレッタント）的な大学の先生が余技として知的なお遊びを披露して見せただけなのか？　それとも……。

「小説新潮」誌の臨時増刊号（八六年八月号）に寄せたエッセイを見逃した人が多かったのではないか。とか言う私も、『二丁目一番地の謎』（二〇一九年）というエッセイ集で初めて読んだ。

八〇年代、新本格ブームの直前に本格について書かれたこの文章がとても熱いのだ。タイトルは「本格推理小説の本格的な読み方は、〈キャスター〉を吸う人には教えられない」。うーん、長い。キャスターは、当時発売されて間のなかったライトな煙草の銘柄である。

その冒頭でいきなり、こう。

「ハッキリさせておかなければならないのは、〈推理小説〉とわざわざ呼ぶに値するのはもともと〈本格推理小説〉だけだ、という点なのである。（中略）／こちらが〈本格もの〉マニアだから勝手にそう断言しているわけではない。小説というもの一般の、本来のあり方から見てそうなのである。」

堂々のマニア宣言から始まり、本格が「たいていは読者に敬遠される。」「『謎解きなんて、解けてみればただそれだけのものだしね』と人びとはうそぶく。」と少しぼやいてから、本格の愛好者はパズルが好きなわけではなく、その喜びは「パズルだと思って読みはじめたのにじつはちゃんと小説だった！　という感慨において頂点に達する。」とする。

パズル的なるものが「小説の骨格」の八割ほどを決定してしまうため、本格ものの作者は「がんじがらめ」になってしまう。そのことにどんな意味があるのかと言うと、「ないのだ。」。

そして、こう続く。

「〈本格〉推理小説の目標はひたすら小説になること、これであり、そこへ向かって〈本格もの〉作者は人にはムダに、遊びにしか見えぬ努力をかたむける。」

前掲のエッセイ集には、「推理小説の〈謎の謎〉」（初出・「Voice」八六年一〇月号）という文章も収録されていて、併せて読むとより興味深い。そちらでは、本格もののファンはトリックと種明かしだけを抜き出した問題集のような本をありがたがらないし、またパズルのごとき謎を本気で解こうとするわけでもなく、「自分では解けない謎を名探偵に解いてもらうことをこそ願っているようなのだ。」と書いている。

ヘッドバンギングのごとく頷くしかない。本格ミステリは、推理パズルや奇術に通じる面白さを持っているとはいえ、本格ファンの多くはそれらに人並みの関心しか抱いていない。彼ら（私自身も含め）は、パズルや奇術のようなものが小説に化けるのを目撃して歓喜するのだ。

いわゆる純文学や、いわゆる大衆娯楽小説の読み手とは性質を異にするものの、本格ファンは小説というものをこよなく愛していると言えるだろう。たとえ無自覚であろうとも。

重ねて記すが、八〇年代にも本格ミステリは書かれていたが、ほぼ語られてはいなかった。ファンの間では「誰それの新作が本格としてよかった」「あの作品はわりと本格だった」というコメントが交換されるだけ。だから、これらのエッセイはオーパーツのごときものなのだ。ご紹介せずにいられなかった。

研究者として、東京大学教授として多忙であったせいか、平石ミステリの供給が途絶えた時期もあったが、新本格ブームの勃興期を跨いで『スラム・ダンク・マーダー その他』（九七年）を発表し、ファンを喜ばせた。東大を定年退任した二〇一三年から一六年にかけては松谷警部シリーズを年一作のペースで放つ。定年後に肩の力がほどよく抜けた作品を悠々と執筆するかと思いきや、立て続けに書かれたこのシリーズの本格ミステリ的カロリーの高さは尋常ではなく、大いに驚かされた。

やっと『潮首岬に郭公の鳴く』の話に入るが、これは松谷警部ものに続く新シリーズ——函館物語シリーズ——の第一作にあたる。舞台は作者の出身地である北海道・函館市。第二作が『立待岬の鷗が見ていた』、第三作が『葛登志岬の雁よ、雁たちよ』というふうに、タイトルは岬＋鳥で揃えられており、本格ミステリであるから当然にも同じ探偵役ジャン・ピエール・プラット——十七歳（初登場時）のフランス人少年という異色のキャラクター——が活躍する。

これがまた高カロリーで、本格好きにとってはまことに美味なるシリーズだ。できれば時間に追われて中腰で速読するのではなく、腰を据えてじっくり味わっていただきたい。推理の材料を読者に提示するための捜査が、しかるべき順で綿密に描かれており、最後にはとっておきの推理と結末が用意されている。

手堅い優等生的な作品というのではない。どれも本格らしい知的遊戯精神に富み、ことに『潮首岬』は、冒険的で美しい。

この作品では、国産ミステリの最高峰との呼び声も高い横溝正史の名作『獄門島』の趣向を引用した〈本歌取り〉が行なわれている。本歌取りとは、多くの人が知る古歌を素材として新しい和歌を詠む伝統的な創作手法で、古文の授業で習ったご記憶がおありだろう。本歌にぐっと接近してから、どこまで離れられるかが腕の見せどころとなり、下手をすると技巧に走っただけの遊戯に堕するが、成功すれば本歌と共鳴して新鮮な感動が生まれる。『潮首岬』のどの部分が『獄門島』のどの部分と照応しているのか、両者はどこまで接近して最後にどれだけ離れるのか。つぶさに検証したい欲望に駆られつつ、そこまでは踏み込めない。紙幅の都合があるし、『獄門島』をお読みでない方の興を削いでしまうからだ。

両作の鑑賞の妨げにならない範囲で書くと——。

片や瀬戸内海の島、片や北海道の岬で舞台が違う。探偵役の造形と事件に関わる経緯も違うし、作中のトリックもまったく別物。似ているのは、事件の様態である。これは本作を読み始めてすぐに見当がつくし、目次でさらりと仄めかされてもいる。

『獄門島』の原作は未読でも、映画やドラマ化されたものをご覧になっている方が多いだろう。かの島で繰り広げられるのは、美貌の三姉妹連続殺人事件。三人の死体には不可解な装飾が施されているのだが、やがてそれらは松尾芭蕉や宝井其角の俳句の〈見立て〉であることが見えてくる。

〈見立て〉も〈本歌取り〉と同じく伝統的な創作手法で、和歌や俳諧のみならず枯山水の庭などにも見られる美学的比喩だ。遊戯的でもある。

横溝は絵になる名句を選んだと思われるが、その中の一つが芭蕉の「むざんやな冑の下のきりぎりす」なのは面白い。異様な犯行現場の〈見立て〉としてぴたりと嵌っているのみならず、源平の戦いで討ち死にした斎藤別当実盛を悼んだこの句自体、尊崇していた西行法師が訪ねた歌枕の地で詠まれ、室町時代の謡曲『実盛』（世阿弥・作）に出てくる「あなむざんやな」を受けている。それを昭和時代に横溝正史が本格ミステリの中ですくい上げた。現代においてバトンを受けるのが本格ミステリというのは、役どころとしてふさわしい。『獄門島』では、誰が犯人か、動機は何か、捜査の手が自分に及ばないように犯人が為したトリックはどういうものか、そして何故わざわざ俳句の〈見立て〉をしたのか——といった謎が名探偵・金田一耕助と読者の前に立ちはだかる。『潮首岬』は三姉妹連続俳句見立て殺人という魅力的な趣向を〈本歌取り〉しつつ、当然ながらすべての謎の解答が〈本歌〉とは異なっている。

前に「冒険的」という言葉を使ったのは、『獄門島』を〈本歌〉としたことを指す。この押しも押されもせぬ名作は奇妙な作品でもある。金田一耕助が真相を白日の下にさらす過程は非常によくできていてエキサイティングなのだが、「結局、こういうことだったのです」

と暴かれる事件の全容があまりにも常軌を逸しているのだ。時系列に従って、ことの次第を前から順に作者が書いていたら、早い段階で「いやいや、そんなことするか？」と読者に突っ込まれそうなほどに。

端的に言えば、無理がありすぎ。であるのに、事件が起きてしまった時点から推理によって遡行すると、無理が反転して驚嘆に着地し、「結局、そういうことだったのか（異常な事件だなぁ）」となり、戦慄すべき奇談として物語が立ってしまう。謎と推理が小説になろうとして、目的を果たしているのだ。

失敗する寸前の際どさすらあるだけに、謎解きが小説になり得たという「感慨」は高いところで「頂点」に達した。絶妙のバランスの上に『獄門島』が名作の地位を獲得した所以である。

いくら有名な作品でも未読のミステリファンはいるだろうし、「『獄門島』は老後の楽しみに取ってある」という方だっていないとも限らない。同作の無理について具体的に書けないことはお許しいただきたい。ぼかして少し書くと、たとえば犯人の設定、たとえば犯行の動機、たとえば俳句を見立ての材料にした必然性だ。

その無理はプロットを変えることで解消が可能ではないのか？　マニアを自認する一人の作家が、そう考えて〈本歌取り〉を試みたとしたら？　私にはその答えが『潮首岬に郭公の鳴く』であるように思える。そうやって完成したのが論理的な謎解きの楽しさが横溢する、この〈もう一つの奇談〉というわけだ。

先行する作品を踏襲して一新させるのは本格ミステリの習い。ヴァン・ダインの『グリーン家殺人事件』を土台にしたエラリー・クイーンの『Yの悲劇』など、その例は多いとはいえ、『獄門島』を本歌にして書かれた『潮首岬』の達成はことのほか鮮やかで、〈本歌取りミステリ〉の精華と言いたい。二つの作品を並べたら美しく共鳴し、『獄門島』の凄みも増すというものだ。

再発見がありそうだから『獄門島』を読み返したくなった、という方が現れたら筆者としては本望だが、函館物語シリーズの続刊をお読みいただけると、なおうれしい。魅力的な難事件とジャン・ピエール・プラット君が待っています。

この作品はフィクションであり、実在の人物・団体・事件とはいっさい関係ありません。

二〇一九年十月　光文社刊

光文社文庫

潮首岬に郭公の鳴く

著者　平石貴樹

2022年10月20日　初版1刷発行

発行者　鈴木広和
印刷　萩原印刷
製本　ナショナル製本

発行所　株式会社 光文社
〒112-8011　東京都文京区音羽1-16-6
電話（03）5395-8149　編集部
8116　書籍販売部
8125　業務部

落丁本・乱丁本は業務部にご連絡くだされば、お取替えいたします。
ISBN978-4-334-79435-4　Printed in Japan

組版　萩原印刷